suhrkamp taschenbuch 4346

Die vier Softwareentwickler Dan, Gordon, Joel und Shrini sehen düsteren Zeiten entgegen. Sie sind Mitte fünfzig, arbeitslos und mit dem neuesten Stand der Technik nur vage vertraut. Doch immerhin fühlen die vier sich fit genug, es mit dem Sicherheitssystem einer Bank aufzunehmen. Und sie sind verzweifelt genug, um es auch wirklich zu tun. Sie haben 28 Minuten, um in die Bank zu stürmen, ihr Ding durchzuziehen und wieder zu verschwinden, bevor der Alarm losgeht. Alles ist bis ins letzte Detail durchorganisiert. Doch nichts ist so unberechenbar wie ein perfekter Plan und ein Systemanalytiker mit einer Kanone ...

Dave Zeltserman hat jahrelang Software für Unternehmen wie Motorola, DEC und Nokia entwickelt. Mit seinen Romanen eroberte er sich eine treue Fangemeinde und zählt zu den einflussreichsten Krimiautoren der USA. Zeltserman lebt mit seiner Frau in Boston und trainiert für den Schwarzen Gürtel in Kung Fu.

Ulrich Hoffmann ist Autor, Übersetzer und Journalist. Er übersetzte u.a. Gregg Hurwitz, Anne Frasier, Deon Meyer, John Lutz und Martyn Waites. Er lebt in Hamburg und den USA.

DAVE ZELTSERMAN

28 MINUTEN

Kriminalroman

Aus dem Amerikanischen von
Ulrich Hoffmann

Suhrkamp

Die Originalausgabe erschien 2010 unter dem Titel
Outsourced
bei Serpent's Tail.

Umschlagfoto: Jane Fulton/Gallery Stock

suhrkamp taschenbuch 4346
Erste Auflage 2012

Druck: CPI – Ebner & Spiegel, Ulm
Printed in Germany
Umschlag: Cornelia Niere
ISBN 978-3-518-46346-8

1 2 3 4 5 6 – 17 16 15 14 13 12

28 MINUTEN

01

Die Bar war fast leer, logisch an einem Mittwochnachmittag um zwei. Dan Wilson ließ sich vom Barkeeper ein Guinness vom Fass und ein Harpoon IPA einschenken, dann trug er die Biere zurück zu dem Tisch in der Ecke, wo sein Kumpel Shrinivas Kumar wartete.

Dan, ein großgewachsener, freundlicher Mann mit kurzgeschorenem Haar, das deutlich grauer war, als es bei seinen achtundvierzig Jahren sein sollte, reichte das Harpoon IPA an Shrinivas – oder Shrini, wie er lieber genannt werden wollte – und setzte sich ihm gegenüber. Wie immer verzog sich Dans Mund zu einem leichten Grinsen. Aber die dunklen Ringe unter seinen Augen standen im Widerspruch zu seiner gewohnt guten Laune.

Shrini war vierzehn Jahre jünger als Dan. Er war mittelgroß, hatte olivfarbene Haut und wirkte sehr ernst. Er zog sich ordentlich an und benutzte ein nach Moschus duftendes Parfüm. Shrini war im Norden Indiens aufgewachsen, in der Nähe Neu-Delhis, bevor er in die Staaten gezogen war, um in Florida zu studieren. Er hatte einen Abschluss in Computerwissenschaften und war nach der Uni nach Massachusetts gezogen, wo er bis vor anderthalb Jahren als Programmierer gearbeitet hatte. Dann hatte die kleine Softwarefirma, bei der Dan und er angestellt gewesen waren, Pleite gemacht. Und von einem Kurzzeitvertrag über vier Monate abgesehen, war seitdem nichts mehr gekommen. Er zog seine Geldbörse heraus.

»Was schulde ich dir für das Bier?«

»Hey, Shrini, komm schon, steck das Geld weg. Du holst die nächste Runde, okay?«

»Na dann, prost«, sagte Shrini und hob sein Glas.

»Genau wie früher, was?«, sagte Dan, doch das Grinsen verblasste nun völlig vor der Traurigkeit seines Blicks.

Die beiden Männer tranken schweigend, sie hingen ihren Gedanken nach und Shrini wollte etwas sagen, schloss den Mund dann aber wieder, und sein Körper verspannte sich, während er sich umschaute, um sicherzugehen, dass niemand sie belauschte.

»Triffst du Joel heute Nachmittag?«, fragte Shrini mit gesenkter Stimme.

»Ja. Ich habe eine Zweistundenfahrt bis an den Arsch von New Hampshire vor mir. Blödes Landei. Wohnt in der Mitte von Nirgendwo. Seine Hütte ist so eine Art Militärbasis.«

»Bist du sicher, dass du ihm trauen kannst?«

»Wir haben elf Jahre zusammengearbeitet. Ich kann ihm trauen.« Dan machte eine Pause und nippte an seinem Bier. »Joel und ich haben die letzten sieben Jahre Kontakt gehalten. Er ist ein guter Kerl, er hat ein gutes Herz. Vielleicht ein bisschen ruppig, aber ein guter Kerl.«

»Und du glaubst, er wird mitmachen?«

»Davon gehe ich aus. Ihm wurde vor zwei Jahren gekündigt, und er hat seitdem nicht mehr gearbeitet. Ich weiß, dass er nie groß Geld verdient hat, und ich bin sicher, dass er nach drei Scheidungen nichts gespart hat. Mittlerweile lebt er wahrscheinlich von seiner Rentenversicherung, wie wir alle.«

»Das heißt trotzdem nicht, dass er mitmachen will.«

»Ich kenne den Kerl. Er wird mitmachen wollen. Was bleibt ihm anderes übrig? Ein fünfundfünfzigjähriger Programmierer, der seit zwei Jahren arbeitslos ist? Soll er etwa noch mal Biochemie studieren? In seinem Alter? Oder Immobilienmakler werden? Wie viele Immobilienmakler braucht das Land?«

Dan begann, sich aufzuregen. Er trank den Rest seines

Guinness und wischte sich mit dem Handrücken über die Lippen. Als er aufschaute, bemerkte er, dass sein Gegenüber die Stirn runzelte.

»Shrini, Mann, was ist los?«

»Mir gefällt das nicht. Wir haben etwas Großes vor, und ich kenne deinen Freund nicht. Ich hab da ein paar Leute in Indien, die ich rüberholen könnte ...«

»Das soll wohl ein Witz sein«, sagte Dan und zog eine Augenbraue hoch. Dann murmelte er kaum hörbar: »Ich hole doch keine Leute aus dem Ausland. So wie es im Moment steht, wäre Sekunden später das FBI hinter uns her.«

»Bitte, hör doch mal zu ...«

»Shrini, du musst mir einfach glauben. Joel ist genau, was wir brauchen. Politisch ist der Kerl so was von rechtsaußen, völlig durchgeknallt. Das Recht auf eine eigene Waffe ist seine Religion. Damit besitzt er alles, was wir benötigen.«

Shrini, sehr leise: »Es gibt auch andere Möglichkeiten, an Waffen zu kommen.«

»Ja, die gibt es. Aber nicht ohne Risiko. Und noch etwas. Wenn du Joel kennen lernst, wirst du nichts Besonderes an ihm erkennen. Einsneunundsechzig, knapp siebzig Kilo. Aber er trainiert jeden Tag, und wenn man mit ihm zusammenstößt, ist es, als liefe man gegen eine Ziegelmauer. Und er hat definitiv den Mumm für so eine Sache, vielleicht sogar mehr als wir.«

»Alter, ich habe den Mumm dafür.«

»Das weiß ich doch, Mann, und ich vertraue dir. Sonst würde ich ja nicht hier sitzen und mit dir reden. Ich erzähle dir jetzt mal was über Joel. An der Uni war er eine ziemliche Pfeife. Er hat mitten im ersten Semester hingeschmissen, um nach Israel zu gehen und in die Armee einzutreten. Das war neunzehndreiundsiebzig. Er hat im Yom-Kippur-Krieg gekämpft. Man würde das nie denken, wenn man ihn sieht, aber der Kerl ist hart wie Stahl.«

Shrini runzelte wieder die Stirn. »Und wie kommt es dann, dass er in den Staaten lebt und als Programmierer gearbeitet hat?«

»Nach der Zeit als Soldat hat er eine Israelin geheiratet und ist zurück in die Staaten gezogen. Ein paar Jahre hat er Badezimmer-Ausstattungen an Kaufhäuser verscherbelt. Wahrscheinlich hatte er irgendwann die Schnauze voll davon, jedenfalls ist er zur Abendschule gegangen und hat einen Abschluss in Computerwissenschaft gemacht. Seinen ersten Job als Programmierer hatte er in meiner Abteilung bei Vixox Systems. Als er zum ersten Mal geschieden wurde, haben wir einige Biere zusammen durchgezogen.«

Dan senkte den Blick auf sein leeres Glas und begann, es zwischen den Händen hin und her zu schieben. Shrini kaute auf seiner Unterlippe und saß schweigend da.

»Du kriegst doch wohl keine kalten Füße, oder, Shrini?«, fragte Dan nach einer Weile. »Ich meine, das ist schon okay. Wir können es jederzeit abblasen.«

»Mach dir keine Sorgen um mich. Ich bin dabei. Ich ziehe das durch.«

»Du guckst so besorgt. Wir haben doch alles geklärt. Es wird prima laufen. Mach dir keine Sorgen wegen Joel.«

»Ich mache mir keine Sorgen wegen deines Freundes. Ich habe lange genug mit dir zusammengearbeitet, um deinem Urteil zu trauen.«

»Warum guckst du dann, als hättest du Verstopfung?«

»Fick dich.«

»Komm schon, sag doch.«

»Ich muss immerzu an Gordon denken. Ob wir einen Fehler machen.«

»Wir haben doch darüber gesprochen.«

»Aber er ist so seltsam.«

»Ich kenne Gordon seit fast zwanzig Jahren. Ja, er ist

ein bisschen anders, aber er ist eher exzentrisch als seltsam. Außerdem brauchen wir ihn, wie du weißt. Ohne ihn wird es nicht gehen.«

Shrini lächelte schwach. »Ich glaube, du hast den ganzen Plan so entworfen, dass wir ihn brauchen. Damit du Gordon noch einmal helfen kannst.«

»Ja, klar, das ist meine Lebensaufgabe, meinen verpeilten Freunden zu helfen. Gordon, Joel ... dir.«

Shrini zeigte Dan den Finger, aber ein gutmütiges Grinsen breitete sich auf seinem Gesicht aus. Dann verblasste es wieder. »Bist du sicher, dass wir ihm trauen können?«

»Keine Frage. Immerhin wette ich mein Leben darauf, nicht wahr?«

»Aber meines auch.«

Dan schaute wieder in sein Glas. »Wir können ihm vertrauen.«

»Also ziehen wir es wirklich durch«, sagte Shrini.

»Ja, das tun wir.«

Dann sagte er sehr leise, gerade laut genug, dass Shrini ihn hören konnte: »Wir rauben eine gottverdammte Bank aus.«

Shrini trank sein Harpoon aus. »Ich hole noch eine Runde.«

»Für mich nicht.« Dan seufzte. »Ich muss hoch an den Arsch von New Hampshire.«

Dan trug beim Fahren eine dunkle Sonnenbrille, aber trotzdem musste er die Augen zusammenkneifen, so hell war es. Vor sieben Monaten hatte ihm ein Augenarzt erklärt, dass er »Retinitis pigmentosa« habe. Dem Arzt zufolge schon seit Mitte dreißig. Das erklärte immerhin, warum er Schwierigkeiten mit hellem Sonnenlicht und Nachtfahrten hatte. Er wusste, dass es schlimmer wurde. In den letzten paar Jahren hatte er das Gefühl gehabt, sein peripheres Sehen würde schwächer, und seit einiger Zeit hatte er auch Probleme mit Kleingedrucktem. Er hatte niemandem davon erzählt, auch nicht seiner Frau Carol. Das war das Letzte, was sie jetzt hören musste.

Er dachte an sie. Seine Arbeitslosigkeit nahm Carol richtig mit. Aber heute Morgen hatte sie ihn überrascht. Es war, als hätte jemand die Zeit zurückgedreht und alles wäre wieder in Ordnung. Bevor Carol zur Arbeit ging, kam sie zu ihm, setzte sich auf seinen Schoß und gab ihm einen langen, leidenschaftlichen Kuss. Es war Monate her, dass sie das getan hatte, und die Zärtlichkeit in ihrem Blick brachte ihn beinahe zum Weinen. Sie war so verdammt schön in diesem Moment, dass es fast wehtat.

Was auch immer er für Carol oder für seine Kinder tun musste, würde er tun. Selbst wenn das hieße, eine Bank zu überfallen ...

Obwohl er vor Shrini eine gute Show abgezogen hatte, der Gedanke an den Banküberfall machte ihm Angst. Abgesehen von einem Schokoriegel, den er als Kind hatte mitgehen lassen, hatte er noch nie etwas gestohlen – er hatte überhaupt nie gegen das Gesetz verstoßen, war nie gewalttätig geworden, hatte sich nach der achten Klasse noch nicht mal mehr geprügelt, und jetzt plante er einen Bankraub. Genau genommen *hatte* er den Bankraub schon geplant. Shrini und er hatten bereits alle Feinheiten ausgearbeitet. Jetzt mussten sie es nur noch durchziehen.

Der Plan schien inzwischen ein Eigenleben entwickelt zu haben, er zog Dan und Shrini mit sich. Keiner von beiden war in der Lage, auszusteigen. Obwohl sie es vermutlich beide wollten, Dan zumindest. Und er würde die Sache auch wirklich sein lassen, wenn seine Netzhäute sich nicht zersetzen würden. Als er seine Arbeit verlor, hatte er auch seine Berufsunfähigkeitsversicherung verloren. Ohne die Versicherung war er am Arsch. Wenn er den Überfall nicht durchzog, würde er seine Familie zu einem Leben auf Sozialhilfeniveau verurteilen. Die Bank zu überfallen würde Nerven kosten, aber irgendwie musste er eine Möglichkeit finden, den Mut dazu aufzubringen.

Vor allem durfte er jetzt nicht durchdrehen. Einen Schritt nach dem anderen, sagte er sich, musste aber darüber lachen. Denn dummerweise war er ein verdammt guter Programmierer und suchte immer nach Fehlern in seiner Logik. Jetzt tat er dasselbe und malte sich die schlimmstmöglichen Szenarien aus. Ein Bauchkrampf ließ ihn zusammenzucken. Seine um das Steuer geklammerten Hände taten weh. Er musste sich unter Kontrolle bekommen, bevor er Joel traf, sonst war der Plan tot. Joel konnte Angst riechen.

Gott, er wünschte, er hätte ein Hemd zum Wechseln mitgenommen. Das, was er trug, war schon durchgeschwitzt. Er würde an einem Einkaufszentrum halten müssen. Er konnte Joel so, wie er sich fühlte, nicht gegenübertreten, schon gar nicht in einem durchgeschwitzten Hemd. Irgendwie musste er ein bisschen Zuversicht zusammenkratzen, ein bisschen Mut.

02

Gordon Carmichael zog den Bauch ein und betrachtete sich im Badezimmerspiegel. Mit achtundfünfzig verfügte er immer noch über dichtes blondes Haar, und soweit er sehen konnte, war noch kein einziges davon grau. Er drehte sein Gesicht von der einen Seite zur anderen und suchte nach Hautfalten. Zufrieden trat er einen Schritt zurück. Er schob seine Unterlippe vor, hob sein Kinn und klopfte gegen das Fleisch unter seinem Kiefer. Wären nicht diese Kehllappen, er hätte für Anfang vierzig durchgehen können. Er zog die Haut mit der Hand straff, um zu sehen, wie er ohne aussah. Mitte dreißig vielleicht. Wenn er sich nur die OP leisten könnte.

Er schaute noch einmal in den Spiegel, bevor er sich abwandte. Er hatte in seinem Lebenslauf bereits fünf Jahre weggelassen, doch um unter fünfzig zu kommen, musste er einige weitere streichen. Siebenundvierzig schien ein gutes Ziel zu sein, Kehllappen hin oder her.

Gordon seufzte. Er verließ das Bad, ging durch ein kleines Schlafzimmer und erreichte dann einen dritten Raum, der als Esszimmer, Wohnzimmer und Computerzimmer fungierte. Seine Wohnung war nicht groß – 40 Quadratmeter. Sie war mal abbezahlt gewesen. Allerdings hatte er in den drei Jahren, die er jetzt arbeitslos war, den für die Bude größtmöglichen Kredit aufgenommen. Er hatte versucht, seine monatlichen Lebenshaltungskosten durch den Handel mit Optionsscheinen reinzubekommen, aber ein paar schlechte Monate hatten seine Ersparnisse auf unter fünftausend Dollar reduziert. Jetzt blieb ihm ein Haufen überfällige Kreditrechnungen, und letzte Woche hatte er die Ankündigung der Zwangsversteigerung erhalten. Wenn sich nicht bald etwas tat, saß er tief in der Tinte. Er setzte sich vor seinen Computer, rief seinen Lebenslauf auf und verpasste ihm ein Facelifting, indem er ein paar Daten änderte und weitere vier Jahre aus seiner Zeit bei Vixox Systems strich. Etwas wie Reue stieg in ihm auf, als er seinen kosmetisch überarbeiteten Lebenslauf noch einmal ansah. Eine der wenigen Leistungen, die ihm etwas bedeuteten, waren seine einundzwanzig Jahre bei Vixox. Jetzt, nach zwei Korrekturen, waren aus diesen einundzwanzig Jahren schlappe zehn geworden. Aus irgendeinem Grund sorgte diese Vorstellung bei ihm für ein Gefühl innerer Leere.

Er veröffentlichte seinen Lebenslauf auf mehreren Internetplattformen für Techniker. Bevor er den Computer ausschaltete, überprüfte er seine E-Mails, er hatte eine Nachricht von Elena. Sie schrieb ihm lediglich, dass sie den Kontakt zu ihm abbrechen musste, weil sie jemanden aus Oregon heiratete. Obwohl das Schreiben nur zwei kurze Sätze umfasste, musste er es mehrmals lesen. Als er endlich begriffen hatte, was die Mail bedeutete, saß er einen Augenblick bloß starr da und wollte nichts lieber, als seine Faust in den Computerbildschirm zu rammen.

»Jetzt reicht's!«, brüllte er durch seine leere Bude. »Ich bin weg!«

Er griff nach seinen Wagenschlüsseln, hielt aber vor der Tür inne. Eigentlich wollte er in den Wagen steigen und nach Jersey an die Küste fahren. Nicht, dass er irgendwen dort kannte oder Jersey besonders mochte, aber es war weit genug entfernt, um etwas Distanz zu seinen Problemen zu schaffen. Jetzt fiel ihm allerdings ein, dass er sich für morgen mit Dan auf ein paar Biere verabredet hatte. Er überlegte, ob er absagen sollte, entschied sich dann aber dagegen. Das half ihm auch nicht weiter. Also würde es nix mit Jersey, zumindest fürs Erste.

Trotzdem, er musste hier raus. Aufs Geratewohl entschied er sich, Peyton zu besuchen. Sie waren seit über zwanzig Jahren befreundet, länger noch, als er mit Dan befreundet war. Auf der Höhe des Technik-Wahnsinnes – direkt vor dem Absturz 2001 – war das Start-up, für das Peyton gearbeitet hatte, für einen Riesenhaufen Geld verkauft worden, und Peyton hatte abkassiert, fast acht Millionen Dollar.

Gordon fuhr zu Peytons Haus, sofern man das überhaupt noch Haus nennen konnte. Gordon erschien es eher wie ein 3-D-Puzzle, das falsch zusammengesetzt worden war. Peyton hatte, bevor er zum Multimillionär geworden war, eine kleine Hütte besessen, und anstatt in ein größeres Haus zu ziehen, hatte er einen Anbau nach dem nächsten hingeklotzt. Das Ursprungshaus war nicht mehr zu sehen, und die Monstrosität, die stattdessen dort stand, passte überhaupt nicht zu den sonstigen einfachen Bauernhäusern in der Straße.

Gordon fühlte sich unwohl, als er vorfuhr. Die letzten paar Jahre hatte er Peyton immer seltener gesehen. Es gab dafür eigentlich keinen Grund, außer dass er sich vorkam wie ein Egel, wenn er mit seinem alten Freund herumhing. Er parkte in der Auffahrt, und nachdem er ein paarmal auf die Klingel gedrückt hatte, öffnete Peyton im Bademantel die Tür.

»Hey, hey, was geht, Mann?«, fragte Peyton.

»Nicht viel. Ich kam gerade vorbei und dachte, wir könnten vielleicht ein Bier trinken gehen?«

»Hey, weißt du, das wäre cool, aber ...«, Peyton zögerte und grinste dann blöde. »Die Kinder sind nicht da und ich beschäftige gerade meine Frau, wenn du verstehst, was ich meine.«

»Oh je, tut mir leid, dass ich gestört habe.«

»Keine Sache, Mann. Ich besorge uns nächste Woche

Karten für die Red Sox. Vielleicht kriege ich sogar ein paar Plätze auf dem Green Monster. Klingt das gut?«

»Klar, klingt witzig. Äh, ich wollte dir von einer Mail erzählen, die ich von Elena bekommen habe.«

»Jetzt passt es nicht so gut, aber nächste Woche reden wir, okay, Gordon?«

»Äh, klar, nächste Woche. Und, äh, ich habe noch ein bisschen über diese Restaurantidee nachgedacht.«

»Ja, Mann, ich auch. Wahrscheinlich nicht die beste Idee, Geschäft und Freundschaft zu mischen, verstehst du? Aber wir reden nächste Woche darüber. Alles klar?«

»Logisch, äh, cool. Und schöne Grüße an Wendy.«

»Keine Sorge, in ein paar Minuten werde ich sie schön grüßen ...«

»Äh, ja, eins noch, Pey...«

»Ich muss los, Mann. Nächste Woche, okay?«, sagte Peyton und schloss die Tür.

Gordon stand einen Augenblick da, mit heißem Gesicht, seine Hände zitterten. *»Du blöder Idiot«,* flüsterte er vor sich hin. *»Warum musstest du jetzt von dem Restaurant anfangen? Blödmann!«*

Obwohl keine Nachbarn zu sehen waren, fühlte Gordon sich beaobachtet, als schauten die Leute ihn an und sähen, wie dumm er sich aufgeführt hatte. Mit einem schiefen Grinsen im Gesicht latschte er zurück zu seinem Wagen. Als er drin saß, schlug er sich mit der offenen Handfläche seitlich ins Gesicht.

»Blödmann!«, fluchte er vor sich hin. »Jetzt reicht's. Ich gehe nicht wieder nach Hause!«

Es war erst drei Uhr nachmittags. Zu früh zum Abendessen, aber er konnte nach Lowell fahren und etwas Kambodschanisches für später mitnehmen. Lowell war für ihn eine Oase, einer der wenigen Orte in der Nähe, wo er gutes ausländisches Essen bekam. Als Hightech boomte, siedelten sich die meisten Firmen draußen auf dem Land, etwa vierzig Kilometer nordwestlich von Boston an. Keine schlechte Gegend, wenn man auf Pferde stand oder eine Familie gründen wollte, aber man konnte hier echt nicht essen gehen. Immerhin, zwanzig Minuten von hier lag Lowell.

Der Verkehr war entspannt, und Gordon erreichte die Stadt in weniger als fünfzehn Minuten. Er entschied sich gegen sein gewohntes kambodschanisches Restaurant. Bei seinen letzten Besuchen waren die Portionen kleiner gewesen, und außerdem gefiel ihm die Stimmung dort nicht. Stattdessen hielt er vor einem neueren, das ihm vor ein paar Monaten aufgefallen war.

Ein junges asiatisches Mädchen saß gelangweilt hinter der Kasse. Als Gordon näher kam, schaute sie auf und lächelte ihn an.

»Heiß heute, was?«, sagte Gordon.

»Ja, allerdings«, sagte sie leise. »Sehr heiß, schwül.«

»Keine Klimaanlage hier drin?«, fragte Gordon.

»Nein, noch nicht. Später schalten wir sie ein.«

»Es ist wohl zu früh zum Abendessen und zu spät zum Mittag. Normalerweise hole ich mir etwas zum Mitnehmen bei dem kambodschanischen Restaurant ein paar Straßen weiter, aber als ich das letzte Mal hier vorbeikam, habe ich gesehen, dass Sie neu aufgemacht haben.«

»Vielen Dank. Ich bin sicher, unsere Gerichte werden Ihnen schmecken.«

»Das hoffe ich allerdings. Was empfehlen Sie mir?«

»Alles hier ist gut. Die Shrimps sind sehr gut.«

Gordon schaute auf die Karte. »Kann es sein, dass Ihre Shrimpsgerichte auch die teuersten sind?«, sagte er.

»Sie sind sehr gut«, sagte sie, aber ihr Lächeln verblasste ein wenig.

»Na dann, warum nehme ich nicht dieses Shrimpsgericht hier, das mit den Erdnüssen und der scharfen Zitronengrassauce?«

»Ich gebe gleich in der Küche Bescheid«, sagte sie. »Dauert keine fünf Minuten.«

Gordon sah ihr hinterher. Das Mädchen war klein, schlank, und sein langes schwarzes Haar reichte fast über seinen gesamten Rücken. Der enge grüne Rock schmiegte sich an Hüften und Beine. Sein Mund wurde trocken, als er ihr nachsah. Als sie zurückkam, lächelte sie ihn höflich an, bevor sie wieder in ihrer Zeitschrift zu blättern begann.

»Sind Sie Kambodschanerin?«, fragte Gordon.

»Ja, natürlich.«

»Na ja, es ist nicht offensichtlich. Sie könnten auch Vietnamesin sein. Ich kenne einige Vietnamesen, die in kambodschanischen Restaurants arbeiten.«

»Ich bin Kambodschanerin.«

»Was unter Pol Pot in Kambodscha geschah, war schrecklich«, sagte Gordon. »Leute, die Brillen trugen, wurden erschossen, weil sie als Intellektuelle galten. Das ist kaum vorstellbar.«

»Ich weiß nur, was ich gelesen habe. Das war lange vor meiner Zeit.«

»Tut mir leid, natürlich. Ich muss sagen, Ihr Englisch ist sehr gut. Wie lange sind Sie schon im Land?«

»Ich wurde hier geboren.«

»Wirklich? Ich wollte Ihnen nichts unterstellen. Nur, dass Ihr Englisch wirklich sehr gut ist. Viel besser, als das, was ich in den anderen kambodschanischen Restaurants so zu hören bekomme.«

»Dafür sollte ich mich wohl bei Ihnen bedanken.«

»Kann ich Ihnen eine persönliche Frage stellen?«, fragte Gordon.

Sie schaute ein bisschen komisch, als sie sich ihm zuwandte, und ihr Lächeln war jetzt gänzlich verschwunden.

Gordon stemmte die Hände in die Hüften und streckte sein Kinn vor. »Was glauben Sie, wie alt ich bin?«, fragte er.

»Ich ... ich weiß nicht. Ich bin gleich zurück.«

Sie wandte sich von ihm ab und eilte davon. Gordon entspannte sich. Er wollte weg, aber er hatte schon sein Essen bestellt. Ein paar Minuten später kam ein Kambodschaner im Anzug aus der Küche. Er ging direkt auf Gordon zu. Als er vor ihm stand, drückte er Gordon eine Tüte mit Essen in die Hand. »Essen heute ist umsonst«, sagte er. »Ich bin der Besitzer. Bitte kommen Sie nicht wieder.«

»Warum nicht?«

»Sie haben das Mädchen, das hier arbeitet, sehr unangenehm gemacht.«

»Wie denn das?«, fragte Gordon. »Meine Güte, ich wollte doch bloß nett sein.«

»Das ist nicht, was sie sagt.«

»Was hat sie denn gesagt? Dass ich sie angemacht habe? Kommen Sie, ich habe bloß mit ihr geredet, während ich auf mein Essen gewartet habe.«

»Bitte gehen Sie jetzt.«

»Weil ich sie gebeten habe, zu schätzen, wie alt ich bin? Meine Güte. Ich habe sie bloß gefragt, weil ich wissen wollte, ob ich für unter fünfzig durchgehe.«

»Ihr Alter? Ich rate Ihr Alter. Sie sind ein schmutziger alter Mann. So rate ich Ihr Alter. Und jetzt kommen Sie bitte nicht wieder.«

Gordon starrte dem Mann in die Augen. Er widerstand dem Drang, dem Mann eine reinzuhauen. Stattdessen ließ er die Tüte fallen, trat darauf, wandte sich ab und verließ das Restaurant.

03

Carol Wilson war zum Heulen zumute. Der Seniorpartner der Anwaltskanzlei, Tom Harrold, hatte für halb vier ein Meeting mit den Anwaltsgehilfen anberaumt, und sie ging davon aus, dass das der Augenblick sein würde, in dem sie ihren Job verlor. Die Anwälte hier waren ohnehin nicht besonders nett, und letzte Woche waren sie noch barscher als sonst gewesen. Einer von ihnen, Bob Thorton, hatte ihr nicht einmal mehr in die Augen sehen können, als er ihr den letzten Auftrag zugeteilt hatte. Und außerdem war da noch Charlie Bishop. Er kümmerte sich um die Computer in der Kanzlei, und in den letzten paar Tagen hatte er Carol und die anderen Anwaltsgehilfinnen fast entschuldigend angelächelt.

Sie nahm sich einen der Schadensfälle vor, die sie lesen sollte, konnte sich aber nicht darauf konzentrieren, und nach einer Weile begannen die Worte vor ihren Augen zu verschwimmen. Sie spürte eine Hand auf der Schulter, und als sie aufschaute, stand Nancy Goldberg neben ihr.

»In ein paar Minuten ist das Meeting«, sagte Nancy. »Komm, wir holen uns einen Kaffee.«

»Ich glaube, das sieht nicht gut aus. Warum warten wir nicht bis halb vier und holen unterwegs welchen?«

»Ist doch egal.«

»Hast du etwas gehört?«

»Warum holen wir uns nicht einen Kaffee?«

Carol wurde ein wenig schwindlig, als sie aufstand. Sie musste sich kurz auf ihrem Stuhl abstützen. Mit vierundvierzig war sie immer noch sehr attraktiv. Schlank und klein, mit schulterlangem blondem Haar, der Typ »Mädchen von nebenan«. Aber die Anspannung des letzten

Jahres war ihr allmählich um die Augen und den Mund herum anzumerken. Als Dan vor eineinhalb Jahren seinen Job verlor, hatte sie sich Arbeit gesucht. Bevor die Kinder kamen, war sie sieben Jahre lang Anwaltsgehilfin gewesen. Doch eine Stelle zu finden, sollte schwieriger werden, als sie erwartet hatte, denn die Firmen wollten lieber jüngere Rechtsanwaltsgehilfinnen, und sie hatte fünf Monate gebraucht, um in diesem Job zu landen. Nancy war zwar erst sechsundzwanzig, arbeitete aber schon seit der Unizeit hier, inzwischen fünf Jahre.

Der Schwindel verging, sie holte Nancy ein, gemeinsam gingen sie in die Kaffeeküche. Nancy goss zwei Tassen ein und reichte Carol eine davon.

»Was hast du gehört?«, fragte Carol.

Nancy nahm einen Schluck Kaffee. Ihre Kiefermuskeln verspannten sich, als sie ihre Kollegin ansah. »Dass sie eine Reihe neue E-Mail-Konten eingerichtet haben«, sagte sie. »Charlie Bishop hat es mir vor einer Stunde erzählt.«

»Und was glaubst du, heißt das?«

»Nichts Gutes.«

»Oh, Gott.« Carol musste sich setzen. »Ich darf meine Arbeit jetzt nicht verlieren.«

»Vielleicht liege ich ja falsch. Aber ich bin sicher, du wirst einen anderen Job finden, wenn du musst. Ich hingegen habe mich entschieden, es diesen Schweinen gleichzutun und Jura zu studieren.«

»Warum heißt es, dass sie uns loswerden wollen, nur weil sie neue E-Mail-Konten einrichten?«

»Vielleicht liege ich ja falsch«, wiederholte Nancy ohne sonderlich viel Überzeugung.

Carol hatte Mühe, nicht zu weinen.

»Es tut mir leid, Carol, ich wollte dir keine Angst machen, ich wollte dich nur vorwarnen. Vielleicht habe ich auch bloß schlechte Laune. Oder ich deute da zu viel hinein.«

Sie nippten beide an ihrem Kaffee. Carol schmeckte rein gar nichts.

»Wir gehen jetzt besser zu dem Meeting«, sagte Nancy.

Die übrigen Rechtsanwaltsgehilfen warteten bereits im Konferenzsaal. Die meisten schauten besorgt, ein paar gelangweilt. Tom Harrold, um die sechzig, klein, mit schütterem Haar, einem runden Kopf und einem schmalen, fast babyhaften Lächeln stand am Kopf des Tisches neben seinem Stuhl, die Hände hinter dem Rücken verschränkt. Durch seine dicke Brille starrte er Nancy und Carol an, als sie zu ihren Plätzen gingen. Er wippte ungeduldig mit dem Fuß und wartete, bis sie beide saßen, bevor er auf die Uhr schaute. Dann sah er wieder seine Belegschaft an und räusperte sich.

»Ich habe dieses Meeting einberufen, um den Gerüchten entgegenzutreten, dass wir Entlassungen planen«, sagte er. »Niemand hier wird seinen Job verlieren.«

Er wartete auf eine Reaktion. Ein paar Kolleginnen seufzten. Eine Rechtsanwaltsgehilfin, die einige Jahre jünger war als Carol, Charlotte Henry, klatschte. Carol selbst lächelte zaghaft. Aus dem Augenwinkel bemerkte sie, dass Nancy grinste.

»Wir werden allerdings eine einzigartige Gelegenheit beim Schopf ergreifen«, fuhr Harrold fort. »Sie wissen es vielleicht nicht, aber die Rechtsprechung in Indien ist der unseren recht ähnlich. Wir sind dabei, Rechtsanwaltsgehilfen in diesem Land einzustellen …«

»… zu einem Fünftel der Kosten«, flüsterte Nancy Carol zu.

»… die für uns über Nacht Recherchen anstellen können. Das bedeutet …«

»… wir kürzen eure Stundenkontingente, damit wir unsere Boni erhöhen können«, flüsterte Nancy leise.

»… dass alle Anwälte der Firma, mich eingeschlossen,

effektiver arbeiten können. Fragen, die sich am Ende eines Arbeitstages ergeben, können bis zum Morgen recherchiert und geklärt werden. Das wird, anfangs jedenfalls, zu einem geringeren Arbeitsaufkommen für Sie alle führen, so dass wir Sie, unglücklicherweise, um eine Stundenreduktion bitten müssen.«

Nancy lachte auf.

»Entschuldigen Sie, Miss, haben Sie eine Frage?«, fragte Harrold mit bösem Blick.

»Nein, Entschuldigung, ich habe mich nur verschluckt.«

»Dann trinken Sie etwas Wasser«, sagte Harrold. Er starrte Nancy noch einen Augenblick an, bevor er sich wieder den übrigen Rechtsanwaltsgehilfen zuwandte.

»Wie schon gesagt, ist das für einige von Ihnen vielleicht unangenehm. Wir entschuldigen uns dafür, aber wir hoffen, dass auf diese Weise unsere Produktivität zunehmen wird, so dass die Reduktion höchstwahrscheinlich nur temporär sein wird. Meine Sekretärin wird jedem von Ihnen bis Ende der Woche Ihre neuen Arbeitszeiten mitteilen. Das ist alles.«

Carol sah sich um; auf den Gesichtern ihrer Kollegen zeigten sich sehr unterschiedliche Gefühle. Manche waren erleichtert, andere entsetzt. Sie war beides. Seit Dan arbeitslos war, reichte das Geld sowieso nicht. Sie hatte keine Ahnung, wie sie mit weniger auskommen sollten. Als sie aufstand, beugte Nancy sich zu ihr hinüber und flüsterte: »Klar. Nur temporär. Wenn das Outsourcing-Experiment funktioniert, sitzen wir alle auf der Straße.«

Harrold kam auf sie zu. Er blieb stehen und starrte Nancy an, wobei sein kleiner Mund sich bewegte, als kaute er auf etwas herum.

»Miss, wie lautet Ihr Name?«

Sie wandte sich ihm empört zu. »Nancy Goldberg. Ich bin seit fünf Jahren hier.«

»Und, Miss Goldberg, gehen Sie davon aus, hier weitere fünf Jahre verbringen zu dürfen?«

Zögernd nickte sie.

»Dies ist eine Anwaltskanzlei, Miss Goldberg. Wir erwarten hier ein professionelleres Verhalten. Verstanden?«

Einen Augenblick stand sie einfach nur da, dann bemächtigte sich ein eigenartiger Ausdruck ihres Gesichts. »Das tut mir leid. Sie wollen wohl lieber, dass ich lächle, während ich gefickt werde. Aber wissen Sie was, dann könnte ich auch gleich im Puff arbeiten – dann wäre ich zumindest in einer professionelleren Umgebung. Machen Sie sich gar nicht erst die Mühe – ich kündige.«

Sie lächelte Carol im Gehen schwach zu. Harrold sah ihr einen Augenblick nach, er war völlig erstarrt und seine kleinen Ohren leuchteten rot. Dann bemerkte er Carol und sah sie an. »Wollen Sie dem noch etwas hinzufügen?«, fragte er mit angespannter Stimme.

Carol schüttelte den Kopf.

»Und wir erwarten, dass Sie zu allen Meetings pünktlich kommen. Drei Minuten zu spät ist genauso schlimm wie dreißig. Verstanden?«

»Ja, Sir.«

Als Carol wieder an ihrem Schreibtisch saß, begann sie zu weinen. Sie konnte nicht anders. Mit Tränen in den Augen griff sie nach einem der Schadensfälle und zwang sich, ihn zu lesen. Wobei sie darauf achtete, dass keine Tränen auf die Akte fielen.

04

Dan erreichte Bristol, New Hampshire, kurz nach halb fünf und hatte dann noch eine fünfzehnminütige Fahrt über einen Feldweg vor sich, um Joels ausufernde Ranch zu erreichen, die eher nach einem Armee-Stützpunkt aussah. Die Gebäude waren einfach nur hässlich, wobei das im Grunde egal war. Kaum jemand würde sie je zu Gesicht bekommen. Joels nächster Nachbar lebte zehn Kilometer entfernt.

Dan klingelte. Joel hatte irgendwann mal damit angegeben, dass er eine mit Stahl verstärkte Haustür hatte einsetzen lassen, und niemand, vor allem nicht die Bullen, würde die knacken können. Sekunden nach dem Klingeln wurde die Tür geöffnet und Joel schaute raus.

»So, so, sieh mal, wer extra aus *Steuerchusetts* hergekommen ist«, sagte er und grinste frech. »Du bist zwanzig Minuten zu spät.«

»Ich freu mich auch, dich zu sehen. Wenn du nicht am Arsch der Welt wohnen würdest ...«

»Fick dich, komm mir nicht mit deinen Entschuldigungen, außerdem gefällt's mir hier. Du kannst ja mit dem ganzen liberalen Gesocks in *Steuerchusetts* bleiben.« Joel verknautschte sein Gesicht zu einer übertriebenen Schau des Ekels und schnupperte. »Was ist denn das für ein Gestank? Ach ja, der Gestank des liberalen Drecks an deinen Hacken.«

Er lachte auf und streckte die Hand aus. »Wie geht's dir, Mann?«

»Könnte besser sein.« Dan schüttelte Joels Hand und hatte das Gefühl, in einen Schraubstock geraten zu sein.

Joel Kasner stand da wie ein Hahn mit herausgedrückter Brust. Mit seinen großen Ohren, den kleinen glasigen Augen und dem dünner werdenden Haar sah er beinahe aus wie eine Zeichentrickfigur. Er deutete auf Dans Aktentasche. »Was hast du denn da?«, fragte er. »Das Geld, das du beim Backgammon gegen mich verlieren wirst?«

»Zeig ich dir nachher. Wie läuft's bei dir?«

»Was glaubst du? Scheiße. Und selbst?«

»Wahrscheinlich noch beschissener.«

»Klar, verstehe«, sagte Joel und sein freches Grinsen verblasste. »Ist bestimmt schlimm. Tut mir leid, Mann, meine Ausgaben sind wenigstens übersichtlich, und meine Kinder sind alle volljährig und ich muss ihnen keine Kohle mehr in den Arsch schieben. Komm jetzt, das Spiel ist schon aufgebaut. Zeit, dich abzukassieren.«

Dan folgte Joel ins Haus. Es sah aus, als stamme die Einrichtung ausschließlich von Flohmärkten. Kein Möbelstück passte zum anderen, und alle sahen abgenutzt und heruntergekommen aus. Ein paar Waffenzeitschriften lagen auf dem Sofa herum.

»Wichst du mit denen?«, fragte Dan und zeigte auf die Magazine.

»Fick dich. Lass uns spielen.«

Auf einem kleinen Plastiktisch in der Küche stand ein Backgammonspiel. Joel öffnete den Kühlschrank und nahm zwei Flaschen Budweiser heraus. »Willst du eins?«, fragte er.

»Klar.«

»Einen Dollar«, sagte Joel und streckte die Hand aus.

»Ich soll es dir bezahlen?«

»Warum nicht? Ich hab schließlich auch dafür bezahlt. Und du hättest ja dein eigenes Bier mitbringen können, Arschloch.«

Dan verkniff sich zu sagen, wo Joel sich sein Bier hinschieben konnte, und vergegenwärtigte sich stattdessen, weswegen er hergekommen war, dann reichte er Joel einen Dollar und nahm eine der Flaschen. Sie setzten sich an den Tisch und würfelten, um festzulegen, wer beginnen sollte. Mitten im Spiel bekam Joel eine Zahl nicht, die er brauchte. Er starrte zur Decke und hob die Faust. *»Verfickter Scheißkerl«*, fluchte er. »Du gönnst mir nicht mal einen vernünftigen Wurf, was?«

»So ist das nun mal, Joel.«

»Fick dich und würfel selbst.«

Zwei Runden später hatte Joel einen Eins-zu-sechsunddreißig-Volltreffer, der ihm einen entscheidenden Vorteil verschaffte. Er lehnte sich zufrieden auf seinem Stuhl zurück. »Um was spielen wir, fünf Mäuse pro Punkt?«

»Vergiss es. Einen Vierteldollar, wie immer. Und wenn du wirklich so scharf drauf bist, den Einsatz zu erhöhen, dann nimm doch den Verdopplungswürfel!«

»Mach ich vielleicht auch.« Joels hartes Grinsen wurde etwas weicher. »Also, erzähl mal, wie läuft die Arbeitssuche?«

»Nicht gut.« Dan machte eine Pause und ließ seinen Blick in eine Ecke des Zimmers wandern. Als er ihn wieder auf Joel richtete, grinste er, aber es war nur eine leblose Grimasse. »Mein ganzes Arbeitsleben hindurch gab es immer Programmierer, die älter waren als ich. Aber wenn ich jetzt Gespräche führe, ist da niemand mehr älter als fünfunddreißig. Sie löchern mich über Programmierelemente, die es vor fünf Jahren noch gar nicht gab, und betrachten meine sechsundzwanzig Jahre Erfahrung als Witz, weil die Programmiersprachen heutzutage überflüssig sind. Diese Schweine geben mir mit achtundvierzig das Gefühl, steinalt zu sein. Was weiß ich, vielleicht stimmt das auch.«

»Ach, Unsinn, Mann. Ich hab schon die Hälfte meines JAVA-Kurses abgeschlossen, und ich verspreche dir, wenn ich das Zertifikat habe, krieg ich auch wieder Arbeit!«

Dan wollte etwas sagen, schloss aber stattdessen den Mund. Sie saßen schweigend da und spielten zu Ende. Als sie die Steine für das nächste Spiel aufbauten, schaute Joel seinen Freund müde an. »Wie schlimm ist es?«, fragte er.

»Schlimm«, sagte Dan. »Ich habe schon meine Altersvorsorge aufgebraucht, und was Carol verdient, reicht vorne und hinten nicht.«

»Ist doch deine eigene Schuld! Wer hat dich drauf gebracht, diese Riesenhütte zu kaufen? Meine Güte, ich weiß noch, als du dir die Bude zugelegt hast, habe ich dich gefragt, warum zum Teufel jemand dreihundertfünfzig Quadratmeter braucht. Verkauf das Ding doch einfach.«

»Leichter gesagt als getan.«

»Dann geh wieder zur Schule, wie ich«, sagte Joel. »Bei deiner Führungserfahrung brauchst du nur noch ein JAVA-Zertifikat, dann ist alles geritzt.«

Dan biss sich auf die Zunge, er hätte Joel beinahe gestanden, dass ihm das nichts bringen würde, denn wenn er die Ausbildung hinter sich hätte, wäre er blind. Stattdessen grinste er bloß bemüht. »Du lebst in einer Fantasiewelt, Joel«, sagte er. »Du kannst so viele JAVA-Zertifikate haben, wie du willst, kein Mensch wird dich einstellen. Warum sollten sie einen fünfundfünfzigjährigen alten Sack anheuern, wenn sie sich jemand frisch von der Uni holen können, der billiger ist und mit dem sie besser zurechtkommen?«

»Blödsinn«, Joel guckte weg, sein Mund gab nach. »Was zum Teufel soll ich denn sonst machen? Einfach aufgeben, so wie du?«

»Wer sagt denn, dass ich aufgebe? Vielleicht plane ich ja auch etwas. Vielleicht fällt sogar was für dich dabei ab.«

»Zum Beispiel?«

»Ich wollte dir etwas vorschlagen.«

»Willst du eine Firma gründen?«

»Sozusagen.«

»Jetzt zier dich nicht so. Hast du schon Geldgeber?«

»Joel, ich ziere mich nicht.«

»Okay, in Ordnung, spuck's einfach aus, Mann. Testen, Programmieren, was immer du brauchst, ich mach's dir.«

»Es ist was ganz anderes.« Dan holte tief Luft und stieß langsam den Atem aus. »Ich hab dir nichts davon erzählt, aber ich hatte einen Dreimonatsvertrag, der vor einem Monat auslief.«

»Warum zum Teufel hast du mich nicht dazugeholt?«

»Sie haben die Programmierung selbst nach Indien ausgelagert. Wenn ich dich hätte reinholen können, hätte ich es getan.«

»Und was hat das mit deinem Vorschlag zu tun?«

»Dazu komme ich gleich. Der Auftraggeber war eine Bank. Sie haben mich angeheuert, um ein neues Sicherheitssystem für sie zu entwerfen. Wenn sie auf einen stummen Alarmknopf drücken, soll eine Meldung an ein Computersystem erfolgen, das zeitgleich die Polizei vor Ort, das FBI und den privaten Wachdienst der Bank verständigt. Außerdem werden der Tresorraum und etliche andere Türen verriegelt. Dank dieses Systems konnten sie sich von ihren eigenen Wachleuten verabschieden.«

»Okay, und?«

»Bei dem alten System war der Alarmknopf direkt mit der Polizei verbunden. Jetzt läuft alles über den Computer.«

»Und ... wenn der Computer spinnt, funktioniert der Alarm nicht.«

»Genau.«

»Gibt es ein Backup?«

»Ja, wenn der Computer abstürzt, wird der Alarm auf ein Backup-System geschaltet. Beide Systeme laufen notfalls auf Akku.«

»Ziemlich blöd, wenn du mich fragst. Sie hätten bei der direkten Leitung bleiben sollen.«

»Ach was. Aber jetzt wird es spannend. Die Inder, die sie angeheuert haben, haben Scheiße gebaut. Ich habe den Code durchgesehen, das ist Grütze. Das System sollte in Zufallsabständen einen zweikommaachtsekündigen Selbsttest vornehmen. Aber es führt stattdessen einen achtundzwanzig Minuten langen Test durch.«

»Sie haben also schlecht programmiert. Na und? Willst du die Bank darauf hinweisen, und wir bringen es für sie in Ordnung?«

»Nein. Ich habe den Code noch ein bisschen verändert. Wenn der Selbsttest läuft, dann ist der Alarm jetzt ausgeschaltet.«

»Können sie das zu dir zurückverfolgen?«

»Wie sollten sie?«

»Wie? Weil du das System entworfen hast, du Penner!«

»Na und? Soweit die Bank weiß, habe ich die Software nie gesehen. Ich habe meine Veränderungen nach schlechter Programmierung aussehen lassen, genau wie den ganzen anderen Schrott, den die Inder geliefert haben. Und keine Fingerabdrücke hinterlassen.«

»Okay, na und?«

Dan schwieg einen Augenblick, dann breitete sich ein krankes Grinsen auf seinem Gesicht aus. »Der Algorithmus, den die Inder verwendet haben, um die zufälligen Zeitabstände zu berechnen, ist nicht zufällig«, sagte er. »Er ist vorhersagbar. Genau genommen, kann ich dir exakt sagen, wann in der Woche die Alarmanlage der Bank ausgeschaltet ist. Achtundzwanzig Minuten lang.«

Joel kniff die Augen zusammen und starrte Dan an. »Sag es ja nicht«, warnte er.

»Ich habe alles genau geplant, Joel. Wir können das hinbekommen.«

»Arschloch!«, explodierte Joel und bleckte die Zähne. »Ich habe gesagt, du sollst es nicht sagen! Du willst jetzt also Bankräuber werden? Ich geb dir einen Rat, vergiss deine kleine Fantasie und lass uns noch ein bisschen Backgammon spielen.«

»Wir können das durchziehen, Joel. Und wir haben es verdammt noch mal verdient.« Dan leckte sich die Lippen und rückte näher zu seinem Freund heran. »Du weißt genau, wie viele Jahre ich Achtzigstundenwochen bei irgendwelchen Start-ups gearbeitet habe, um mal richtig Geld zu verdienen – und dann sind die alle pleitegegangen. Und ich weiß, bei dir war es genauso. Das ist unsere Chance, richtig abzusahnen.«

»Du bist verrückt.«

»Hör mir doch mal bis zum Ende zu.«

»Steh auf.«

»Was?«

»Ich habe gesagt: Steh auf.«

Dan hob die Hände, um zu zeigen, dass er das wirklich bescheuert fand, schob seinen Stuhl zurück und erhob sich langsam. Als er gerade mal halb aufgerichtet war, schoss Joel hoch und verpasste ihm einen Schlag unter das linke Auge. Der Treffer brachte ihn aus dem Konzept. Er taumelte ein paar Schritte rückwärts, bevor er sein Gleichgewicht zurückerlangte. Dann betastete er seine Wange und konnte bereits fühlen, wie sie anschwoll.

»Was zum Teufel soll das?«

»Hey, du Wichser, du bist doch ein Bankräuber, oder? Auf so einen Scheiß solltest du vorbereitet sein.«

»Du Arschloch.«

»*Ich* bin das Arschloch? Du kommst her und willst mich überreden, bei einem Banküberfall mitzumachen! Sieh dich doch an, du kannst nicht einmal einen Schlag einstecken, und du willst eine Bank überfallen?«

»Versuch's noch mal.«

»Vergiss es. Jetzt bist du darauf vorbereitet. Aber das ist es eben, wenn man etwas völlig Bescheuertes unternimmt, kann alles passieren. Und wie du gerade bewiesen hast, verfügst du nicht über den Instinkt, mit dem klarzukommen, was dir so widerfahren kann. Ich hol dir Eis.«

Joel füllte eine Plastiktüte mit Eis und kam zum Tisch zurück. Dan setzte sich und köchelte schweigend vor sich hin, während er die Tüte auf seine Wange presste. Die Erkenntnis, wie furchtbar seine Lage inzwischen war, ließ ihn auf seinem Stuhl erstarren.

»Habe ich dir wenigstens etwas Verstand eingeprügelt?«

»Du hättest auch abbremsen können. Ich glaube, du hast mir etwas gebrochen.«

»Hör auf zu jammern. Da ist nichts gebrochen. Und hör auf mit den Tagträumen von Banküberfällen. Du bist Software-Programmierer, schon vergessen?«

Dan hob den Blick zu Joel und schüttelte den Kopf. »Nein, bin ich nicht«, sagte er. »Und du auch nicht. Das waren wir vielleicht mal, aber wir sind es nicht mehr. Und sie haben uns die Tür vor der Nase zugeknallt.«

»Du kannst ja glauben, was du willst. Ich tu das nicht.« Joel hob gedankenverloren die Hand an seinen Kiefer und massierte ihn.

»Du weißt ganz genau, dass es stimmt. Dein JAVA-Zertifikat könnte genauso gut auf Klopapier gedruckt sein.«

»Wenn du das wirklich glaubst, dann lern doch irgendetwas anderes!«

Wieder musste Dan sich zusammenreißen, um nicht zu brüllen: *Was soll mir das denn bringen? Ich werde blind!* Stattdessen sagte er ganz ruhig: »Was denn? Selbst wenn ich das Geld dafür hätte, was nicht der Fall ist, kannst du mir vielleicht verraten, mit welcher Art Abschluss sie mich vom Fleck anheuern, wenn ich mit Mitte fünfzig endlich fertig bin?«

»Das ist doch albern.«

»Joel, du hast mit mir gearbeitet. Habe ich je Mist gebaut?«

»Das ist nicht dasselbe.«

»Das sehe ich anders. Wie wär's, wenn du mich zu Ende reden lässt und es dir dann überlegst?«

Joel öffnete den Mund und wollte widersprechen, stieß stattdessen aber nur die Luft aus. Er lehnte sich wieder zurück, die Hände hinter dem Kopf verschränkt. Leise sagte er: »Also bitte.«

Dan nahm den Eisbeutel vom Gesicht und legte ihn auf den Tisch. Er öffnete seine Aktentasche und ging seinen Plan methodisch durch. Joel hörte zu und seine Reaktionen wechselten vom leichten Spott zu widerwilligem Respekt. Am Ende zeigte sich ein Hauch von Interesse in seinem Blick, er huschte mit der Zunge über die Lippen, während er darüber nachdachte. »Ich muss zugeben, es könnte funktionieren«, sagte er. »Auf jeden Fall hast du deine Hausaufgaben gemacht. Und alles, was du mir erzählt hast, stimmt?«

»Allerdings.«

Joel lehnte sich wieder zurück, er schaute an die Decke und rieb sich mit dem Daumen über die Lippen. So saß er eine Minute lang da, während er überdachte, was Dan ihm erzählt hatte. Dann richtete er sich plötzlich wieder auf, starrte Dan mit hochrotem Kopf wütend an. »Du blöder Wichser«, fluchte er leise. »Du willst Gordon dazuholen, oder? Bist du verrückt?«

»Ohne Gordon geht es nicht. Genauso, wie es nicht ohne dich geht.«

»Bist du verrückt? Ich arbeite nicht mit Gordon! Der Kerl kann nicht mal fünf Minuten die Fresse halten.« Joel hob die Hand an den Mund und begann an seiner Unterlippe zu zupfen. »Der Typ ist doch grenzdebil, voll der Psycho.«

»Gordon ist in Ordnung. Vertrau mir einfach, okay?«

»Hast du schon mit ihm gesprochen?«

»Nein ...«

»Dann lass es!«

»Glaubst du, ich hätte zwanzig Jahre lang immer wieder mit Gordon gearbeitet, wenn ich ihm nicht trauen könnte? Der Kerl hat in Vietnam gedient. Er weiß, wie man sich zusammenreißt. Und ohne ihn funktioniert der Plan nicht. Das verstehst du doch, oder?«

»Wenn er dabei ist, bin ich draußen. Ich verwette doch nicht mein Leben auf diesen Verrückten!«

»Beruhige dich, okay? Gordon ist in Ordnung. Er ist ein kluger Kerl. Und ich brauche vier Leute in der Bank, damit es funktioniert. Wir sind nur zehn Minuten drin. Das ist alles. Und ich habe kein Problem damit, mein Leben darauf zu verwetten, dass Gordon zehn Minuten die Klappe halten kann.«

»Und was ist danach? Wenn er rumquatscht?«

»Er wird niemandem davon erzählen. Hast du ihn jemals irgendetwas Substantielles darüber sagen hören, was in Vietnam abgegangen ist?«

Joel dachte darüber nach und schüttelte langsam den Kopf. »Es gefällt mir trotzdem nicht«, beklagte er sich. Dann begannen seine Augen zu glitzern. »Du hast vier Leute erwähnt. Wer ist der Vierte?«

»Ein Freund von mir. Wir haben die letzten fünf Jahre zusammengearbeitet. Du kennst ihn nicht. Er ist Inder. Sobald die Sache durch ist, will er zurück nach Indien. Was uns gut passt.«

»Wie viel weiß er?«

»Alles, was ich weiß. Wir haben das die letzten sechs

Wochen zusammen geplant. Und: Ja, ich traue ihm. Noch weitere Fragen?«

»Es gefällt mir immer noch nicht, dass Gordon dabei ist.«

»Er wird dasselbe sagen, wenn ich ihm von dir erzähle.«

»Ich habe noch nicht Ja gesagt! Und er kann sagen, was er will. Das ändert nichts daran, dass bei ihm mindestens eine ganze Handvoll Schrauben locker sind.«

»Joel, warum spielen wir nicht noch ein bisschen Backgammon und reden nicht weiter darüber? Lass es einfach sacken. Schau mal, wie du es findest.«

»In Ordnung, prima.«

Sie spielten schweigend. Nachdem Joel aus Unachtsamkeit drei Spiele nacheinander verloren hatte, schmiss er die Würfel in das nebenan gelegene Esszimmer. »Verfickte Scheißwürfel«, brüllte er. Er holte tief Luft und stieß den Atem laut durch den Mund aus.

»Du meinst es wirklich ernst, oder?«, fragte er.

»Ernst genug, dass ich schon geübt habe, wie man Autos klaut.«

»Ich kann gar nicht glauben, dass wir darüber reden«, sagte Joel. »Wenn wir eine Bank ausrauben und etwas geht schief, ist dein Leben vorbei, Mann. Ich hab keine Frau, meine Kinder sind mir scheißegal, und ich komm mit dem Leben im Knast klar. Aber du schmeißt deine Familie weg, und ich sag dir das nur ungern, aber den Knast stehst du kein Jahr durch. Ich will dich nicht beleidigen, Dan, aber du bist einfach nicht hart genug, um da drin zu überleben.«

»Es wird nichts schiefgehen.«

»Und wenn doch?«

»Dann sind wir am Arsch. Ja, klar, alles ist möglich. Aber wir sind garantiert am Arsch, wenn wir es nicht versuchen.«

»Weiß Carol davon?«

»Nein.«

»Wirst du es ihr sagen?«

»Nein. Niemals. Also, wie sieht's aus, Joel, bist du dabei?«

Joel schüttelte langsam den Kopf und schnitt eine Grimasse. »Ich denk darüber nach«, sagte er nach einer Weile.

05

Shrini spannte den rechten Arm an, während er sich im Spiegel des Fitnessstudios betrachtete. Er trainierte regelmäßig und war ausgesprochen stolz auf seinen Körper. Aber jetzt ging es um mehr. Der Banküberfall sollte in einer Woche stattfinden, und er musste sich vorbereiten, er musste so gut in Form sein wie irgend möglich.

Er warf noch einen weiteren schnellen Blick in den Spiegel, während er eine Hand auf seinen zufriedenstellend flachen Bauch legte. Dann ging er hinüber zu einer der freien Hantelbänke und schob auf jedes Ende der Stange Gewichte von je fünfundvierzig und fünfundzwanzig Pfund. Die Stange selbst wog fünfundvierzig Pfund, so dass er insgesamt einhundertfünfundachtzig Pfund stemmen würde. Shrini setzte sich auf das Ende der Bank, legte sich hin und rutschte ein Stück weiter, um die Stange gut fassen zu können. Er sog den Atem ein, nahm die Stange aus der Halterung und ließ sie einmal von seiner Brust abprallen, danach vollführte er zwölf schnelle Wiederholungen, bevor er die Stange wieder zurück in die Halterung legte.

Kaum war er mit dem Satz fertig, setzte er sich auf und rieb sich mit einem Handtuch über Stirn und Nacken. Er stand auf und ersetzte die Fünfundzwanziger-Gewichte durch Fünfundvierzig-Pfund-Gewichte, so dass das Gesamtgewicht auf zweihundertfünfundzwanzig Pfund stieg. Er setzte sich wieder auf die Bank und schüttelte die Arme aus, putschte sich für den nächsten Satz auf. Dabei wanderten seine Gedanken zu dem Überfall und seinen Plänen für die Zeit danach.

Das Adrenalin traf ihn jedes Mal, wenn er daran dachte. Er brauchte das Geld, aber noch wichtiger war ihm eigentlich die Chance, sich zu beweisen. Wenn er das hinbekam, dann war er zu allem fähig. Er hegte keinen Zweifel daran, dass sie Erfolg haben würden. Dan und er hatten alle Details ausgearbeitet, und der Plan war viel zu solide, um nicht zu gelingen. Hinterher, wenn er seinen Anteil hatte, würde er das Geld auf ein Schweizer Konto überweisen, später an eine indische Bank. Wenn er dann zurück nach Indien zog, würde er mit dem Geld seine eigene Softwarefirma gründen. Er hatte genug Kontakte und musste sich um Aufträge keine Sorgen machen. Mit einer leichten Bitterkeit dachte er daran, dass dieselben Leute, die hier in den Staaten zögerten, ihn anzuheuern, nur zu glücklich wären, ihn mit Geld zu bewerfen, damit er ihnen in Indien Software programmierte.

Er bemerkte eine junge Frau am Quad-Trainer, die ihn anlächelte. Sie war niedlich, vielleicht Anfang zwanzig, hatte dunkelblondes Haar, und, wie ihr Lycra-Anzug erkennen ließ, einen schlanken, durchtrainierten Körper. Er lächelte zurück. Was er an den Staaten am meisten vermissen würde, waren die Frauen. Lauter unterschiedliche Farben, Formen, Variationen. Er traf ständig Frauen, die ihn als Exot betrachteten, und er hatte kein Problem damit, ihnen zu demonstrieren, wie exotisch er sein konnte. Seine Eltern hatten arrangiert, dass er Amrita heiraten würde, sobald er zurück nach Indien zog. Er erinnerte sich aus der Schule an sie als ein dickliches, nicht besonders hübsches Mädchen. Sie schaute immer ein wenig missmutig. Ihr Name bedeutete *Nektar* – so ein Quatsch, dachte er. Vielleicht der Nektar einer verdorbenen Frucht. Mit ihr würde er den Rest seines Lebens verbringen müssen.

Aber noch blieb ihm einige Zeit in den Staaten. Er erhob sich und ging hinüber zu der Frau, die ihn anlächelte.

»Entschuldigung«, sagte er. »Könntest du mir beim nächsten Satz Hilfestellung geben?«

»Gerne. Aber ich weiß nicht, ob ich stark genug bin.«

»Du musst nicht viel halten. Wenn ich die letzte Wiederholung mache, musst du bloß ganz leicht an der Stange ziehen. Glaub mir, das schaffst du mit einer Hand. Vielleicht einem Finger.«

»Vielleicht schaffst *du* es mit einem Finger«, sagte sie und lachte. »Ich brauche dafür beide Hände.«

»Du wirst überrascht sein, wie einfach es geht.«

Als sie aufstand, stellte Shrini sich vor. Sie sagte, ihr Name sei Sonia.

»Sonia? Das heißt *golden* auf Hindi. Und du bist auf jeden Fall golden.«

Sie lachte. »Brauchst du Hilfestellung oder willst du mich anbaggern?«

»Hilfe«, sagte Shrini und grinste breit. »Ich hätte auch gefragt, wenn du ein verschwitzter Kerl wärst. Glaub mir.«

»Aber klar.«

»Sicher. Ich würde doch niemand Goldenes anlügen. Komm, hilf mir.«

Shrini ging zurück zur Bank und zeigte Sonia, wo sie stehen sollte.

»Du musst nur warten, bis ich dich um Hilfe bitte. Dann führst du die Stange mit einer Hand zurück in die Halterung. Ich werde die ganze Arbeit machen, du musst nur ein bisschen helfen.«

»Das hoffe ich«, sagte sie und lachte wieder. »Das sieht schwer aus.«

Er schnitt eine Grimasse. »Das? Zweihunderfünfundzwanzig Pfund? Das sind nur sechzig Pfund mehr, als ich wiege.«

Nachdem er sich wieder auf die Bank gelegt hatte, packte Shrini die Stange und riss sie aus der Halterung.

Bei jeder Wiederholung mogelte er ein wenig, er ließ die Stange mit dem Ausstoßen des Atems von seiner Brust abprallen. Normalerweise machte er mit diesem Gewicht nur sechs Wiederholungen. Aber da Sonia zuschaute, wurden es mehr. Bei der elften Wiederholung begannen seine beiden Arme zu zittern und die Stange sank in Richtung seiner Brust. Sonia streckte die Arme aus, um ihn zu unterstützen.

»Nein, nein, noch nicht«, würgte Shrini mit rotem Kopf hervor.

Mit einem Grunzen und im Hohlkreuz stemmte er das Gewicht hoch, und es gelang ihm sogar, es in die Halterung zurückzulegen.

»Das sah anstrengend aus«, sagte Sonia.

Shrini setzte sich schnell auf. Er schaute übertrieben empört und sagte: »Das? Das war gar nichts.«

»Es war nett, dich kennen zu lernen, Shrini.« Sie zögerte ein paar Sekunden, dann sagte sie: »Ich lasse dich jetzt besser weiter trainieren.«

»Ich fand es auch nett, dich kennen zu lernen.« Shrini streckte ihr seine Hand hin und freute sich innerlich darüber, dass sie zu zögern schien, sie wieder loszulassen.

»Um mich für deine Hilfe zu revanchieren, könnte ich dir nachher wenigstens einen Drink ausgeben.«

»Ja, das wäre nett.« Sie errötete ein wenig. »Ehrlich gesagt bist du mir schon ein paarmal beim Trainieren aufgefallen.«

»Du mir auch«, sagte Shrini, während er noch überlegte, ob er sie je zuvor gesehen hatte. Er freute sich innerlich noch ein wenig mehr, als ihm die leichte Veränderung ihres Gesichtsausdrucks auffiel, ihr Lächeln wurde selbstsicherer. Ja, er würde dieses Land vermissen. Aber er würde das Beste daraus machen, solange es noch ging.

Viktor Petrenko ignorierte die Schwere seiner Arme, während er zwei linke Gerade gefolgt von einem rechten Aufwärtshaken ausführte. Die beiden Geraden trafen den schweren Sack kraftvoll, der Aufwärtshaken ließ den Sack fünfzehn Zentimeter in die Höhe schießen. Er trat zurück und vollführte noch einmal dieselbe Kombination, wobei er sich auf seine Füße konzentrierte sowie auf die Beschleunigung seines Körpers beim Aufwärtshaken. Er war seit vierzig Minuten am Sandsack zugange und hielt sein Tempo, während er die Kombinationen durchging. Fast alle seine Schläge trafen ordentlich. Die wenigen, bei denen das nicht der Fall war, ließen ein dünnes, brutales Lächeln auf seinem ansonsten ausdruckslosen Gesicht aufscheinen.

Er hatte den Großteil seines Lebens geboxt. Mit elf war er in das Jugendboxprogramm der Sowjetunion eingetreten. Das war hart gewesen, aber mit achtzehn hatte man entschieden, dass ihm das Tempo fehlte, um ein Weltklasseboxer zu werden, und ihn fallen lassen.

Boxen war seine wahre Leidenschaft gewesen. Es war geradezu erregend, wenn man den Gegner in die Rippen traf und spürte, wie dessen Körper sich vom Boden hob und ihm gleichzeitig die Luft aus den Lungen gepresst wurde. Später, als Petrenko Chef der Verhörabteilung des KGB wurde, konnte er dieses Gefühl noch oft erleben, aber es war nie ganz dasselbe. Heutzutage musste er sich mit einem schweren Sandsack zufriedengeben. Zumindest meistens.

Es klopfte an der Tür und Yuri Tolkov betrat das Box-Studio, das Petrenko im Keller seines Hauses eingerichtet hatte. Petrenko ignorierte ihn und schlug weitere zehn Minuten auf den Sandsack ein, bevor er sich aufrichtete und die Lederriemen von seinen Händen abwickelte. Mit blassen, fast durchscheinenden blauen Augen betrachtete er die festen Schwielen, die sich mit den Jahren auf seinen Knöcheln gebildet hatten. Er nahm ein Handtuch vom Haken, wischte sich den Schweiß von Armen und Hals, dann setzte er sich an einen kleinen Tisch in der Ecke, auf dem eine Flasche Pravda Wodka in einem Eiskübel stand. Er schenkte sich ein Glas ein und sah dann Yuri an.

»Und?«, fragte er.

Yuri kam näher. Er blieb gut einen Meter vor Petrenko stehen. »Ich habe noch einmal mit den Arabern gesprochen. Sie sind damit einverstanden, dass wir die Diamanten begutachten lassen.«

»Mir gefällt das nicht. Woher haben sie meinen Namen?«

Yuri zuckte mit den Achseln. »Sie behaupten, von Ekhardt.«

»Ekhardt? Dieses deutsche Schwein. Wieso sollte der den Arabern meinen Namen nennen?«

Yuri zuckte mit den Achseln.

»Mir gefällt das gar nicht. Das könnte eine Falle sein. Vielleicht das FBI?«

»Ich glaube nicht.« Yuri lächelte und zeigte böse verfärbte Zähne. »Ich hab es überprüft. Einer der Araber steht auf einer Fahndungsliste des FBI.«

Petrenko dachte einen Augenblick darüber nach. »Diese Diamanten sind ungeschliffen, oder?«

Yuri nickte.

»Dann werden wir sie begutachten lassen.«

Yuri wandte sich ab und wollte gehen, doch dann zögerte er. »Warum stehlen wir sie nicht einfach?«, fragte er.

»Diese Araber haben vielleicht noch mehr, das sie uns verkaufen wollen.« Petrenko zeigte ein dünnes Lächeln, wie eine Klapperschlange, bevor sie zustößt. »Keine Sorge, unser Preis wird einem Diebstahl gleichkommen.«

Yuris Hand lag schon auf dem Türknauf, als Petrenko ihn stoppte.

»Vergiss nicht«, sagte Petrenko. »Morgen früh haben wir auf dem Markt zu tun. Bring Sergei mit.«

Yuri nickte und ging. Er schloss die Tür leise hinter sich. Petrenko goss sich ein weiteres Glas Wodka ein und nippte langsam daran.

06

Den Großteil der Fahrt zurück aus New Hampshire kochte Dan vor Wut über Joels Schlag ins Gesicht. Der Kerl war ein Hitzkopf, das hatte er ja schon gewusst, und trotzdem plante er einen Banküberfall mit ihm? Aber Dan war ein Einzelkind, und jahrelang hatte Joel die Rolle des älteren Bruders übernommen, zumindest teilweise. Und wenn man einem älteren Bruder etwas erzählt, das der für verrückt hält, wird er tun, was er muss, um einen eines Besseren zu belehren, oder? Jedenfalls versuchte Dan, sich das einzureden – und sich zu vergegenwärtigen, dass er, wenn es ums Ganze ging, auf Joel zählen konnte. Als er zu Hause ankam, war ihm beides einigermaßen gelungen.

Er ließ den Wagen in der Auffahrt stehen, ging durch die seitliche Tür ins Haus und fand Carol allein in der Küche sitzen. Die Rötungen um Augen und Nase zeigten, dass sie geweint hatte.

»Du bist spät«, sagte sie.

»Tut mir leid, ich habe ein paar Sachen mit Joel besprochen.«

»Ihr habt nicht einfach nur Bier getrunken und Backgammon gespielt?«

»Nein. Ich hatte bloß ein Bud. Das war's. Wir haben versucht, ein paar Geschäftsideen zu entwickeln.«

»Hat das geklappt?«

»Kann man noch nicht sagen. Wir werden sehen.«

»Was ist mit deiner Wange passiert?«

Dan schnitt eine Grimasse und berührte vorsichtig die Schwellung. »Ich bin ausgerutscht, als ich in den Wagen steigen wollte, und habe mir das Gesicht an der Tür angeschlagen, es ist kaum zu glauben.«

Sie schaute weg. »Im Ofen steht Nudelauflauf«, sagte sie.

»Danke. Esse ich gleich. Wo sind die Kinder?«

»Susie ist oben. Gary schläft bei einem Freund.«

»Bei wem?«

»Brandon.«

Er nickte. »Ich gehe kurz zu Susie und komme gleich wieder.«

»Lass dir ruhig Zeit.«

Dan zögerte, bevor er sich von ihr abwandte. Er wollte etwas sagen, aber ihm fiel nichts ein, was sie beruhigen würde. *Mach dir keine Sorgen, Schätzchen, ich werde eine Bank überfallen und danach ist alles anders.* Ihm wurde ein wenig übel. Als er die Treppe hochging, zwang er sich zu lächeln, er bereitete sich darauf vor, seiner Tochter zu begegnen.

Er klopfte bei Susie und wartete darauf, dass sie *Was ist denn?* in ihrer bemüht genervten Art rief, bevor er eintrat. Sie lag auf dem Bett und hörte etwas auf ihrem iPod. Er setzte sich auf die Bettkante und küsste ihre Stirn. Sie ignorierte ihn einen Moment lang, dann zog sie die Stöpsel aus den Ohren.

»Hi, Daddy«, sagte sie ohne jede Begeisterung.

»Hallo, Prinzessin. Ich wollte nur Hallo sagen. Mal sehen, wie es dir geht.«

»Alles in Ordnung«, murmelte sie missmutig.

Sein Lächeln wurde immer künstlicher, während er sie anschaute. Sie war so ein hübsches Baby gewesen, aber als sie älter wurde, änderte sich das, und offensichtlich kam sie körperlich eher nach ihm. Statt Carols zarter Züge und ihrem leichten, nahezu perfekten Körper hatte sie seine Knochen und seinen Körperbau geerbt. Breite Schultern, breite Hüften, dicker Hals. Es war nicht fair, dass ein zwölfjähriges Mädchen derart zu kurz kam. Noch etwas, weswegen er sich schuldig fühlte.

»Hast du heute was Nettes gemacht?«, fragte er.

»Nein, was denn? Alle, die ich kenne, sind im Camp.«

»Du kannst nächstes Jahr wieder hin.«

»Wie du meinst.« Sie sah ihn an, und ihr Mund verzog sich vorwurfsvoll. »Mom sagt, wir müssen umziehen«, sagte sie.

»Nein, Süße, das stimmt nicht.«

»Warum sagt Mom das dann?«

»Deine Mutter ist sehr müde, das ist alles.«

»Wenn wir umziehen, wo ziehen wir dann hin?«

»Süße, mach dir keine Sorgen. Wir ziehen nicht um. Ich verspreche es dir.«

»Ich will nicht weg von meinen Freundinnen.«

»Musst du auch nicht. Süße, ich verspreche es dir, okay?«

Sie nickte, sah aber nicht sonderlich überzeugt aus, als sie sich die Stöpsel wieder in die Ohren steckte. Dan saß noch einen Augenblick da, dann tätschelte er ihr den Kopf und ging. Zurück in der Küche, starrte Carol einfach an ihm vorbei, als wäre sie gelähmt. Er ignorierte sie, holte sich einen Teller, nahm sich etwas Nudelauflauf. Statt sich zu ihr an den Tisch zu setzen, zog er sich einen Barhocker an den Frühstückstresen heran. Es brauchte ein paar Bissen, bis er überhaupt etwas schmeckte. Wobei es auch nicht sonderlich viel zu schmecken gab.

»Nancy hat heute gekündigt«, sagte Carol.

Dan schaute von seinem Teller auf. »Wer?«

»Nancy Goldberg. Wahrscheinlich meine einzige Freundin im Büro.«

»Das tut mir leid. Warum hat sie gekündigt?«

»Sie kürzen unsere Stunden. Sie wollen einen Teil der Arbeit für die Rechtsanwaltsgehilfen nach Indien auslagern.«

»Du machst Witze.«

Carol schüttelte den Kopf.

»Wieso können Inder diese Arbeit machen? Kennen die überhaupt die Gesetze in Massachusetts?«

»Offenbar.«

»Wie kann das sein?«

»Gesetzestexte und Gerichtsentscheidungen kann man auf CDs brennen und überall auswerten.«

»Und wie viele Stunden bleiben dir?«

»Das werden sie mir bis Ende der Woche mitteilen. Nancy hält das Ganze für ein Experiment. Sie wollen bloß abwarten, wie gut die indischen Rechtsanwaltsgehilfen sind, bevor sie uns feuern.«

Dan stieg von seinem Barhocker und setzte sich auf den Stuhl neben seiner Frau. Er nahm ihre Hand. »Was auch immer passiert, mach dir keine Sorgen. Es wird schon gut gehen.«

Sie reagierte, als hätte er sie geohrfeigt. Entsetzt fragte sie: »Wie kannst du das glauben?«

»Du musst mir einfach vertrauen.«

»Nein, Dan, das muss ich gar nicht. Aber du musst dich der Wirklichkeit stellen. Wir haben kein Geld. Wir können unsere Rechnungen nicht bezahlen, und wir kriegen schon die ersten Anrufe von Inkassoagenturen.«

»Das wird alles bald vorbei sein.«

»Wie?«

»Ich arbeite an ein paar Sachen. Vertrau mir einfach, es wird klappen.«

Sie versank wieder in ihrer Lähmung, dann schlug sie plötzlich mit der flachen Hand auf den Tisch. Der Knall ließ Dan zusammenzucken.

»Verdammt noch mal! Ich werde nicht einfach hier rumsitzen und dir vertrauen! Wir werden unser Haus verlieren! Wir werden alles verlieren, was wir haben, und pleite sein, verstehst du das denn nicht?«

Er starrte sie lange an, bevor er den Kopf schüttelte. »Wir schaffen das schon«, sagte er schließlich.

»Nein, wir schaffen das nicht. Wir haben nicht das Geld, um zu leben, wie wir bisher gelebt haben. Dan, ich weiß, dass du das nicht hören willst, aber wir müssen das Haus verkaufen.«

»Wir werden das Haus nicht verkaufen. Und du hattest nicht das Recht, Susie damit Angst zu machen!«

»Sie ist ein kluges Kind, genau wie Gary. Sie merken beide sowieso, was los ist.«

»Wieso vergessen wir das Ganze vorerst nicht einfach, okay?«

»Wie wollen wir denn die Raten zahlen?«

»Das kriegen wir schon hin.«

»Nein, kriegen wir nicht. Wir müssen dieses Haus verkaufen und uns etwas suchen, das wir uns leisten können.«

»Wozu denn?«, fragte Dan. »Wir sind bis über die Halskrause verschuldet. Die Grundstückswerte sind gefallen, wenn wir jetzt verkaufen, nehmen wir keinen Cent mit. Wahrscheinlich müssen wir noch draufzahlen. Warum also nicht einfach hierbleiben? Schlimmstenfalls droht uns die Zwangsvollstreckung. Dann können wir immer noch irgendwo hinziehen, wo es billiger ist.«

Sie öffnete den Mund, um ihm zu widersprechen, schien aber festzustecken. Langsam und resigniert schloss sie ihn wieder. Dann sagte sie leise, aber laut genug, dass er es hören konnte: »Vielleicht könntest du dir Arbeit suchen.«

»Was glaubst du denn, was ich bisher getan habe?«

»Es muss ja nicht als Programmierer sein.«

»Was soll ich denn dann machen? Teller waschen? Vielleicht im Supermarkt Tüten packen?«

»Wenigstens würdest du dann Geld verdienen. Es ist ja nicht so, als würde es mir Spaß machen in der Kanzlei.«

Er starrte sie an und merkte, dass er ausrasten würde. Der letzte Rest Selbstkontrolle verschwand. Anfangs hörte er nur das Blut in seinem Kopf rauschen. Erst nach einer Weile nahm er die Worte wahr, die aus seinem Mund herausquollen.

»Du hast ja wirklich Nerven. Fünfundzwanzig Jahre als Programmierer. Die letzten dreizehn Jahre sitzt du faul rum, während ich mir einen Wolf arbeite. Manchmal sechzehn Stunden täglich, sieben Tage die Woche. Und jetzt beklagst du dich, weil du schon etwas mehr als ein Jahr arbeitest. Du blöde Kuh!«

So schnell die Wut ihn überkommen hatte, so schnell war sie verschwunden. Erschöpft sackte er auf seinem Stuhl zusammen und ließ das Gesicht in die Hände sinken.

»Es tut mir so leid«, sagte er.

Er konnte Carol neben sich schluchzen hören.

»Schätzchen, ich wusste nicht einmal, was ich sage. Wir sind wohl beide ziemlich gereizt, oder? Kannst du die letzten paar Minuten einfach vergessen?«

Er legte seine Hand auf ihre Schulter. Carol zuckte zusammen und schlug sie beiseite.

»Wag es nicht, mich anzurühren«, sagte sie, wobei sie immer noch schluchzte, tiefe Falten zeichneten ihren Hals.

Dan sank in sich zusammen. Eine Weile konnte er ihr nur zusehen. Schließlich ebbte ihr Schluchzen ab.

»Wie oft muss ich mich noch entschuldigen?«

»Lass mich einfach in Ruhe.«

»Du weißt genau, dass ich nichts davon so gemeint habe.« Er sah weg. »Ich liebe dich.«

Eine gute Minute verging, während sie ganz still dasaß, ein Muskelzucken um den Mund war der einzige Hinweis auf den inneren Kampf, den sie ausstand. »Ich liebe dich auch«, sagte sie schließlich. »Aber ich bin nicht wie du. Ich kann nicht einfach einen Schalter umlegen und alles ist in Ordnung. Ich brauche Zeit, um meine Gefühle zu verarbeiten.«

»Was soll ich tun?«

»Lass mich einfach in Ruhe.«

»In Ordnung, natürlich, wenn du das willst.«

Dan erhob sich von seinem Stuhl. Als er die Küchentür erreicht hatte, rief Carol ihm nach.

»Ich weiß, dass einige der Sachen, die ich zu dir gesagt habe, ungerecht waren«, sagte sie. »Ich weiß, dass du viele Jahre hart gearbeitet hast, während ich mit den Kindern zu Hause geblieben bin. Und ich weiß, dass du gerade diesen Dreimonatsvertrag hattest und dass du dir Mühe gibst. Aber ich habe große Angst. Ich habe nicht deinen Optimismus. Und ich weiß einfach nicht, wie wir es schaffen sollen.«

Er wollte den Mund öffnen, aber sie hob warnend einen Finger. »Sag jetzt nicht, dass alles gut gehen wird. Bitte! Ich schreie, wenn du das sagst!«

Er schwankte, dann hob er ergeben die Hände und ging.

Der Streit mit Carol hatte ihn geschafft. All diese Vorwürfe, sie war so enttäuscht von ihm. Tief drinnen wusste er, dass er seine Frau noch immer liebte, aber mit ihr zusammenzuleben wurde immer schwerer. Das würde sich ändern, nachdem er seinen Teil der Beute hatte. Also, jedenfalls wenn der Überfall noch stand. Joel hatte sich noch nicht entschieden, und Dan musste auch noch mit Gordon reden. Wenn einer von beiden ablehnte, hatte sich die Sache erledigt.

Er schaltete den Fernseher ein und stellte überrascht fest, dass bereits die Zehnuhrnachrichten liefen. Ihm fiel ein, dass er Shrini noch einen Anruf schuldete.

Niemand ging ran. Er sprach gerade seine Nachricht auf den AB, als Shrini doch noch abnahm.

»Hey, Mann«, sagte Dan, »tut mir leid, dass es so spät geworden ist. Ich hätte dich früher anrufen sollen.«

»Kein Problem«, sagte Shrini übertrieben ernsthaft. »Mein Cardiotraining hat mich den Großteil des Abends auf Trab gehalten.«

Dan hörte im Hintergrund eine Frau kichern. »Oh, du bist nicht allein. Mann, tut mir wirklich leid, dich zu stören.«

»Kein Problem, Alter. Wir machen grade Pause. Eine wohlverdiente Pause, glaub mir.« Wieder ein Kichern, und Shrini verschwand einen Augenblick vom Telefon. Als er zurückkam, sagte er: »Sag einfach Ja oder Nein, damit ich nicht die ganze Nacht grübeln muss.«

»Dann ist das Wort *Vielleicht*. Ich melde mich morgen wieder.«

»Okay, Alter, dann bis morgen.«

Dan ließ sich in seinen Sessel sacken und schaute ein paar Minuten Nachrichten, dann schaltete er durch die Sender, bis er eine neue Reality-Serie namens *Banküberfall* entdeckte. Er saß entgeistert da und konnte gar nicht glauben, was er sah. Der Sinn der Sendung schien darin zu bestehen, dass die Teilnehmer einen Banküberfall planten. Der Überfall würde nach zwei Monaten Planung in einem Gebäude stattfinden, das einmal tatsächlich eine Bank gewesen war. Alle wären eingeweiht. Die Waffen wären nicht geladen, aber wenn die Teilnehmer Erfolg hatten, konnten sie die Million behalten, die im Tresor liegen würde. Dan lachte. Er konnte nicht anders. Irgendwann kam Carol herein. Sie sah müde aus und blieb in der Tür stehen.

»Was ist denn so lustig?«, fragte sie.

»Nichts«, sagte Dan und wischte sich die Tränen aus den Augen. »Nur diese blöde Reality-Serie.«

»Wenn sie so blöd ist, warum schaltest du nicht aus?«

»Mache ich gleich, ich will bloß noch ein paar Minuten ausspannen.«

»Ich gehe jetzt ins Bett«, sagte sie. »Willst du mitkommen?«

»Gleich. Ich muss noch ein bisschen abschalten.«

»Wir sehen uns oben. Könntest du den Fernseher ein bisschen runterdrehen? Er ist wirklich laut.«

Der Ton war kaum zu hören, aber er drehte ihn trotzdem leiser. Er war nicht sicher, ob sie lärmempfindlich war oder ihn bloß nerven wollte, aber sie stritten sowieso schon zu viel.

»Wir sehen uns gleich«, sagte er. Sie nickte und verließ das Zimmer.

Dann kamen die Elfuhrnachrichten. Danach schaltete Dan zwischen den verschiedenen Nacht-Talkshows hin und her. Schließlich fand er auf einem der Spielfilmsender *French Connection*. Irgendwann während des Films schlief er ein.

07

Am nächsten Morgen weckte ihn das Telefon. Benommen und mit steifem Hals musste er feststellen, dass er die ganze Nacht im Fernsehsessel verbracht hatte. Er hörte, wie Susie abnahm und dann nach ihm rief.

Er stemmte sich hoch, sein Rücken war noch steifer als sein Hals. Wie ein alter Mann humpelte er zu Susie in die Küche.

»Für dich«, sagte Susie und reichte ihm den Hörer, wobei sie die Augen ein wenig verdrehte, um deutlich zu machen, wie ätzend sie es fand, dass sie für ihn ans Telefon gehen musste.

Joel war dran. »Du hast dir ja reichlich Zeit gelassen«, beschwerte er sich.

»Du hast mich geweckt.«

»Geweckt? Es ist halb zehn, Alter. Hör mal, ich bin in Nashua. Wir treffen uns um zehn am Nordende des Parkplatzes vom Einkaufszentrum.«

»Nashua ist eine halbe Stunde Fahrt von hier. Ich muss duschen und mir die Zähne putzen ...«

»Ich steh in einer Telefonzelle, ich habe keine Zeit für deinen Unsinn. Wenn dein Atem nicht schön frisch riecht, ist mir das schnuppe. Du triffst dich mit mir um zehn auf dem Parkplatz vom Einkaufszentrum, verstanden?«

Joel legte auf, er wartete nicht einmal auf eine Antwort.

Dan legte den Apparat zurück in die Ladeschale. Er überprüfte, ob er Autoschlüssel und Geldbörse hatte, dann verließ er das Haus.

Schon von Weitem sah er Joel an seinen roten Ford Escort gelehnt. Dan hielt daneben und Joel setzte sich auf den Beifahrersitz.

»Du bist wirklich ein echter Idiot«, sagte Joel.

»Ich freu mich auch, dich zu sehen.«

»Ich mein es ernst. Wenn du wirklich einen Job als Programmierer wolltest, dann hättest du längst einen gefunden.«

»Ach ja?«

»Ja, auch Leute unseres Alters arbeiten noch in dem Bereich«, erklärte Joel.

»Nicht so viele wie früher. Und nur weil sie die Stellen schon lange haben. Ich bezweifle, dass die heutzutage auch nur ein Bewerbungsgespräch bekämen.«

»Du bist trotzdem ein Penner.«

Dan lachte verärgert. »Du klingst langsam wie meine Frau.«

»Na ja, die ist ein kluges Mädchen. Obwohl sie einen Deppen wie dich geheiratet hat.«

»Und warum habe ich deiner Ansicht nach keinen Job gefunden?«

»Weil du ausgebrannt bist.« Joel kniff die Augen zusammen und musterte seinen Freund. »Und mehr noch, du bist sauer. Nach allem, was du in dem Beruf geleistet hast, bist du jetzt abhängig von diesen hochnäsigen kleinen Pinschern, die Bewerbungsgespräche mit dir durchführen. Wenn du wirklich einen Job wolltest, würdest du dich zusammenreißen und einen kriegen.«

»Das ist nicht wahr.«

»Jetzt lügst du mich schon wieder an.«

Eine Dumpfheit, als hätte man ihm Eis in den Schädel gedrückt, breitete sich hinter Dans Stirn aus. »Warum verschwendest du meine Zeit damit, mich herfahren zu lassen?«, fragte er, und seine Worte hallten hohl durch seinen Kopf. »Warum hast du mir nicht einfach am Telefon gesagt, dass du nicht mitmachen willst?«

»Wer sagt denn das?« Joel zögerte, dann zupfte er mit

Daumen und Zeigefinger an seiner Unterlippe. »Ich bin bloß ehrlich mit mir selbst, das ist alles. Solltest du auch mal versuchen. Ich betrachte das nicht als meine letzte Chance. Aber ich muss zugeben, ich habe die Schnauze voll vom Programmieren. Und es gibt einiges an deinem Plan, das mir gefällt.«

»Du bist also dabei?«

»Vielleicht. Ich habe Bedingungen. Erstens: Mein Kumpel Eric Hoffer macht mit.«

»Eric Hoffer?«

»Du hast ihn auf meiner zweiten Hochzeit getroffen.«

Dan erinnerte sich vage an einen beinahe kahlen, etwas dicklichen Mann mit kleinen Schweinsäuglein. »Ist das der Typ, der im Knast war?«

»Ja, das stimmt. Er ist reingelegt worden. Vier Monate für irgendeinen Schwachsinn.«

»War da nicht was mit versuchter Vergewaltigung?«

»Nein, nichts dergleichen.« Joel lächelte dünn und schüttelte den Kopf. »Unzüchtiges Verhalten in der Öffentlichkeit. Der Idiot hatte eine Nutte im Auto. Er hatte schon den Reißverschluss auf, als die Tante einen Streifenwagen die Straße entlangkommen sieht und versucht, ihren eigenen Arsch zu retten, indem sie behauptet, er hätte sie vergewaltigen wollen. Dieser kleine Zwischenfall hat Eric seine Frau, seine Familie und seinen Job gekostet, ganz abgesehen von der Zeit im Knast. Er ist seit drei Jahren draußen und hat immer noch nichts auf der Reihe. Er braucht so was.«

»Tut mir leid, Joel, aber wir brauchen keine fünf Leute für diesen Überfall.«

»Sagt wer?«

»Ich habe schon alle Details ...«

»Aha, plötzlich bist du ein Fachmann für Banküberfälle? Du hast Gordon und deinen Inder dabei, oder? Scheiß drauf. Wenn ich mitmache, dann mit jemandem zusammen, dem ich trauen kann. Jemandem, bei dem ich sicher bin, dass er auf meiner Seite steht.«

»Dein Freund Eric ist schon mal verhaftet worden. Sie haben seine Fingerabdrücke gespeichert.«

»Na und? Wir tragen doch Handschuhe, oder? Und laut deinem eigenen Plan sind wir auch alle verkleidet, nicht wahr?«

Dan begann seine Stirn zu massieren, um die Taubheit zu vertreiben. »Mir gefällt das nicht«, murmelte er.

»Tja, weißt du was, mir gefällt es nicht, dass der verrückte Gordon mitmacht, aber ich bin bereit, dir zu glauben, dass du ihn zehn Minuten lang unter Kontrolle halten kannst. Außerdem kann man meine Waffen zurückverfolgen, Erics nicht. Wir brauchen ihn. Das ist nicht verhandelbar. Also, wie sieht's aus? Machen wir's, oder schießen wir die Sache in den Wind?«

Dan hörte sich fragen, warum es wichtig sei, Waffen zu haben, die nicht zurückverfolgt werden konnten, obwohl er die Antwort kannte: Falls eine Waffe am Tatort zurückbliebe, was geschehen konnte, wenn einer von ihnen erschossen wurde. Oder aus irgendeinem anderen Grund. Joel starrte ihn bloß an, als wäre er ein Vollidiot.

»Was glaubst du wohl?«, sagte Joel schließlich.

Dan nickte. Er machte sich nicht die Mühe, zu fragen, warum sie nicht einfach die Seriennummern von Joels Waffen abfeilen konnten, denn die Antwort war ebenfalls zu offensichtlich: falls Joel mal die Waffen vorzeigen müsste, die er registriert hatte. »Na gut, in Ordnung«, sagte er. »Dein Freund Eric kann mitmachen. Hast du schon mit ihm geredet?«

»Noch nicht, aber er wird mitmachen wollen.«

»Warte mal, bis ich mit Gordon gesprochen habe.«

»Wann wird das sein?«

»Heute Nachmittag.«

»Okay, aber ruf nicht bei mir zu Hause an. Und auch nicht auf meinem Handy. Ich melde mich aus einer Telefonzelle bei dir. Die gesamte Kommunikation – du, ich, alle anderen, die mitmachen – muss über anonyme E-Mail-Konten laufen. Ich will nicht, dass es in der kommenden Woche irgendwelche Gesprächsdaten gibt, die uns miteinander in Verbindung bringen.«

»Jetzt übertreibst du ein bisschen, findest du nicht?«

»Nein, absolut nicht. Auch das ist nicht verhandelbar.«

Dan zuckte mit den Achseln. »In Ordnung. Klingt ja auch vernünftig. Man kann ruhig so vorsichtig sein wie möglich. Ich werde mir nachher eine neue Adresse einrichten. Ruf mich heute Abend aus einer Telefonzelle an, dann gebe ich sie dir durch.«

»Na also.« Joel grinste und boxte Dan gegen die Schulter. »Wir ziehen das durch, oder?«

»Mal sehen, was Gordon sagt.«

Joel schnitt eine Grimasse. »Es passt mir immer noch nicht, diesen, diesen Clown da reinzuziehen. Elf Jahre bei Vixox mit ihm zu arbeiten war mehr als genug für mich.« Joel holte tief Luft und zuckte dann mit den Achseln. »Aber ich muss zugeben, du hast einen wirklich genialen Plan geschmiedet. Ich habe die ganze Nacht versucht, einen Fehler zu finden, hab's aber nicht geschafft.«

»Danke.« Dan warf einen Blick auf die Uhr im Armaturenbrett und wurde unruhig. Ihm blieben noch zwei Stunden, bis er Gordon treffen würde, und vorher wollte er noch nach Hause, um zu duschen und sich umzuziehen. »Sind wir durch?«

»Ja, fürs Erste. Wenn die Sache morgen immer noch steht, möchte ich, dass wir uns alle bei mir treffen, um die Feinheiten zu besprechen. Gegen Mittag.«

Dan nickte, dann schüttelten sie einander die Hände.

Joel stieg aus dem Wagen, schaute zurück und lächelte nachdenklich. »Dir ist klar, wenn wir das durchziehen, dann ist es aus mit uns. Hinterher gibt's kein Backgammon mehr, keine Bierchen. Wir sind füreinander gestorben.«

Dan begann zu lachen. »Kein Problem, Joel. Ob wir nun eine Bank ausrauben oder nicht, ich hatte sowieso nicht vor, dich noch sonderlich oft zu besuchen.«

Joel erstarrte einen Augenblick. Dann begann er langsam schief zu grinsen. »Geht mir genauso, Alter«, sagte er.

Detective Alex Resnick nahm die Meldung entgegen, dass der Besitzer des Kiev Market bewusstlos geschlagen und der Laden geplündert worden war. Sein Partner, Walt Maguire, hatte davon nichts mitbekommen, seine Füße lagen auf dem Schreibtisch, während er mit seiner Freundin telefonierte. Resnick tippte ihm auf die Schulter und bedeutete ihm, dass sie losmussten. Maguire nickte, versuchte mehrfach, das Gespräch höflich zu beenden, und murmelte schließlich: »Ich ruf dich später wieder an«, dann legte er auf.

»Was ist los?«, fragte er.

»Der Besitzer eines russischen Gemüseladens in der State Street wurde zusammengeschlagen.«

»Zeugen?«

»Weiß ich noch nicht.«

Resnick fuhr. Er war seit sechzehn Jahren bei der Polizei in Lynn, seit sieben als Detective. Sein Partner Maguire war bloß achtundzwanzig und erst vor einem Monat Detective geworden. Was Resnick betraf, hatte Maguire noch Babyspeck. Mit eingeschalteter Sirene erreichten sie den kleinen Laden in sieben Minuten. Drei Streifen- und ein Krankenwagen standen bereits davor. Etwa ein Dutzend Leute drängten sich auf dem Bürgersteig und versuchten, in den Laden zu schauen. Als Resnick hinter einem der Streifenwagen hielt, konnte er bereits sehen, dass die Schaufensterscheibe des Ladens zerschmettert worden war, eine Registrierkasse lag zwischen den Glasscherben auf dem Bürgersteig.

Maguire stieg aus, zog Handschuhe an, atmete ein paarmal tief durch und hob die Kasse auf Hüfthöhe, bevor er sie wieder auf den Bürgersteig stellte.

»Das Ding ist schwer«, sagte er zu Resnick. »Muss eine Antiquität aus Blei sein oder so. Mindestens achtzig Pfund.« Vier Streifenpolizisten standen vor dem Laden und schauten gelangweilt. Maguire wandte sich an den nächststehenden. »Können Sie mir helfen, die reinzutragen?«

Der Kollege schnitt eine Grimasse. »Wenn ich auf Berufsunfähigkeit aus wäre, vielleicht. Besten Dank, aber ich brech mir den Rücken lieber an meinen eigenen Möbeln.«

»Und was können Sie mir sonst hierüber sagen?«, fragte Resnick.

»Der Besitzer war bewusstlos geschlagen. Die Notärzte sind bei ihm drinnen. Sieht aus, als würde er durchkommen. Wer immer dahintersteckt, hat den Laden ziemlich in die Mangel genommen.«

»Irgendwelche Zeugen?«

Der Polizist schüttelte den Kopf. »Die Frau war dabei. Sie sagt, er sei gestolpert und hätte sich den Kopf angeschlagen.«

»Okay, bleiben Sie hier und halten Sie die Schaulustigen draußen.« Resnick wandte sich an die anderen Streifenpolizisten. »Hört euch doch mal bei den Schaulustigen um und dann in den Läden ringsum. Vielleicht will ja jemand mit uns reden.«

Resnick seufzte. Mit einssiebenundsiebzig und neunundsiebzig Kilo war er zehn Zentimeter kleiner und zwanzig Kilo leichter als sein Partner. Er stemmte die Registrierkasse auf seine Schulter und trug sie durch die Tür hinein.

»Was machst du da?«, fragte Maguire, nachdem er an ihm vorbeigeeilt war, um die Tür aufzuhalten. »Ich hätte geholfen. Und du verschmierst mögliche Fingerabdrücke.«

»Da sind keine Fingerabdrücke drauf.«

Resnick trug die Kasse zum Tresen und stellte sie an ihren ursprünglichen Platz, der von einem staubigen Umriss markiert war. Neben dem Tresen lag ein älterer Mann auf dem Boden, zwei Notärzte untersuchten ihn. Die Frau des Mannes stand in der Nähe und weinte. Resnick sah sich schnell um. Eine Kühltruhe war demoliert worden, wahrscheinlich mit einem Wagenheber. Die Regale waren leer gefegt, die unteren Fächer eingetreten. Es sah schlimm aus.

Resnick trat näher an den Ladenbesitzer heran und konnte nun sehen, dass dessen Stirn dick mit Mull umwickelt war, Blut sickerte ihm aus dem Ohr. Er fragte die Notärzte, wie es dem Mann ginge. Einer von ihnen schaute kurz auf, bevor er sich wieder dem Ladenbesitzer zuwandte. »Jetzt besser«, sagte er. »Er ist bewusstlos. Ziemlich gemeiner Schlag gegen den Kopf.«

»Aber er wird wieder?«

»Sieht so aus.«

Maguire hatte die Frau beiseitegezogen und fragte sie, was vorgefallen war.

»Mein Mann ist gestürzt«, sagte sie weinend.

»Sie wollen sagen, er hat sich den Kopf angeschlagen, als er stürzte.«

»Ja. Er ist gestürzt. Dort drüben.« Sie deutete zur Tür.

»Und warum ist dann Blut am Rand des Kassentisches?«

Resnick trat vor Maguire, zwischen ihn und die Frau. »Es tut mir wirklich sehr leid, Mrs. Wiseman«, sagte er.

»Kenne ich Sie?«, fragte sie und schaute ihn mit nur halbgeöffneten Augen an.

»Ich kaufe hier manchmal ein«, sagte Resnick. »Sie haben sehr gute geräucherte Renken.«

Mrs. Wiseman nickte leicht, sie schien ihn nun zu erkennen. Sie war eine kleine Frau, unscheinbar. »Ich habe Sie schon mal gesehen, ja«, sagte sie. Sie schaute zur Seite, wo die Notärzte ihren Mann auf eine Trage verfrachteten.

»Sie wollen wahrscheinlich mit Ihrem Mann ins Krankenhaus fahren. Wir können später mit Ihnen sprechen.« Resnick reichte ihr eine Visitenkarte.

»Wie soll das denn gehen?«, fragte sie. »Ich kann doch den Laden nicht so lassen.«

»Dann sorge ich dafür, dass jemand vom Krankenhaus Sie anruft.« Resnick atmete tief durch. »Mrs. Wiseman, wir sind nicht in Russland. Bei uns stehen Menschen wie Viktor Petrenko nicht unter Schutz. Wenn Sie mir sagen, dass er das war, werde ich ihn verhaften, und ich verspreche Ihnen, er wird ins Gefängnis wandern.«

Mrs. Wiseman schien innerlich zu schrumpfen, während sie zusah, wie die Notärzte ihren Ehemann hinaus zum Krankenwagen trugen. Sie klappte den Mund zu, ihr Blick wanderte hilflos über den ihnen zugefügten Schaden. Dann sah sie Resnick an und schüttelte den Kopf. »Nein«, sagte sie schwach, »mein Mann ist gestürzt.«

Resnick nickte und legte ihr eine Hand auf die Schulter, bevor er zum Tresen ging. Er suchte die Gelben Seiten heraus, rief eine Glaserei an und bat sie, das Schaufenster innerhalb der nächsten Stunde auszutauschen. Dann atmete er noch einmal tief durch, trat in einen der Gänge, richtete die Regale so gut es ging wieder her und legte die Lebensmittel darauf zurück.

»Was soll das denn?«, fragte Maguire.

»Geh mal fragen, ob die Kollegen etwas rausbekommen haben«, sagte Resnick. »Gib mir eine halbe Stunde, okay?«

»Das ist doch albern. Soll die Alte doch einen Reinigungsdienst anrufen. Und wer ist Viktor Petrenko?«

Resnick ignorierte ihn und sortierte die Lebensmittel weiter ein. Maguire sah einen Augenblick zu, dann fluchte er leise und gesellte sich zu seinem Partner.

»Das kann echt nicht wahr sein, dass du uns hast aufräumen lassen«, beklagte sich Maguire.

Resnick starrte seinen Partner finster an. »Du hättest die alte Frau so in dem Laden zurückgelassen?«

»Das ist nicht unser Job.« Maguire hielt dem Blick seines Partners kurz stand, sah dann aber weg. »Außerdem werde ich nicht gern angelogen. Sie erzählt mir einfach, dass ihr Mann gestürzt ist, wo wir doch alle wissen, dass jemand seinen Schädel gegen den Tresen gedonnert hat?«

»Sie hatte keine Wahl.«

»Quatsch. Und wer zum Teufel ist Viktor Petrenko?«

Resnick sah seinen Partner traurig an, bevor er sich einem der Streifenpolizisten zuwandte, die nach Zeugen gesucht hatten. »Irgendetwas?«, fragte er. Der Kollege schüttelte den Kopf.

»Niemand hat etwas gesehen. Zumindest behaupten sie das.«

»Ich möchte, dass Sie ins Lynn Memorial fahren und die Aussage des Mannes aufnehmen, wenn er zu sich kommt. Okay?«

»Klar, aber das ist Zeitverschwendung. Er wird uns gar nichts sagen.«

»Ja, ich weiß, aber wir brauchen seine Aussage trotzdem. Warum warten Sie nicht hier, bis die Glaser mit der

Scheibe fertig sind, dann können Sie die Frau mitnehmen.«

»Selbstverständlich.«

Resnick klopfte ihm auf die Schulter, bevor er zu seinem Buick ging. Er schloss den Wagen auf. Maguire setzte sich auf die Beifahrerseite.

»Erzählst du mir jetzt, was los ist?«, fragte Maguire.

Resnick wartete, bis sein Partner angeschnallt war. Dann sagte er: »Petrenko erpresst, unter anderem, Schutzgelder in North Shore; seine Opfer sind allesamt russische Immigranten. Er steckt dahinter.«

»Warum haben wir die Frau dann nicht ausführlicher befragt? Sie sah aus, als wäre sie durchaus bereit, zu reden.«

Resnick zuckte mit den Achseln.

»Ich meine, mein Gott«, fuhr Maguire fort, »was ist denn mit diesen Leuten los? Wenn sie mit uns redet, können wir diese Sau festnehmen.«

»Aber dann würde er sie umlegen lassen. Und nicht nur sie, sondern auch ihren Mann und alle Kinder, die sie vielleicht haben.«

»So ein Quatsch. Wir können sie schützen.«

Ein Schatten legte sich über Resnicks Gesicht. »Nein, können wir nicht«, sagte er. Als Resnick die Essex Street erreichte, bog er nach rechts ab, weg von der Wache.

»Wo fahren wir hin?«

»Ich schätze, uns bleibt nichts anderes übrig, als dich Petrenko vorzustellen. Mal sehen, ob's was bringt.« Resnick fuhr schweigend und mit düsterem Blick weiter. Maguire sah ihn eine Minute an, dann schaute er geradeaus, er wollte sich nicht von der Stimmung seines Partners anstecken lassen. Aus dem Augenwinkel bemerkte er ein dünnes Lächeln auf Resnicks Gesicht.

»Was ist?«, fragte Maguire.

»Mir ist gerade eine Idee gekommen. Wenn du Petrenko kennen lernst, dann sag, du glaubst, er sei Jude.«

»Warum? Ist er Jude?«

»Nein.«

»Was soll das dann?«

Resnicks Grinsen wurde ein wenig breiter. »Mach's einfach, okay?«

»In Ordnung. Kein Problem. Was hast du damit gemeint, als du der Frau gesagt hast, Typen wie Petrenko stünden bei uns nicht unter Schutz?«

»Ziemlich genau das, was ich gesagt habe.« Resnicks dünnes Lächeln verschwand. »Petrenko war beim KGB. In der Sowjetunion konnte dieses sadistische Schwein im Grunde tun und lassen, was es wollte. Die Russen hier kennen seinen Ruf und haben Angst vor ihm.«

»Wie ist so jemand überhaupt in die Vereinigten Staaten gekommen?«

»Er wurde eingeladen. Petrenko ist vor fünfzehn Jahren in Lynn aufgetaucht, kurz nachdem ich bei der Polizei angefangen hatte. Er begann als Geldeintreiber und verprügelte zahlungsunfähige Spieler. Ich habe versucht, ihn mir vorzuknöpfen, und wurde sofort gestoppt. Als ich ein wenig tiefer bohrte, habe ich rausgefunden, dass jemand vom Außenministerium dahintersteckt. Petrenko hat irgendeinen Deal mit denen gemacht.«

»Soll das ein Witz sein?«

»Das wäre schön.«

»Steht er immer noch unter Schutz?«

»Das glaube ich nicht. Aber Petrenko ist klug und lebt zurückgezogen. Bislang habe ich nichts gefunden, was ich ihm anhängen kann.«

»Was ist das Schlimmste, was er auf dem Kerbholz hat?«

»Wahrscheinlich ein paar Dutzend Morde.«

»Scheiße! Echt jetzt?«

»Ja.« Resnick schaute schmerzlich berührt, als er vor einer Autowerkstatt hielt. »Petrenko wartet da drin auf uns.«

»Woher willst du das wissen?«

»Unglücklicherweise weiß ich, wie dieser Hurensohn tickt.« Resnick schwieg einen Augenblick. »Sei vorsichtig da drinnen. Wir wollen ihn uns vorknöpfen, aber lass dich nicht von ihm drankriegen. Er hat extrem gute Anwälte. Wenn du irgendetwas tust, wofür er uns verklagen kann, dann wird er das auch tun.«

Die Fenster der Werkstatt, eines dreckigen, einstöckigen Betonbaus, waren vorn und seitlich mit Pappe verklebt. Innen leuchteten ganze Reihen von Neonröhren. In der mittleren Grube schraubten zwei Typen eine Stoßstange an einen Cadillac. Drei weitere Männer standen herum und rauchten. Als die beiden Detectives durch die Seitentür hereinkamen, schauten alle fünf Männer sie einen Augenblick an, fuhren aber wieder mit ihren Tätigkeiten fort. Resnick ignorierte sie, klopfte an eine geschlossene Bürotür und öffnete sie. Viktor Petrenko saß allein hinter einem Schreibtisch. Er runzelte die Stirn über die Unterbrechung.

»Ja?«, fragte er, und seine Augen waren toter als die einer Schaufensterpuppe.

»Sie müssen uns ein paar Fragen beantworten«, sagte Resnick.

»Sie kenne ich«, sagte Petrenko und starrte Resnick ungerührt an. Dann sah er Maguire an. »Sie kenne ich nicht.«

Maguire starrte zurück und versuchte, sich zu erinnern, wo er solche Augen schon einmal gesehen hatte. Vielleicht im Reptilienhaus im Zoo. Er hielt Petrenko seinen Dienstausweis kurz hin und steckte ihn gleich wieder weg.

Resnick sagte zu Petrenko: »Der Besitzer des Kiev Market, ein zweiundsiebzig Jahre alter Mann, ungefähr halb so groß wie Sie, wurde brutal zusammengeschlagen, sein Laden wurde demoliert.«

»Das ist schrecklich.«

»Was ist passiert, Viktor? Ist diesen Monat nicht genug Geld zusammengekommen, oder hat Mr. Wiseman versucht, Ihnen Widerstand zu leisten?«

»Wollen Sie behaupten, ich hätte etwas damit zu tun?«

»Warum sollte ich das?«

»Ich habe keine Ahnung. Aber wenn es so wäre, müsste ich meinen Anwalt verständigen.«

»Sie müssen gar nichts. Nicht, wenn Sie mir sagen können, wo Sie heute um zehn Uhr früh waren.«

Ein dünnes Lächeln zeigte sich auf Petrenkos Lippen. »Ich war natürlich hier.«

»Kann das jemand bestätigen?«, fragte Resnick eher unbeteiligt.

»Natürlich.« Petrenko stand auf, ging zur Bürotür, öffnete sie und rief etwas auf Russisch. Einer der drei rauchenden Männer sah zu Petrenko hinüber, warf seine Zigarette auf den Boden, und trottete in Richtung Büro. Seine dichten Brauen und das massige schwarze Haar bedeckten nahezu die gesamte Stirn, der Mann sah eher nach Neandertaler aus als nach Mensch. Er ignorierte die beiden Detectives und fokussierte seinen Blick vornübergebeugt grob in Richtung Petrenko.

»Fragen Sie ihn«, forderte Petrenko Resnick auf.

»Okay, verschwinde«, sagte Resnick zu dem Semi-Neandertaler.

Der Mann warf Petrenko einen fragenden Blick zu und stammelte etwas davon, dass Petrenko den ganzen Vormittag im Büro gewesen sei.

»Ich habe gesagt, verschwinde.«

Der Mann wartete, bis Petrenko nickte, bevor er das Büro verließ.

»Glauben Sie, dass einer der Männer, die hier arbeiten, etwas anderes sagen wird?«, fragte Petrenko. »Wenn Sie also niemand haben, der das Gegenteil behauptet, dann schlage ich vor, dass Sie aufhören, mich zu belästigen.«

Maguire stieß ein ärgerliches Lachen aus.

»Habe ich etwas Lustiges gesagt?«, fragte Petrenko ihn.

»Sie sind ein verdammter Feigling, Viktor, einen alten Mann zusammenzuschlagen. Jemanden, der Ihr Vater sein könnte.«

»Nein, er könnte nicht mein Vater sein.«

»Warum nicht?« Maguire zwinkerte seinem Partner zu. »Sie sind beide Russen, oder? Und beide Juden, oder?«

Petrenko zuckte zusammen. Seine Schultern verkrampften sich und er tat einen kleinen Schritt auf Maguire zu. »Ich bin kein *zhid*«, quetschte er heraus, und seine Haut verfärbte sich milchweiß. Resnick hielt den Atem an, er legte die Hand auf seine Dienstwaffe. Petrenko blieb stehen, fast als erwachte er aus einem Traum. Er öffnete die Faust und setzte sich an seinen Schreibtisch.

»War nicht so gemeint«, sagte Petrenko mit einem schmalen Lächeln in Resnicks Richtung.

Resnick bedeutete seinem Partner, das Büro zu verlassen. Dann sagte er zu Petrenko: »Wenn Sie mich einen *zhid* oder sonst was nennen wollen, machen Sie's ruhig. In meinen Augen sind Sie bloß ein tollwütiges Tier, das eingeschläfert werden müsste, und irgendwann hoffe ich, meine Chance zu bekommen.«

»Ist das eine Drohung, Detective?«

»Das ist keine Drohung, sondern die Feststellung einer Tatsache. Ich werde eine Menge Zeit in der State Street verbringen und nach diesen russischen Ladenbesitzern sehen. Ich hoffe, wir treffen uns dort bald.«

Im Wagen wandte sich Maguire an Resnick. »Was war das denn?«

»Ich habe gehofft, dass wir Petrenko dazu bringen könnten, dich anzugreifen. Hat ja auch fast funktioniert.«

»Na, danke«, sagte Maguire und errötete. »Das ist ja nett.«

»Du hättest vielleicht einen Schlag kassiert, aber am Ende wäre es das wert gewesen, um diesen Sausack wegzusperren, oder, besser noch, um eine Entschuldigung zu haben, ihm die Birne wegzuschießen.«

»Sehr freundlich, mich für so etwas einzuspannen.«

»Ich hatte keine Wahl. Von mir hätte er jeden Spruch ignoriert.«

Maguire saß eine Weile da und schmollte. Dann schüttelte er den Kopf und fragte: »Warum ist er so durchgedreht, nur weil ich ihn als Juden bezeichnet habe?«

»In Russland gelten nur Nichtjuden als wahre Russen. Viele der so genannten reinen Russen wie Petrenko sind knallharte Antisemiten.« Resnick machte eine Pause und sein Gesicht verdüsterte sich wieder. »Für ihn ist das Geld, das er diesen Ladenbesitzern abnimmt, gar nichts, bloß Kleingeld. Er tut es, weil er es für seine Pflicht hält, mit eiserner Faust über sie zu regieren.«

Resnick fand einen Parkplatz vor einer der schäbigen Bars an der Washington Street und hielt.

»Mittagszeit«, sagte er.

»Ich glaube nicht, dass es hier etwas zu essen gibt.«

»Wir werden sehen.«

Drinnen bestellte Resnick einen doppelte Bourbon und dann einen weiteren.

»Ich finde es nicht in Ordnung, bei der Arbeit zu trinken«, sagte Maguire.

»Dann lass es. Für mich ist das ein flüssiges Mittagessen. Das brauche ich immer, wenn ich mit Viktor Petrenko zu tun hatte.«

Maguire rieb sich mit einer Hand über den Kiefer, während er zusah, wie sein Partner den zweiten Bourbon kippte und beim Barkeeper einen dritten bestellte. »Etwas stört mich daran. Warum den Laden demolieren? Wie kann Petrenko erwarten, dass diese Leute weiter zahlen, wenn ihr Geschäft leidet?«

»Sie müssen diese Zahlungen leisten, sie müssen es einfach irgendwie hinbekommen. Und was den Laden angeht, wenn der Scheck der Versicherung kommt, landet er direkt bei Petrenko.«

Der Barkeeper schenkte ihm nach. »Mehr kriegen sie nicht«, sagte Maguire zu Resnick. Der nickte und trank den Bourbon in einem Zug. Dann reichte er Maguire die Wagenschlüssel und hielt seine Hand mit der Innenfläche nach unten ausgestreckt – zum ersten Mal, seit Petrenko auf seinen Partner losgegangen war, zitterte seine Hand nicht mehr.

08

Große Scheiße. Ich werde wirklich diese verfluchte Bank überfallen.

Selbst nach all der Planung war Dan der Banküberfall nie wirklich vorgekommen. Unbewusst musste er gehofft haben, dass Joel nicht mitmachen würde, dass er eine Entschuldigung hätte, die Sache fallen zu lassen. Aber jetzt, wo Joel dabei war, war der Überfall nicht länger nur ein vages Konzept. Sie würden es durchziehen. *Er würde es durchziehen.* Als diese Erkenntnis ihn zum ersten Mal traf, war er wie betäubt. Auf der Rückfahrt aus New Hampshire konnte er kaum auf die Straße achten. Es war, als laufe er auf Autopilot, er fuhr gedankenlos und unaufmerksam. Als hätte er sich irgendein Wahnsinnszeug reingezogen. Er wusste noch, dass er zu Hause gehalten hatte. Seine Haare waren nass, also hatte er vermutlich geduscht, und er konnte sich sogar unscharf daran erinnern, mit seinen beiden Kindern gesprochen zu haben, aber das war alles. Auf dem Weg zu Gordon musste er eine Pizza und ein Sechserpack Guinness gekauft haben, denn als er vor dem Wohnblock hielt, bemerkte er diese Dinge auf dem Beifahrersitz.

Gordon wartete auf dem Parkplatz, sein fetter Wanst quoll unter dem verwaschenen Batik-T-Shirt hervor, die Shorts reichten kaum für seinen Körper. Er kam zu Dans Wagen.

»Hey, Dan, ich dachte, ich kann mal ein bisschen Frischluft schnuppern, während ich auf dich warte. Wie sieht's aus, wollen wir an einem der Picknicktische essen oder reingehen?«

»Lass uns doch reingehen.«

Gordon nahm das Bier und Dan gab sich Mühe, ganz normal zu tun. Er tippte seinem Freund gegen den Bauch. »Du hast ein bisschen zugelegt, oder, Alter?«

Gordon lächelte verlegen. »Ja, ich muss mir ein paar neue Klamotten kaufen. Mein Rücken wird steif, meine Knie auch, ich kann nicht mehr joggen. Und ohne Sport nehme ich zu wie verrückt. Ich werde ein richtiger Fettsack. Gibt's von irgendwem was Neues zu berichten?«

»Nicht wirklich, aber lass uns drinnen reden.«

Im Gehen fragte Gordon nach Shrini und anderen gemeinsamen Freunden, aber Dan konnte sich nicht ausreichend konzentrieren, um ihm zu antworten. Als sie Gordons Wohnung erreichten, bekam er Panik. Erst konnte er kaum atmen, als würde jemand sein Herz in der Faust zerdrücken. Und er schwitzte wie verrückt. Das Zimmer kippte langsam zur Seite. Irgendwie schaffte er es bis zu einem Stuhl und ließ sich darauffallen, betete, dass er nicht ohnmächtig würde. Die Zeit schien wie im Schnelldurchlauf zu vergehen, er sah, wie Gordon sich den Mund fusselig redete, aber seine Lippenbewegungen waren losgelöst von den Geräuschen, die aus ihm herausdrangen, dieser Stimme, die nicht mehr war als ein Summen in Dans Kopf.

Plötzlich, als hätte jemand einen Schalter umgelegt, wurde er ruhiger. Wieder in der Lage, einen klaren Gedanken zu fassen, machte er sich bewusst, dass der Raubüberfall tatsächlich stattfinden würde. Mehr noch, er freundete sich mit der Vorstellung regelrecht an. Das Summen in seinem Kopf wich absoluter Gefasstheit. Die Welt schien zu verlangsamen. Er fragte Gordon, ob er mal aufs Klo gehen könnte.

»Äh, klar, aber was meinst du dazu?«

»Ich weiß nicht. Frag mich noch einmal, wenn ich zurück bin.«

»Meine Güte, hast du denn nicht zugehört?«

Dan bedeutete ihm mit der Hand, er solle warten, dann marschierte er langsam ins Bad, seine Beine waren wie Gummi. Er drehte den Hahn voll auf und ließ eine ganze Minute lang kaltes Wasser über sein Gesicht laufen, bevor er in den Spiegel schaute. Seine Haut war blass und klamm, seine Lippen waren farblos. Er war ziemlich sicher, dass er bloß eine Panikattacke gehabt hatte, nichts mit dem Herzen. Aber er grinste trotzdem schief, als ihm klar wurde, dass Gordon viel zu sehr mit seinen eigenen Problemen beschäftigt war, um mitzubekommen, was wie ein waschechter Herzanfall ausgesehen haben musste.

Das einzige Handtuch im Bad schien vorher im Schlamm gelegen zu haben. Dan tupfte sich das Gesicht lieber mit seinem durchgeschwitzten Hemd trocken. Als er wieder bei Gordon war, waren drei Stücke Pizza verschwunden, und zwei leere Guinness-Flaschen lagen auf dem Boden. Gordon stopfte sich gerade die letzten Bissen eines Pizzastücks rein und fuhr sich anschließend mit der Hand übers Gesicht, wobei er gründlich Fett verteilte.

»Meine Güte, Dan, ich habe dir von Elena erzählt. Weißt du noch, vor ein paar Monaten habe ich sie nach Cancun geflogen? Gestern habe ich eine E-Mail von ihr bekommen. Sie lässt mich für einen Typen aus Oregon sitzen. Ich glaube, sie hat ihn kennen gelernt, als wir in Cancun waren.«

»Gordon, ich habe keine Lust, darüber zu reden.«

»Oh, tut mir leid.« Gordon lehnte sich zurück und schaute empört. »Ich wollte bloß mal hören, was du dazu sagst. Immerhin hat sie mit mir Schluss gemacht.«

»Okay, Entschuldigung. Also, was wolltest du mich fragen?«

»Na ja, was glaubst du, sollte ich machen?«

»Jetzt bin ich verwirrt. Seit Monaten erzählst du mir doch, dass du sie gar nicht sonderlich magst.«

»Darum geht es nicht. Ich habe Geld ausgegeben, um sie aus Moskau nach Cancun zu fliegen, warum sollte ein Typ aus Oregon davon profitieren? Außerdem würde ich nicht unbedingt sagen, dass ich sie nicht mag. Ihr Englisch ist sehr gut.«

»Du hast eine Woche mit ihr im selben Zimmer verbracht und nicht einmal mit ihr geschlafen. Hast du mir nicht erzählt, dass sie die Nächte auf dem Sofa verbracht hat?«

»Aber nur, weil ich schnarche. Und nachdem ich am ersten Morgen wach wurde und sie auf dem Sofa wiederfand, was hätte ich tun sollen?«

»Was willst du mir denn jetzt erzählen, Gordon? Dass du sie heiraten willst?«

»Na ja, nein, aber ich habe den Flug bezahlt. Ich meine, also wirklich, wie fändest du das denn? Dieser Typ aus Oregon sollte mir zumindest das Geld wiedergeben.«

»Ich habe keine Ahnung, was ich dir raten soll.«

»Aber du kannst verstehen, wie ich mich fühle.« Gordon nahm ein weiteres Stück Pizza und kaute halbherzig. »Ich glaube, ich sollte russische Frauen einfach vergessen. Im neuen Katalog ist eine sehr hübsche Achtundzwanzigjährige aus São Paulo. Sie ist Zahnarzthelferin, also kann sie nicht ganz blöd sein. Ich könnte arrangieren, dass wir uns in Rio treffen, dann könnte ich meinen Eltern erzählen, wir hätten uns im Urlaub kennen gelernt. Das einzige Problem ist, dass ich nicht weiß, wie gut sie Englisch spricht.«

»Ja, das könnte ein echtes Problem sein.«

»Jetzt wirst du sarkastisch«, sagte Gordon und schaute verletzt. »Aber es ist wirklich ein Problem. Wenn ihr Englisch nicht gut ist, dann werden die Leute sich wundern, wie wir uns überhaupt kennen lernen konnten.«

Dan schaute Gordon streng an und versuchte, sich zu

einer Entscheidung durchzuringen. Der Typ war seltsam, so viel war klar, und er konnte Joels Zögern, mit ihm zu tun haben zu wollen, verstehen. Aber andererseits war er durchaus clever und betrachtete die Dinge aus einer ganz eigenen Perspektive, das könnte sich noch als nützlich erweisen.

Dan sagte: »Ich überfalle eine Bank. Willst du mitmachen?«

»Nein, ich will lieber in eine der anderen Serien.«

»Was?«

»Du weißt schon, *Big Brother* oder *Amazing Race*. Ich habe gestern versucht, mir *Bank Job* anzusehen, aber ich fand es nicht so toll.«

»Gordon, ich rede von einem richtigen Banküberfall.«

»Na klar.«

»Ernsthaft.«

»Meine Güte, Dan, so was würde ich nie hinkriegen. Was sollen denn meine Eltern denken, wenn ich erwischt werde?«

»Gordon, das ist kein Witz, Shrini macht mit.«

»Wirklich?«

»Und Joel.«

»Echt?«

Gordon schob seinen Stuhl zurück und tippte sich mit dem Daumen gegen das Kinn. Er schaute an die Decke. »Das Wiesel, ja?«

»Genau.«

Gordon senkte den Blink und sah Dan an. Seine Züge hatten sich verändert, er schaute jetzt grimmiger, härter, und das überraschte Dan. So hatte er Gordon noch nie gesehen.

»Du verarscht mich nicht?«, fragte Gordon.

Dan schüttelte den Kopf.

»Shrini und das Wiesel. Wow. Weißt du was? Ich mach auch mit.«

»Willst du wissen, wie es läuft?«

»Nein, du kennst mich doch. Ich bin kein Typ fürs große Ganze. Ich will nur wissen, welche Rolle ich dabei spiele. Dann kann ich mich voll und ganz darauf konzentrieren.«

Dan nickte, er hatte mit dieser Antwort gerechnet, genauso wie er damit gerechnet hatte, dass Gordon mitmachen würde. Er dachte an die Zeile aus dem alten Dylan-Song: *There are many here among us who feel that life is but a joke,* sie passte perfekt auf Gordon.

»Statt eine Bank zu überfallen«, sagte Gordon langsam und löste seinen Blick von Dan, »habe ich in letzter Zeit über etwas nachgedacht, was einfacher und weitaus profitabler wäre. Wir könnten eines von Peytons Kindern entführen.«

»Gordon, lass uns einfach so tun, als wüsste ich nicht, wovon du redest.«

»Du weißt aber genau, wovon ich rede. Peyton würde bestimmt ein paar Millionen hinlegen.«

»Das meinst du nicht ernst.«

»Warum nicht? Wenn du schon bereit bist, eine Bank zu überfallen, warum dann nicht auch das? Es wäre viel einfacher.«

»Wie zum Teufel soll das denn gehen? Peytons Kinder kennen uns. Sie würden verraten, wer dahintersteckt, sobald sie frei sind.«

»Na ja, man kann kein Omelette machen, ohne ein paar Eier zu zerschlagen.«

»Gordon, meine Güte.«

»Jetzt behaupte nicht, Peyton hätte das nicht verdient.« Gordon schwieg einen Moment und rang mit seinen Gefühlen. »Er lockt mich seit drei Jahren mit diesem Restaurant – seit ich gekündigt wurde. Es war seine Idee, in ein texanisches Grillrestaurant zu investieren, das ich führen soll. Er hat das mir vorgeschlagen. Und seit drei Jahren redet er immer wieder davon. Gestern habe ich ihn zum ersten Mal danach gefragt, und plötzlich will er keine Geschäfte mit Freunden machen. Kannst du dir das vorstellen, Dan? Er sitzt auf acht Millionen Dollar und will plötzlich keine sechzigtausend Dollar in die Hand nehmen, um Geschäfte mit Freunden zu machen.«

»Lassen wir das, okay?«

»Natürlich können wir das lassen, aber ich sage dir, ich hätte kein Problem damit, eines seiner Kinder zu entführen. Wahrscheinlich hätte ich sogar Spaß daran, da ist dieses Aas, Petulia.«

»Ich will das nicht hören. Wir werden niemandem wehtun, schon gar nicht einem Kind. Meine Güte, wir kennen Peyton seit Jahren.«

»Wie du meinst, es war bloß eine Idee. Also, was soll ich bei dem Überfall machen?«

»Schalt deinen Computer ein, dann zeige ich es dir.«

Gordon gehorchte. Als der Computer lief, rief Dan das Farbfoto eines Mitglieds der Mafia in Boston aus dem Internet auf, Raymond Lombardo. »Ich hoffe, all die Jahre, die du die Maske bei deiner Theatergruppe gemacht hast, zahlen sich jetzt aus. Kannst du mich genauso aussehen lassen?«

»Kommt drauf an. Da musst du schon genauer werden.«

»Wie meinst du das?«

»Musst du aus der Ferne aussehen wie er oder aus der Nähe, oder willst du seine Mutter reinlegen? Das muss ich wissen. Wie sehr musst du ihm ähnlich sehen?«

»Ähnlich genug, um auf einer Überwachungskamera als Lombardo identifiziert zu werden.«

»Wie groß ist er?«

»Meine Größe.«

Gordon kniff die Augen zusammen und betrachtete das Bild. »Er sieht schwerer aus als du.«

»Ja, ist er. Ungefähr dreißig Kilo.«

»Ich glaube, das kann ich«, sagte Gordon und nickte vor sich hin. »Ich muss dich etwas aufpolstern, damit du schwerer aussiehst. Was wirst du anhaben?«

»Einen Overall.«

»Okay, dann ist das kein Problem. Du brauchst eine Perücke und einen Bart. Ich müsste dir einen kräftigeren Kiefer und eine dickere Nase bauen. Vielleicht solltest du eine Sonnenbrille tragen, um deine Augen zu verbergen. Klar, das kriege ich hin.«

»Ich brauche keine Sonnenbrille. Ich habe schon Kontaktlinsen mit einer anderen Augenfarbe. Außerdem werde ich eine Skimütze tragen und die dann abnehmen, um von der Überwachungskamera erfasst zu werden.«

»Oh, das ist schlecht.«

»Warum?«

»Dann kann ich keinen Spachtel verwenden. Sonst verbiegt sich deine Nase, wenn du die Mütze abziehst. Darüber würden die Bullen dann höchstens lachen.« Gordon kratzte sich nachdenklich am Kopf. »Ich könnte eine Kunststofflegierung benutzen«, sagte er langsam. »Das sollte gehen. Wann steigt die Sache?«

»In sechs Tagen.«

»Du gibst mir nicht viel Vorlauf, was? Na ja, wenn ich übers Wochenende das Make-up für *Das Phantom der Oper* hinbekomme, dann schaffe ich auch das.«

»Du magst diese Theatersachen gerne, oder?«

»Ich hasse es. Ich kann es nicht ausstehen.«

»Das verstehe ich nicht. Du machst das doch seit Jahren?«

Gordon schenkte ihm ein schmales Lächeln, das direkt von der Mona Lisa hätte stammen können. »Seit der

Schule. Damals habe ich angefangen, um meinen Vater zu ärgern, und weißt du was, besser hätte ich das nicht hinkriegen können. In die Theatergruppe einzutreten war angesehen genug, dass meine Mutter bei all ihren Freundinnen damit angab. Und mein Vater musste dasitzen und zuhören und so tun, als fände er es prima. Und jetzt mache ich die Maske bei unserer städtischen Theatergruppe, damit ich ihnen bei meinen Weihnachtsbesuchen davon erzählen kann.«

»Du hast das all die Jahre getan, nur um deinen Vater zu ärgern?«

»Ist doch kein schlechter Grund. Sag mal, soll ich bloß das Make-up machen oder werde ich auch bei dem Überfall dabei sein? Du weißt, ich war in Vietnam.«

»Ich brauche dich auch für den Überfall. Wir treffen uns morgen bei Joel und gehen die Details durch. Ich hole dich um zehn ab.«

»Kriege ich eine Waffe?«

»Ja.«

Gordon verschränkte die Arme und nickte. »Prima.«

Yuri Tolkov brachte den Mercedes vor einem kleinen Haus im typischen Cape-Cod-Stil am Ende einer Sackgasse in Melrose zum Stehen. Petrenko saß auf dem Beifahrersitz, ein älterer, weich aussehender Mann hinten. Yuri überprüfte die Adresse auf einem Stück Papier, dann bedeutete er Petrenko, dass sie das richtige Haus erreicht hatten. Alle drei Männer stiegen aus, Yuri und Petrenko gingen vor zur Eingangstür. Der alte Mann, eine Ledertasche in der Hand, lief hinter ihnen her, als hätte er Kiesel in den Schuhen.

»Es werden drei Araber da sein, ja?«, fragte Petrenko.

»Das ist die Abmachung.«

Sie klopften an die Tür. Ein Vorhang wurde beiseitegeschoben und ein Mann mit ärgerlich gerunzelter Stirn öffnete ihnen und bedeutete ungeduldig, dass sie hereinkommen sollten. Er war Anfang zwanzig, spindeldürr und hatte eine subkompakte Glock 9mm hinter den Hosenbund geschoben. Auf dem Sofa saßen zwei weitere Araber. Einer von ihnen war dick und hatte einen dichten, kurz geschnittenen Bart, der andere war ein dünner, wütend dreinschauender Mann, dessen Züge scharf genug waren, um Papier zu schneiden. Alle drei Araber trugen einfache Anzüge.

Yuri sagte zu Petrenko auf Russisch, dass der wütend aussehende Mann auf der FBI-Fahndungsliste stand und Abbas hieß.

Abbas schaute noch wütender, als er Yuri Russisch sprechen hörte. »Die Abmachung lautet, dass wir nur Englisch sprechen«, sagte er mit finsterem Blick. »Noch ein Wort auf Russisch, und ihr könnt zur Hölle fahren!«

Petrenko zeigte ein humorloses, dünnes Lächeln. »Immer mit der Ruhe«, sagte er, »mein Angestellter war bloß höflich. Er hat gesagt, dass es hier drinnen riecht wie in einem alten Schuh. Und da muss ich ihm Recht geben. Nicht nur das, es ist auch heiß wie in einem Ofen. Könnten Sie ein Fenster öffnen oder die Klimaanlage einschalten?«

Abbas starrte Petrenko einen Augenblick entgeistert an, dann bellte er dem Mann, der sie hereingelassen hatte, auf Arabisch einen Befehl zu. Der runzelte die Stirn noch stärker, trat an eines der Fenster und öffnete es einen Spalt weit.

»Wir haben zehn Diamanten, die Sie begutachten können«, sagte Abbas immer noch wütend. »Achtzig weitere in gleicher Qualität befinden sich an einem sicheren Ort.«

Petrenko zwinkerte nicht einmal und hörte auf zu lächeln. »Wir können einen Preis vereinbaren, aber später werden wir alle Diamanten begutachten und ihn entsprechend anpassen müssen.«

»Es wird nicht nötig sein, den Preis anzupassen, aber das müssen wir nicht jetzt besprechen.« Abbas steckte eine Hand in die Innentasche seiner Jacke und zog einen kleinen Seidenbeutel heraus. Er streckte ihn Petrenko entgegen, der sich jedoch nicht rührte. Stattdessen nahm der alte Mann mit der Ledertasche die Diamanten und wurde an einen Tisch geführt, wo er sie untersuchen konnte. Er nahm eine tragbare Xenon-Lampe, eine kleine Waage, eine Schneider-Lupe und Fläschchen mit verschiedenen Lösungen aus seiner Tasche, dann beugte er sich über die Diamanten. Er untersuchte und wog jeden einzelnen. Als er damit fertig war, humpelte er zu Petrenko und sagte ihm auf Russisch, dass die zehn Diamanten von hoher Qualität seien und einen Wert von hundertfünfzigtausend Dollar hätten.

»Englisch! Nur Englisch war vereinbart!«, kreischte Abbas. Er bellte eine Reihe arabischer Befehle. Der Typ neben Petrenko griff nach seiner Glock. Petrenko täuschte einen Schlag mit der Rechten an und boxte dem Mann mit der Linken pfeilschnell gegen die Brust. Der Schlag warf den Araber um. Als er zu Boden ging, rutschte die Glock aus seinem Hosenbund und landete einen Meter weiter. Bevor er danach greifen konnte, trat Petrenko ihm auf die Hand und hob selbst die Waffe auf. Der dicke Araber, der gerade in die Innentasche seiner Jacke langen wollte, hielt inne, als er bemerkte, dass Yuri ihm eine Messerklinge an den Hals drückte.

Petrenko nahm das Magazin aus der Glock und reichte Abbas die ungeladene Waffe. »Wenn ich Sie töten und Ihre Diamanten stehlen wollte, könnte ich das mühelos tun«, sagte er. »Aber das will ich nicht. Ich hoffe, Sie und Ihre Freunde hören auf, sich wie Kinder zu benehmen, dann könnte dies der Auftakt zu einer wunderbaren Geschäftsbeziehung zwischen uns sein.«

Abbas zitterte vor Wut und Angst. »Wir hatten eine Vereinbarung! Nur Englisch!«

»Er spricht kein Englisch, nur Russisch«, sagte Petrenko und deutete auf den Juwelier. »Alles, was er gesagt hat, war, dass die Reinheit der Diamanten unterdurchschnittlich ist und sie nur zwanzigtausend Dollar wert sind.«

»Das stimmt. Jeder einzelne Diamant ist zwanzigtausend Dollar wert!«

»Nein, zwanzigtausend Dollar für alle zehn, und weil ich weiterhin Geschäfte mit Ihnen machen will, zahle ich Ihnen sechzig Prozent dessen, was alle neunzig Diamanten zusammen wert sind. Hundertundachttausend Dollar.«

»Sie sind zwanzigmal mehr wert!«

»Nein, sind sie nicht.« Petrenko ließ sich einen Augenblick Zeit, um sich oberhalb der Schläfen zu massieren. »Und hören Sie auf, so zu schreien. Ich bekomme Kopfschmerzen. Also, sind wir uns einig?«

Abbas drehte beinahe durch, gleichzeitig war er aber zu wütend und zu ängstlich, um irgendetwas anderes zu tun, als lautlos die Lippen zu bewegen. Hilflos schaute er seine beiden Kumpane an. Der neben ihm hatte immer noch ein Messer am Hals, der andere saß auf dem Boden und hielt sich die verletzte Hand.

»Sie können ablehnen, wenn Sie wollen«, setzte Petrenko hinzu. »Ich nehme Ihnen das nicht übel. Versuchen Sie doch, jemanden zu finden, der Ihnen mehr zahlt. Sie können ja auch in das Juweliersviertel in New York fahren, mal sehen, ob da jemand Geschäfte mit Ihnen macht.«

Abbas setzte zu einer Antwort an, brachte aber nichts heraus. Schließlich, beim dritten Versuch, stotterte er: »Sie töten uns, wenn ich nein sage.«

»Nein, tue ich nicht. Wenn Sie keine Geschäfte mit mir

machen wollen, in Ordnung, dann gehen wir. Aber ich glaube nicht, dass Sie einen besseren Preis erzielen werden.«

Yuri trat einen Schritt zurück. Der dicke Araber war ein wenig grün angelaufen und rieb sich den Hals, auf dem die Klinge einen Abdruck hinterlassen hatte. Abbas sah ihn an, dann seinen Kumpel, der noch am Boden saß. Er leckte sich die Lippen. »Ich werde über Ihr Angebot nachdenken«, sagte er säuerlich.

Petrenko zuckte mit den Achseln. »Sie wissen, wie Sie mich erreichen können. Aber überlegen Sie nicht zu lange.« Dann wandte er sich um und ging. Der Juwelier humpelte hinter ihm her. Yuri klappte sein Messer zusammen und verließ rückwärts das Haus.

Im Wagen wandte sich Yuri an Petrenko: »Sind Sie sicher, dass wir nicht wieder reingehen und die Diamanten einfach klauen sollten? Das dauert fünf Minuten, höchstens.«

Petrenko schüttelte den Kopf. »Wenn wir Geduld haben, werden sie uns alle ihre Diamanten verkaufen. Und in Zukunft noch mehr. Wir bieten bloß einen Bruchteil dessen, was sie erwarten. Um das Geld zusammenzukriegen, das sie benötigen, müssen sie uns dann eben mehr verkaufen. Für sie ist es leicht, Diamanten ins Land zu schmuggeln, aber Bargeld ist ein Problem.« Er machte eine Pause, ballte die Faust und rieb sich mit dem Daumen über die Knöchel. Er betastete die Schwielen. »Außerdem«, setzte er hinzu, »würde ich, wenn wir wieder hineingehen, deutlich mehr als fünf Minuten haben wollen.«

09

Nach seiner schmutzigen Scheidung hatte sich Captain Kenneth Hadley für einen Wechsel von Somerville nach Lynn entschieden, als die Gelegenheit sich bot. Aber so tauschte er nur ein Problem gegen das andere. Zwar taumelte seine Exfrau nicht länger in seine Wache und schrie ihn an, wann immer ihr danach war, dafür war der Job selbst nicht besser. Er musste sich mit denselben Verbrechen herumplagen wie in Somerville – Autodiebstählen, Einbrüchen, Drogen, Jugendbanden –, in Lynn kam lediglich noch die Russenmafia hinzu. Und wie in Somerville glaubte er nun auch hier einen Mitarbeiter zu haben, der tagsüber trank. Als Resnick in sein Büro marschiert war, hatte Hadley deutlich den Bourbon in seinem Atem riechen können. Konnte der Kerl nicht wenigstens ein paar Pfefferminzpastillen kauen, bevor er sich auf der Wache zurückmeldete? Aber ansonsten wirkte Resnick stabil, seine Bulldoggen-Persönlichkeit nahm keinen Schaden, und er strahlte diese ungeheure Leidenschaft aus. Hadley entschied, die Sache zu ignorieren. Der Kerl war sein bester Detective, und nichts deutete darauf hin, dass es sich um etwas anderes als eine Ausnahme handelte. Trotzdem fand er es ermüdend, sich Resnicks Lamento über Viktor Petrenko anzuhören, und er war ziemlich sicher, dass der Alkohol seinen Detective hatte derart gesprächig werden lassen.

»Es muss doch etwas geben, was wir tun können«, sagte Resnick. »Wir können diesen Sausack doch nicht einfach unsere Stadt und unsere Ladenbesitzer terrorisieren lassen. Ich weiß, dass seine Werkstatt gestohlene Fahrzeuge umbaut. Lassen Sie mich die doch mal überwachen, bis wir etwas gegen ihn in der Hand haben, oder besser noch, lassen Sie mich den Kerl selbst überwachen, ich möchte ihn ein bisschen unter Druck setzen.«

Hadley schaute auf die Uhr. Sie redeten schon seit zehn Minuten darüber. »Alex, aufgrund der staatlichen Kürzungen stehen mir sowieso zu wenige Leute zur Verfügung. Ich kann Sie nicht für Gott weiß wie lange entbehren. Außerdem hat das Opfer im Krankenhaus ausgesagt, dass es ein Unfall war, und seine Frau hat ihm begeistert zugestimmt, sie hat behauptet, er sei gestolpert.«

»Sie haben beide Angst.«

»Ich muss mich an das halten, was sie sagen ...«

»Und der Laden wurde von Zauberhand verwüstet. Vielleicht war ja die Klimaanlage zu stark eingestellt und hat eine vierzig Kilo schwere Registrierkasse durchs Schaufenster geblasen.«

Hadley hob ergeben die Hände. »Wenn diese Leute nicht bereit sind auszusagen, kann ich nichts tun.« Er trat auf seinen Detective zu und senkte verschwörerisch die Stimme. »Sehen Sie es doch mal aus meiner Sicht: Entweder wir haben einen offenen Fall, den wir bearbeiten müssen. Oder andersherum. So wie es jetzt steht, ist der Fall abgeschlossen. Und wir haben sowieso schon viel zu viele offene Fälle.«

»Ken, das ist wirklich eine miese Art, es zu betrachten. Außerdem, wenn wir Petrenko von der Straße holen, werden wir langfristig weniger Fälle haben. Verdammt noch mal, es muss doch etwas geben, das wir tun können.«

»Sie können etwas tun«, sagte Hadley. »Nehmen Sie sich den Rest des Tages frei. Sie wirken ein bisschen mitgenommen.«

»Mir geht's bestens.«

»Tut es nicht. Ich kann Polizisten, die im Dienst trinken, hier nicht gebrauchen. Ich will Ihnen keinen Vorwurf machen. Was mich anbetrifft, sind Sie bloß kaputt und können ein paar freie Stunden gebrauchen.«

Resnick starrte in Hadleys blassblaue Augen, bevor er sich abwandte und nickte. »Ich habe noch nie zuvor im Dienst getrunken. Da ist etwas an Petrenko, ich weiß auch nicht ... Ich bleibe morgen länger, um das auszugleichen«, sagte er.

»Nicht nötig. Sie haben mehr als genug Überstunden geleistet, seit ich hier bin. Versuchen Sie einfach nur, so etwas beim nächsten Mal zu vermeiden, okay?«

»Sie haben mein Wort.«

Resnick verließ Hadleys Büro und begegnete Maguires fragendem Blick mit einem Achselzucken. »Man hat mir gesagt, es ginge mir nicht gut«, teilte Resnick seinem Partner mit. »Ich nehme den Rest des Tages frei. Morgen früh geht es mir wieder besser.«

»Verstanden«, sagte Maguire und grinste frech. »Wenn man im Dienst säuft, kriegt man einen halben Tag frei.«

»Keine gute Lektion für dich. Tut mir leid.«

Alex Resnick hatte seine Exfrau an der Uni kennen gelernt. Eine rothaarige Schönheit aus Long Island mit samtiger Pfirsichhaut und den faszinierendsten grünen Augen, die er je gesehen hatte. Damals studierte er Politikwissenschaften und hatte vor, später Jurist zu werden. Nur aus Neugier nahm er am Auswahlverfahren der Polizei in Lynn teil und bestand mit Höchstpunktzahl. Sein Vater versuchte verzweifelt, ihm den Polizeidienst auszureden.

»Alex«, hatte sein Dad ihm gesagt, »warum tust du so etwas? Du kannst als Anwalt dein Leben selbst gestalten. Es ist ein Fehler. Wenn du Geld brauchst, dann werde ich schon einen Weg finden, dir zu helfen.«

»Dad«, sagte Resnick, »jüdische Anwälte gibt es wie Sand am Meer. Aber wie viele jüdische Bullen kennst du?

Außerdem brauchst du jemanden wie mich, um mal alle deine Strafzettel loszuwerden.«

Sein Vater war Taxifahrer, und das Letzte, was Resnick wollte, war, dass er noch länger fahren musste, um ihm Geld zustecken zu können. Obwohl sein Vater ihn bat, sein Leben nicht in den Müll zu werfen, beharrte Resnick geduldig darauf, dass die Arbeit bei der Polizei eine gute Grundlage für eine zukünftige Karriere als Anwalt sei, in ein paar Jahren würde er zurück an die Abendschule gehen und Jura studieren. Nichts von dem, was sein Vater zu sagen hatte, änderte etwas an der Tatsache, dass er Geld verdienen wollte, um Carrie heiraten zu können. Er war verrückt nach ihr, und mehr als alles andere wünschte er sich, dass sie seine Frau wurde.

Achtzehn Monate nach der Hochzeit brachte Carrie ihren Sohn zur Welt. Brian war eines dieser Ausnahmebabys. Er weinte fast nie und schien immer zu lächeln, wenn Resnick ihn hochnahm. Sosehr Resnick seine Frau liebte, stellte er doch fest, dass die Gefühle für seinen Sohn stärker waren, als er es sich je hatte vorstellen können. Morgens zur Arbeit zu gehen und ihn zurückzulassen war, als müsse er ein Stück seiner selbst weggeben. Als Brian zwei war, wurde festgestellt, dass er eine künstliche Herzklappe benötigte. Die OP war riskant, aber der Junge kam durch.

Drei Jahre später forderten die vier Päckchen Zigaretten, die Resnicks Dad jeden Tag geraucht hatte, ihren Tribut, und er starb nach neunmonatigem intensivem Kampf an Lungenkrebs. Resnicks Mutter folgte ihm eine Woche später – offiziell war es Herzversagen. Ihr Tod, der natürlich ebenfalls entsetzlich war, überraschte Resnick nicht. Er wusste, dass seine Eltern sich sehr geliebt hatten, und hätte sich nie vorstellen können, dass einer ohne den anderen überlebte. Er hatte sich vom Tod seiner beiden Eltern noch nicht erholt, als er sechs Wochen später erfuhr, dass die künstliche Herzklappe seines Sohnes undicht war und ersetzt werden musste. Diesmal überlebte Brian die Operation nicht.

Carrie sagte, Resnick habe sie danach emotional verlassen. Er teilte diese Meinung nicht, sah aber auch keinen Sinn darin, mit ihr zu streiten. Er hielt es in der eigenen Haut halt nicht mehr aus. So einfach war es. Er konnte nicht schlafen, nicht still sitzen. In seiner Brust herrschte ein solcher Druck – er konnte nur frei atmen, wenn er in Bewegung war. Er begann, Überstunden zu machen und alle Zusatzaufgaben zu übernehmen, die er kriegen konnte, manchmal arbeitete er vierundzwanzig Stunden durch. Erschöpfung half. Wenn er erschöpft war, verlor er schon mal das Bewusstsein, sobald er die Augen schloss. Am schlimmsten – am allerschlimmsten – war es dann, wenn er träumte. In diesen Träumen kam immer Brian vor, und mit jedem Aufwachen wurde Resnick auf ein Neues bewusst, dass er seinen Jungen verloren hatte.

Zwei Jahre später erklärte Carrie Resnick, dass er an dem Tag von Brians erster Herz-OP seinen Sinn für Humor verloren hatte. Vielleicht sogar sein eigenes Herz.

Resnick starrte sie entgeistert an. »Ich weiß nicht, was ich dazu sagen soll.«

»Genau das meine ich, Alex. Der Mann, den ich geheiratet habe, hätte sich etwas überlegt, um mich zum Lachen zu bringen. Selbst wenn es etwas sehr Trauriges wäre.«

»Meine Frau, die ewige Optimistin.«

»Schlechter Versuch.« Sie machte eine Pause, ihre Haut wurde immer blasser. »Ich habe jeden Tag geweint, seit wir Brian verloren haben. Manchmal stundenlang. Ich glaube nicht, dass du auch nur einmal geweint hast. Ich glaube nicht, dass ich auch nur eine Träne von dir gesehen habe. Du versuchst, deiner Trauer zu entkommen, Alex. Aber wenn du weiterhin keine Trauer zulässt, dann weiß ich nicht, wie es zwischen uns besser werden soll.«

Resnick widersprach ihr nicht, aber er konnte auch nicht sitzen bleiben. Er sah zu viel von Brian in ihr, so wie sie ihm gegenübersaß und mit bittendem Blick darauf wartete, dass er etwas sagte. Er erhob sich und verließ ihr kleines Dreizimmerhaus. Etwas anderes konnte er nicht tun.

Das war im Grunde das Aus für ihre Ehe. Danach redeten sie nicht mehr viel. Keiner schien dem anderen feindselig gesonnen zu sein oder ihm Vorwürfe zu machen. Resnicks Gefühle für Carrie hatten sich nicht wesentlich verändert, seit er sie das erste Mal auf dem Campus gesehen hatte, aber sie hatten sich zu weit voneinander entfernt. Er wusste, dass er dafür verantwortlich war. Aber was immer der Grund war, er ließ sie nicht wieder an sich heran, und nach einer Weile gab sie es auf. Sie ließen sich kurz nach Brians drittem Todestag scheiden. Ein paar Jahre später heiratete Carrie erneut.

Resnick stieg in seinen Wagen und fuhr in die kleine Wohnung, in der er seit der Scheidung lebte. Auf halbem Weg aber überlegte er es sich anders, wendete und fuhr zum Krankenhaus. Dort sprach er mit dem Arzt, der Mr. Wiseman untersucht hatte. Der alte Herr hatte eine Gehirnerschütterung, einen Haarriss an der Stirnseite des Schädels und eine Muskelzerrung am Hals. Sie würden ihn einige Tage auf der Intensivstation behalten.

Resnick betrat Wisemans Zimmer allein. Der Kopf des alten Mannes war bandagiert und er trug eine dicke Halskrause. Er starrte den Detective mit glasigen Augen an, bis er ihn plötzlich erkannte.

»Sie sind der Polizist, der bei uns einkauft«, sagte er

langsam, gleichmäßig, seine Stimme ein heiseres Flüstern. »Ich erinnere mich. Meine Frau hat mir erzählt, wie Sie uns heute geholfen haben. Vielen Dank.«

»Ich dachte, ich würde Ihre Frau hier treffen.«

»Es hilft mir nicht, wenn sie hier ist und weint«, sagte er. »Ich habe sie zurück in den Laden geschickt. Soll sie dort weinen.«

»Ich habe die Aussage gelesen, die Sie meinem Kollegen gegenüber gemacht haben.«

»Ich bin gestolpert«, sagte er stur.

»Wir wissen beide, dass das nicht stimmt, Mr. Wiseman.«

Er zuckte mit den Achseln, soweit es die Halskrause zuließ. »Alte Männer stolpern manchmal.«

»Es ist nicht in Ordnung, was Viktor Petrenko Ihnen angetan hat. Es ist nicht in Ordnung, was er Hunderten von Menschen wie Ihnen antut. Irgendwer muss mit mir reden, damit ich diesen Drecksack ins Gefängnis stecken kann.«

»Wenn es nur ich wäre ...« Die Stimme des alten Mannes versagte und seine Lippen begannen zu zittern. Er schaute weg. Als er wieder sprechen konnte, sagte er: »Meine Frau Anna. Wir sind seit zweiundfünfzig Jahren verheiratet. Nein, es tut mir leid, ich kann nur sagen, ich bin gestolpert.«

Resnick legte eine Visitenkarte mit seinen Telefonnummern auf den Nachttisch neben dem Bett. »Wenn Sie es sich anders überlegen und bereit sind, mir zu erzählen, was passiert ist, rufen Sie mich an.«

Der alte Mann sah Resnick an, die Augen halb geschlossen. »Könnten Sie mich und Anna beschützen?«

Resnick konnte ihm nicht antworten.

»Das habe ich mir gedacht«, sagte Wiseman und schloss die Augen ganz. »Ich kann nur sagen, ich bin gestolpert. Entschuldigen Sie bitte, ich bin sehr müde.«

Resnick erhob sich und sah den alten Mann an, während er überlegte, was er noch sagen könnte. Schließlich gab er auf.

10

Von Gordon aus fuhr Dan zu Shrinis Wohnung in der Hoffnung, dass der zu Hause wäre, und tatsächlich hörte er, kurz nachdem er geklingelt hatte, den Summer.

»Hey, Alter«, begrüßte Shrini ihn in der Tür. »Was für eine Überraschung. Ich dachte, du rufst an.«

Dan schloss die Tür hinter sich und sagte Shrini, er solle die Tequila-Flasche holen, von der er wusste, dass sein Freund sie bunkerte. »Wir haben was zu feiern, Mann. Wir beide werden Bankräuber. Die nächsten Butch Cassidy und Sundance Kid.«

»Klasse, Alter!« Shrini klatschte in die Hände. »Obwohl ich hoffe, dass wir mehr Glück haben werden als die beiden!«

Dan setzte sich, während Shrini den Tequila und zwei saubere Gläser suchte. Er war überrascht, wie ruhig er war. Fast, als hätte er bei Gordon einen Zusammenbruch durchlebt und sei jetzt taub der ganzen Vorstellung eines Raubüberfalls gegenüber. Wie auch immer, er war dankbar dafür.

Shrini holte den Tequila, eine Limone und etwas Salz. Er goss ihnen beiden ein. »Also macht dein Freund Joel auch mit?«, fragte Shrini.

»Genau. Und Gordon.« Dan schnitt die Limone in Scheiben, saugte an einer davon, dann trank er den Schnaps, und die Wärme explodierte in seinem Magen. Er schenkte sich nach. »Kleine Planänderung. Joel hat darauf bestanden, dass ein Freund von ihm mitmacht.«

»Du machst Witze.«

»Tut mir leid, Mann, ich hatte keine Wahl. Dieser Typ wird uns Waffen besorgen, die man nicht zurückverfolgen kann. Wenn ich nicht ja gesagt hätte, wäre Joel ausgestiegen. Und der Überfall hätte nicht stattgefunden.«

»Kennst du den Typen?«

»Ich habe ihn vor Jahren mal getroffen. Bisschen merkwürdiger Kerl.«

»Das gefällt mir gar nicht.«

»Mir auch nicht, aber Joel hat darauf bestanden, erstens wegen der Waffen und zweitens, damit jemand dabei ist, dem er trauen kann. Ich kann ihm das nicht übel nehmen.«

»Nein. Das ist völlig inakzeptabel. Wir hätten anderswo Kanonen besorgen können. Wir können nicht einfach Leute dazuholen, die wir nicht kennen. Es steht so viel auf dem Spiel.«

»Mir gefällt es auch nicht, aber so ist es nun mal. Hör zu, wir treffen uns morgen alle, um den Plan durchzugehen. Dann kannst du Joel kennen lernen, und wir treffen beide seinen Kumpel. Wenn einem von uns die Sache nicht passt, dann lassen wir's eben.«

Shrini schnitt eine Grimasse, als hätte er etwas Bitteres geschluckt. »Das ist einfach nicht in Ordnung, Alter.«

»Ich verstehe dich, wirklich. Aber was kann es schaden, wenn wir uns morgen treffen und mal sehen, wie es läuft?«

»Okay, wir können uns treffen. Aber das ärgert mich wirklich ...« Shrini schien plötzlich vergessen zu haben, was er hatte sagen wollen, während er seinen Freund anstarrte. »Alter«, sagte er und grinste säuerlich. »Du hast ein blaues Auge. Was ist passiert, hat dir jemand eine reingehauen?«

»Eine deiner vielen Freundinnen. Sie hat gefragt, ob ich dir etwas ausrichten kann, und hat mir das hier mitgegeben.«

»Sehr lustig. Was war es wirklich?«

»Nichts, was sich zu erzählen lohnt. Ich hole dich morgen kurz vor zehn ab, dann sammeln wir Gordon ein und fahren hoch nach New Hampshire.«

»Wir treffen uns in New Hampshire? Wo? Bei deinem Freund Joel?«

»Ja, sein Haus ist abgelegen, das ist ein guter Treffpunkt. Ist das in Ordnung für dich?«

»Schätze schon.«

»Okay, dann sehen wir uns morgen.«

»Warum hast du's so eilig? Die Flasche ist noch drei viertel voll.«

»Lass mal, Mann, ich muss noch ein paar Sachen erledigen, weißt du, wegen nächster Woche.«

»Ich würde meine Zeit nicht damit verschwenden, wenn ich du wäre. Ich denke ernsthaft darüber nach, das Ganze abzublasen. Glaub mir, ich bin gar nicht glücklich damit, dass dein Freund sich so einmischt.«

»Shrini, noch einmal, ich mache dir keinen Vorwurf daraus. Aber denk darüber nach. Zehn Minuten, länger brauchen wir nicht. Wir gehen da rein und sind schneller wieder draußen, als du gucken kannst. Dass Joel seinen Kumpel mitbringt, ändert daran rein gar nichts.«

»Aber wir kennen ihn nicht. Wir wissen nicht, ob er hinterher quatscht.«

»Da hast du Recht. Wir kennen ihn nicht. Aber Joel kennt ihn. Und er würde nichts vorschlagen, das ihm selber schadet.«

Dan nahm noch einen Schluck Tequila, spürte, wie der Schnaps sich durch seinen Hals brannte, dann klopfte er Shrini auf den Rücken und ging. Auf dem Weg zum Wagen merkte er, wie erschöpft er war, todmüde. Er setzte sich hinters Steuer und schloss nur für ein paar Sekunden die Augen. Als er sie wieder öffnete, war es draußen dunkel, und er hatte einen Geschmack im Mund, als hätte er eine Handvoll Sägespäne gegessen. Er saß eine Minute da, bis seine Augen sich an die Nacht gewöhnt hatten. Der Uhr in seinem Wagen zufolge war es 21:23.

Er erwartete, dass Carol ihm die Hölle heißmachte, als er nach Hause kam. Oder vielleicht gar nicht mit ihm redete. Stattdessen stellte er überrascht fest, dass sie besorgt schaute, als er zur Tür hereinkam. Noch überraschender war ihr schwaches Lächeln.

»Ich habe mir Sorgen um dich gemacht«, sagte sie und nahm seine Hand.

»Es ist mir wirklich peinlich«, sagte er. »Ich war bei Shrini, und als ich wieder in den Wagen gestiegen bin, bin ich eingeschlafen. Einfach so. Ich bin erst vor zehn Minuten wieder aufgewacht.«

Sie legte ihre Hand auf seine Stirn, um festzustellen, ob er Fieber hatte. »Alles in Ordnung?«, fragte sie.

»Ich glaube schon. Die letzten paar Monate habe ich nicht gut geschlafen. Ich schätze, jetzt hat es mich eingeholt.« Er stieß ein kurzes Lachen aus. »Ich bin überrascht, dass niemand aus Shrinis Wohnblock die Polizei gerufen hat. Ich habe sieben Stunden gepennt.«

»Ich habe gute Nachrichten«, sagte Carol. »Jemand hat wegen eines Jobs für dich angerufen.«

Dans Stimme überschlug sich, als er fragte, wer angerufen hatte. Er räusperte sich und versuchte es noch einmal, und diesmal kam etwas Verständliches dabei heraus.

»Ich habe seinen Namen aufgeschrieben. Er wird morgen um acht noch einmal anrufen. Soll ich dir Abendbrot machen? Wie würde dir Rührei mit Schinken gefallen?«

»Klar.« Dan folgte Carol in die Küche und setzte sich an den Tresen. Er fand den Zettel, auf dem Carol den Namen des Mannes notiert hatte. Martin Phillips. Dan kannte ihn nicht. »Hat er gesagt, worum es geht?«

»Nur, dass sie nach einem Sicherheits-Software-Fachmann suchen. Und das bist du ja nun bestimmt.« Sie rümpfte einen Augenblick die Nase. »Oh, das hätte ich fast vergessen. Joel hat gegen neun angerufen. Er schien genervt, dass du nicht zu Hause bist, und hat gesagt, er würde es um zehn noch einmal versuchen.«

Laut Küchenuhr war es 21:40. Dan lehnte sich zurück und sah zu, wie seine Frau ihm Rührei machte. Als sie fertig war, war es sieben Minuten vor zehn. Er schaufelte das Ei in sich hinein, damit er allein im Büro sein konnte, wenn Joel anrief.

»Du musst ja fast verhungert sein«, bemerkte Carol.

Er grunzte zustimmend und wollte gerade aufstehen, als das Telefon klingelte. Dan sagte, Carol solle nicht rangehen, er würde den Anruf im Büro entgegennehmen.

»Ich habe um neun schon angerufen«, beschwerte sich Joel, nachdem Dan abgenommen hatte. »Wo zum Teufel warst du?«

»Tut mir leid. Ich hatte was zu tun.«

»Scheißdreck. Weißt du, wie mich das nervt, dass ich zweimal zur Telefonzelle rausfahren musste? Zwanzig Kilometer in eine Richtung, Arschloch!«

»Ich sag dir was. Du kannst dich morgen so lange beschweren, wie du willst. Dann richten wir auch die E-Mail-Konten ein.«

Joels Stimme veränderte sich, jetzt klang er beinahe zurückhaltend. »Es bleibt also dabei, ja?«

»Das musst du wissen. Was hat dein perverser Kumpel gesagt?«

»Fick dich. Seid einfach um Punkt zwölf hier, verstanden?«

Joel legte auf. Dan stand einen Augenblick wie erstarrt da. Als er aufsah, stand Carol in der Tür und sah ihn an.

»Warum so geheimnisvoll?«, fragte sie.

»Was? Nein, nichts, bloß so eine typische Joel-Geschichte. Das ist alles. Stehst du schon lange da?«

»Nein, nicht lange. Bevor ich nach oben gehe, wollte ich dich fragen, ob du Lust hast, heute früh ins Bett zu gehen. Es ist lange her, dass wir zusammen früh ins Bett gegangen sind.«

»Klar. Das wäre schön. Ich wollte bloß noch nach den Kindern sehen.«

»Die sind beide auf ihren Zimmern.« Sie zögerte und schaute ihn eigenartig an. »War das Joel mit deinem Gesicht?«

»Was redest du da? Ich habe dir doch gestern gesagt, ich bin ausgerutscht, als ich in meinen Wagen steigen wollte. Es ist wirklich kaum zu glauben, aber so war es.«

»Dan, ist etwas?«

»Nein, natürlich nicht.« Er zwang sich, ihr weiter in die Augen zu sehen. Sein Gesicht wurde heiß. »Warum fragst du?«

»Du hast so wütend ausgesehen, als du aufgelegt hast. Oder vielleicht auch nur angespannt. Ich weiß nicht, ich habe dich noch nie so gesehen.«

»Bloß dieser Arbeitslosenstress. Und du weißt ja, wie Joel sein kann. Er hat wieder über die liberalen Schweine in Massachusetts hergezogen. Ich war wohl nicht in der Stimmung dafür.«

»Deswegen hat er zweimal angerufen?«

»Nicht nur. Er hatte eine Frage wegen eines möglichen Jobs.«

»Warum hat er aus einer Telefonzelle angerufen?«

»Hat er?«

»Laut Rufnummernanzeige.«

»Wirklich? Vielleicht war er im Einkaufszentrum.«

»Aber er hat ein Handy. Normalerweise wird eine Handynummer angezeigt, wenn er anruft.«

»Wir reden über Joel. Das müsstest du ihn fragen. Ich sehe jetzt nach den Kindern, dann komme ich zu dir.«

Als er an ihr vorbeiging, konnte er das Blut durch seinen Kopf rauschen hören und musste sich einen Augenblick an der Wand abstützen. Er wusste, dass Carol ihm nachsah, konnte es in seinem Nacken spüren. Er wusste aber nicht, ob sie einen Verdacht hatte oder bloß bohrte. Vermutlich bohrte sie bloß. Er versuchte, sich zu erinnern, was sie während des Telefonats hätte mithören können. Meine Güte, warum hatte er auch so eilig ins Büro verschwinden müssen? Er kannte Carol gut genug, um zu wissen, dass sie das neugierig machen würde.

Vor der Zimmertür seines Sohnes atmete er tief durch, um sich zu beruhigen. Dann klopfte er und ging hinein. Gary lag auf dem Bett und guckte Baseball. Er wandte sich um und lächelte traurig. »Hi, Dad«, sagte er. »Die Red Soxs sind am Verlieren. Lugo hat gerade einen verschlagen, und es wird wirklich knapp.«

Dan zog einen Stuhl neben das Bett. Gary war zehn und sah aus wie Carol. Zu klein für sein Alter, schlank, blondes Haar, fast feminine Züge. Trotzdem war er ein klasse Sportler, er war Shortstop seiner Baseball-Mannschaft. Dan hoffte zwar, dass Gary noch wachsen würde, aber aufgrund seines guten Aussehens und seiner Lockerheit hatte er keine Zweifel daran, dass sein Sohn später prima mit Mädchen klarkäme, egal wie groß er wurde.

Er wuschelte Gary durchs Haar. »Unglaublich, wie verwöhnt ihr Kinder seid. Zwei Weltmeisterschaftstitel in vier Jahren. Ihr könnt doch nicht glauben, dass man alles gewinnen kann.«

Gary grinste breit und sagte: »Aber klar!«

Dan lächelte seinen Sohn an. »Solltest du nicht bald schlafen?«

»Sie sind beim achten Inning. Kann ich aufbleiben, bis das Spiel vorbei ist?«

»Wie steht's eigentlich?«

»Neun zu zwei«, sagte Gary enttäuscht. »Aber sie können noch aufholen. Darf ich den Rest schauen, bitte?«

»Gut, aber gleich danach machst du das Licht aus, okay?«

»Versprochen. Danke, Dad.«

Dan küsste seinen Sohn auf die Stirn. Bevor er das Zimmer verließ, schaute er zurück und bemerkte, wie konzentriert Gary dem Spiel folgte. Es rührte ihn, dass sein Sohn etwas so Einfaches wie ein Baseballspiel derart leidenschaftlich verfolgen konnte. Ein wenig bedauernd dachte er daran, wie lange es her war, dass er selbst ein ähnliches Gefühl verspürt hatte.

Susie musste ihn gehört haben, denn als er Garys Tür zuzog, öffnete sie ihre und gab sich Mühe, gelangweilt zu wirken. Sie blieb stehen und starrte ihn herausfordernd an, bevor sie die Ohrstöpsel ihres iPods rauszog und Hallo murmelte.

»Hi, Prinzessin«, sagte Dan. »Ich wollte gerade bei dir klopfen und mal sehen, wie es dir geht.«

»Dann hab ich dir ja Arbeit gespart«, sagte sie und schob die Unterlippe vor, was den mürrischen Ausdruck noch verstärkte. Sie zögerte einen Augenblick, dann fragte sie: »Kannst du Julie und mich morgen zum Strand fahren?«

»Das kann ich nicht, meine Süße. Ich muss mich morgen mit ein paar Leuten treffen.«

»Mom sagt, du hast um acht Uhr morgens ein Vorstellungsgespräch. Wir könnten später fahren.«

»Tut mir leid, aber ich muss mich danach mit noch jemand treffen. Vielleicht Samstag?«

»Meinetwegen«, sagte sie. Ihr Mund schien zu schrumpfen und sie starrte durch ihn hindurch. »Julie und ich können ja mit dem Bus nach Salisbury Beach fahren.«

»Oh nein. Ich will nicht, dass ihr den ganzen Weg alleine mit dem Bus fahrt.«

»Wie willst du mich denn daran hindern? Du bist ja nicht da. Du bist nie da. Obwohl du nicht arbeitest, bist du nie zu Hause.«

Sie starrte Dan an, und ihr Blick forderte ihn heraus, sich mit ihr zu streiten, dann wandte sie sich auf dem Absatz um und verschwand in ihrem Zimmer. Sie knallte die Tür hinter sich zu.

Er seufzte und rieb sich die Augen. Noch vor kurzem hätte er Schuldgefühle gehabt, seine Tochter derart zu versetzen. Jetzt aber spürte er rein gar nichts. Was er im Begriff war zu tun, füllte ihn vollständig aus. Da war keine Angst mehr, nur Taubheit. Aber mehr noch, er war entschlossen. Er hatte diese Bank im Geiste so oft überfallen, dass es ihn jetzt förmlich juckte, es wirklich zu tun. Aber wenn er tatsächlich einen Job angeboten bekäme, was dann? Er verdrängte den Gedanken. Darüber würde er entscheiden, wenn es so weit war.

Dan duschte schnell und putzte sich die Zähne, bevor er ins Schlafzimmer ging. Carol wartete auf ihn, sie lag auf dem Bett und trug eines seiner alten T-Shirts als Nachthemd. Er legte sich neben sie. Sie rutschte an ihn heran, schob ihren Schenkel über seinen, ihr Mund suchte nach seinem Mund, ihr Atem war heiß, ihre Hände berührten seine Brust. Dann wanderten sie an seinem Körper herab. Er wollte darauf einsteigen, konnte aber das Gefühl der Taubheit nicht abschütteln. Es war, als versuchte sie, einen Toten zu erregen. Nach einer Weile gab sie auf. Sie stieß sich von ihm weg und drehte sich auf die Seite.

»Gute Nacht«, sagte sie kurz angebunden.

»Es tut mir leid, Carol, mir geht einfach so viel im Kopf um.«

»Es ist Wochen her, dass wir es auch nur versucht haben.«

»Es tut mir leid ...«

»Vergiss es. Lass uns nicht darüber reden. Ich wecke dich morgen früh für dein Vorstellungsgespräch. Gute Nacht.«

Dan schloss die Augen. Immer noch nichts außer Taubheit. Es war kein innerer Frieden, aber auch nicht das Durcheinander, das ihn sonst immer wach hielt. Keine Gedanken, die durch seinen Kopf rasten. Keine Bilder eines schiefgegangenen Überfalls, kein Hauch von Polizeisirenen, Schießereien, blutigen Leichen. Nur Leere erfüllte ihn. Und nach einer Weile nicht einmal mehr das.

Carol weckte ihn am nächsten Morgen. Trotz der sieben Stunden auf dem Parkplatz hatte er die Nacht durchgeschlafen. Er vermutete, dass er durch den ganzen Stress mehr Schlaf brauchte.

Er schlug vor, Frühstück zu machen, aber Carol bestand darauf, das selbst zu tun. Während er am Küchentisch saß und ihr zuschaute, wünschte er sich, Zeit für einen weiteren Versuch im Schlafzimmer zu haben. Sie sah frisch aus, entspannt, das Haar zu einem Pferdeschwanz gebunden, der Rock ließ ihre Hüften so verdammt schlank aussehen. Als sie ihm einen Becher Kaffee brachte, ließ sie ihre Finger einen Augenblick auf seiner Hand liegen. Ihr Lächeln war so hübsch wie seit Jahren nicht mehr.

»Viel Glück beim Vorstellungsgespräch«, sagte sie. »Ich muss zur Arbeit, aber ruf mich an. Sag mir, wie es gelaufen ist.«

Er nickte und sagte, das würde er tun. Sie gab ihm einen schnellen Kuss und drückte seine Hand. Er sah ihr nach, zum ersten Mal seit langer Zeit wurde ihm bewusst, wie hübsch sie war. Es war erst Viertel nach sieben. Er nippte an seinem Kaffee. Als der Becher leer war, stand er auf und schenkte sich nach.

Um acht klingelte das Telefon. Er ging ran und der Mann am anderen Ende stellte sich als Martin Phillips vor. Er erklärte Dan, dass er Vizepräsident der Software-Entwicklungsabteilung eines Start-ups sei, Dans Lebenslauf online gefunden habe und stark beeindruckt von seiner Erfahrung mit Sicherheitssoftware sei. Er zögerte einen Augenblick, dann erklärte er, dass er aus Dans Lebenslauf nicht entnehmen konnte, wie viel JAVA-Programmiererfahrung er habe.

»Ich bringe es mir gerade selbst bei«, sagte Dan.

Martin Phillips zögerte erneut, dann sagte er in deutlich weniger interessiertem Ton als zuvor: »Sie haben also nicht fünf oder mehr Jahre Arbeitserfahrung in diesem Bereich?«

Für einen Moment kochte Dans Blut über. Er hörte sich zu Phillips sagen, dass er sich ins Knie ficken könne. Es folgte ein kurzes Schweigen, dann war die Leitung tot. Dan starrte den Hörer an, eine zornige Grimasse verzerrte sein Gesicht. Dann, nachdem seine Gesichtsmuskeln sich wieder entspannt hatten, rief er Carol im Büro an. Er erzählte ihr, das Vorstellungsgespräch sei gut gelaufen, ein zweites sollte nächste Woche stattfinden.

11

Yuri berichtete Petrenko, dass die Araber Kontakt zu ihm aufgenommen hatten. »Sie haben gejammert, sich aber letztendlich mit Ihrem Preis einverstanden erklärt«, sagte er.

Petrenko knackte mit den Knöcheln und ein Hauch Zufriedenheit zeigte sich in seinen toten Augen. »Habe ich es nicht gesagt?«, fragte er.

»Sie hatten absolut Recht. Unser Preis kommt einem Diebstahl gleich. Zehn Cent pro Dollar.« Yuri machte eine Pause und zeigte seine überkronten Zähne. »Vielleicht sollten wir trotzdem überlegen, uns die Diamanten mit Waffengewalt anzueignen. Und dann für die toten Araber die hunderttausend Dollar Belohnung vom FBI einsacken.«

»Das würde sich nicht lohnen. Unsere arabischen Freunde haben wahrscheinlich eine halbe Million Dollar für diese Diamanten erwartet. Was bedeutet, dass sie mehr davon ins Land schmuggeln müssen, um das Geld zusammenzubekommen, das sie brauchen. Wir könnten am Ende Millionen abkassieren. Nein, Yuri, wir werden diese goldene Gans noch ein wenig pflegen.«

»Warum verkaufen die sie nicht einfach für mehr Geld in Europa?«

Petrenko schüttelte den Kopf, als spräche er mit einem Kind. »Wie sollen sie denn das Geld herschaffen? Das ist nicht so einfach, vor allem, wo das FBI alles überwacht. Außerdem kommen sie billig an Diamanten ran. Und sie lassen es sich gerne etwas kosten, damit sie hier flüssig sind. Wann findet der Kauf statt?«

»Montag. Sie haben eine neue Adresse für uns. Ich

glaube, sie bleiben nicht lange an einem Ort. Oder sie wollen uns eine Falle stellen?«

»Die stellen uns keine Falle. Im Moment brauchen sie uns. Und mach dir keine Sorgen, nachdem wir dieser Gans jedes goldene Ei rausgepresst haben, das wir kriegen können, werden wir ihr den Kopf abschneiden. Bald schon werden wir für das FBI Helden sein. Aber jetzt noch nicht.«

Yuri nickte und wollte gehen, aber Petrenko stoppte ihn.

»Die Ladenbesitzer«, sagte Petrenko. »Sag ihnen, dass ihre Rate um achtzig Dollar im Monat hochgeht. Dafür können sie sich bei ihrem *zhid*-Kollegen bedanken.«

Ein paar Minuten vor zwölf hielten sie vor Joels Haus. Dan stieg aus, öffnete den Kofferraum, nahm einen prall gefüllten Müllbeutel heraus und schwang ihn auf den Rücken. Joel öffnete, nickte Dan und Gordon kurz angebunden zu, schüttelte Shrini die Hand und führte sie dann ins Wohnzimmer, wo sein Freund Eric Hoffer auf dem Sofa lag und ein Bud trank. Er sah noch genauso aus, wie Dan ihn in Erinnerung hatte. Kleine Äuglein, die fast in seinem Schweinsgesicht ertranken, und die Haut hatte die Farbe von Kochschinken. Als sie einander vorgestellt wurden, grunzte Hoffer und stemmte sich hoch, um Dan eine feuchte Hand entgegenstrecken zu können.

»Du bist also das Hirn hinter allem«, sagte er und grinste breit. Er wählte sein Worte langsam und bemüht, als hätte er einen Herzinfarkt gehabt oder spreche mit vollem Mund. »Klasse, dass ich mitmachen kann, Boss.«

Dan ließ seine Hand los. »Dafür musst du dich bei deinem Kumpel Joel bedanken.«

Hoffers Grinsen erstarrte ein wenig. »Wie auch immer, Boss, ich werde dich nicht enttäuschen.«

»Das reicht«, unterbrach Joel. »Genug der Nettigkeiten. Wir haben zu tun.«

Gordon hatte den ganzen Weg nach New Hampshire über geredet. Aber kaum hatten sie Joels Haus betreten, sagte er kein Wort mehr. Er zog einen Küchenstuhl an eine freie Stelle vor der Wand, um sich zurücklehnen zu können, und saß mit verschränkten Armen da. Shrini wirkte ebenfalls zurückhaltender als sonst und hockte still auf dem Sofa.

Dan ging die einzelnen Schritte des Überfalls durch. Während er sprach, schloss Gordon die Augen, und sein Kopf kippte nach vorne auf die Brust, als döste er. Hoffer nickte immer wieder begeistert und grinste entschlossen. Shrini saß still da und hörte gut zu. Joel war außer sich. Er blickte ständig zu Gordon rüber und regte sich immer weiter auf. Schließlich reichte es ihm. Er stand auf und trat gegen eines der Stuhlbeine. Im letzten Moment gelang es Gordon, den Arm auszustrecken, sich an der Wand abzustützen und irgendwie das Gleichgewicht zu halten. Schwer atmend verlagerte er sein Gewicht nach vorn, bis die vorderen Beine des Stuhls wieder auf den Boden trafen.

»Du *Penner*«, fluchte Joel, das Gesicht weiß vor Wut. »Willst du das alles verschlafen? Glaubst du, das ist ein Spiel?«

»Was hast du denn für ein Problem?«, meckerte Gordon. »Noch mal so was, und du hast meinen Schuh im Arsch stecken, verstanden?«

»Du verdammter Clown.«

Empört wandte sich Gordon an Dan. »Das muss ich mir von diesem Wiesel nicht bieten lassen. Ich bin weg!«

»Wiesel, ja?«, sagte Joel. »Ich mochte es schon nicht, als du mich bei Vixox so genannt hast, und es gefällt mir noch immer nicht.«

Gordon stand auf, und seine großen, fleischigen Hände ballten sich zu Fäusten. »Dann benimm dich nicht wie eins!«

»Joel, Gordon, meine Güte, setzt euch wieder hin«, beschwichtigte Dan. »Ich weiß, dass wir alle angespannt sind, ich meine, Scheiße, wer hätte je gedacht, dass wir einen Banküberfall planen. Aber wir müssen es doch nicht mutwillig versauen.«

Zögernd ließ Gordon sich wieder auf seinen Stuhl sinken. Joel blieb stehen.

Geduldig, fast als spräche er mit einem Kind, bat Dan Gordon, zu wiederholen, was er gesagt hatte, bevor Joel sich wie ein Arschloch aufgeführt hatte.

»Du hast erklärt, dass wir nach dem Überfall ein paar Monate das Geld verstecken müssen, bis wir sicher sind, dass alles okay ist.«

Dan wandte sich an Joel. »Joel, atme tief durch. Wenn wir alle ruhig bleiben, kriegen wir das hin, okay?«

»Komm mir nicht so. Ich habe gedacht, er schläft.«

»Hat er aber nicht. Er hat aufgepasst, wahrscheinlich besser als du. Warum holst du uns nicht ein paar Bier, vielleicht entspannt das die Lage.«

Joel sah aus, als wollte er widersprechen, aber dann klappte er den Mund zu und verließ das Zimmer. Hoffer folgte ihm. Dann kamen sie zurück und verteilten das Bier. Gordon nahm seines widerwillig.

»Die berechne ich nicht«, sagte Joel zu Dan. »Denn du hast Recht, ich habe mich wie ein Arsch benommen. Aber die nächste Runde zahlt jeder selbst.«

»Okay, Gordon«, sagte Dan und ignorierte Joel. »Mehr Entschuldigung kriegst du von dem Kerl nicht. Sind jetzt alle zufrieden? Oder wollen wir es sein lassen?«

»Hey, guck nicht mich an«, sagte Gordon. »Ich habe bloß hier gesessen und mich um meinen eigenen Kram gekümmert.«

»Alles in Ordnung, Joel?«

»Ja, bestens. Ich habe bloß eine Frage. Wo wollen wir das Geld verstecken, bevor wir es aufteilen?«

»Vor zwei Jahren habe ich einen Lagerraum gemietet, um alte Möbel unterzustellen. Ich hänge noch in einem Fünfjahresvertrag drin. Ich verstecke das Geld dort.«

»Warum das? Ich hab hier acht Hektar. Das ist mehr als genug Platz, um Geld zu verstecken. Warum sollen wir es riskieren, dass die Polizei deinen Lagerraum durchsucht?«

»Werden sie nicht«, sagte Dan.

»Schöne letzte Worte. Stimmen wir doch ab. Ist noch jemand dafür, dass es besser wäre, das Geld hier zu verstecken?«

Nur Hoffer hob die Hand. Genervt sah Joel die anderen langsam an. »So wird es also laufen, ja?«, fragte er. »Ihr werdet mich immer drei zu zwei überstimmen. In Ordnung, dann halte ich eben den Mund.«

»Joel, wenn du mir nicht traust, dann lass uns die Sache doch jetzt abblasen.«

»Fick dich, ich traue dir. Machen wir einfach weiter, okay?«

»Na bestens.« Gordon und Shrini saßen beide wie versteinert da. Hoffers Grinsen wurde noch breiter, bis er aussah wie ein Dorfidiot. Dan griff nach der Mülltüte, die er ins Haus geschleppt hatte, und kippte den Inhalt aus. Darin befanden sich Arbeitsoveralls, Handschuhe und Skimützen.

»Ich habe nur vier davon«, sagte Dan zu Hoffer. »Ich wusste nicht, dass du dabei bist, als ich die besorgt habe.«

»Das ist kein Problem, Boss. Ich habe Sachen zu Hause, die ich nehmen kann.«

»Könnte die jemand erkennen?«

Hoffer schüttelte den Kopf. »Auf keinen Fall.« Er saß weiter grinsend auf dem Sofa, während die anderen ihre

Klamotten anprobierten. In Overalls, Skimützen und Handschuhen sahen sie tatsächlich wie Bankräuber aus und nicht wie ein paar arbeitslose Softwareprogrammierer. Gordon betrachtete Shrini. »Wir sollen wie italienische Mafiosi aussehen, oder?«, fragte er. »Dann muss ich ein bisschen Make-up um Shrinis Augen auftragen, um seine Haut aufzuhellen, oder vielleicht könnte er eine Sonnenbrille aufsetzen.«

»Ich trag 'ne Sonnenbrille, Alter«, entgegnete Shrini.

»Und was soll das Klebeband über der Mundöffnung?«, fragte Gordon.

»Es soll unsere Stimmen verändern.«

»Und wenn einer von uns Schnupfen hat? Dann ersticken wir doch.«

»Ach, komm schon, Gordon ...«

»Na ja, ich könnte auch so reden«, sagte Gordon in einem bemüht schwedischen Akzent.

»Ich fass es nicht«, fluchte Joel leise.

»Wenn wir in der Bank sind, ist wichtig, dass wir so wenig reden wie möglich«, sagte Dan. »Nur wenn es unbedingt notwendig ist. Und keine ausländischen Akzente, okay? Versucht einfach, so tief wie möglich zu sprechen. Das müsst ihr alle üben. Und auf keinen Fall dürfen wir unsere echten Namen sagen. Ich habe ein bisschen recherchiert und ein paar Namen von Raymond Lombardos Leuten rausbekommen. Wenn wir aus irgendeinem Grund miteinander reden müssen, bin ich Ray, Joel ist Tony, Shrini ist Vinnie, Eric ist Sal und Gordon ist Charlie.«

»Warum muss ich Charlie sein?«, fragte Gordon. »Warum können wir uns nicht unsere eigenen Namen aussuchen?«

»Ich geb's auf«, fluchte Joel. »Der Kerl ist doch bloß ein Riesenbaby.«

»Entspann dich, okay?«, sagte Dan. »Das war bloß eine Anspielung auf *Reservoir Dogs.*«

Gordons Wanst hüpfte unter seinem Overall auf und ab, während er über seinen eigenen Witz lachte. Das Glitzern seiner Augen verriet, dass er immer noch sauer war wegen vorhin, und dies war seine Rache dafür. »Was ist denn mit dir, Joel, hast du zu viel gesoffen, bevor wir gekommen sind? Meine Güte, reg dich ab, Mann. Verstehst du denn keinen Spaß?«

»Gordon, es war mir ein großes Vergnügen, die letzten sieben Jahre nicht mit dir zusammenarbeiten zu müssen. Zu dumm, dass ich es jetzt wieder muss.«

»Geht mir genauso, Joel.«

Joel ignorierte ihn und wandte sich an Dan. »Eric und ich werden Sturmgewehre verwenden, um die Leute in der Bank unter Kontrolle zu halten. Nichts bringt einen derart zum Schweigen, wie der Blick in den Lauf einer Kalaschnikow. Ihr drei bekommt Smith & Wessons Kaliber .45. Das sind gute Kanonen, und sie werden in den USA hergestellt.«

»Ich brauche keine Waffe.«

»Aber sicher. Ihr braucht alle drei welche. Sonst setze ich keinen Fuß in die Bank.«

»Da stimme ich deinem Freund zu, Dan«, sagte Shrini.

»Wir werden in zehn Minuten drin und wieder raus sein. Es wird keinen Schusswechsel geben. Niemand wird eine Waffe abfeuern. Shrini und ich brauchen keine.«

Joel nahm seine Skimütze ab. »Ich erklär dir jetzt mal was, Alter«, sagte er, und seine blauen Augen funkelten. »Wenn wir in diese Bank reinmarschieren, wird es ernst. Nichts geht mehr. Du willst vielleicht niemanden erschießen, aber wenn zufällig ein Bulle in die Bank kommt, dann wird er ganz sicher dich erschießen wollen. Oder mich. Ich bin nur dann bereit mitzumachen, wenn du bereit bist, alles zu tun, was nötig ist. Und das heißt auch, mir das Leben zu retten und jemand zu erschießen, wenn es sein muss. Natürlich will das keiner, aber wir müssen darauf vorbereitet sein.«

Dan wandte sich an Shrini und Gordon. Sie hatten ebenfalls beide die Mützen abgenommen. »Das Wiesel hat Recht«, sagte Gordon.

»Ich weiß nicht einmal, wie man eine Waffe benutzt«, sagte Dan leise.

»Ein typischer Liberaler aus Massachusetts«, ätzte Joel. »Erwartet immer, dass andere für ihn kämpfen. Aber diesmal nicht, mein Junge. Ich hab meinen eigenen Schießstand im Keller. Ich bringe dir bei, wie man schießt. Und ich will auch sehen, wie deine beiden Kumpel schießen. Also los, ab nach unten.«

Joel ging voran. Als sie im Keller waren, griff er nach einer Kalaschnikow AK-47 und betrachtete sie bewundernd. »Eric und ich müssen zwei von diesen Dingern in die Bank kriegen. Wie lange brauchen wir vom Parkplatz zur Eingangstür?«

»Vielleicht zehn Sekunden, wenn wir rennen.«

»Ich könnte sie in meinem Hosenbein verstecken, aber was soll's? Fünf Typen, die in Overalls und Skimützen in eine Bank gerannt kommen, erregen sowieso Misstrauen, ob sie nun Kalaschnikows bei sich haben oder nicht.«

Er legte das Gewehr weg und öffnete einen Schrank, nahm eine Handfeuerwaffe heraus, dann eine Schachtel mit Patronen. Nachdem er billige Ohrenstöpsel verteilt hatte, setzte er selbst teurere Ohrenschützer auf. Eine schmale Bahn von etwa zwölf Metern Länge erstreckte sich über den gesamten Keller. Am Ende war eine Zielscheibe an einen großen Erdhaufen gepinnt. Gordon streckte Joel die Hand hin.

»Soll ich es dir erst erklären?«, fragte Joel.

»Gib mir einfach die Knarre und ein paar Patronen.«

Joel tat es. Gordon zog das Magazin heraus, lud es, steckte es zurück, streckte die Waffe aus und wog sie ein paar Sekunden in der Hand, dann gab er fünf Schüsse ab. Joel kniff die Augen zusammen und schaute in Richtung Zielscheibe. »Drei Volltreffer, zwei knapp daneben«, murmelte er. »Gute Arbeit.«

»Ein bisschen rostig«, sagte Gordon. »Kannst du mir keinen Vorwurf draus machen. Es ist über dreißig Jahre her, dass ich geschossen habe.« Er reichte Joel die Waffe zurück.

Joel vermittelte Shrini und Dan das nötige Grundwissen, er zeigte ihnen, wie man die Pistole hielt und wie man mit Hilfe von Kimme und Korn richtig zielte. Shrini lernte schnell. Ab dem vierten Schuss traf er das Ziel. Dan konnte das verdammte Ding nicht mal sehen. Er hatte Probleme, zu fokussieren, die Zielscheibe verschmolz jedes Mal mit der schmutzigen Wand. Er leerte zwei Magazine und schoss immer noch daneben.

»Was zum Teufel ist los mit dir?«, fragte Joel. »Bist du blind?«

»Hier unten ist es zu dunkel«, sagte Dan.

»Jetzt komm mir nicht wieder mit irgendwelchen Entschuldigungen. Es ist hell genug. Wenn wir in der Bank sind, können wir auch nichts an der Beleuchtung ändern.« Joel warf Dan einen strengen Blick zu. Er nickte vor sich hin, als wäre ihm klar geworden, dass er es mit einem Problemfall zu tun hatte. »Gib mir einfach die Pistole. Du hast schon genug Munition verballert. Wenn wir in der Bank sind und du schießen musst, achte einfach darauf, dass du dicht genug vor deinem Ziel stehst, damit du nicht versehentlich mir die Rübe wegballerst. Okay?«

Alle fünf gingen wieder nach oben und verständigten sich auf Zeit und Ort für das Treffen vor dem Überfall. Als sie gingen, bat Gordon um die Skimützen, weil er meinte, die Verkleidung noch ein bisschen verbessern zu können.

Auf dem Weg zurück zum Wagen konnte Dan ein gewisses Unbehagen nicht abschütteln. Es war beinahe, als könnte er es tief in seinen Lungen spüren, wenn er atmete. Wie ein Kribbeln. Über die Jahre hatte er sich mit diesen Leuten oft in den unterschiedlichsten Kombinationen zum Biertrinken und Quatschen getroffen. Und obwohl die Zusammenkunft eben genauso schräg gewesen war, hatten sie diesmal nicht bloß über idiotische Manager und danebengegangene Projekte gejammert. Das hier würde ihr Leben verändern. Danach gab es kein Zurück mehr. Er hoffte bloß, dass es laufen würde wie geplant und genug Geld dabei heraussprang, um zu rechtfertigen, dass er einen Teil seiner Seele verlor.

Keinem von ihnen schien nach Reden zu sein. Selbst Gordon saß still auf dem Rücksitz und starrte düster vor sich hin. Als Dan ihn vor seiner Wohnung rausließ, sagte Gordon zu ihm, dass er ein paar Tage nach Jersey an die Küste fahren würde, aber Dienstagabend wäre er zurück. Als sie weiterfuhren, fragte Dan Shrini, was er von der Sache hielt.

»Dein Freund Joel ist sehr leicht erregbar«, sagte Shrini.

»So kann man es auch sagen. Wir könnten nett sein und ihn leidenschaftlich nennen. Aber es ist nicht er, der mir Sorgen macht. Was hältst du von seinem Kumpel Eric?«

»Der sah aus wie ein kleines Schwein auf zwei Beinen. Alter, irgendwas stimmt nicht mit dem.«

Dan nickte, mit jedem Ausatmen spürte er das Unbehagen. »Und was machen wir jetzt, blasen wir es ab?«

»Ich will es immer noch durchziehen«, sagte Shrini. »Unser Plan ist zu gut, um ihn fallen zu lassen. Was meinst du?«

»Ich weiß nicht, Mann. Ich muss darüber nachdenken.«

»Du bist bloß nervös, Alter. Denk nicht zu viel nach.«

»Ich versuch's.« Dan lachte. »Mensch, ich hatte so ein gutes Gefühl bei der Sache. Ich weiß nicht, irgendetwas an Joel und seinem Kumpel macht mich fertig.«

»Ist bloß die Nervosität, Alter. Alles läuft bestens.«

Dan ging mit Shrini hoch, und sie tranken ein paar Tequila. Nach dem dritten nahm das Unbehagen deutlich ab.

Kurz vor fünf fuhr Dan in seine Auffahrt und stellte überrascht fest, dass Carols Wagen bereits dort stand. Normalerweise hatte sie erst um fünf Schluss. Sie saß allein in der Küche, vor sich eine offene Flasche Wein. Carol war keine große Trinkerin, aber es sah aus, als hätte sie schon mehrere Gläser intus. Sie sah zu ihm auf, Tränen in den Augen, das Gesicht abgespannt und blass, und berichtete ihm, dass man sie gefeuert hatte.

»Sie haben bis vier gewartet, bevor sie es mir sagten. Sie behaupten, es sei eine verhaltensbedingte Kündigung. Weil ich zu spät zu einem Meeting gekommen bin. Drei Minuten zu spät.«

»Deswegen kündigen sie dich?«

»Das ist die offizielle Begründung. Die Wahrheit ist, dass ich danebenstand, als Nancy dem Seniorpartner gesagt hat, er soll sich ins Knie ficken. Dieser kleine egoistische Wichser konnte wahrscheinlich nicht mit der Vorstellung leben, mich weiterhin um sich zu haben.«

Dan rieb sich mit der Hand über den Kiefer und dachte nach. »Scheiß drauf«, sagte er schließlich. »Es hat dir da sowieso nicht gefallen. Du suchst dir was Neues, kassierst Arbeitslosengeld …«

»Du verstehst das nicht. Ich wurde gefeuert, nicht gekündigt. Sie werden Widerspruch gegen einen Antrag auf Arbeitslosengeld einlegen.«

»Können sie das?«

»Sie werden es jedenfalls versuchen. Und wie soll ich mich gegen ein Büro voller Anwälte zur Wehr setzen?«

Sie sah Dan an, und ihr leerer Blick wurde durch nackte Hoffnungslosigkeit abgelöst. Sie schien absolut und vollkommen verloren. »Bitte sag mir noch einmal, dass dein Gespräch gut gelaufen ist.«

Er starrte sie einen Augenblick an, bevor ihm wieder einfiel, was sie meinte. »Ja«, sagte er. »Ich glaube, es war ganz gut. Nächste Woche wissen wir mehr. Das zweite Gespräch ist für nächsten Donnerstag vorgesehen.«

»Ich will dich nicht unter Druck setzen, aber wenn du diesen Job nicht kriegst, weiß ich nicht, was wir machen sollen. Wir haben jetzt kein Einkommen mehr, und ich weiß nicht, wie ich einen neuen Job finden soll. Andere Firmen werden sehen, dass ich gefeuert worden bin.«

Er bemühte sich, etwas Vernünftiges zu sagen.

»Bitte«, sagte sie, »was immer du tust, sag jetzt nicht, es wird alles gut werden. Was immer du tust, sag es nicht. Sonst drehe ich durch. Ich schwör's bei Gott.«

Dan nickte. »Wo sind die Kinder?«, fragte er mit leiser Stimme.

»Brandons Vater hat Gary zu einem Baseballspiel mitgenommen. Susie hat einen Zettel hingelegt, dass sie bei Julie ist und um sieben kommt.« Carol setzte ein trauriges Lächeln auf. »Komm mit mir nach oben ins Bett. Bitte versuch mir die nächste Stunde einfach nur beizustehen.«

Er folgte ihr aus der Küche die Treppe hoch. Als sie ins Schlafzimmer kamen, zogen sie sich beide aus, keiner von ihnen sagte ein Wort. Eine Stunde lang war er völlig losgelöst.

12

Gordon stellte den Wecker auf sechs und war Viertel nach bereits unterwegs. Um halb zwölf erreichte er den Strand von Asbury Park. Zwei Teenager, die an einem Mustang-Cabrio lehnten und Gangsta-Rap hörten, grinsten ihm hinterher. Gordon ignorierte sie, suchte sich eine freie Stelle und plumpste in den Sand. Er zog sein T-Shirt aus, sah, wie weiß und weich sein Bauch war, und zog das T-Shirt wieder an.

Nachdem er ein paar Minuten die Sonne im Gesicht genossen hatte, öffnete er die Augen, gerade als zwei Mädchen vorbeispazierten. Beide waren etwa achtzehn, schlank, langbeinig, braungebrannt. Beide trugen String-Bikinis. Die eine hatte langes schwarzes Haar, das ihr bis über die Schultern reichte, die andere hatte ihr Haar blond gefärbt.

Gordon rief ihnen hinterher, ob sie Brasilianerinnen seien. Sie blieben stehen und schauten ihn mit geöffneten Mündern entgeistert an. »Was hast du uns gefragt?«, fragte die Blondgefärbte. »Was willst du uns damit sagen?«

»Gar nichts.« Gordon begann zu schwitzen. »Ich werde mit einer Frau aus São Paulo ausgehen und wollte bloß fragen, ob ihr aus Brasilien seid.«

»Sehen wir aus, als kämen wir aus Brasilien?«, fragte das dunkelhaarige Mädchen verärgert.

»Ich weiß nicht. Ihr seid beide dünn und groß und hübsch. Ich dachte, vielleicht seid ihr aus Brasilien.«

»Wir sind beide hier in New Jersey geboren, du Arschloch!«

»Ich wollte euch nicht beleidigen.«

Das dunkelhaarige Mädchen wandte sich seiner Freundin zu. »Ich glaube, dieser alte, dicke *pendejo* will uns anbaggern.« Die Blondgefärbte kicherte und leckte sich langsam über die Lippen, während sie Gordon anstarrte. »Stimmt das?«, fragte sie. »Glaubst du, wir würden etwas mit einem *pajero* wie dir zu tun haben wollen?«

»Erstens«, sagte Gordon und reckte sein Kinn vor, »verwehre ich mich dagegen, alt genannt zu werden. Ich habe kein einziges graues Haar, keine einzige Falte. Ich könnte Mitte dreißig sein.«

Das dunkelhaarige Mädchen schüttelte den Kopf. »Ist das zu glauben?«, fragte sie. Die Blondierte starrte Gordon weiter an und leckte sich übertrieben die Lippen. »Du hast meine Frage noch gar nicht beantwortet, Superman«, sagte sie. »Glaubst du, du hättest auch nur bei einer von uns eine Chance?«

»Keine Ahnung. Vielleicht, wenn ich reich wäre?«

»Er hält uns für Nutten«, sagte die Blondierte zu ihrer Freundin. Und dann zu Gordon: »Wem willst du etwas vormachen? Du hast kein Geld, aber selbst wenn du welches hättest, dürftest du die niemals anfassen.« Sie legte ihre Hände auf die Brüste und starrte ihn herausfordernd an.

»Ich könnte richtig viel Geld haben«, sagte Gordon. »Mehr, als du dir vorstellen kannst.«

»Sieh nur«, sagte die Dunkelhaarige und deutete auf Gordons Schritt. »Der alte *pajero* hat einen Steifen. Ich glaube, gleich wichst er sich einen ab.«

»Ich habe keine Erektion«, behauptete Gordon.

»*Wichser! Pendejo!*«, rief die Blondierte, packte ihre Freundin und zog sie weg. Das dunkelhaarige Mädchen spuckte in den Sand. Gordon sah ihnen nach, formte mit Daumen und Zeigefinger eine Pistole und schoss Fantasiekugeln durch ihre dünnen, hübschen Oberkörper. Damit war er noch immer beschäftigt, als sie anhielten und mit zwei muskelbeladenen Mittzwanzigern sprachen. Die Typen starrten in Gordons Richtung und kamen dann zügig auf ihn zu.

»Oh, du meine Güte«, murmelte Gordon und machte sich schnellstmöglich vom Acker.

13

Petrenko schaute gelangweilt seine arabischen Gastgeber an, während sein Juwelier an einem Tisch in der Ecke die Diamanten untersuchte. Abbas starrte gereizt zurück. Diesmal war ein vierter Araber dabei. Drei von ihnen trugen ihre Glocks zur Schau. Der mit der gerunzelten Stirn trug um die rechte Hand einen Verband und hielt die Waffe mit der linken. Das einzige Geräusch stammte von dem alten Juwelier, der manchmal grunzte, wenn er sich anders hinsetzte.

Petrenko hatte Yuri und Sergei mitgebracht. Außerdem saßen vier weitere Männer draußen im Wagen. Sie hörten auf einer Standleitung über das Handy mit, das Petrenko in seine Hemdtasche gesteckt hatte. Sollte es unruhig werden, wären sie innerhalb von Sekunden im Haus. Petrenko rechnete jedoch nicht mit Problemen. Sein Blick wanderte zu seinen beiden Männern. Sie standen beide da wie Marmorstatuen.

Petrenko zwinkerte Abbas gelangweilt zu. »Die beiden können stundenlang so dastehen und sich nicht rühren. Vielleicht sollte ich ein bisschen Geld dazuverdienen und sie vermieten, um diesen Palast in England zu bewachen. Was meinen Sie?«

Abbas ignorierte ihn. Petrenko schaute weiter gelangweilt. Es war heiß und stickig im Haus, und diese Araberschweine boten ihm nicht einmal etwas zu trinken an. Die hatten wirklich keinen Geschäftssinn.

Der alte Juwelier stöhnte noch ein paarmal, bevor er sich schließlich aus dem Stuhl hochstemmte, zu Petrenko rüberkam und nickte, um mitzuteilen, dass diese Diamanten von derselben Qualität waren wie die anderen.

Petrenko überlegte kurz, ob er noch versuchen sollte, den Preis ein paar Dollar zu drücken, befand dann aber, dass er die Araber genug geärgert hatte. Er reichte Abbas den Attaché-Koffer, den er mitgebracht hatte. Abbas öffnete den Koffer und zählte die Hundertdollarbündel durch. Als er damit fertig war, schloss er den Koffer und bedeutete den anderen Arabern, dass alles Geld da war. Sie nickten, aber keiner von ihnen steckte seine Glock weg. Oder lockerte auch nur den Griff.

Petrenko erhob sich und sammelte die Diamanten ein. Dann ging er zurück zu Abbas und streckte die Hand aus. Der Araber schaute säuerlich, erwiderte dann aber den Händedruck mit schlaffem Griff.

»Wenn Sie noch mehr Diamanten verkaufen wollen, wissen Sie, wie Sie mich erreichen«, schlug Petrenko vor.

Abbas nickte abrupt und erkennbar verärgert.

Draußen im Mercedes sagte Yuri zu Petrenko, er glaube nicht, dass die Araber mit dem Preis zufrieden seien.

»Nein, das glaube ich auch nicht«, stimmte Petrenko zu. »Aber für uns war es ein guter Tag. Lass uns die Steine an einen sicheren Ort bringen, dann werden wir ein wenig feiern.«

Yuri fuhr los in Richtung Lynn Capital Bank.

14

Dan verbrachte die vier Tage vor dem Überfall mit Familienausflügen. Nichts, was mehr als ein paar Dollar kostete, zweimal fuhren sie an den Strand, einmal in einen Freizeitpark, aber alle schienen ihren Spaß zu haben. Einmal legte er richtig Geld auf den Tisch und nahm Carol und die Kinder mit zu einem Spiel der Minor League. Er war erstaunt, wie schnell die Zeit verging. Im letzten Jahr hatte er sich immer mehr von seiner Frau und Tochter entfremdet, aber in diesen vier Tagen waren sie wieder eine Familie. Es war, als wären alle Sünden der Vergangenheit vergeben. Susie wirkte die meiste Zeit über glücklich, sie öffnete sich und lachte wie früher. Ein paarmal setzte sie sich sogar auf Dans Schoß und schlang ihre Arme um seinen Hals – das hatte sie seit Jahren nicht getan. Carol überraschte Dan sogar noch mehr. Er hatte keine Ahnung gehabt, wie sie auf ihren Rausschmiss reagieren würde, aber sie gab sich genau wie immer – entspannt, liebevoll mit den Kindern, neckisch ihm gegenüber. Gary war Gary. Er war immer ein gutmütiger Junge gewesen und schien die Anspannung und die finanziellen Probleme, die die Familie zerrissen, gar nicht bemerkt zu haben. Aber jetzt stimmte er in die insgesamt gute Stimmung der anderen ein und führte sich noch wilder und frecher auf als sonst.

Zuerst verwirrte Carols Verhalten Dan. Er dachte, dass sie es vielleicht nur spielte, sich der Kinder wegen positiv gab, aber am Ende wurde ihm klar, dass sie sich einfach weigerte, der Realität ins Auge zu blicken. Vielleicht hatte sie sich eingeredet, er werde die Stelle bekommen, über die er, wie sie glaubte, ein Gespräch geführt hatte, vielleicht konnte sie es aber auch einfach nicht mehr aushalten, sich Sorgen zu machen. Was auch immer der Grund für die Veränderung war, er war dankbar dafür. Ein paarmal bemerkte er, wie sie mit angespanntem Blick in die Ferne schaute, aber sie schien sich schnell wieder zu fangen.

Am Mittwochmorgen fühlte er sich so, wie er sich immer fühlte, wenn er etwas Unangenehmes zu erledigen hatte – einen Zahnarzttermin oder die Steuererklärung. Man musste einfach tief durchatmen und es hinter sich bringen. Im Großen und Ganzen ging es ihm aber okay. Ein bisschen nervös, ein leichtes Ziehen im Magen, aber nicht sonderlich schlimm. Ein wenig unruhig halt.

Er schaute auf seinen Radiowecker, es war acht vor elf. Zuerst konnte er es gar nicht glauben, dann griff er entsetzt nach Carol, musste aber feststellen, dass er allein im Bett lag. Er musste den Wecker, den er auf halb acht gestellt hatte, überhört haben. Jetzt würde er es auf keinen Fall schaffen, wie geplant um elf bei Gordon zu sein. Alles war minutiös geplant, er durfte auf keinen Fall zu spät kommen, nicht einmal zehn Minuten.

Dan taumelte aus dem Bett und zog sich eilig an. Als er die Treppe hinunterlief, rief Carol aus der Küche nach ihm.

»Du bist ja endlich aufgewacht«, sagte sie. »Lagst da wie tot, also dachte ich, ich lasse dich schlafen. Warum kommst du nicht zu mir in die Küche? Ich mache dir Frühstück.«

Sie hatte also den Wecker ausgeschaltet. Na toll. Er schaute auf die Uhr, und das Ziehen im Magen wurde stärker, als er sah, dass es drei vor elf war. Er ging in die Küche und erzählte Carol, dass er in ein paar Minuten mit Shrini verabredet sei. Shrini war die bessere Wahl. Er wusste, dass er ihr nicht würde erklären können, warum er sich unbedingt mit Gordon treffen musste.

»Ich hatte gehofft, wir könnten den Tag zusammen verbringen«, sagte sie. »Ich meine, wenn alles gut läuft, haben wir so bald vielleicht keine Gelegenheit mehr, noch mal einen Wochentag frei zu haben.«

Er starrte sie verständnislos an, bevor ihm klar wurde, dass sie auf das Bewerbungsgespräch anspielte. Er sagte, dass er gern den Tag mit ihr verbringen würde, aber er hätte Shrini versprochen, sich mit ihm zu treffen. Carol hatte frischen Kaffee gekocht und goss etwas davon in einen Thermobecher. »Wir wollen ein paar Geschäftsideen besprechen«, fuhr er fort. »Ich sollte am Ball bleiben, falls es morgen doch nicht klappt.«

»Ich dachte, du hättest gesagt, das erste Gespräch sei gut gelaufen.«

»Ist es auch, aber man kann ja nie wissen.«

»Besteht denn eine Möglichkeit, dass sie dir doch kein Angebot machen?« Der verängstigte Ausdruck, den er in den letzten Tagen immer wieder mal bemerkt hatte, zeigte sich erneut. Es wurde ihm eng ums Herz, als er ein beruhigendes Lächeln auf sein Gesicht zwang. »Ich weiß, du hasst es, wenn ich das sage, aber ich bin sicher, alles wird gut gehen. Ich muss jetzt wirklich los. Ich werde versuchen, bis fünf wieder da zu sein.«

Er gab ihr einen schnellen Kuss. Als er zur Tür ging, sagte sie ihm, dass sie ihn vermissen würde. »Sei bitte vorsichtig, Liebling.« In ihrer Stimme lag ernsthafte Besorgnis, so dass er beinahe stehen geblieben und sich zu ihr umgedreht hätte. Stattdessen atmete er tief durch und ging weiter.

Auf der Fahrt zu Gordon bekam er Gewissensbisse, weil er Carol an der Nase herumführte. Aber er hatte keine Wahl. Sie würde sonst durchdrehen. Außerdem würde es sechs Monate oder länger dauern, seinen Teil der Beute über Shrinis zukünftige Firma in Indien zu waschen. Einen Teil des Geldes brauchte er aber sofort, und daher spielte er mit der Idee, das Geld, das er nach Hause brachte, mit einem angeblichen Programmierauftrag zu erklären.

Er dachte an ihre Bitte, vorsichtig zu sein. Sie hatte schon immer eine gute Intuition besessen und musste gespürt haben, dass irgendetwas nicht in Ordnung war. Was genau sie sich vorstellte, warum er vorsichtig sein sollte, davon hatte er keine Ahnung. Und sie wahrscheinlich auch nicht.

Als Dan vor Gordons Haus hielt, wartete der bereits auf dem Parkplatz, er lief aufgeregt hin und her.

»Meine Güte, Dan«, sagte Gordon, und Sorgenfalten zeichneten seine Stirn. »Du bist zu spät.«

Dan sah das Handy, das Gordon in der Hand hielt. »Du hast doch nicht versucht, bei mir anzurufen, oder?«, fragte er. »Wir haben gesagt, keine Anrufe.«

»Nein, aber fast. Du bist zwanzig Minuten zu spät. Ich habe dir gesagt, ich brauche eine volle Stunde.«

»Das weiß ich. Tut mir leid. Lass uns nach oben gehen und anfangen, okay?«

Auf dem Weg nach oben beklagte sich Gordon weiter, dass er mindestens eine Stunde für das Make-up brauchte. Dan murmelte verständnisvoll. Über die Jahre hatte er endlose Male ähnliche Klagen von Gordon gehört. Gordon hatte kein Problem mit Terminen, solange er sie setzen und für genug Spielraum sorgen konnte. Aber wenn man ihn drängte, drehte er durch.

Als sie seine Wohnung betraten, setzte Gordon Dan neben den Computer und rief eine Reihe von Fotos von Raymond Lombardo auf. Seine Hände zitterten, als er begann, ein Gummigemisch auf Dans Kinn aufzutragen.

»Entspann dich«, sagte Dan zu ihm. »Atme tief durch, okay? Du hast eine ganze Stunde. Ich werde dich nicht hetzen.«

»Was ist mit dem Plan?«

»Ich habe eine Reserve eingeplant«, log Dan. »Es ist alles in Ordnung. Mach dir keine Sorgen um den Zeitplan.«

Gordon entspannte sich langsam wieder und wurde er selbst. Seine Hände bewegten sich schneller und gleichmäßiger, er baute Dan einen kräftigeren Kiefer und eine dickere Nase. Bei der Arbeit erzählte er pausenlos von der achtundzwanzigjährigen Zahnarzthelferin aus São Paulo, mit der er überlegte, Kontakt aufzunehmen. Als er mit Kiefer und Nase fertig war, befestigte er mit Haarnadeln eine Perücke auf Dans Kopf und klebte ihm Koteletten und einen Schnauzer an. Zum Abschluss zeichnete er Aknenarben auf Dans Wangen. Als er fertig war, setzte Dan die kosmetischen Kontaktlinsen ein und betrachtete sich in einem Handspiegel. Die Ähnlichkeit war enorm. Wenn man genau hinsah, konnte man erkennen, dass Nase und Kinn nicht echt waren, aber auf einer Videoaufnahme aus einiger Entfernung würde die Verkleidung prima funktionieren.

Gordon reichte ihm eine Skimütze. »Nimm die ein paarmal ab. Ich will sehen, ob der Kleber hält.«

Dan tat wie geheißen. Der Kleber hielt. »Lass uns den Overall anziehen«, sagte er.

Gordon half ihm hinein. Aufgepolstert war der Overall ein bisschen unpraktischer, aber Dan konnte trotzdem noch gut darin gehen. »Was meinst du?«, fragte er.

Gordon betrachtete ihn lange und nickte. »Du siehst ihm ähnlich genug, um eine Überwachungskamera auszutricksen.«

Dan sah auf die Uhr. Gordon war vierzehn Minuten früher fertig geworden. Sie waren fast wieder im Plan. »Du weißt, wo wir uns treffen?«, fragte er.

»Keine Sorge, ich komme.« Gordon atmete aus und schnitt eine Grimasse, als hätte er in eine Zitrone gebissen. »Übrigens, dieses Wochenende war ich das letzte Mal in Jersey. Ich weiß auch nicht, da zieht mich nichts mehr hin.«

»Lass uns später darüber reden.«

»Klar, logisch, du musst ja los.« Gordon reichte Dan eine Papiertüte. »Die Skimütze und alles, was du brauchst, um die Schminke zu entfernen, sind in der Tüte.« Er zögerte und rieb sich mit der Hand übers Kinn. »Du musst mir einen Gefallen tun, Dan. Am Wochenende werde ich nach São Paulo fliegen. Und ich habe nicht vor, zurückzukommen. Ich habe noch über viertausend Dollar. Das sollte sechs Monate reichen, wenn ich gewissenhaft damit umgehe. Wenn das Geld vom Überfall sauber ist, musst du mir meinen Anteil überweisen.«

Dan nickte. Die Bitte überraschte ihn nicht. »Das mache ich, Mann. Wir treffen uns um genau halb zwei, alles klar?«

»Logisch.«

Sie gaben einander die Hand. Als Dan ging, wurde er ein wenig nostalgisch. Gordon, Shrini, Joel – er kannte sie seit Jahren und bald würde er nichts mehr mit ihnen zu tun haben. Nach dem Raubüberfall. Aber da war noch etwas. Es gab so viel in seinem Leben, das sich für immer ändern würde. Er spürte die Angst in seiner Brust, atmete mehrmals tief durch und versuchte, sich einfach nur auf die Straße zu konzentrieren. Er öffnete die beiden vorderen Fenster, weil er fürchtete, dass er ohnmächtig würde, wenn ihm nicht sofort frische Luft ins Gesicht blies.

Als er bei Shrini ankam, trug der bereits seinen Overall und die Handschuhe. Dan hielt. Shrini grinste ihn vom Fahrersitz seines Hondas aus frech an. »Hey, Raymond Lombardo, wie läuft's, Alter?«

Dan stieg aus und setzte sich auf den Beifahrersitz des Civic. Er war immer noch erschüttert von seiner Beinahe-

Panikattacke und wartete, bis Shrini losfuhr, bevor er antwortete. »Ein toller Tag für einen Banküberfall.« Das sollte zuversichtlich klingen, kam aber für seine Ohren matt und leblos rüber. »Hast du alles im Kofferraum?«

»Alles da, Alter.« Shrini warf Dan einen Blick zu. »Also wirklich«, sagte er. »Gordon ist echt ein Künstler. Er sollte am Broadway arbeiten, oder besser noch, in Hollywood.«

Shrini reichte Dan einen Zettel. Darauf waren die Adressen der Autos verzeichnet, die sie ausfindig gemacht hatten. Alle Anschriften waren in Revere. Falls sie keinen der Wagen knacken sollten, dann war's das, der Überfall war vorbei. Sie hatten sich für den Fall, dass irgendetwas schieflief, geeinigt, die Sache einfach abzublasen, solange es noch möglich war.

Es dauerte eine Weile, bis sie den ersten Wagen gefunden hatten. Dan stieg aus, nahm einen langen, schmalen Metallstreifen und einen Schraubenzieher aus dem Kofferraum des Civic und spazierte zu einem verrosteten älteren Chevy Camaro, der am Straßenrand stand. Er schob den Metallstreifen zwischen Fenster und Türblech, und wenige Sekunden später war der Wagen offen. Während Dan mit Hilfe des Schraubenziehers die Zündkabel herauszog, packte Shrini den Inhalt seines Kofferraums in den des Chevys.

Minuten später sprang der Motor an. Mit Hilfe einer Klemme konnte er den Wagen problemlos an- und ausschalten. Er legte den Vorwärtsgang ein und fuhr los, Shrini in seinem Civic hinterher. Das Training hatte sich bezahlt gemacht. Mit neueren Wagen hatte er keinen Erfolg gehabt, aber ältere wie diesen Camaro konnte er in weniger als zwei Minuten knacken und starten.

Dan schaute auf die Uhr, als er auf den Parkplatz des Revere Einkaufszentrums fuhr. Shrini war immer noch hinter ihm, bog aber ab, wie sie es verabredet hatten. Dan fuhr weiter, bis er Joel und Hoffer in Joels Wagen entdeckte. Er hielt neben ihnen und die beiden wechselten zügig auf den Rücksitz des Chevys. Jeder von ihnen hatte eine große Sporttasche bei sich. Joel trug seinen Overall, Hoffer einen alten Jogginganzug.

Als Nächstes fuhr Dan zu dem Parkplatzabschnitt, wo Gordon warten sollte, und erreichte ihn gleichzeitig mit ihm. Er schaute wieder auf die Uhr. Sie hinkten dem Plan jetzt nur noch zwei Minuten hinterher. Gordon setzte sich auf den Beifahrersitz und suchte Blickkontakt zu Joel und Hoffer, bevor er ihnen den Rücken zukehrte.

Zuletzt sammelten sie Shrini ein, der sich hinten neben Hoffer quetschte.

»Okay, Leute, jetzt lassen wir's krachen«, sagte Shrini. Keiner reagierte darauf. Gordon und Joel waren beide tief in Gedanken verloren. Hoffer grinste immer noch blöde. Auf der Straße nach Lynn sagte Joel zu Gordon, dass Dans Make-up wirklich verdammt genial sei. »Dieser Hurensohn sieht tatsächlich aus wie ein Mafioso«, sagte Joel. »Und außerdem wollte ich dir noch sagen, neulich beim Schießen hast du mich verdammt beeindruckt.«

Gordon schaute nach hinten und nickte ernsthaft. »Danke, Joel. Ob du es glaubst oder nicht, aus deinem Mund bedeutet mir das viel.«

»In Ordnung«, unterbrach Dan. »Bevor wir jetzt alle zu heulen anfangen und uns in den Armen liegen – wir sind fünf Minuten von der Bank entfernt. Ab sofort ist die Alarmanlage, dank schlechter Arbeit irgendwelcher indischer Billigheimer und dem bescheidenen Zutun meiner Wenigkeit, achtundzwanzig Minuten lang außer Funktion. Das sollte uns reichen. Wir marschieren rein und bringen es hinter uns.« Dann setzte er hinzu: »Keine Schießerei, klar?«

»Es sei denn, es muss sein«, blaffte Joel.

»Es sei denn, einer von uns ist in Lebensgefahr«, korrigierte ihn Dan. »Aber wenn etwas schiefläuft und wir die Möglichkeit haben, uns zu ergeben, dann werden wir das tun. Einverstanden?«

Joel starrte ihn an, die Lippen aufeinandergepresst.

»Joel, du hast dich schon letzte Woche damit einverstanden erklärt. Tu es noch einmal, sonst drehe ich sofort um.«

»Schon gut, schon gut. Es passt mir nicht, aber ich bin einverstanden.«

Dan fuhr an der Seitenstraße vorbei, in der sich die Lynn Capital Bank befand, und bog die nächste rechts ein. Dann hielt er auf dem Parkplatz eines leer stehenden Ladens. Wenn man sich durch die Büsche quetschte, die zwischen dem Parkplatz und dem Grundstück der Bank standen, dann brauchte man nur noch zehn Sekunden bis in die Bank selbst. Sie riskierten zwar, dass jemand sie in diesen zehn Sekunden bemerkte, aber Dan hielt das für unwahrscheinlich, denn aufgrund ihrer Lage hatte die Bank wenig Laufkundschaft.

Joel teilte die Fünfundvierziger und Zusatzmagazine aus. »Damit hat jeder von euch vierzehn Schuss«, erklärte er ihnen. Dan steckte seine Pistole in die Tasche und reichte den anderen ihre Skimützen. Die beiden, die er und Joel tragen sollten, hatte Gordon so bearbeitet, dass es aussah, als hätten die beiden lange, schwarze, lockige Haare. Shrini setzte eine dunkle Pilotenbrille auf und zog seine Skimütze darüber. Sie saßen alle einen Augenblick da und sammelten sich, dann pfiff Dan laut, um sie auf sich aufmerksam zu machen. Er stieg aus und nahm eine Tasche aus dem Kofferraum. Shrini und die anderen folgten ihm und nahmen ebenfalls jeweils eine Tasche. Joel und Hoffer holten aus ihren die Kalaschnikows heraus.

»Scheiß drauf«, sagte Joel. »Los jetzt!«

Er ging vor, drückte sich zwischen den Büschen hindurch und rannte dann in vollem Tempo in Richtung Bank. Dan hinterher. Es kam ihm fast vor, als könnte er sich selber sehen. Wie in einem Traum.

Als sie mit gezogenen Waffen in die Bank stürmten, erschien ihm das völlig unwirklich. Kunden und Angestellte schauten verwirrt und entsetzt auf. Eine ältere Frau begann zu schreien. Joel schlug ihr mit dem Gewehrlauf gegen den Hinterkopf. Sie klappte den Mund zu, setzte sich auf den Boden und rieb sich die Stelle, wo er sie getroffen hatte. Als Dan sich umsah, konnte er erkennen, wie in den Augen einiger ein Licht anging, als sie begriffen, was passierte. Zwei der Bankangestellten hatten die Hände unter dem Tresen. Er wusste, dass sie auf den Alarmknopf drückten. Einer von ihnen lächelte dünn, als wüsste er etwas, das sie nicht wussten. Joel und Hoffer trieben alle zusammen, sie sollten sich auf den Bauch legen, dann fesselte Gordon ihre Handgelenke und Knöchel mit Klebeband. Dan rannte zum Büro des Filialleiters. Der sah verängstigt zu ihm hoch und verkündete, der stumme Alarm sei betätigt worden.

»Verschwindet lieber, solange ihr noch könnt«, sagte er. »Bevor jemand zu Schaden kommt.«

Es war derselbe Filialleiter, der die Entscheidung getroffen hatte, die Programmierung nach Indien abzugeben, statt Dan das Programm schreiben zu lassen. Mit der Pistole bedeutete ihm Dan aufzustehen. Als der Filialleiter sich von seinem Stuhl erhob und zur Tür ging, schubste Dan ihn kräftig von hinten. Er stolperte, fiel auf die Knie und rappelte sich wieder auf. Als Joel ihn entdeckte, rannte er auf ihn zu und zerrte ihn zu den anderen.

Dan warf Shrini einen Blick zu. Sie liefen beide rüber zum Tresorraum mit den Schließfächern. Darauf hatten sie es abgesehen. Der Plan für den Überfall hatte erst Form angenommen, als Dan sich in die Kundendatenbank der Bank eingehackt und festgestellt hatte, dass ein einziger Kunde acht Safes belegte. Nachdem er überprüft hatte, wer dieser Kunde war, und feststellte, dass es sich um einen bekannten russischen Mobster handelte, klickte es bei ihm. Dieser Mann, Viktor Petrenko, würde nicht zur Polizei gehen und angeben können, was gestohlen worden war. Und wie sollte die Polizei sie ohne Anzeige zu fassen kriegen? Außerdem würden sie nie darauf kommen, dass ein paar gefeuerte Programmierer zu so etwas überhaupt in der Lage waren – vor allem, wenn es nachvollziehbare Beweise gab, die den ganzen Überfall mit einem bekannten Mitglied der Mafia in Verbindung brachten.

Im Flur gab es Steckdosen. Dan und Shrini öffneten beide ihre Taschen und zogen Verlängerungskabel heraus. Die Tür zum Tresorraum stand offen. Wenn der Alarm funktioniert hätte, wäre die Tür automatisch verriegelt worden.

Drinnen zogen sie zwei Hochleistungsbohrer aus ihren Taschen und machten sich an die Arbeit. Dan hatte Schließfächer derselben Marke im Internet bestellt. Sie waren mit Geldanweisungen bezahlt und an eine Adresse in Revere geliefert worden, einen Block von Raymond Lombardos Haus entfernt. Dan hatte sie dort abholen können, ohne dass jemand etwas davon mitbekam. Shrini und er hatten mit diesen Kisten geübt und wussten, wie man sie aufbekam. Es gab drei Bolzen, die sie durchbohren mussten, dann konnte man den Innenteil mühelos herausziehen. Es kam ihm immer noch wie ein Traum vor, als er Petrenkos Schließfächer aufbohrte und den Inhalt in seine Tasche kippte. Es schien eine Menge Geld in diesen Kisten zu sein, bündelweise Hundertdollarscheine.

Sie waren fast fertig, als sie einen Schuss hörten. Er war lauter, als Dan es sich vorgestellt hatte, und schien ewig nachzuhallen. Sie schalteten beide ihre Bohrer aus.

»War es das, was ich glaube?«, flüsterte Shrini.

Dan bedeutete ihm mit der Hand, still zu sein. Er hörte eine Frau etwas rufen, dann noch einen Schuss.

»Lass uns verschwinden«, sagte er zu Shrini.

»Moment noch.« Shrini schaltete seinen Bohrer wieder ein und erledigte den letzten Bolzen. Dan stand einfach nur da und sah ihm zu. Er hatte das Gefühl, sein Herz würde gleich platzen. Nachdem Shrini den Inhalt des Safes in seine Tasche gekippt und sie zugezogen hatte, packten sie beide ihre Taschen und liefen zurück in die Eingangshalle.

Was dort vor sich ging, ergab für Dan überhaupt keinen Sinn. Es gab keine Bullen und auch sonst keinen Grund zu schießen. Joel und Hoffer hielten ihre Gewehre im Anschlag, während Gordon mit angespanntem Körper und ausgestrecktem Arm über zwei Frauen stand und sie mit der Pistole bedrohte. Eine große rote Lache breitete sich unter einer der Frauen aus. Auch ihre Bluse schien blutdurchtränkt. Sie konnte nicht viel älter sein als zwanzig. Ihre Augen waren geschlossen. Die Haut blass. Sie war ohne Frage tot. Die andere Frau, vielleicht in den Vierzigern, stöhnte laut, während sie sich auf dem Boden wand. Sie war in den Bauch getroffen worden. Gordon fragte sie mehrfach, ob sie ihm noch etwas zu sagen hätte.

Dan schaute hinüber zu Gordon, dann zu Joel, und versuchte zu begreifen, was passiert war. Joel schüttelte wütend den Kopf und lief eilig zur Eingangstür, Hoffer hinter ihm her. Dan folgte, sein Kopf summte. Im Laufen packte Shrini ihn und deutete auf seine Skimütze. Immer noch benommen, zog Dan sie vor einer der Überwachungskameras, deren Position er genau kannte, ab. Das war ein entscheidender Teil des Plans. Er blieb einen Moment stehen, dann lief er weiter. Als er den Chevy erreichte, wartete Joel auf ihn, er kochte vor Wut.

»Ich habe gesagt, du sollst ihn nicht mitnehmen«, quetschte er zwischen zusammengebissenen Zähnen hindurch.

»Was zum Teufel ist da drin passiert?«

»Frag doch deinen verrückten Freund.«

Gordon drückte sich zwischen den Büschen hindurch, er keuchte.

»Gordon, was zum Teufel ...?!«

»Dan, du hättest hören sollen, was die beiden zu mir gesagt haben.«

»Wir müssen weg«, sagte Joel, nahm Shrini die Skimütze ab und sammelte die Pistolen ein. Dan reichte ihm blindlings Mütze und Waffe.

»Gordon, begreifst du eigentlich, was du uns angetan hast?«

»Jetzt komm schon, Dan. Welchen Unterschied macht es denn schon, dass ich die beiden erschossen habe?«

»Welchen Unterschied ...?«

Joel unterbrach Gordon. Er schlug ihn auf den Arm. »Hey, Knallkopf, gib mir deine Mütze.«

Genervt warf Gordon Joel seine Mütze zu, bevor er sich wieder Dan zuwandte. »Außerdem, was hast du erwartet?«, fragte er. »Du hast mich mitgenommen und mir eine Knarre gegeben. Meine Güte, du hättest wissen müssen, dass ich so was mache.«

Dan konnte ihn bloß anstarren. Joel trat vor, er hielt die Hand vor Gordons Augen und schnipste mit den Fingern. »Die Pistole, jetzt!«, bellte er. Gordon drehte sich zu ihm, sein Gesicht war rot angelaufen. »Was willst du eigentlich?«, blökte er zurück und knallte Joel die Pistole mit dem Lauf voran in die ausgestreckte Hand.

Joel drehte ohne zu zögern die Pistole um und schoss Gordon in die Stirn. Gordon zuckte einmal und kippte dann direkt nach hinten, wie ein Baum, den man umgehauen hatte.

Joel zielte mit der Pistole auf Dan. Aus dem Augenwinkel konnte Dan sehen, wie Hoffer mit dem Gewehr auf Shrini zielte, sein künstliches Grinsen wirkte jetzt nur noch gehässig. »Zieht ihm den Overall aus«, sagte Joel leise. »Alle beide.«

»Joel, was machst du da?«

»Ihr habt zwanzig Sekunden«, sagte Joel, das Gesicht weiß, die Augen glasig. »Ich fange an zu zählen. Wenn ihr nicht spurt, bleiben du und dein indischer Freund bei dem Knallkopf hier.«

Er begann zu zählen. Shrini bewegte sich schnell, er kniete neben Gordons Leiche und öffnete den Reißverschluss seines Overalls. Dan half ihm, seine Hände zitterten. Er konnte hören, wie Hoffer hinter ihm leise lachte. Irgendwie kriegten sie den Overall runter, bevor Joel zu Ende gezählt hatte. Darunter trug Gordon ein Grateful-Dead-T-Shirt und Shorts. Hoffer knüllte den Overall zusammen und warf ihn in den Kofferraum des Chevy, zusammen mit den Taschen.

»Nimm seine Wagenschlüssel«, befahl Joel.

Dan griff in Gordons Taschen und zog seine Geldbörse und seine Schlüssel heraus.

Joel zielte mit seiner Pistole auf Dan. »Wir verschwinden jetzt. Dan, du fährst, Gunga Din hier sitzt hinten bei Eric.«

Sie stiegen eilig in den Wagen. Dan spürte, wie er zitterte, als er das Steuer packte, aber nicht aus Angst, sondern aus Wut. Er bog auf die Straße und fuhr dann in Richtung Autobahn.

»Du hättest mich eben fast umgelegt«, sagte er.

»Wenn du den Overall nicht rechtzeitig abbekommen hättest, ja.«

Dan fuhr eine Minute, ohne etwas zu sagen. Dann griff er in seine Tasche und zog ein Handy heraus.

»Was hast du denn vor?«

»Ich rufe einen Krankenwagen. Die Frau in der Bank, die mit dem Bauchschuss, braucht einen.«

»Vergiss es. Ich bin sicher, jemand hat die Schüsse gehört, und ich bin sicher, es sind schon eine Menge Krankenwagen unterwegs.«

Als sei es eine Prophezeiung gewesen, konnten sie in der Ferne den Klang von Sirenen hören. Innerhalb von Sekunden wurde der Lärm lauter, fast ohrenbetäubend, und nahm dann genauso schnell wieder ab. Die Polizei- und Krankenwagen mussten in einer Parallelstraße an ihnen vorbeigefahren sein.

»Du hast uns erledigt«, sagte Dan zu Joel, als es wieder ruhig geworden war. »Schlimm genug, was Gordon getan hat, aber was du getan hast, hat uns erledigt. Die Polizei wird ihn mit dem Überfall in Verbindung bringen. Du hast die ganze Geschichte mit Lombardo kaputt gemacht.«

Joel rieb sich mit einer Hand das Kinn, während er mit der anderen weiter die Pistole auf Dan gerichtet hielt. »Ich habe eine spontane Entscheidung getroffen«, sagte er. »Auf keinen Fall konnte ich mein Leben weiter diesem Irren anvertrauen, nicht nachdem ich gesehen habe, was er in der Bank angestellt hat. Scheiß doch drauf, er hat bekommen, was er verdient hat, dafür, was er mit den beiden Frauen getan hat.«

»Du hast uns trotzdem erledigt.«

»Ich habe niemanden erledigt. Ich habe dieselbe Waffe benutzt wie er. Das heißt, die Ballistiker werden einen Zusammenhang herstellen, und die Bullen werden vermuten, dass er von denselben Bankräubern erschossen wurde wie die Frauen. Möglicherweise, weil sie seinen Wagen wollten. Sie werden davon ausgehen, dass er einfach zur falschen Zeit am falschen Ort war.«

»Genau, Boss«, keckerte Hoffer von hinten. »Kein Grund, sich Sorgen zu machen.«

Joel schaute zu ihm nach hinten, und sein Blick sagte, dass er den Mund halten sollte.

»Was ist passiert?«

»Genau das, was du hättest erwarten müssen.« Joel schaute gequält und schüttelte den Kopf. »Schlimmer noch, genau das, was *ich* hätte erwarten müssen. Ich hätte mich nie damit einverstanden erklären dürfen, dass Gordon mitmacht.«

»Er hat einfach auf sie geschossen?«

»Im Grunde ja. Er hat angefangen, mit der Kleinen zu reden, der er dann in die Brust geschossen hat. Ich habe keine Ahnung, was zum Teufel er zu ihr gesagt hat. Irgendeinen Scheiß über Brasilien und die Küste von Jersey und was weiß ich noch. Sie hat ihn ziemlich übel beschimpft, und er hat sie umgedreht und ihr in die Brust geschossen. Dann hat die andere Frau angefangen, ihn zu beschimpfen, und er hat auch auf sie geschossen.«

»Du konntest ihn nicht daran hindern?«

»Wie denn?«, fragte Joel. »Was hätte ich tun sollen?« Er schüttelte wütend den Kopf. »Nein, Mann, das ist deine Schuld. Du hast darauf bestanden, dass er mitmacht. Du hast mir versprochen, dass du ihn zehn verdammte Minuten unter Kontrolle halten könntest.« Seine Stimme versagte, sein Ausdruck verhärtete sich, er sah aus wie ein alter Mann. Dann fuhr er leise fort: »Ich hatte mich nicht bereit erklärt, für Mord einzufahren. Tut mir leid, Dan, aber das ändert alles. Du wirst uns zum Wagen deines Kumpels fahren, ihr beide werdet aussteigen, und ihr werdet euren Anteil an dem Geld einfach vergessen.«

»Das ist nicht in Ordnung, Joel.«

»Das ist der Preis, den du zahlen musst, Dan.«

»Und was ist mit mir?«, fragte Shrini von hinten.

»Tut mir leid, Gunga, aber das ist auch dein Preis. Was mich betrifft, ist Gordon genauso sehr dein Fehler wie

Dans. Mein Vorschlag ist: Geh zurück nach Indien und denk nie mehr an diese ganze Sache.«

Dan bog auf den Parkplatz des Einkaufszentrums, wo sie ihre Wagen gelassen hatten. Er hielt neben Shrinis Civic.

»Das ist keine gute Idee, Joel.«

»Und warum nicht? Willst du zur Polizei gehen?« Joel schnitt eine Grimasse. »Wohl eher nicht.« Sein Blick wurde glasig, als er mit der Pistole auf Dans Brust zielte. »Wenn einer von euch irgendetwas anderes tut, als in aller Ruhe in den Wagen zu steigen, knalle ich euch beide ab. Viel Glück im Leben, okay, Alter?«

»War nett, dich wiedergesehen zu haben, Boss«, setzte Hoffer hinzu.

Dan saß starr da, er spürte den Lauf von Joels Fünfundvierziger an den Rippen. Er wandte sich um und wollte etwas sagen, aber Joels Blick machte klar, dass es sinnlos wäre. Er stieg aus dem Wagen. Shrini starrte Dan hilflos an, bevor er es ihm nachtat. Sie standen da und sahen zu, wie Joel auf den Fahrersitz des Chevys rutschte und Hoffer nach vorne kletterte. Als sie wegfuhren, kurbelte Hoffer sein Fenster runter und zeigte ihnen zum Abschied den Mittelfinger.

15

Alex Resnick machte zuerst die Überwachungskameras ausfindig, als er die Bank betrat. Zwei weitere Detectives, Tom Stillwall und Phil Hollings, sprachen bereits mit einem Zeugen. Resnick nickte ihnen zu und sah sich dann die tote Frau an. Mit den Jahren setzte ihm der Tod fremder Menschen immer weniger zu, aber der Anblick dieses Mädchens hier ließ seine Knie weich werden. Sie war einfach zu jung, als dass ihr so etwas hätte zustoßen sollen. Er hörte ein tiefes Stöhnen und sah, dass auch sein Partner sie anstarrte.

»Meine Güte, ist das viel Blut«, sagte Maguire.

Stillwall kam auf sie zu, beide Hände tief in die Taschen geschoben, das Gesicht zu einer Miene verzogen, als hätte er Verstopfung. Er war groß, ungepflegt, das Haar ungekämmt, Bartstoppeln im Gesicht. Sein Anzug, mehrere Nummern zu groß, sah aus, als hätte er darin geschlafen.

»Hey, Jungs«, begrüßte er sie und schaute noch schmerzvoller. »Was für ein Mist, oder? Wir werden die ganze verdammte Nacht hier zu tun haben. Wunderbar, ich habe Sox-Karten für heute Abend.«

»Es wurde auf zwei Personen geschossen?«, fragte Resnick.

»Ja, wir hatten zwei davon, das stimmt.« Stillwall schaute auf einen Notizblock. »Eine Mary O'Donnell, zweiundvierzig, lebt hier in Lynn.« Er klappte seinen Notizblock zu. »Sie war in ziemlich üblem Zustand, als sie sie geholt haben. Aus nächster Nähe mit einer Fünfundvierziger in den Bauch geschossen. Wer immer das war, wollte, dass sie leidet, mein Freund. Und dieses arme Mädchen«, fuhr Stillwall fort und deutete mit einer Hand auf die Tote.

»Margaret Williams. Gerade dreiundzwanzig. Ist immer schwer, sich das vorzustellen, wenn sie tot sind, aber sie muss ein echter Hingucker gewesen sein. Das war eine richtige Hinrichtung. Und wie bei der anderen war es eine Fünfundvierziger. Zwei Schüsse, zwei Hülsen. Wir haben sie beide.«

»Warum liegt sie noch hier?«

»Das FBI schickt einen seiner Fachleute von der Spurensicherung, obwohl ich keine Ahnung habe, warum. Ich meine, wir wissen, was passiert ist, und selbst wenn nicht, dann sehen wir es nachher auf den Videoaufnahmen. Aber was will man machen, Vorschriften sind Vorschriften.« Stillwall trat näher an Resnick heran. »Ich geb dir mal die Kurzform«, sagte er mit gesenkter Stimme. »Sechs oder sieben Typen stürmen hier rein, alle mit Skimützen, alle bewaffnet. Mehrere von ihnen hatten Sturmgewehre, vielleicht AK-47. Alle sollten sich auf den Bauch legen, dann haben sie sie an Handgelenken und Knöcheln gefesselt.«

Stillwall erstarrte und seine Falten wurden tiefer, während er mit einer Hand auf den Bauch drückte. »Verdammtes Sodbrennen«, sagte er nach einer Weile. »Ich hatte ein Bratwurstbrötchen zum Mittagessen, und seitdem zahle ich den Preis dafür.«

»Es liegen also alle auf dem Boden ...«, sagte Resnick geduldig, um Stillwall wieder zum Thema zurückzuführen.

»Okay, also, nachdem alle liegen, marschieren sie in den Tresorraum. Zu den Schließfächern. Sie haben sich weder an den Geldtresor rangemacht, noch wollten sie die Kohle aus den Kassen.«

»Warum wurde geschossen?«

»Das ist mir noch nicht klar. Der Typ da drüben bei Phil, der Kerl mit dem Bleistifthals, der aussieht, als würde er gleich ohnmächtig, heißt Craig Brown, er ist der Leiter dieser vorbildlichen Bankfiliale. Laut Brown und mehrerer anderer Zeugen war irgendwas los zwischen den beiden Opfern und einem der Täter.« Stillwall trat noch näher heran und senkte seine Stimme noch weiter. »Da gibt's eine Sache, die ich ganz interessant finde – diese Bank verfügt über ein nagelneues Alarmsystem. Wir haben es vor fünf Minuten ausprobiert, und es funktionierte ganz wunderbar, aber während des Überfalls ging gar nichts. Da fragt man sich doch, warum.«

»Glaubst du, jemand von hier steckte mit den Dieben unter einer Decke?«, fragte Resnick.

»Ich weiß nicht, wie man es sonst erklären soll. Die Computeranlage steht in einem verschlossenen Schrank. Brown hat ihn für uns geöffnet und uns gezeigt, dass alles lief. Ich nehme daher an, die Anlage wurde vor dem Überfall ausgeschaltet. Und laut Brown ist er der Einzige, der einen Schlüssel zu dem Schrank hat. Viel Spaß damit, Junge.«

Stillwall zog eine Augenbraue hoch und wartete auf eine Reaktion von Resnick. Als der sich nicht regte, wandte Stillwall sich Maguire zu. »Dein Partner ist nicht leicht zufrieden zu stellen. Und er quatscht einem die Ohren voll, wenn man ihn lässt, aber das weißt du inzwischen sicherlich.« Er wartete ein paar Sekunden und seufzte, als keiner von beiden reagierte. »Kein Sinn für Humor, alle beide.«

Stillwall ging in den hinteren Bereich der Bank, wo sich die Schließfächer befanden. Zwei Verlängerungsschnüre, die im Flur eingesteckt waren, schlängelten sich durch eine offen stehende Tür. Resnick betrat den Raum. An den Enden der beiden Verlängerungsschnüre hing jeweils eine Bohrmaschine. Er zählte acht Schließfächer auf dem Boden, in jedem davon drei Löchern. Resnick betrachtete eine der Kisten und bemerkte, dass die Löcher exakt durch die Bolzen gebohrt worden waren, die verhindern sollten, dass die Safes geöffnet wurden.

»Sieht so aus, als hätten sie gewusst, was sie tun«, sagte er.

»Allerdings«, stimmte Stillwall zu.

Maguire musterte mit zusammengekniffenen Augen die langen Reihen von Schließfächern. »Ich frage mich, warum sie ausgerechnet diese genommen haben«, sagte er.

»Wissen wir, wem sie gehören?«, fragt Resnick Stillwall.

Stillwall zeigte ein schmales Lächeln. »Bislang ist Brown nicht sonderlich kooperativ. Er verweist auf die Privatsphäre seiner Kunden und so, aber damit wird er nicht weit kommen. Wir können uns heute noch eine gerichtliche Anordnung ausstellen lassen, wenn wir müssen, aber ich glaube, wenn wir ihn noch ein bisschen unter Druck setzen, wird er das auch so einsehen. Was meinst du, Alex?«

»Klar, nur einen Moment.« Resnick trat einen Schritt zurück und machte ein paar Aufnahmen der geknackten Schließfächer, bevor er seine Digitalkamera wieder zurück in die Jackentasche schob.

Sie traten gerade in die Lobby, gerade als zwei FBI-Mitarbeiter hereinkamen. Resnick erkannte sie sofort an ihrer Kleidung und Körpersprache. Zum einen ein großer, schlanker Mann Ende vierzig mit schmalem, mürrischem Gesicht, zum anderen eine sportliche brünette Frau um die dreißig, die sehr attraktiv gewesen wäre, hätte ihr Gesicht nicht einen so humorlosen, angespannten Ausdruck gezeigt. Phil Hollings gesellte sich zu ihnen und stellte alle einander vor. Die Frau, Kathleen Liciano, war von der Spurensicherung und wandte sich bald von ihnen ab, um nach der Toten zu sehen. Der andere Agent hieß Donald Spitzer. Stillwall gab ihm eine noch knappere Kurzfassung als Resnick und Maguire.

»Die Regierung wird für diese Leute die Todesstrafe fordern«, verkündete Agent Spitzer düster. »Nach so einem Fall suchen wir, seit die Bundesbehörden in Massachusetts die Todesstrafe wieder verhängen dürfen.«

»Ich hoffe, wir werden Ihnen behilflich sein können«, sagte Stillwall. »Die Typen, die dahinterstecken, haben das wirklich verdient. Wir wollten gerade aus Craig Brown herausbekommen, warum die Alarmanlage der Bank ausgerechnet während des Überfalls nicht funktioniert hat. Wollen Sie mitkommen?«

Spitzer wollte. Brown, der am anderen Ende der Lobby stand, lief ein wenig grün an, als vier Detectives und ein FBI-Agent auf ihn zukamen. Stillwall stellte alle vor. Der Filialleiter streckte dem FBI-Agenten seine Hand hin, zog sie aber wieder zurück, als Spitzer sie einfach ignorierte.

»Wir würden gern irgendwo in Ruhe mit Ihnen reden«, sagte Resnick.

»Sie alle?«

»Haben Sie etwas dagegen?«, fragte Spitzer.

»Nein, natürlich nicht.« Browns Blick huschte von Resnick zu Spitzer. Er zog ein Taschentuch aus seiner Anzugtasche und wischte sich über den Nacken. »Gehen wir in mein Büro.«

Nachdem sie sich im Büro des Filialleiters niedergelassen hatten, befragte Resnick Brown über die Schießerei.

»Wir lagen alle mit dem Gesicht nach unten. Ich glaube, niemand hat wirklich etwas gesehen, als geschossen wurde. Im ersten Moment dachte ich, es wäre eine Bombe. Ich habe noch nie etwas so Lautes gehört.« Browns Stimme zitterte, vermutlich weil er den Augenblick im Kopf noch einmal durchlebte, und als er sich wieder Resnick zuwandte, wirkte seine Haut noch blasser, fast wächsern. »Ich kann es immer noch nicht glauben«, murmelte er. »Ich habe das Gefühl, ich kriege gleich einen Herzinfarkt.«

»Brauchen Sie einen Arzt?«, fragte Maguire.

Brown schüttelte den Kopf. »Vielleicht ein Glas Wasser.« Er griff nach einem Kaffeebecher auf seinem Schreibtisch und wollte aufstehen, aber Maguire nahm ihm den Becher ab. »Ich hole Ihnen etwas zu trinken«, sagte er.

»Was glauben Sie, warum auf die beiden Frauen geschossen wurde?«, fragte Resnick.

»Einer der Bankräuber hat mit Peggy gesprochen. Ich weiß nicht genau, was er gesagt hat, komische Sachen, irgendwas mit brasilianischem Bikiniwachs. Ich glaube, er hat versucht, sie anzumachen. Peggy hat sich zur Wehr gesetzt, sie hat ihm gesagt, was sie von ihm hielt. Daraufhin hat er sie erschossen.«

»Peggy – Sie meinen Margaret Williams. Kannten Sie sie?«

»Ich kannte sie, seit sie siebzehn war. Ich kenne auch ihre Eltern. Peggy war ein hübsches Mädchen. Und sehr selbstbewusst – die ließ sich von niemand etwas bieten.«

»Hatten Sie eine Beziehung zu ihr?«, fragte Hollings.

»Was? Nein, natürlich nicht.«

»Was glauben Sie, warum Ihre Alarmanlage versagt hat?«, fragte Spitzer. Seine Stimme klang streng und der Filialleiter zuckte zusammen, als hätte man ihn geohrfeigt.

»Ich habe nicht die geringste Ahnung«, sagte er. Maguire brachte seinen Kaffeebecher zurück. Browns Hände zitterten, als er trank, und etwas Wasser tropfte auf sein Jackett. »Direkt nachdem ich losgebunden worden war, habe ich im Schrank nachgesehen, da lief die Anlage. Ich habe sie später mit den beiden Detectives hier überprüft, und das System hat so funktioniert, wie es sollte. Ich habe keine Ahnung, was da passiert ist.«

»Wer war bei Ihnen?«, wollte Spitzer wissen.

»Wie meinen Sie das?«

»Als Sie im Schrank nachsahen, wer war bei Ihnen?«

»Ich war allein ...« Brown schloss langsam seinen Mund, als ihm klar wurde, worauf Spitzer hinauswollte. Er starrte den FBI-Agenten an, und ein Schatten legte sich über seinen Blick. »Es gefällt mir gar nicht, was Sie da andeuten wollen«, sagte er. »Vielleicht sollte ich mit einem Anwalt sprechen.«

»Das ist Ihr gutes Recht«, sagte Resnick. »Und wenn Sie etwas mit der Sache zu tun haben, wäre das vermutlich auch eine gute Idee.«

»Wenn Sie sich hinter einem Anwalt verschanzen wollen, dann können wir Sie natürlich gern auf die Wache bringen, zur offiziellen Vernehmung, und dafür sorgen, dass die Medien das erfahren«, fügte Stillwall hinzu.

Brown schaute von Spitzer zu Stillwall. »Das ist doch lächerlich«, sagte er. »Ich hatte absolut nichts damit zu tun.«

»Aber Sie können schon nachvollziehen, wie wir auf diese Idee kommen«, sagte Resnick.

»Nein, kann ich nicht.«

»Hat noch jemand einen Schlüssel zu dem Schrank?«

Craig Brown schüttelte den Kopf.

»Sehen Sie«, sagte Hollings.

»Außerdem weigern Sie sich, mit uns zu kooperieren«, sagte Resnick.

»Ich weigere mich zu kooperieren?«, stammelte Brown. »Inwieweit kooperiere ich denn nicht?«

»Eine Frau wurde erschossen, eine weitere schwebt in Lebensgefahr, und Sie können uns nicht sagen, warum Ihre Alarmanlage nicht funktioniert hat«, sagte Stillwall.

»Ich sage Ihnen doch, ich weiß es nicht.«

»Und Sie wollen uns nicht einmal sagen, wem die Schließfächer gehören, die aufgebrochen wurden«, sagte Resnick.

»Was geradezu lächerlich ist«, erklärte Stillwall. »Wenn wir wollen, haben wir in einer Stunde eine richterliche Anordnung, die sie zwingt, uns diese Information zu übergeben.«

»Es würde die Sache einfacher machen, wenn Sie sich eine solche Anordnung besorgen«, sagte Brown. »Derjenige, dem sie gehören, wäre nicht sonderlich glücklich, wenn ich Ihnen die Information freiwillig gäbe.«

»Alle Schließfächer, die aufgebrochen wurden, gehören einer Person?«, fragt Maguire.

Brown nickte. Dann setzte er sehr leise hinzu: »Viktor Petrenko.«

Resnicks Stimme überschlug sich beinahe, als er Brown bat, den Namen zu wiederholen. Brown bestätigte, dass alle acht Schließfächer Viktor Petrenko gehörten.

Resnicks Herz begann zu rasen. »Hat er noch weitere?«, fragte er.

Brown schüttelte den Kopf. »Nur die, die aufgebrochen wurden.«

Es klopfte an der Tür, und ein Streifenpolizist steckte den Kopf herein. »Wir haben hinten eine weitere Leiche gefunden«, sagte er.«

»Was soll das heißen: hinten?«

»Auf einem Grundstück hinter der Bank. Weiß, männlich, um die sechzig, Kopfschuss.«

Resnick warf seinem Partner einen Blick zu, dann Stillwall, der den Kopf in die Hände senkte und sich die Augen rieb. »Ich kann meine Sox-Karten genauso gut wegwerfen«, stöhnte er.

Resnick und Maguire folgten dem Streifenpolizisten,

die anderen blieben zurück, um Brown weiter zu befragen. Resnick musste sowieso aus dem Büro raus. Zu hören, dass die Schließfächer Petrenko gehörten, hatte einen Adrenalinstoß bei ihm ausgelöst, er musste sich bewegen. Petrenko musste in diesen Schließfächern mehr als Geld aufbewahrt haben. Vermutlich Waffen und anderes belastendes Material. Wenn Resnick den Inhalt dieser Schließfächer in die Hände bekäme, dann würde er Petrenko zweifellos lange, lange wegsperren können.

Auf dem Weg zur Lobby war Resnick derart in Gedanken verloren, dass er nur halb wahrnahm, wie sein Partner den Streifenpolizisten fragte, ob die Medien von dem Überfall bereits Wind bekommen hatten.

»Da draußen tobt der Wahnsinn«, sagte der Streifenpolizist. »Reporter von allen regionalen Sendern und Zeitungen warten vor der Bank.«

»Weiß einer von ihnen etwas von der Leiche hinten?«, fragte Resnick.

»Nicht dass ich wüsste. Und wir sollten es auch dabei belassen.«

In der Lobby fiel Resnick auf, dass Margaret Williams' Leiche entfernt worden war. Dort, wo sie gelegen hatte, war jetzt nur noch eine große Blutlache. Als sie zur Vordertür hinausgingen, prasselten laute Stimmen auf sie ein. Resnick schaute auf und sah einen Haufen Reporter und Kameraleute, die von einer Reihe Polizisten im Zaum gehalten wurden. Er ignorierte sie und ging zügig zum Parkplatz hinter dem Gebäude. Der Streifenpolizist ging vor, sie quetschten sich durch dicht stehende, etwa einen Meter hohe Büsche. Maguire fluchte, als sein Hosenbein an einem Zweig hängen blieb und der Stoff riss.

Auf der anderen Seite der Hecke kniete Kathleen Liciano neben einer Leiche. Sie sah auf, als Resnick näher kam.

»Ihm wurde mit einer Fünfundvierziger in die Stirn geschossen«, sagte sie.

Resnick schaute sich auf dem leeren Parkplatz um. »Könnte er auf dem Parkplatz der Bank erschossen und dann hierhergeschleppt worden sein?«

»Nein. Ich habe die Hülse hier gefunden. Außerdem würden Reste von den Büschen an seiner Kleidung hängen, wenn man ihn durch diese Hecke gezerrt hätte.«

Resnick sah an seinem eigenen Anzug herunter und klopfte ein paar kleine Blätter ab, die daran klebten. Maguire kam zu ihnen, immer noch wütend über sein zerrissenes Hosenbein.

»Ich habe diesen Anzug gerade erst gekauft«, beschwerte er sich. Er sah sich die Leiche an und schüttelte den Kopf. »Ich weiß nicht, was mit diesen alten Säcken los ist. Warum müssen sie immer noch rumlaufen, als wären sie in Woodstock? Allein für den Aufzug hätte man ihn erschießen sollen. Wissen wir, wer das ist?«

Liciano schüttelte den Kopf. »Er hatte keine Ausweispapiere bei sich.«

»Wagenschlüssel?«, fragte Resnick.

»Nein. Seine Taschen waren leer.«

Resnick starrte die Leiche an. In der Mitte der Stirn befand sich eine kleine Eintrittswunde. Ohne nachzusehen wusste Resnick, dass sich im Hinterkopf ein riesiges Loch befand. Der Körper des Toten wirkte aufgedunsen, die Haut hatte einen grauen Ton angenommen. Aber sein Gesicht erschien merkwürdig klein. Als wäre es im Tod in sich zusammengefallen. Resnick schaute über die Leiche hinweg und konnte kleine Stückchen Hirn und Knochen auf dem Asphalt entdecken.

»Ich frage mich, was er wohl hier wollte«, sagte er zu niemand Bestimmtem. »Der Laden ist schon seit Jahren geschlossen.«

»Wahrscheinlich Pech«, schlug Maguire vor. »Vielleicht wollte er eine Abkürzung zur Bank nehmen, ist den

Dieben begegnet und wurde erschossen, weil er etwas gesehen hat, oder vielleicht wegen seines Wagens.«

»Aber warum sollte er hier parken?«, fragte Resnick. »Warum nicht auf dem Parkplatz der Bank?«

»Wer weiß?«

Kathleen Liciano stand auf und reckte sich. Sie zog ihre Latexhandschuhe aus. »Ich bin fertig«, sagte sie. Sie reichte Resnick eine Visitenkarte. »Rufen Sie mich morgen an, dann sage ich Ihnen, ob sich bei den Obduktionen etwas ergeben hat.« Ein Krankenwagen hatte neben ihnen gehalten. Sie wandte sich den Sanitätern zu und besprach mit ihnen den Abtransport der Leiche.

Resnick warf einen letzten Blick auf den Toten und sah dann Maguire an. »Sag Tom und Phil, sie sollen mit den Zeugen reden«, sagte er. »Und besorg uns die Überwachungsbänder, wir treffen uns auf der Wache.«

»Und was ist mit dir?«

Resnick lächelte dünn, was Maguire in den drei Monaten, die sie nun zusammenarbeiteten, nur selten gesehen hatte. »Ich habe etwas zu erledigen«, sagte er.

16

Shrini fuhr, Dan lag auf dem Rücksitz. Beide hatten ihre Overalls ausgezogen. Dan hatte außerdem seine Perücke abgenommen, und mit der Flüssigkeit, die Gordon ihm gegeben hatte, war es ihm gelungen, den Schnauzer und die Koteletten abzubekommen. Er wollte allerdings nicht riskieren, dass ihn irgendjemand sah, bevor er auch den Rest des Make-ups entfernt hatte.

Shrini kochte, er war zu wütend zum Sprechen. Alle paar Minuten schlug er aufs Lenkrad und fluchte laut auf Englisch und Hindi. So ging das etwa vierzig Minuten. Dann, nach längerem Schweigen, sagte er mit gepresster Stimme: »Wenn dein Freund glaubt, ich würde jetzt einfach nach Indien verschwinden, dann hat er sich geschnitten.«

»Joel muss sich bloß beruhigen. Dann wird er uns schon unseren Teil geben«, sagte Dan, doch seine eigene Stimme wirkte zerbrechlich und merkwürdig auf ihn. Er kam sich immer noch wie ein Zuschauer des Geschehens vor, als nähme er alles von außerhalb seines Körpers wahr.

»Nein, das glaube ich nicht. Ich glaube, dein Freund hatte das von Anfang an geplant.«

»Jetzt komm schon, Shrini. Er ist einfach ausgerastet wegen der Sache mit Gordon. Er wird sich schon wieder beruhigen.«

»Das glaubst du ja wohl selbst nicht, Alter! Was meinst du denn, warum er darauf bestanden hat, dass sein Schweinskopffreund mitmacht?« Shrinis Stimme versagte. Dan konnte im Rückspiegel sehen, dass Shrinis dunkle Augen vor Wut blitzten. »Glaub mir«, fuhr Shrini fort, als er wieder dazu in der Lage war. »Ich werde meinen Anteil von diesem arroganten Pfau bekommen, und danach werde ich ihn zur Hölle schicken.«

Dan ließ den Kopf auf den Sitz zurücksinken und schloss die Augen. So wütend Shrini auch war, er selbst empfand nichts außer einer entsetzlichen Angst im Bauch. Er hatte Joel nichts vorzuwerfen, immerhin war er selbst es gewesen, der versprochen hatte, Gordon würde sich während des Banküberfalls benehmen. Joel hatte Recht, er musste für das, was geschehen war, bezahlen, auch wenn er noch immer nicht fassen konnte, was eigentlich geschehen war. Das alles ergab einfach keinen Sinn.

»Und was war das mit Gunga Din?«, wollte Shrini wissen. »Sollte das ein rassistischer Spruch sein?«

»Er wollte dich bloß fertigmachen. Versuch, dich zu beruhigen, okay? Wenn wir Joel ein paar Tage geben, dann wird er schon wieder zu Verstand kommen.«

»Ich will deinem Freund aber keine Zeit lassen. Ich schlage vor, dass wir uns zwei Gewehre besorgen, ihm vor seinem Haus auflauern und ihn dann genauso behandeln, wie er es mit uns getan hat.«

»Was willst du machen? Ihn in eine Falle locken? Und umbringen?«

»Wäre nicht das Schlechteste.«

»Shrini, bitte, Mann, beruhige dich. Wir sind doch keine Mörder.«

»Ich sag's nur ungern, Alter, aber genau das sind wir jetzt wohl. Als Gordon das Mädchen erschossen hat, wurden wir alle zu Mördern.«

»Wer hätte ahnen können, dass Gordon so etwas tut?«

»Das ist ganz egal. Wenn sie uns erwischen, werden wir alle wegen Mordes angeklagt. So ist das Gesetz.«

»Sie werden uns nicht erwischen«, behauptete Dan stur, aber er war nicht einmal sicher, ob er das selbst glaubte. Dass Joel Gordon erschossen hatte, änderte alles. Er hatte es bisher nicht geschafft, sich bewusst zu machen, welche Konsequenzen das nach sich ziehen würde. Jedes Mal, wenn er es versuchte, schien sein Hirn einfach abzuschalten.

»Ich bin immer noch dafür, dass wir uns Gewehre besorgen«, erklärte Shrini, klang jetzt aber eher störrisch als wütend.

»Wenn wir das tun, werden es am Ende noch wir beiden sein, die dabei draufgehen. Joel ist ein paranoider Sack. Der kann wahrscheinlich riechen, dass wir draußen sind. Geben wir ihm ein bisschen Zeit, dann wird sich alles fügen.«

Shrini wollte widersprechen, schlug aber stattdessen ein weiteres Mal auf das Lenkrad. Sie waren nur noch gut einen Kilometer von Gordons Wohnung entfernt. Als Joel Dan befohlen hatte, Gordons Wagenschlüssel einzustecken, war Dan eingefallen, besser auch seine Geldbörse mitzunehmen. Jetzt, wo die Polizei über Gordons Leiche stolpern würde, musste er sicherstellen, dass nichts in Gordons Wohnung ihn mit dem Banküberfall in Verbindung brachte. Und er musste hoffen, dass Gordon keine weiteren Ausweispapiere bei sich getragen hatte oder sonst etwas, das die Polizei innerhalb der nächsten Stunde zu seiner Adresse führen würde.

Shrini hielt auf einem der Besucherparkplätze. Sie sahen einander an, dann holte Dan tief Luft und nickte. Es bestand zwar das Risiko, dass jemand sie Gordons Wohnung betreten sah, aber ihnen blieb nichts anderes übrig. Sie beeilten sich. Shrini hielt sich etwa dreißig Meter hinter Dan, während sie über einen Vorplatz zum Seiteneingang liefen. Dan schaute hoch, konnte aber niemanden entdecken. Als sie den Eingang erreicht hatten, fummelte er eine gefühlte Ewigkeit mit den Schlüsseln herum, bevor er die Tür aufbekam. Er hielt die Tür lange genug auf, dass Shrini ihm folgen konnte, dann marschierte er zu Gordons Wohnung, und diesmal gelang es ihm ohne Probleme, die Tür zu öffnen. Im Flur lehnte er sich gegen die Wand, sein Herz hämmerte in der Brust. Sekunden später war auch Shrini da.

»Glaubst du, jemand hat uns gesehen?«, fragte Dan atemlos.

»Entspann dich, Mann, es ist fünf vor halb vier. Kein Mensch ist hier.«

Dan hielt sich den Bauch und kam langsam wieder zu Atem. »Okay«, sagte er, »ich muss mich erst mal abschminken. Du überprüfst währenddessen Gordons Computer und löschst alle Bilder von Lombardo. Außerdem das anonyme E-Mail-Konto.«

»Hast du vielleicht noch ein paar Anweisungen für mich?«

»Jetzt komm schon, Mann, wir haben keine Zeit, uns hier rumzustreiten.«

Shrini zeigte mit dem Finger auf Dan und öffnete bereits den Mund, um zu meckern, aber dann schluckte er doch herunter, was er hatte sagen wollen. Er schüttelte den Kopf und setzte sich vor den Computer. Dan sah einen Augenblick zu, gelähmt von ungeheurer Furcht. Dann nahm er alle Kraft zusammen und zwang sich, ins Bad zu gehen. Als er dort sein Spiegelbild sah, lachte er auf. Ohne Perücke und Gesichtsbehaarung sah er aus wie eine merkwürdige Mischung aus sich selbst und Raymond Lombardo.

Das Gummigemisch zu entfernen war schwieriger, als er gedacht hatte. Das verdammte Zeug ging einfach nicht ab. Er schrubbte mit der Flüssigkeit, die Gordon ihm gegeben hatte, aber das schien nicht zu helfen. Am Ende musste er den Rest mit einer Nagelfeile abkratzen. Als er fertig war, bemerkte er die dunklen rötlichen Flecken an Kinn, Kiefer und Nase.

Verdammt noch mal, dachte Dan, was denn noch? Frösche, Heuschrecken, schwarze Blattern? Immer her damit!

Er starrte sich noch einen Augenblick im Spiegel an, dann fügte er sich den Gegebenheiten und ging zurück zu Shrini.

»Du hast da einen bösen Ausschlag im Gesicht«, sagte der, nachdem er Dan von allen Seiten betrachtet hatte.

»Ja, ich weiß.«

»Sieht aus, als käme das vom Make-up. Das ist nicht gut.«

»Allerdings. Irgendwelche Vorschläge?«

»Das ist nicht gut.« Shrini starrte Dan lange an, dann schüttelte er den Kopf. »Ich könnte mal in der Apotheke nach einem Mittel dagegen fragen«, sagte er. »Vielleicht ist der Ausschlag dann morgen weg. Heute Nacht kannst du auf meinem Sofa pennen.«

»Ich glaube, das geht nicht, aber lass uns später darüber reden. Jetzt durchsuchen wir besser die Bude und sorgen dafür, dass hier nichts zurückbleibt, was Gordon mit dem Überfall in Verbindung bringt. Wie läuft's mit dem Computer?«

Shrini zuckte mit den Achseln. »Ich tue Gordon einen Gefallen und lösche auch gleich die ganzen Pornos. Und glaub mir, davon gibt es jede Menge. Ich bin fast fertig.«

»Okay, ich brauche vielleicht zehn Minuten.«

Dan holte eine Mülltüte aus der Küche und drehte eine schnelle Runde durch die Wohnung. Abgesehen von dem Gummizeug und Teilen einer Perücke, die Gordon zerschnitten hatte, um den Bart zu basteln, waren die einzigen weiteren Beweisstücke, die Dan fand, ein paar ausgedruckte Fotos von Lombardo. Außerdem entdeckte er in einer Schublade eine Rolle Hundertdollarscheine. Viertausendzweihundert Dollar. Er zögerte kurz, dann steckte er das Geld in die Tasche. Als er zu Shrini zurückkam, zeigte er ihm die Scheine.

»Du kannst die Hälfte haben, Mann«, sagte er.

Shrini überlegte, dann schüttelte er den Kopf. »Lieber nicht. Dann käme ich mir vor wie ein Grabräuber. Ich bin sowieso erst zufrieden, wenn ich meinen Anteil vom Überfall habe. Und, glaub mir, den kriege ich.«

Dan nickte. »Bist du fertig?«

»Ich bin schon seit fünf Minuten fertig.«

Dan wischte Tastatur und Maus ab, dann rollte er die Mülltüte zusammen und schob sie sich unter den Arm. Er öffnete die Tür, sah nach, ob der Flur frei war, und bedeutete Shrini, dass sie rauskonnten. Schließlich schloss er die Tür hinter sich ab und verließ das Gebäude. Als er Shrinis Civic erreichte, schwitzte er wie verrückt und konnte seinen Herzschlag im Kopf hämmern hören. Er brach praktisch auf dem Beifahrersitz zusammen.

»Luftholen, okay?«, sagte Shrini. »Das Letzte, was ich jetzt brauche, ist, dass du in meiner Karre verreckst.«

»Vielen Dank für dein Mitgefühl.«

Sie fuhren schweigend los. Dan schloss die Augen. Gerade als er wegzudämmern begann, ließ ihn Shrinis Stimme aufschrecken.

»Ich werde das Geld von deinem Freund bekommen«, sagte der.

»Das werden wir beide.«

»Ich will, dass wir ihn morgen treffen.«

»Shrini, glaub mir, es ist besser, wenn wir ihm ein paar Tage Zeit lassen.«

»Ich gebe ihm höchstens zwei Tage. Nicht mehr.« Sein Ausdruck verdüsterte sich vor Wut. »Glaub mir, ich werde nicht vergessen, wie die beiden ihre Waffen auf uns gerichtet haben.«

Dan nickte. Er versuchte, die Augen offen zu halten, aber seine Lider waren einfach zu schwer. Erneut wurde er von Shrinis Stimme geweckt.

»Ich wollte dich nicht im Regen stehen lassen«, sagte der.

»Ja, ich weiß«, murmelte Dan, obwohl er nicht recht wusste, wovon Shrini überhaupt redete.

»Ich meine es ernst. Als ich meinen Anteil von deinem Freund gefordert habe, wollte ich mit dir teilen, was immer er mir gibt.«

Dan starrte einfach geradeaus. Nach ein paar Minuten Stille fragte Shrini, was er gegen den Ausschlag unternehmen wollte. »Inzwischen sieht es noch schlimmer aus«, sagte er.

»Ich weiß nicht. Ich schätze, solange die Polizei davon ausgeht, dass Lombardo hinter der Sache steckt, ist der Ausschlag ziemlich egal.«

Shrini hielt vor seinem Wohnblock und fragte Dan, ob er hochkommen und den Rest Tequila mit ihm trinken wollte. »Wir sollten auf Gordon anstoßen«, sagte er.

Dan dachte darüber nach, dann schüttelte er den Kopf. »Carol wartet auf mich.«

»Dann muss ich die Flasche eben allein leer machen.« Shrini schaute düster und schien sich in seinen Gedanken zu verlieren. Dann warf er Dan einen Blick zu. »Wir sehen uns in zwei Tagen«, sagte er.

Dan nickte und stieg aus dem Wagen.

»Money, it's a gas. Grab all you can and smoke some hash.«

»Halt endlich die Schnauze!«

Hoffer grinste breit und fragte: »Was hast du denn für ein Problem? Gefällt dir nicht, wie ich singe?«

Joel schnitt eine Grimasse und rieb sich langsam die Schläfen, wobei er das Steuer zwischen den Ellenbogen eingeklemmt hielt. »Du triffst einfach keinen einzigen Ton, das ist mein Problem.«

»*Money, it's a hit. Just don't light up any of that bad shit.*«

»Ich hab doch gesagt, du sollst die Schnauze halten.« Joel warf Hoffer einen Seitenblick zu. »Ich sag's dir nicht noch mal.«

Hoffer konnte kaum an sich halten, während er auf seinem Sitz vor und zurück schaukelte. »Du bist bloß neidisch, Mann.«

»Fick dich. Ich krieg von deinem Gequake nicht nur Kopfschmerzen. Der Text ist auch noch falsch, du Arsch. Du ruinierst Pink Floyd.«

Hoffer schlug sich ein paarmal mit der Faust in die flache Hand. »Ich bin so aufgekratzt«, sagte er. »Scheiße, ich wünschte, ich hätte ein bisschen gutes Gras dabei.«

»Ja, das wäre wirklich großartig. Warum halte ich nicht einfach neben dem nächsten Streifenwagen und bitte die Jungs, meine Karre zu durchsuchen? Arschloch.«

»Scheiße, du machst dir zu viele Sorgen. Lass uns mal was anstellen, Mann. Wir haben Knarren und Skimützen. Die nächste Tankstelle ist unser! Wir greifen noch ein bisschen Kohle ab und schauen irgendeinem Arsch dabei zu, wie er sich in die Hosen kackt, wenn er die beiden Kalaschnikows sieht.«

Joel starrte ihn eisig an, seine Lippen verbogen sich zu einem schiefen Grinsen.

»Wieso zerfleischst du nicht lieber wieder Pink Floyd«, sagte er. »Das ist immer noch besser, als mir deine tollen Ideen anzuhören.«

Hoffer zeigte ihm den Finger und streckte ihn so lange aus, bis Joel danach schlug.

»Ich versteh dich nicht, Joel. Wir haben es geschafft, Mann. Wir haben eine Bank ausgeraubt. Wir sind davongekommen, und wir haben die ganze Kohle. Warum bist du so scheiße drauf?«

»Nur falls es dir nicht aufgefallen ist, ich habe jemanden umgelegt«, murmelte Joel leise.

»Ich hab dich nicht verstanden, Mann. Was hast du gesagt?«

»Ich habe gesagt, ich habe verdammt noch mal jemanden umgelegt! Und wenn du noch ein Wort sagst oder einen Laut von dir gibst, schmeiße ich dich aus dem Wagen. Ich meine es ernst!«

Hoffer wollte gerade anfangen, auf dem Armaturenbrett herumzutrommeln, aber der Blick, den Joel ihm zuwarf, ließ ihn die Hände zurückziehen. Nach ein paar Minuten Stille verdrehte Joel die Augen, er sah aus, als hätte man ihm in den Magen geboxt. »Warum musste er nur auf die beiden Frauen schießen?«

»Weil er bekloppt war.«

»Weißt du, was er zu dem Mädchen gesagt hat?«

»Keine Ahnung.«

»Sie hätte es besser wissen müssen.« Joel schüttelte den Kopf. Seine Oberlippe löste sich von seinen Zähnen, während er eine Grimasse schnitt. »Man legt sich doch nicht mit jemandem an, der mit einer Waffe auf einen zielt. Ganz egal, was der Irre zu einem sagt.«

»Vielleicht war sie sauer.«

»Und warum sollte sie das gewesen sein?«

»Was weiß ich. Vielleicht hat sie gedacht, er wäre derjenige gewesen, der ihr an den Arsch gefasst hat.«

Joel erblasste. »Was zum Teufel soll das denn heißen?«

Hoffer grinste blöde. »Sie hatte einen klasse Arsch, Mann. Wie zwei dicke saftige Pfirsiche.«

»Ja und?«

»Ich konnte nicht anders. Ich hab mich bedient, als ich die Gelegenheit hatte.«

»Du bist wirklich ein Idiot.«

»Hey, woher sollte ich denn wissen, dass dieser Knallkopf anfängt, sie anzubaggern? Aber, meine Güte, sie hat ihm richtig den Marsch geblasen. Und, Scheiße, er ihr auch.«

Joel richtete sich im Fahrersitz auf, seine Augen verengten sich, während er Hoffer betrachtete. »Erzähl mir noch einmal, weshalb du verhaftet worden bist.«

»Warum denn? Ich hab's dir schon vor Jahren erzählt.«

»Ich will es noch einmal hören.«

Hoffer leckte sich mit der Zunge über die Lippen, während er darüber nachdachte. »Es ist wirklich nichts Großes. Ich hab zu viel gesoffen und in einer Sackgasse an eine Mauer gepisst, als eine verspannte kleine Prinzessin mich gesehen hat und anfing, was von Vergewaltigung zu quaken. Das ist alles, Mann.«

»Das ist nicht das, was du mir letztes Mal erzählt hast.«

»Nein?«

»Nein. Du hast mir erzählt, du hättest eine Nutte im Wagen gehabt, und als ein Streifenwagen aufkreuzte, habe die behauptet, du hättest sie vergewaltigen wollen.«

Hoffers Blick wurde glasig und er nickte. »Ja, so hätte es auch sein können.«

»Du Arschgesicht. Du hast mich all die Jahre angelogen. Du hast also wirklich versucht, ein Mädchen zu vergewaltigen.«

»Was macht denn das jetzt für einen Unterschied? Wir haben zwei Taschen Schotter im Kofferraum. Eine für dich und eine für mich. Das ist doch alles, was jetzt zählt.«

»Wie meinst du das, eine für dich und eine für mich?«

»Wir teilen die Kohle, das meine ich.«

»Am Arsch. Du kriegst zwanzig Prozent.«

»Das glaube ich kaum.«

»Das glaubst du kaum? Das war der Deal, du Arschloch.«

»Der Deal hat sich geändert, als du den Irren umgelegt und den Boss und den kleinen Inder rausgeschmissen hast.«

»Sagt wer?«

»Es ist doch nur fair.« Hoffer verschränkte die Arme und blickte regungslos aus seinen kleinen blassen Äuglein. »So oder so krieg ich die Hälfte von dem Geld.«

Joel starrte Hoffer an und der Wagen driftete über die Mittellinie, wo er fast mit einem Pick-up zusammenstieß. Der Fahrer des Pick-ups stemmte sich mit hochrotem Gesicht und hervorquellenden Augen auf die Hupe und fluchte. Joel riss das Lenkrad herum und starrte den Fahrer eiskalt an, dann bretterte er weiter, das Steuer so fest umklammernd, dass die Knöchel weiß wurden.

»Wenn du dich nicht an unseren Deal halten willst, in Ordnung«, zwang er heraus, die Stimme nur ein Flüstern. »Wir teilen das Geld auf, Arschloch.«

»Du gibst mir dein Wort? Fünfzig-fünfzig?«

»Hab ich das nicht gerade gesagt?«

»Mann, sag's einfach.«

»In Ordnung. Du hast mein Wort. Wir teilen das Geld. Willst du sonst noch was von mir erpressen?«

Hoffer reckte eine Faust in die Luft. »Mann, es ist doch nur gerecht, dass wir es so machen. Wir teilen, wenn wir bei dir sind.«

»Am Arsch. Keiner von uns rührt das Geld an, bis es sicher ist.«

»Was soll das heißen?«

»Man kann mich mit Gordon in Verbindung bringen. Was heißt, es besteht die Chance, dass die Bullen bei mir nach der Kohle suchen.«

»Also verstecken wir es bei mir.«

»Du bist echt ein Idiot, weißt du das? Wenn die Bullen mich mit Gordon in Verbindung bringen können, dann auch dich mit mir. Ich habe acht Hektar. Wir vergraben das Geld auf meinem Grundstück.«

Hoffers breites Gesicht schien zu schrumpfen, während er über Joels Vorschlag nachdachte. »Ich habe eine bessere Idee. Du versteckst deine Tasche, ich finde einen guten Platz für meine.«

»Tut mir leid, Alter, aber das ist zu wichtig. Ich mache mein Leben nicht abhängig davon, dass du nichts Dummes tust.«

»Ich verstehe nicht, wieso ...«

»Das habe ich dir schon gesagt, und außerdem habe ich dir mein Wort gegeben. Ist das nicht gut genug für dich?«

Widerstrebend gestand Hoffer ein, dass es gut genug war.

»Du kennst mich, wie lange, fünfzehn Jahre? Hast du je erlebt, dass ich mein Wort nicht halte?«

»Okay, schon gut, alles in Ordnung.«

Joel warf Hoffer einen verärgerten Blick zu. Als sie bei ihm zu Hause angekommen waren, ließ er Hoffer die Taschen ausladen, während er zwei Schaufeln holen ging. Als er zurückkehrte, hatte Hoffer eine der Taschen geöffnet.

»Was zum Teufel machst du da?«

»Ich brauch ein bisschen Geld, Mann. Ich nehm bloß tausend Mäuse.«

»Zeig mir, was du hast.«

Hoffer hielt zehn Hunderter hoch. Joel schnitt eine Grimasse, nickte dann aber. »In Ordnung«, sagte er. »Steck das Geld weg und schnapp dir die Taschen.«

Hoffer stopfte die Scheine in seine Tasche. Über eine Rasenfläche hinter Joels Haus kamen sie zu einem kleinen Wäldchen. Erst hier bemerkte Hoffer die Fünfundvierziger, die aus Joels Hosenbund ragte.

»Warum hast du die mit?«, fragte er.

»Meine Güte, denk doch mal nach. Das ist die Kanone, mit der ich Gordon umgelegt habe. Was glaubst du, warum ich die mithabe?«

Hoffer leckte sich über die Lippen und starrte die Pistole an. »Ich weiß nicht«, sagte er.

»Weil ich die auch vergraben muss, du Penner.«

»Das ist alles?«, fragte Hoffer, und sein Blick huschte nervös von der Pistole zu Joels Gesicht.

»Ja, was glaubst du denn, was ich damit will?«

»Du hast mir vorhin dein Wort gegeben.«

»Das weiß ich. Worauf willst du hinaus?«

Hoffer schüttelte den Kopf. »Vergiss es«, sagte er.

Sie marschierten weitere zehn Minuten, bis Joel befand, dass sie nun weit genug waren. »Wir vergraben die Taschen neben dem Felsbrocken da«, sagte er.

Etwa fünf Meter neben dem Felsen, auf den Joel gedeutet hatte, erstreckte sich eine kleine Lichtung. Sie machten sich an die Arbeit. Als das Loch knapp einen Meter tief war, ließ Hoffer, der schwitzte wie ein Schwein, seine Schaufel fallen.

»Das sollte tief genug sein«, sagte er.

»Das finde ich nicht. Wenn es kräftig regnet, wird es in die Taschen sickern. Wir müssen noch tiefer graben.«

»Dann mach du das. Mir reicht's.«

Hoffer hatte schon ein Bein aus dem Loch geschwungen, als er von hinten gepackt und kräftig zurückgezogen wurde. Er landete auf der Seite und der Sturz verschlug ihm den Atem. Als er aufblickte, sah er, dass Joel die Fünfundvierziger auf ihn gerichtet hielt und rückwärts aus dem Loch kletterte.

»Du hast mir dein Wort gegeben«, sagte Hoffer mit zitternder Stimme.

»Und ich werde es halten«, sagte Joel. »Aber ich habe dir gesagt, dass das Loch tiefer sein muss.«

Hoffer erhob sich langsam.

»Also grab jetzt besser.«

Hoffer griff nach der Schaufel und begann zu graben. Seine Knie begannen zu zittern. Einmal sank er sogar auf ein Knie.

»Grab weiter.«

»Joel, vergiss Fifty-fifty. Ich brauche nur zwanzig Prozent.«

»Ich habe gesagt, du sollst weitergraben.«

»Ich habe gesagt, ich nehme zwanzig Prozent.«

»Und ich habe gesagt: Grab weiter.«

Hoffer schaute auf und begann zu weinen. »Du hast mir dein Wort gegeben!«, rief er.

»Und ich habe vor, mein Wort zu halten. Du solltest mich gut genug kennen, um das zu wissen.«

»Du wirst mich umbringen!«

»Ich habe dir schon gesagt, ich werde mein Wort halten.«

Weinend und schluchzend stemmte Hoffer sich wieder auf die Füße. Seine Arme zitterten, wenn er die Schaufel hob und Erde hinausbeförderte. Als das Loch über ein Meter zwanzig tief war, sagte Joel, er solle die Schaufel weglegen. Dabei zielte er immer noch auf Hoffers Brust.

»Du hast mir dein Wort gegeben!«, kreischte der.

»Und wenn du noch am Leben wärst, wenn wir das Geld teilen, würdest du die Hälfte kriegen«, sagte Joel tonlos. Er schoss Hoffer in die Brust, der von der Wucht des Treffers nach hinten gerissen wurde.

Benommen berührte Hoffer das Einschussloch, dann sah er das Blut von seinen Fingern tropfen. Er schaute zu Joel auf. »Wir kennen uns seit fünfzehn Jahren.«

»Gordon kannte ich noch länger«, sagte Joel und gab drei weitere Schüsse ab. Zuerst lag Hoffer still da, dann versuchte er schwach, sich hochzustemmen. Joel fluchte, weil er kein weiteres Magazin mitgebracht hatte, und warf die leer geschossene Waffe in die Grube. Er griff sich eine Schaufel und begann, das Loch zuzuschütten. Selbst als er mit einer ganzen Schicht Erde bedeckt war, versuchte Hoffer immer noch, sich hochzustemmen. Es sah aus, als würde die Erde Wellen schlagen. Hoffers Körper kam erst zur Ruhe, als das Loch wieder komplett gefüllt und die Erde festgestampft war.

Joel trat zurück und zählte langsam bis zehn, er wartete, ob irgendetwas sich rührte. Später würde er Himbeerbüsche auf Hoffers Grab pflanzen. Er wischte sich die Stirn, dann schnappte er sich die beiden Taschen und ging zurück zum Haus.

Alex Resnick fand Petrenko in einem kleinen russischen Restaurant in der Essex Street. Petrenko saß mit drei weiteren Männern an einem Tisch, vor sich, in einem Eiskübel, eine Flasche Cristall-Wodka, daneben eine Platte Kaviar. Petrenko schaute amüsiert, als Resnick sich dem Tisch näherte.

»Detective, ich würde Ihnen anbieten, uns Gesellschaft zu leisten, aber unser Tisch ist bereits für uns zu klein.«

»Ich bin nicht gekommen, um mit Ihnen zu trinken.«

»Nein? Wie schade. Der Wodka ist wirklich gut. Und natürlich hat er auch die richtige Temperatur, was ihr Amerikaner immer nicht hinbekommt.«

Die anderen Männer am Tisch schienen alle amüsiert. Resnick sagte: »Na ja, ich mag sowieso lieber Bourbon.«

Petrenko sagte etwas auf Russisch, worüber seine Kumpane lachten. Dann wandte er sich an Resnick und lächelte dünn. »Sie sollten lernen, Ihren Horizont zu erweitern. Hier, probieren Sie zumindest hiervon. Beluga Malossol, der beste Kaviar, den es gibt.«

Petrenko hatte ein kleines Häufchen Kaviar auf einen

Cracker gelöffelt und streckte ihn Resnick hin. Der Detective schaute darauf hinunter und schüttelte den Kopf.

»Fischeier – nein danke. Ich muss allein mit Ihnen reden. Vielleicht könnten Ihre Freunde sich entfernen.«

Petrenko schüttelte traurig den Kopf über den Detective, während er den Cracker sich selbst in den Mund schob und langsam kaute. »Sie wissen nicht, was Sie verpassen«, sagte er. »Und ich bezweifle, dass Sie bei Ihrem Gehalt noch oft Gelegenheit haben werden, etwas so Exquisites wie Beluga zu probieren. Aber das ist ja Ihr Problem. Worüber wollen Sie mit mir reden?«

»Eine Polizeiangelegenheit.«

»Das habe ich mir gedacht. Meine Freunde bleiben. Also, was ist geschehen, Detective, ist noch ein alter Mann gestürzt und hat sich den Kopf angeschlagen?«

»Eine Bank wurde überfallen. Eine Frau wurde getötet, eine weitere lebensgefährlich verwundet.«

»Und zu welcher Zeit hat dieser Banküberfall stattgefunden?«

»Gegen zwei.«

Petrenko sagte erneut etwas auf Russisch, woraufhin die anderen am Tisch wieder lachten. Gelassen sagte er zu Resnick: »Sie verschwenden Ihre Zeit. Ich bin seit Mittag mit meinen Freunden hier. Aber vielleicht sollte ich mit meinem Anwalt über diese dauernden Belästigungen sprechen.«

»Sie missverstehen mich. Ich bin nicht hier, um Ihnen etwas vorzuwerfen.«

»Warum dann?«

»Ihre Schließfächer bei der Lynn Capital Bank wurden ausgeraubt. Ich muss Ihre Aussage aufnehmen.«

Alles Heitere verschwand aus Petrenkos Blick, zurück blieb kalte Härte. »Ihre Spielchen, Detective ...«

»Tut mir leid, ich spiele keine Spiele.« Resnick zog einen Notizblock aus seiner Innentasche und las Petrenko die Nummern der Safes vor, die geleert worden waren. »Ich habe auch Fotos dabei, falls Sie die sehen wollen.«

Petrenko nickte leicht. Alle Farbe war ihm aus dem Gesicht gewichen, zurückgeblieben war eine tödliche Blässe. Er nahm Resnicks Kamera und begutachtete jedes einzelne der Bilder genauestens. Als er Resnick die Kamera zurückreichte, wirkte er beinahe reptilienhaft.

»Das Lustige ist, Ihre Schließfächer waren die einzigen, die geknackt wurden.«

»Es wurden keine weiteren Schließfächer ausgeraubt?«

»Nein, sieht so aus, als wären ausschließlich Sie das Opfer. Haben Sie eine Vorstellung, wer es auf Sie abgesehen haben könnte?«

Petrenko saß da wie erstarrt und starrte geradeaus, seine Augen wirkten vollkommen tot. Resnick sah ihn einen Augenblick an und hatte Mühe, nicht zu grinsen.

»Ich muss wissen, was sich in diesen Schließfächern befunden hat«, sagte er so geschäftsmäßig, wie er konnte.

Petrenko schaute Resnick an, als könnte er nicht begreifen, warum der Mann noch hier war. Als er endlich begriff, was er ihn gefragt hatte, schüttelte er ärgerlich den Kopf. »Das ist eine private Angelegenheit, Detective. Wenn Sie mich jetzt entschuldigen ...«

»Tut mir leid, es handelt sich um ein Schwerverbrechen. Sie sind verpflichtet, mir zu antworten. Ich kann aber auch dafür sorgen, dass Sie vorgeladen werden, um vor den Geschworenen auszusagen. Derweil kann ich Sie natürlich wegen Behinderung einer Kriminalermittlung verhaften.«

Petrenko saß ausdruckslos da, seine toten Augen auf Resnick gerichtet. Nach mehreren Minuten sah er weg und goss sich ein Glas Wodka ein. »Es war nichts drin«, sagte er.

»Sie haben acht leere Schließfächer gemietet?«

»Ich wollte mein Konto bei dieser Bank schon länger aufgeben.«

»Wer außer Ihnen kennt die Nummern?«

Petrenko zuckte mit den Achseln. »Mir fällt niemand ein, Detective. Der Wodka hat mich sehr müde gemacht. Bitte, ich bezweifle, dass ich Ihnen noch behilflich sein kann.«

»Das ist schon in Ordnung. Und machen Sie sich keine Sorgen. Falls sich in diesen Schließfächern doch etwas befunden haben sollte, das Ihnen jetzt entfallen ist, Unterlagen oder so etwas, darf ich Ihnen versichern, dass ich mich mit aller Kraft der Suche nach denjenigen verschreiben werde, die dahinterstecken, um es zurückzuerlangen. Ich werde Tag und Nacht daran arbeiten, wenn es sein muss. Darauf können Sie sich verlassen. Und wenn ich es finde, werden Sie der Erste sein, der davon erfährt.«

Die beiden Männer starrten einander an. Es war nicht misszuverstehen, was Resnick da versprach. Nachdem er gegangen war, starrte Petrenko blindlings auf seine Hände, die er langsam zu Fäusten ballte.

»Dieser verfluchte *zhid*«, schimpfte er. »Kommt hierher, um mich zu verhöhnen. Ich werde mich bald persönlich um ihn kümmern.« Dann wandte er sich an Yuri Tolkov, der rechts von ihm saß. »Finde heraus, ob die Araber dumm genug waren, die Aktentasche zu behalten.«

Yuri nickte, schob seinen Stuhl zurück und erhob sich vom Tisch. Die anderen beiden Männer folgten ihm. Petrenko blieb allein zurück, öffnete und ballte seine Fäuste abwechselnd.

17

Carol betrachtete ihren Mann besorgt, als sie ihn erblickte. »Was ist denn mit deinem Gesicht passiert?«, fragte sie.

Dan fuhr sich mit der Hand vorsichtig über das Kinn. »Shrini hat zum Mittagessen Linsen mit grünem Curry gekocht. Ich scheine irgendwie allergisch darauf zu sein.«

Carols Stirn legte sich in feine Fältchen, als sie näher trat. »Wie eigenartig«, sagte sie, kniff die Augen zusammen und besah sich den Ausschlag genau. »Du hast doch sonst keine Probleme mit indischem Essen. Und dieser Ausschlag scheint sich auf Nase und Kinn zu beschränken.«

»Ach, ich weiß auch nicht.« Er wedelte mit der Hand durch die Luft, als könnte er das Thema so verscheuchen. »Ich bin echt kaputt. Ich gehe hoch und lege mich hin.«

Sie nickte ihm mit immer noch gerunzelter Stirn zu. »Das Abendessen ist bald fertig. Ich sage dir Bescheid, wenn es so weit ist. Oh, das hätte ich fast vergessen, Gordon hat angerufen.«

Einen Augenblick hatte Dan das Gefühl, als wäre sein Herz in einen Mixer geraten. Er schaffte es kaum, Carol zu fragen, wann das gewesen war.

»Heute Morgen, gleich nachdem du los bist.«

»Hat er irgendetwas gesagt?«

»Nur dass er mit dir reden wollte.«

»Ich rufe ihn zurück, wenn ich ausgeschlafen habe«, sagte er.

Als er die Treppe hochging, fühlte er sich völlig erschöpft. Er wollte sich bloß hinlegen und die Augen schließen. Sich an einem dunklen Ort verstecken. Im

Schlafzimmer angekommen, zog er die Vorhänge zu, dann sackte er aufs Bett. Er dachte an all die Lügen, die er Carol erzählt hatte. Vor dieser Bankgeschichte hatte er sie nie angelogen. Nicht ein einziges Mal. Jetzt erzählte er ihr eine Lüge nach der anderen. Erst hatte er sich deswegen schuldig gefühlt, hatte sogar ein schlechtes Gewissen gehabt. Inzwischen fühlte er praktisch gar nichts mehr. Erstaunlich, wie leicht das Lügen wurde.

Er dämmerte gerade weg, als das Licht anging. Er sah Carol auf sich zukommen, das Gesicht gerötet.

»Du wirst nicht glauben, was im Fernsehen läuft«, sagte sie atemlos.

Dan stemmte sich hoch und saß hilflos da, während Carol den Fernseher einschaltete. Die Hauptnachricht war natürlich der Banküberfall. Als sie das Schulfoto von Margaret Williams zeigten, wollte Dan sich bloß in eine dunkle Ecke verkriechen und sterben. Dem Bericht zufolge befand sich eine weitere Frau, die einen Bauchschuss erlitten hatte, auf der Intensivstation, und die Ärzte waren noch nicht sicher, ob sie durchkommen würde. »In achtundvierzig Stunden wissen wir mehr«, sagte einer von ihnen. Der Bericht schien ewig zu dauern. Dan saß da und fürchtete, was als Nächstes kommen könnte, er betete, dass sie kein Foto von Gordon zeigten. Als sie von einem Toten berichteten, der außerhalb der Bank gefunden worden war, hieß es, er sei Anfang sechzig und habe ein Grateful-Dead-T-Shirt und Shorts getragen. Die Polizei vermutete derzeit, dass die Bankräuber ihn entweder getötet hatten, weil sie seinen Wagen brauchten oder weil er etwas gesehen hatte. Statt eines Fotos von Gordons Leiche zeigten sie eine Polizeiskizze, die zeigen sollte, wie der Tote lebendig ausgesehen haben könnte. Sie riefen dazu auf, jegliche Hinweise auf den Mann der Polizei in Lynn zu melden. Carol sog den Atem ein, als sie die Zeichnung sah.

»Weißt du, wie der aussieht?«, fragte sie.

Dan spürte, wie er den Kopf schüttelte.

»Ich schwöre, das könnte Gordon sein. Und dieses Grateful-Dead-T-Shirt ...«

»Ach, nun komm schon«, hörte Dan sich halbherzig sagen, »eine Menge Männer tragen solche T-Shirts. Und der sieht überhaupt nicht aus wie Gordon. Meine Güte, das da auf der Zeichnung ist ein alter Mann.«

»Für mich sieht er genau wie Gordon aus«, sagte sie. »Ruf ihn doch an, mal sehen, ob er zu Hause ist.«

»Ich rufe ihn nachher an.«

»Ich sage dir, das ist er. Wenn du nicht versuchst ihn anzurufen, dann mache ich es.«

Dan griff nach dem Hörer und wählte die Nummer der Kinoansage. Er wartete die ersten paar Filme ab, dann tat er so, als hinterließe er eine Nachricht für Gordon und legte auf.

Carol beobachtete ihn die ganze Zeit und zog dabei ängstlich an ihren Fingern.

»Er ist gerade nicht zu Hause«, sagte Dan. »Aber das heißt gar nichts. Er ist immer unterwegs. Was weiß ich, vielleicht fährt er gerade nach Jersey ans Meer.«

»Ich rufe die Polizei an«, sagte Carol. »Ich bin sicher, dass er es ist.«

Dan stoppte sie, als sie nach dem Telefon greifen wollte. »Komm schon, du kennst doch Gordon. Wenn du ihm die Polizei auf den Hals hetzt, wird er sauer und wahrscheinlich nie wieder mit mir reden.«

»Du sagst das, als wäre das etwas Schlimmes«, entgegnete Carol nur halb im Scherz.

»Gordon ist nicht so ein schlechter Kerl.«

»Er ist höchst eigenartig. Meistens, wenn er mit mir redet, weiß ich gar nicht, was er mir sagen will.« Carol schüttelte den Kopf. »Ich frage mich, was er auf der Bank wollte.«

»Wie kannst du so sicher sein, dass er es ist? Nur wegen dieser einen Zeichnung?«

»Ich glaube wirklich, dass er das ist«, sagte sie, aber mittlerweile hatten sich Zweifel in ihre Stimme geschlichen. Sie zögerte einen Augenblick, öffnete den Mund ein wenig. »Als ich unten die Nachrichten gesehen habe, sagten sie, dass die Alarmanlage der Bank nicht funktioniert hat. Hast du die nicht für sie programmiert?«

»Ich habe das System entworfen, ich habe es nicht programmiert. Wenn sie mich das hätten machen lassen, dann hätte es heute auch funktioniert.«

»Und du bist sicher, dass die Anlage nicht aufgrund eines Fehlers von dir ausgesetzt hat?«

»Ja, da bin ich mir sicher. Was soll das – machst du dir Sorgen, dass mich jetzt niemand mehr engagieren will?«

Carol wollte lächeln, aber es gelang ihr einfach nicht. »Ich fürchte, im Moment sorge ich mich um alles. Es klingt einfach nicht nach einer tollen Werbung, wenn eine Alarmanlage, die du programmiert ...«

»Entworfen«, korrigierte sie Dan.

»Okay, entworfen hast, versagt. Vielleicht solltest du diesen Auftrag aus deinem Lebenslauf streichen?«

»Das ist wahrscheinlich wirklich keine schlechte Idee«, stimmte Dan zu.

»Glaubst du, sie könnten versuchen, dich zu verklagen?«, fragte Carol und schaute jetzt zutiefst besorgt.

»Ich gehe felsenfest davon aus, dass mein Design in Ordnung war. Wenn es überhaupt Probleme mit der Anlage gab, dann müssen die mit der Ausführung zusammenhängen. Aber so ist das nun mal, wenn einen bloß der Preis interessiert und man die Software vom billigsten Anbieter programmieren lässt. Mach dir keine Sorgen darum, okay?«

»Ich versuch's. Aber die ganze Sache ist wirklich komisch. Vor allem, dass die Zeichnung so sehr nach Gordon aussieht.«

Dan gab einen nichtssagenden Kommentar dazu ab und stand auf. Er fühlte sich kraftlos und schlapp, so als hätte er Grippe. Auf dem Weg nach unten klopfte Carol bei beiden Kindern und sagte ihnen, sie sollten zum Abendessen kommen. Als sie alle gemeinsam am Tisch saßen, konnte Dan seine Kinder nicht ansehen, und ertrug auch den Gedanken nicht, dass sie ihn ansahen. Er hob seinen Kopf kaum weit genug, um über seinen Teller hinauszuschauen. Direkt nach dem Überfall hatte er noch unter Schock gestanden. Jetzt begriff er das volle Ausmaß des Geschehens.

Zwei Tote, eine Schwerverletzte, und es war seine Schuld. Gordon, das junge Mädchen, sie lagen beide seinetwegen jetzt im Leichenschauhaus. Seinetwegen ...

Was habe ich getan?, dachte er. Großer Gott, was zum Teufel habe ich getan?

Carol berichtete den Kindern von dem Überfall und dass es dieselbe Bank war, in der Dan erst vor einem Monat gearbeitet hatte. Während sie redete, schrumpfte er unwillkürlich in sich zusammen, als wären ihre Worte Schläge, vor denen er sich schützen musste.

»Wow«, sagte Gary, »Dad, was hättest du getan, wenn du heute dort gewesen wärst und ein paar Kerle mit Waffen reingelaufen gekommen wären?«

Dan spürte Garys bohrenden Blick. Er saß da und fühlte sich schmutzig, ekelhaft, als würde er seine Frau und seine Kinder verseuchen. Er konnte es nicht ertragen.

Was zum Teufel habe ich mir angetan? Was um Gottes willen habe ich *Ihnen* angetan?

»Ich weiß nicht«, sagte er mit zugeschnürtem Hals.

Jetzt fragte Susie etwas. Wie konnte er einfach hier sitzen und ihnen zuhören? Wie um Himmels willen war das möglich?

Er schob den Stuhl vom Tisch weg.

»Ich fühle mich nicht gut«, sagte er zu Carol. »Ich gehe nach oben und lege mich hin.«

Zwischen den Brauen seiner Frau bildeten sich steile Falten, wie immer, wenn sie überrascht war. »Soll ich dir den Rest deines Abendessens hochbringen?«, fragte sie nach kurzem Zögern.

»Nein, schon okay, ich habe keinen Appetit.«

Im Weggehen erhaschte er einen Blick auf ihre Gesichter. Carol schaute vor allem besorgt und verwirrt, vielleicht auch ein bisschen verängstigt, so wie er es in den letzten Tagen immer wieder an ihr beobachtet hatte. Susie starrte einfach geradeaus, ihre Züge verspannt und wütend. Selbst Gary wirkte verstört.

Guter Gott, selbst ohne es zu wollen, tat er ihnen weh ...

Langsam verließ er die Küche und ging zur Treppe. Seine Beine waren kalt, tot, als stünden sie in keinerlei Verbindung zu seinem Körper. Er schaute die Treppe hoch und wusste nicht, wie er das schaffen sollte, aber er hatte keine Wahl. Er musste sich hinlegen und einen Weg finden, sich davon zu überzeugen, dass alles gut werden würde.

Captain Kenneth Hadley schaute überhaupt nicht glücklich, als Resnick die Wache betrat. Genau genommen schien das weiche, runde Gesicht um seine blassblauen Augen ausgelöst durch die Ereignisse des Tages einzufallen. Er bedeutete Resnick mit einem knappen Winken, zu ihm ins Büro zu kommen.

Nachdem Resnick ihm gegenüber Platz genommen hatte, fragte Hadley ihn, wo er gewesen war, und seine Stimme versprühte einen Hauch Gereiztheit.

»Ich habe Viktor Petrenkos Aussage aufgenommen.«

»Walt ist schon seit über zwei Stunden zurück.«

»Petrenko ist nicht immer leicht zu finden.«

»Nur falls es Ihnen entfallen sein sollte, wir haben einen Banküberfall mit zwei Toten, und ein weiteres Opfer liegt mit einem Bauchschuss auf der Intensivstation. Ich brauche Sie hier und nicht irgendwo da draußen bei einer privaten Vendetta.«

Resnick zuckte mit den Achseln. »Wir brauchten Petrenkos Aussage.«

»Das hätte warten können.« Er machte eine Pause. »Sie haben doch nichts getan, was Sie oder die Abteilung in Schwierigkeiten bringen könnte, oder?«

»Ich? Natürlich nicht. Ich war sehr getroffen von seinem Verlust und habe ihm deutlich erklärt, dass wir alles Menschenmögliche tun werden, um die ihm entwendeten Gegenstände wiederzubeschaffen.«

Hadley stieß die Luft mit einem leisen Zischen aus. »Was hat er dazu gesagt?«, fragte er.

»Unter anderem, dass seine Schließfächer zum Zeitpunkt des Überfalls leer waren.«

»Er will uns also nicht sagen, was drin war.«

»Und wahrscheinlich aus gutem Grund.« Resnick rutschte auf seinem Stuhl nach vorn. »Die Sache hat Petrenko mitgenommen. Er ist verzweifelt. Gott allein weiß, wie viel er verloren hat. Was für ihn aber wahrscheinlich noch schlimmer ist: Er kann es sich nicht leisten, dass wir in die Hände bekommen, was in diesen Schließfächern war. Wir sollten ihn und seine Leute ein paar Tage im Auge behalten, mal sehen, wohin uns das führt.«

Hadley blinzelte ein paarmal, während er seinen Detective entgeistert anstarrte. »Keine Chance. Wir haben zu wenig Leute. Alle Männer, die ich kriegen kann, arbeiten an diesem Banküberfall, bis er gelöst ist.«

»Sie haben keine Fantasie, Ken.«

»Vielleicht nicht, dafür habe ich sie alle im Nacken, bis wir diesen Mist geklärt haben.«

Resnick nickte ausdruckslos, ihm war klar, wie sinnlos es war zu streiten. »Wir sollten den Filialleiter im Auge behalten. Es sei denn, Sie hätten gern noch eine Leiche.«

»Glauben Sie, er hängt mit drin?«

»Ich glaube, dass Petrenko das glauben wird.«

»Und was denken Sie?«

»Ich weiß es nicht. Die Typen, die das durchgezogen haben, kannten Petrenkos Schließfachnummern entweder von Petrenko selbst oder von jemandem aus der Bank. Und ich kann mir nicht vorstellen, dass irgendjemand nahe genug an Petrenko herankommt, um diese Informationen von ihm zu erhalten. Außerdem muss auf jeden Fall jemand in der Bank die Alarmanlage ausgeschaltet haben, bevor der Überfall stieg, und danach wieder eingeschaltet.«

»Sie haben meine Frage nicht beantwortet. Steckt der Filialleiter dahinter?«

»Logisch betrachtet sieht es so aus, als wäre er unser Mann, aber ich weiß es nicht. Ich konnte mir keinen richtigen Eindruck von ihm verschaffen. Tom und Phil waren noch bei ihm, als ich gegangen bin. Haben Sie schon mit denen geredet?«

»Sie sind noch in der Bank.« Hadley schüttelte langsam den Kopf, er schaute schmerzerfüllt. »Maguire sieht die Aufnahmen der Überwachungskameras durch. Wieso leisten Sie ihm nicht Gesellschaft? Und morgen nehmen Sie sich noch mal den Filialleiter vor. Ich muss wissen, ob er dahintersteckt. Wir müssen diesen Kram klären, bevor ich noch mehr Magengeschwüre kriege.«

»Und soll jemand Brown im Auge behalten?«

»Ich denke darüber nach.«

Resnick stand auf. »Die Leiche, die wir hinter der Bank gefunden haben – wissen wir schon, wer das ist?«

»Noch nicht.«

Resnick nickte und ließ Hadley trübe dreinschauend zurück. Er fand seinen Partner allein im Videozimmer – ein fensterloser Raum von zweifünfzig mal drei Metern mit einem Videorekorder und einem Monitor, das war alles, was sich die Abteilung leisten konnte. Ein Stapel Videokassetten lag vor Maguire, der Resnick kurz mit einem säuerlichen Lächeln bedachte, bevor er sich wieder dem Bildschirm zuwandte.

»Bist du fertig mit deinen Besorgungen? Stelle ich mir nett vor.«

»Ich habe keine Besorgungen gemacht. Ich habe Petrenko gesucht, wegen einer Aussage.«

»Ach? Und wie hat der Sack die Neuigkeiten verdaut?«

»Nicht gut.«

»Verdammt, du hättest mich ruhig mitnehmen können. Um seine Reaktion zu sehen, hätte ich sogar Eintrittsgeld bezahlt. Und ich wette, du hattest viel mehr Spaß als ich hier.«

Resnick schaute weg, denn er wusste, was sein Partner ihm jetzt berichten würde.

»Margaret Williams' Eltern sind auf die Wache gekommen. Hadley, dieser verdammte Feigling, hat es mir überlassen, ihnen die schlechte Nachricht zu überbringen. Ich schätze, ich kann noch dankbar dafür sein, dass ich sie nicht ins Leichenschauhaus begleiten musste.«

Eine Sache, mit der Resnick immer noch nicht umgehen konnte, war, Eltern vom Tod eines Kindes in Kenntnis zu setzen. Unterbewusst war das wohl einer der Gründe dafür gewesen, wieso er losgezogen war, um Petrenko zu finden, und wahrscheinlich auch dafür, wieso er so lange gebraucht hatte, um Petrenko aufzustöbern. Wäre er auf der Wache geewesen, hätte Hadley ihn dazu verdonnert, mit den Eltern des toten Mädchens zu sprechen.

»Muss schlimm gewesen sein«, sagte Resnick.

»Ja, das war es, aber es gehört nun mal zum Job. Wie auch immer, während du deinen Spaß hattest, habe ich gearbeitet. Und weißt du was? Es gibt eine Überwachungskamera, die den Schrank filmt, in dem sich die Alarmanlage befindet. Ich habe die Bänder durchgesehen. Von gestern Nacht null Uhr bis nach dem Banküberfall hat niemand den Schrank geöffnet.«

»Die Alarmanlage könnte schon vor Tagen ausgeschaltet worden sein.«

»Vielleicht, aber sieh dir das mal an.«

Maguire warf das Band aus, das sich in der Maschine befand, und steckte eines hinein, das er vorher beiseitegelegt hatte. Er schaute in sein Notizbuch, spulte bis zu der Position vor, die er sich notiert hatte und drückte den Abspielknopf. Das Band zeigte den Filialleiter Craig Brown, der, das Klebeband noch an den Handgelenken, zum Schrank lief. Er schien außer Atem zu sein, während er mit den Schlüsseln herumfummelte, ein dünner Schweißfilm bedeckte Hals und Stirn. Nachdem er den Schrank geöffnet hatte, erstarrte er für eine ganze Weile und glotzte völlig entgeistert hinein.

»Hast du das gesehen?«, fragte Maguire. »Er hat nichts in dem Schrank angefasst. Er hat die Alarmanlage nicht eingeschaltet, weil sie schon eingeschaltet war. Das heißt, sie lief auch während des Überfalls.«

»Und warum hat sie dann nicht funktioniert?«

»Vielleicht hat keiner den Alarmknopf gedrückt.«

»Brown behauptet, er habe das auf jeden Fall getan«, sagte Resnick.

»Ich habe Tom angerufen. Drei weitere Mitarbeiter schwören ebenfalls, sie hätten es getan. Meinst du, die lügen alle?«

»Vier Leute hinter den Kulissen?« Ein dumpfes Pochen breitete sich hinter Resnicks Stirn aus. Er kniff die Augen zu und versuchte, den Schmerz zu ignorieren. »Das sind zu viele. So was klappt nie. Einer von ihnen verquatscht sich. Wahrscheinlich wurde die Alarmanlage gehackt. Ach, Scheiße, das wird kompliziert.«

»Wir werden sehen. Ich habe Tom angerufen und gebeten, alle Alarmknöpfe auf Fingerabdrücke untersuchen zu lassen.«

Resnick begriff nicht, was das sollte, zumal die Mitarbeiter die Knöpfe wahrscheinlich häufig berührten, um auch sicherzugehen, dass sie wussten, wo sie waren. Aber er machte sich nicht die Mühe, Maguire das zu sagen, er war froh, dass sein Partner Initiative zeigte.

Das Pochen in seinem Kopf war zu einem dumpfen Brummen geworden. Er hatte immer ein Fläschchen Aspirin bei sich und steckte sich jetzt zwei Tabletten in den Mund, die er langsam zerkaute. Er hätte sich gewünscht, die Alarmanlage sei ausgeschaltet worden, das wäre eine einfache Erklärung gewesen. Die Vorstellung, herausfinden zu müssen, wie sich jemand Zugriff auf das Computersystem hatte verschaffen können, verschlimmerte seine Kopfschmerzen nur.

»Hast du dir den Überfall selbst schon angesehen?«, fragte Resnick.

»Ja, ich zeig's dir.«

Maguire legte ein zweites Band ein, das er ebenfalls bei Seite gelegt hatte, und spulte bis zu der Stelle vor, kurz bevor die Diebe auftauchten. Die Überwachungskamera war so eingestellt, dass sie den Großteil der Lobby erfasste, aber nicht die Tür. Resnick beobachtete, wie mehrere Männer in die Bank gelaufen kamen, zwei von ihnen trugen Sturmgewehre, die anderen Pistolen. Er streckte den Arm aus und hielt das Band an.

»Ich zähle fünf Männer«, sagte Resnick.

»Ich auch.«

»Glaubst du, es könnten noch mehr reingelaufen sein, ohne dass die Kamera sie bemerkt hat?«

»Ich weiß nicht. Vielleicht.«

Von den fünf Männern trugen vier rote Overalls und Skimützen. Der fünfte Mann trug einen gelben Jogginganzug, und auch seine Skimütze passte nicht zu den anderen.

»Sie müssen den Überfall mit vier Leuten geplant und in letzter Minute den fünften dazugenommen haben«, sagte Resnick.

»Guck dir mal die Waffen an«, sagte Maguire. »Zwei Sturmgewehre, und der Große mit den langen Haaren hat eine Fünfundvierziger. Wenn du mich fragst, ist das zu viel des Guten für einen Banküberfall. Man macht eine Menge Lärm, wenn man die benutzt.«

»Man macht mit jeder Waffe eine Menge Lärm. Wahrscheinlich wollten sie den Leuten einfach nur eine Heidenangst einjagen und sie schnell unter Kontrolle kriegen.«

Maguire dachte darüber nach. »Vielleicht«, gab er dann zu. »Übrigens, der Typ, der mit der Waffe rumwedelt, ist der, der am Ende die beiden Frauen erschießt. Wahrscheinlich wird sich herausstellen, dass er es auch war, der den Grateful-Dead-Typen auf dem Parkplatz umgenietet hat.«

Maguire drückte auf Play und sah zu, wie drei der Bankräuber die Bankangestellten und Kunden zusammentrieben, sie zwangen, sich auf den Bauch zu legen, und sie dann an Knöcheln und Handgelenken fesselten. Die beiden anderen hatten Taschen über die Schultern geworfen. Maguire deutete darauf, als sie durch den Flur zu den Schließfächern rannten.

»Unglücklicherweise gibt es keine Kamera im Tresorraum«, sagte Maguire. »Laut Brown würde es die Privatsphäre der Schließfachbesitzer verletzen, wenn man filmt, was sie hineinlegen.«

Resnick nickte, weil ihm klar wurde, dass der Filialleiter damit Recht hatte.

»Jetzt passiert nicht mehr viel, bis zu den Schüssen«, sagte Maguire. »Ich spul mal vor.«

Als das Band beschleunigte, glaubte Resnick etwas zu bemerken. Er stoppte das Band, spulte zurück, ließ es dann wieder laufen. Der Mann im Trainingsanzug kniete einmal neben Margaret Williams, um das Klebeband an ihren Handgelenken zu überprüfen. Resnick stoppte die Wiedergabe und schaltete auf Zeitlupe. Der Typ hatte der Kamera seinen Rücken zugewandt, so dass sein Körper weitgehend verdeckte, was geschah, aber für eine Sekunde konnte man sehen, wie er der jungen Frau beide Hände unter den Rock schob.

»Dieser kleine dicke Wichser«, fluchte Maguire. »Er betatscht sie.«

Resnick ließ das Band nun mit Normalgeschwindigkeit weiterlaufen. Nach einer Weile ging der Typ, der mit der Fünfundvierziger herumgefuchtelt hatte, zu Margaret Williams hinüber.

»Jetzt kommt es gleich«, sagte Maguire.

Der Mann sagte etwas zu Williams. Er wirkte locker und entspannt. Etwas später wandte sie den Kopf um, sie musste sich strecken, um ihn anzusehen. Sie schaute zornig und an ihrem Hals traten die Venen hervor, während sie ihn anschrie. Zuerst guckte der Typ von einer Seite zur anderen, als wollte er davonlaufen. Dann, fast als wäre ein Schalter umgelegt worden, versteifte sich sein Körper, er packte die junge Frau mit beiden Händen und drehte sie auf den Rücken. Einen Augenblick später hatte er den Arm mit der Waffe ausgestreckt und eine Flamme schoss aus dem Lauf. Margaret Williams zuckte zusammen. Als sie zurücksackte, kippte ihr Kopf zur Seite.

Resnick presste unwillkürlich die Lippen aufeinander, während er zusah. Er stoppte das Band und spulte zurück. Maguire stöhnte. »Ich glaube, ich kann das nicht noch einmal sehen«, sagte er.

»Ich will dir etwas zeigen«, sagte Resnick. »Der Typ im Trainingsanzug – achte mal darauf, was er macht, während sie den mit der Pistole anbrüllt. Seine Schultern wippen hoch und runter. Er lacht, er findet offenbar lustig, was geschieht. Und jetzt sieh dir den Dritten an. Der ist sichtlich aufgewühlt. Als der Schütze die Waffe hochnimmt, hebt dieser Kerl sein Gewehr, als wollte er seinen Kumpanen erschießen. Da herrschte auf jeden Fall keine Einigkeit.«

Resnick ließ das Band noch einmal laufen und wies Maguire auf die entsprechenden Stellen hin.

»Okay«, sagte Maguire. »Es sind also ein paar Durchgeknallte dabei. Wie hilft uns das?«

Resnick stoppte das Band. »In mancherlei Hinsicht sieht das nach einem Profi-Job aus – so wie die Alarmanlage ausgeschaltet wurde, die Präzision, mit der die Schließfächer aufgebohrt wurden –, aber ich kann nicht glauben, dass diese drei Typen hier etwas anderes sind als Amateure.«

»Vielleicht sind sie auch einfach nur bescheuert«, schlug Maguire vor. »Willst du den nächsten Schuss sehen?«

Resnick nickte grimmig. Das Band lief weiter. Mary O'Donnell hatte neben Williams gelegen. Nachdem Williams erschossen worden war, begann O'Donnell zu kreischen. Sie verdrehte den Kopf, um den Schützen anzusehen. Für einen langen Moment stand der Mann wie erstarrt da, dann schrie er sie ebenfalls an. Er drehte sie mit dem Fuß auf den Rücken und schoss ihr, ohne zu zögern, in den Bauch. Während sie auf dem Boden lag und sich krümmte, schien er mit ihr zu reden. Resnick bemerkte, dass der Mann in dem Trainingsanzug aufgehört hatte zu lachen. Die Körpersprache des dritten Mannes deutete darauf hin, dass er aufgegeben hatte, die Situation unter Kontrolle bekommen zu wollen.

Resnick sah sich den Rest des Bandes an, sah die zwei übrigen Männer mit den Taschen in der Hand in die Lobby zurücklaufen. Er sah, wie vier der Männer aus der Bank flohen. Der Schütze blieb zurück. Fast wie in Trance stand er vor O'Donnell, den Arm mit der Pistole weiterhin durchgestreckt. Dann, als ihm klar wurde, dass er allein war, taumelte er aus der Bank.

Maguire seufzte müde. »Dieser Scheiß macht mich fertig. Ich brauche eine Pause und etwas zu essen. Willst du auch was?«

Resnick schüttelte den Kopf. »Welche hast du dir noch nicht angesehen?«

Maguire ging den Stapel durch und zog sechs Bänder hervor. »Die sind alle von den Kameras draußen.« Er stand auf, streckte sich und drückte eine Hand seitlich gegen seinen Kopf, woraufhin sein Hals knackte. »Ich bin in einer halben Stunde zurück.«

Resnick nahm seinen Platz ein und spulte im Schnellvorlauf durch vier der Bänder, ohne etwas Nützliches zu bemerken. Das fünfte Band zeigte die fünf Männer auf die Bank zulaufen, alle trugen bereits die Skimützen und Overalls. Er spulte vor bis zu der Stelle, wo sie aus der Bank flohen. Einer von ihnen blieb stehen, zog seine Mütze vom Kopf und schaute zurück, bevor er das Aufnahmefeld der Kamera verließ. Resnick spulte das Band zurück und stoppte die Wiedergabe an einer Stelle, an der man das Profil des Mannes deutlich erkennen konnte. Lange konnte Resnick bloß auf den Schirm starren, sein Herz raste. Dann stieß er einen langen Pfiff aus.

Joel hatte den Inhalt der Taschen auf den Boden gekippt und zählte jetzt zum zweiten Mal das Geld. Beim ersten Mal war er auf vierhundertdrei Geldbündel gekommen, jedes mit zwei Gummibändern umwickelt. Sie schienen alle gleich dick zu sein. Er hatte sich ein Dutzend herausgegriffen und in jedem fünfzig Hunderter gezählt. Das hieß, er besaß über zwei Millionen Dollar. Auch beim zweiten Durchgang kam er zum selben Ergebnis.

Abgesehen vom Geld hatten sie auch noch Fotos, Unterlagen, Videobänder und Disketten von Petrenko erbeutet. All diese Sachen suchte er heraus und packte sie in eine Kiste. Erst überlegte er, sie anonym der Polizei zu schicken. Und obwohl ihm die Vorstellung gefiel, dieses Kommunisten-Arschloch ein weiteres Mal dranzukriegen, entschied er sich, dass es sicherer wäre, die Sachen einfach zu vernichten. Vielleicht würde das FBI das Päckchen zu ihm zurückverfolgen können, egal, wie vorsichtig er vorging. Also lieber nichts riskieren. Einfach das Geld behalten und zufrieden sein. Ihn brauchte es sowieso nicht zu kümmern, ob Petrenko im Gefängnis endete oder nicht.

Außerdem waren da noch die sechs kleinen Seidensäckchen, deren Inhalt jetzt auf seinem Küchentisch lag. Diamanten. Neunzig Stück. Er nahm einen davon hoch. Der Diamant fühlte sich solide an, gewichtig, und glitzerte wie verrückt im Licht. Joel kniff die Augen zusammen, der Stein erschien ihm makellos, aber was verstand er schon davon? Zumindest hatte er einen Onkel im Diamantenviertel in New York. In ein paar Tagen würde er ihn besuchen und herauskriegen, was die Dinger wert waren.

Gestern hatte er bloß noch ein paar tausend Kröten besessen, heute saß er auf zwei Millionen. Als Dan ihm das erste Mal von dem Banküberfall erzählt hatte, war er davon ausgegangen, dass er bei der Sache mit etwas Glück fünfzig Riesen machen würde. Das musste man Dan lassen, der Kerl wusste, wovon er redete. Und abgesehen davon, dass Gordon in der Bank durchgedreht war, war wirklich alles wie geplant gelaufen. Er bereute es fast schon, Dan ausgebootet zu haben, aber er hatte ihn gewarnt, Gordon mitzubringen, er hatte ihm mehrfach gesagt, dass er ihn dafür verantwortlich machen würde, wenn der Irre durchdrehte, und Joel war ein Mann, der sein Wort hielt.

Was Gordon anging, bereute Joel gar nichts – außer dass er den Kerl nicht umgelegt hatte, bevor sie in die Bank gegangen waren. Der Gedanke an Gordon, der die beiden gefesselten, wehrlosen Frauen einfach abknallte, machte ihn richtig wütend. Sollte er in der Hölle verrotten! Hätte er noch einmal die Gelegenheit, er würde ihn wieder erschießen, mit Freude.

Auch Eric tat ihm nicht leid. Der Wichser besaß doch tatsächlich die Frechheit, sich nicht an die Abmachung zu halten und ihm fünfzig Prozent abknöpfen zu wollen. Nur weil ein paar Dinge anders gelaufen sind, änderte sich doch nichts daran, was Eric zustand. Außerdem war die ganze Sache mit Gordon erst ausgelöst worden, weil Eric das Mädchen begrapscht hatte. Was er bekommen hatte, hatte er genauso verdient wie Gordon. Und dass er ihn darüber belogen hatte, wieso er im Knast gelandet war, machte Joel eine Gänsehaut. Sie kannten sich seit vielleicht fünfzehn Jahren, na und? Was hatten sie schon gemeinsam? Politik, Waffen, Bier trinken? Ha, auf Wiedersehen.

Joel füllte die Diamanten zurück in die Seidensäckchen und stopfte das Geld in eine der Taschen. Die Diamanten waren bestimmt mindestens eine halbe Million wert. Mit zweieinhalb Millionen Dollar konnte er tun und lassen, was immer er wollte. Es gab da einiges an seinem Haus, das ihm fehlen würde – die Abgelegenheit, acht Hektar Wald, ein eigener Schießstand im Keller –, aber vielleicht war es an der Zeit, mal umzuziehen. Vielleicht sollte er einfach nach Florida gehen, sich von hier verpissen. Aber er musste die Entscheidung ja nicht übers Knie brechen. Er hatte Zeit, darüber nachzudenken. Jetzt würde er erst mal ein bisschen Geld ausgeben, ein paar Veränderungen an seinem Anwesen vornehmen, wie er es schon seit langem geplant hatte.

Ein Grinsen breitete sich auf seinem Gesicht aus, als ihm klar wurde, wie das Schicksal sich gewendet hatte. Er schaute zur Decke und sein Grinsen wurde breiter. »Endlich lässt du mich Siebenen würfeln. Wurde verdammt noch mal auch höchste Zeit.«

18

Stillwall und Hollings kamen, wenige Minuten nachdem Resnick sich die Aufnahme von Raymond Lombardo angesehen hatte, auf die Wache.

»Habt Ihr unseren FBI-Freund abgehängt?«, fragte Resnick.

»Um Punkt fünf war er verschwunden«, sagte Stillwall und kratzte sich am Kinn. »Die Vorzüge einer Bundesbehörde.«

»Wie schade. Ich habe da ein paar Sachen, die ich ihm gern zeigen würde.«

Stattdessen zeigte Resnick sie ihnen. Zuerst spielte er die Aufnahme des Überfalls ab, dann die, auf der Lombardo seine Skimütze abzog. Als das Standbild Raymond Lombardos Profil zeigte, glich Stillwalls Gesicht dem eines entgeisterten Hundes. »Willst du mich verarschen?«, beschwerte er sich. »Warum verschwenden wir die ganze Zeit mit Zeugenaussagen, wenn wir dieses Band haben?«

»Manchmal hat man Glück«, sagte Hollings und schüttelte entgeistert den Kopf. »Das ist der Hammer, meine Freunde.«

Resnick war klar, dass er sich hätte besser fühlen müssen, als es der Fall war, aber etwas an der Aufnahme störte ihn, er wusste nur noch nicht genau, was. Er spielte das Band Einzelbild für Einzelbild ab, als Maguire hereinkam.

»Absolut unglaublich«, sagte Maguire.

»Wir werden die ganze verdammte Nacht hier sein«, stöhnte Stillwall. »Ich habe nicht die leiseste Chance, auch nur die letzten paar Innings zu sehen.«

Sie holten Hadley. Nach ein paar aufgeregten Anrufen beim Bundesstaatsanwalt, dem FBI und Lombardos Anwalt einigte man sich darauf, dass Lombardo sich am nächsten Morgen um zehn stellen würde. Darüber schien niemand glücklich zu sein.

»Ein Doppelmord und eine Frau auf der Intensivstation, und wir lassen ihn hier gemütlich aufmarschieren, wann er will?«, fragte Stillwall.

Hadleys weiches Gesicht wirkte erschöpft. »Ich kann es nicht ändern. Da hängt noch mehr dran, Tom. Wir müssen mit den Jungs vom Organisierten Verbrechen zusammenarbeiten, einer laufenden Bundesermittlung …«

»Es ist trotzdem Mist. Na ja, dann bis morgen früh.«

»Aber nicht hier. Raymond Lombardo kommt ins FBI-Gebäude in Boston.«

»Besser, die machen keinen Deal mit diesem Mörderschwein.« Stillwalls Stimme verklang, Wut rötete sein Gesicht. »Sie hätten sehen müssen, wie diese beiden Frauen erschossen wurden«, sagte er dann. »Alex, vielleicht solltest du dem Captain den Teil vorspielen.«

»Ich muss das nicht sehen.«

»Irgendwelche Hinweise zu dem Toten?«, fragte Hollings.

Hadleys rundes Gesicht erschlaffte. Er schüttelte den Kopf. »Noch nichts«, sagte er, und man konnte seiner Stimme die Müdigkeit anhören.

Resnick blieb noch ein paar Stunden, dann hatte er nichts mehr zu tun, und ging, nachdem er abgewartet hatte, ob in den Elf-Uhr-Nachrichten irgendwelche Hinweise auf den Toten kamen. Es kamen keine. Auf dem Weg nach Hause nahm er sich etwas vom Chinesen mit.

Kurz vor zwölf betrat er seine Wohnung, stellte das Essen in die Mikrowelle und machte es wieder warm. Nachdem die Mikrowelle geklingelt hatte, kippte er das Essen auf einen Teller und trug ihn hinüber an einen kleinen dunklen Holztisch, der schon seinen Eltern gehört hatte. Als Brian noch am Leben gewesen war, hatte Resnick es nie abwarten können, nach Hause zu kommen, um mit Carrie und seinem Sohn zu Abend zu essen. Jetzt war es der Teil des Tages, den er am meisten fürchtete.

Er wollte aufgegessen haben, bevor die Erinnerungen an die Vergangenheit sich breitmachten, aber seine Gedanken schweiften ab. Er dachte an Carrie und wie glücklich sie immer gewesen war. Dann hatte sie immer ihr schönstes Lächeln aufgesetzt, manchmal brachte sie damit sein Herz fast zum Stillstand.

Es war über zehn Jahre her, dass er dieses Lächeln gesehen hatte. Erschrocken stellte er fest, dass es auch fast schon fünf Jahre her war, seit er das letzte Mal von ihr gehört hatte. Sie hatte angerufen, um sich zu erkundigen, wie es ihm ging, und daraufhin geschworen, es nie wieder zu tun. Bislang hatte sie Wort gehalten.

An diesen Anruf zurückzudenken war ihm unangenehm. Das Letzte, was sie ihm gesagt hatte, war, dass sie nicht mit seiner »ewigen Flucht vor Brians Tod« leben konnte. Gedankenverloren fuhr er mit dem Daumen über den Tischrand, bis er eine kleine Scharte spürte. Brian war damals vier gewesen. Resnick erinnerte sich noch an sein diebisches Grinsen, nachdem er mit seiner Gabel in den Tisch geritzt hatte. Sein Sohn war ungeheuer stolz auf sich und wartete nun auf eine Reaktion des Vaters. Und sosehr Resnick sich auch bemüht hatte, Brian zurechtzuweisen, brachte er es, so, wie der Junge ihn anschaute, doch nicht fertig. Am Ende fing er an zu lachen, woraufhin Brian wie verrückt kicherte.

Resnick sprang auf und begann in seiner Wohnung auf und ab zu laufen. Er musste sich bewegen. Er lief durch die Wohnung, die nichts weiter zu bieten hatte als leere Wände, keine Fotos oder andere persönliche Dinge. Abgesehen von ein paar Büchern, gab es nichts, das darauf hindeutete, dass er hier lebte.

Die Enge in seiner Brust nahm ab. Er konnte wieder atmen. Der Drang, auszugehen und ein paar Drinks zu kippen, überkam ihn. Aber er kämpfte dagegen an. Manchmal ging er nach der Arbeit etwas trinken, aber er wusste, wenn er jedes Mal trinken ging, sobald ihm danach war, würde er jeden Abend losziehen. Es bestand ein ernsthaftes Risiko, dass er Alkoholiker wurde, und das durfte er einfach nicht zulassen. Die Arbeit als Detective half ihm, sich zu abzulenken. Fast jede Woche arbeitete er sieben Tage durch, normalerweise blieb er auf der Wache, bis er vollkommen erschöpft war. Dann konnte er nach Hause gehen und einschlafen, ohne ins Grübeln zu verfallen.

Und ohne sich Sorgen machen zu müssen, dass er sich in Erinnerungen an Brian verlor …

Petrenko hatte mehr als drei Stunden auf den schweren Sandsack eingeschlagen, um die Energie rauszulassen, die ihn rastlos machte. Aber es half nichts. Was konnte er sonst tun? Dasitzen und warten? Obwohl seine Arme schwerer als Zement waren, wiederholte er dieselbe Kombination wieder und wieder. Gerade, Gerade, Haken. Gerade, Gerade, Aufwärtshaken. Er versuchte, sich ausschließlich auf die Beinarbeit und die Bewegungen des Körpers zu konzentrieren, aber die Wut durchbrach immer wieder seine Konzentration. In den Elfuhrnachrichten war gemeldet worden, dass Zeugen ausgesagt hätten, Männer aus dem Mittleren Osten seien an dem Überfall beteiligt gewesen. Diese Nachricht goss bloß weiteres Öl ins Feuer. War er etwa blöd? Nichts als ein bescheuerter *mudack*? Als Resnick ihm von dem Überfall erzählt hatte, war ihm sofort klar gewesen, dass diese Araber dahintersteckten. Es war kein Zufall, dass sie sich an ihn gewandt hatten. Sie verkauften ihm die Diamanten, und am nächsten Tag klauten sie die Steine und machten sich auf seine Kosten einen Riesenspaß.

Er musste diese Araber in die Finger kriegen. Hoffentlich waren sie dumm genug gewesen, die Aktentasche zu behalten, die er ihnen gegeben hatte, ohne auf das Ortungsgerät darin aufmerksam zu werden. Neben dem Inhalt der Schließfächer besaß er noch einiges an Reserven, aber nichts, was er schnell in Bargeld umsetzen konnte. Wichtiger noch, in diesen Kästen waren Unterlagen gewesen, die nicht in die Hände des FBI gelangen durften. Wenn das passierte, würde er lange im Gefängnis sitzen – falls ihn nicht schon vorher jemand umlegte. Er wusste, dass er ausschließlich deswegen noch am Leben war, weil einige mächtige Leute es sich nicht leisten konnten, dass diese Unterlagen öffentlich wurden. Wenn er nicht schnell zurückbekäme, was man ihm gestohlen hatte, würde er verschwinden müssen, vielleicht zurück nach Osteuropa, und er würde es ohne die Geldmittel tun müssen, die er benötigte, um das Leben, an das er sich gewöhnt hatte, zu finanzieren.

Der Filialleiter musste ebenfalls zahlen. Irgendwer hatte den Arabern seine Schließfachnummern verraten, und dieses kleine Nichts von Mann war die nächstbeste Adresse. Petrenko schlug fester auf den Sack ein, während er an die Gespräche zurückdachte, die er mit dem Filialleiter geführt hatte. Brown hatte ihm ernsthaft erzählt, dass seine neue Alarmanlage unschlagbar sei, die Bank sei sicherer als Fort Knox. Und Petrenko, dieser Idiot, hatte ihm geglaubt und noch sechs Schließfächer dazugebucht, er hatte sein gesamtes Vermögen und alle wichtigen Unterlagen bei dieser Bank hinterlegt. Er hätte es nie für möglich gehalten, dass Brown etwas Derartiges wagen würde, aber andererseits kann selbst die feigste Hyäne den Mut aufbringen, nach einem Löwen zu schnappen, wenn sie das Tier für hilflos hält.

Ein Klopfen an der Tür unterbrach Petrenkos Gedankenfluss. Er ließ die Arme sinken und bellte auf Russisch herein. Als Yuri den Raum mit einer Aktentasche betrat, spürte Petrenko eine Welle der Erleichterung. Steif wickelte er die Lederriemen von seinen Händen und bemerkte desinteressiert, dass seine Fingerknöchel blutig und aufgeschrammt waren.

»Das sind sehr dumme Männer«, sagte Yuri.

»Ist das Geld noch da?«

»Beinahe. Sechsundneunzigtausend Dollar.«

»Und die Araber?«

»Zwei von ihnen haben wir gefunden – die Bosse. Sie waren überrascht, uns wiederzusehen. Im Moment warten sie im Lagerhaus.«

Petrenko griff nach seiner goldenen Rolex und sah, dass es zwei Uhr vierzig am Morgen war. Obwohl er sich der Angelegenheit nur zu gern gleich hätte annehmen wollen, wusste er, dass es besser war, dies ausgeruht und mit klarem Kopf zu tun. Ein paar Stunden machten keinen Unterschied.

»Sie können warten«, sagte Petrenko. »Wir sollten alle etwas schlafen.« Er zögerte und rieb sich die Knöchel. »Hast du etwas gefunden?«

»Noch nicht.«

Petrenko versuchte, gelassen zu wirken. Er griff nach einem Handtuch und rieb sich Arme und Hals trocken, dann ging er zu einem Tisch, auf dem eine Flasche Wodka auf Eis lag. Er goss sich ein Glas ein, trank langsam, wartete, bis er sicher sein konnte, dass man ihm seine Enttäuschung nicht mehr anmerkte, bevor er Yuri anwies, sich mit ihm um zwölf im Lagerhaus zu treffen.

»Wir haben einen langen Tag vor uns«, setzte er hinzu. »Ist alles vorbereitet?«

»Ja. Die Plastikfolie ist bereits ausgelegt. Alles, was Sie brauchen, ist da.«

»Und unseren arabischen Gästen ist es nicht zu unbequem?«

Yuri grinste breit und zeigte seine gelben, schiefen Zähne, die dringend einer ärztlichen Behandlung bedurften. »Tut mir leid, aber als wir gingen, hatten sie es sehr unbequem.«

Petrenko nickte und die Grausamkeit verdunkelte sein blasses Gesicht. »Das ist in Ordnung«, sagte er.

19

Dan hatte unruhig geschlafen. Sosehr er auch dagegen ankämpfte, seine Gedanken rasten, huschten zwischen verschiedenen Bildern vom Vortag hin und her. Das tote Mädchen, ihr zerschmetterter Brustkorb, die immer größer werdende Blutlache unter ihr; die andere, ältere Frau, die vor Schmerzen stöhnte, während ihre Eingeweide hervorquollen; Gordons weggesprengter Schädel; Joel, der ihn mit einer Pistole bedrohte, und sein Blick, während er überlegte, ob er abdrücken sollte ...

Es schien, als wären diese Bilder in seinem Kopf zu einer entsetzlichen Endlosschleife zusammengeschnitten worden. Selbst wenn er die Augen öffnete, sah er sie. Sie schwebten wie Geister im Dunkeln, bevor sie verblassten.

Immer wieder überwog die Erschöpfung. Dann war da nichts. Er driftete weg, kam mit sich beinahe ins Reine. Nach kurzer Zeit konnte er hören, wie eine Stimme nach ihm rief. Sie kam ihm bekannt vor. Er ignorierte sie, aber sie gab nicht auf.

»Meine Güte, Dan, nun dreh dich schon um.«

Mit einem Seufzen wandte er sich um. Gordon wartete auf ihn, aber er sah nicht so aus wie sonst – kleiner, älter und irgendwie auch strenger, nicht so unbedarft, wie er Dan immer erschienen war.

»Ich habe dir immer gesagt, Joel ist ein Wiesel«, sagte Gordon.

»Joel ist nicht so ein übler ...«

»Wie bitte? Das Wiesel hat mir das Hirn rausgeblasen!«

»Das tut mir leid.«

»Ach, egal, zum Teufel damit, ist nun mal passiert.«

»Es tut mir trotzdem leid.«

»Ja, ich weiß, aber ich bin drüber weg. Was ist mit dir?«

»Wie meinst du das?«

»Meine Güte, Dan, du weißt, was ich meine. Wie kommst du an deinen Anteil von dem Wiesel?«

»Er wird ihn mir schon geben. Er braucht bloß ein paar Tage, um sich abzuregen.«

»Vergiss es. Er wird dir keinen Cent geben. Das weißt du genau.«

»Vielleicht, ich weiß auch nicht ... Herrje, Gordon, was zum Teufel ist da in der Bank passiert?«

»Dan, das war nicht meine Schuld.«

»Aber du hast auf sie geschossen.«

»Du hättest hören sollen, was sie zu mir gesagt haben. Ich meine, meine Güte, Dan, du hättest genau dasselbe getan, wenn irgendeine hochnäsige kleine Fotze dich einen ekligen, widerwärtigen Perversen nennt. Wenn sie dir sagt, sie würde lieber von einem Schwein gefickt werden als von dir. Was sollte ich denn machen, einfach abhauen?«

»Gordon, sie war gefesselt, hilflos. Ja, du hättest einfach abhauen sollen.«

»Jetzt hör mal, ich bin vor solchen Fotzen mein ganzes Leben lang davongelaufen. Diesmal nicht – nicht mit der Knarre in der Hand. Scheiß auf sie, scheiß auf die beiden. Egal, ich konnte sowieso nicht weg, nicht wenn Joels dicker kleiner Freund da steht und über mich lacht.«

»Und was war mit der anderen Frau?«

»Ach, dasselbe. Sie musste mir anscheinend unbedingt sagen, dass sie hofft, ich würde eine Ewigkeit in der Hölle braten. Also habe ich mir gedacht, ich gebe ihr etwas anderes zum Nachdenken.«

Dan fühlte sich völlig daneben. Das Wesen vor ihm war Gordon, und doch war er es nicht. Ihm haftete eine Kälte an, eine Leere. Er schien nur eine Hülle zu sein, eine seelenlose Version des Mannes, den Dan gekannt hatte. In seinem Blick lag nichts mehr außer Bitterkeit und Wut.

»Warum hast du überhaupt mit ihr geredet?«, fragte Dan, und die Wut schnürte ihm fast die Kehle zu. »Du hast es mir versprochen. Herrje, Gordon, warum musstest du das tun?«

»Ich habe bloß Quatsch gemacht, das ist alles. Zeit totgeschlagen, ich wollte nett sein. Ich habe mir nichts dabei gedacht.«

»Du hast dir nichts dabei gedacht? Es stand eine Menge auf dem Spiel! Was um Gottes Willen hattest du denn so Wichtiges zu sagen, das sie unbedingt hören musste?«

»Ich habe ihr bloß von Jersey erzählt, und ein paar interessante Sachen über Brasilien, das ist alles.«

»Ich habe eine Neuigkeit für dich, Gordon. Niemand interessiert sich für deine ›interessanten Sachen‹!«

»Glaubst du, ich weiß das nicht?«

»Warum denn dann, Gordon? Warum musstest du uns alle wegen einem bisschen sinnlosen Smalltalks in die Scheiße reiten?«

»Warum?« Er schloss den Mund, während er darüber nachdachte. Dann zuckte er mit den Achseln und sagte: »Ich weiß es nicht. Worüber hätte ich denn sonst mit ihr reden sollen?«

»Warum musstest du überhaupt etwas sagen?«

»Jetzt komm schon, wie stehen wohl meine Chancen, mit einem hübschen Mädchen, das einen so netten kleinen Arsch hat, zu reden? Und, meine Güte, Dan, ich habe die Knarre, ich bin höflich, sie hätte einfach bloß liegen bleiben und mir zuhören müssen. Lass mich doch wenigstens so tun, als hätte ich den Hauch einer Chance, ihr die Scheiße aus dem Leib zu ficken – was ist?«

»Nichts, aber bislang habe ich dich noch nie so dreckig reden hören.«

»Na ja, also, ich denk mir, ich bin tot, also was soll's?«

»Ich weiß nicht, es kommt mir merkwürdig vor.«

»Tja, das ist es auch, Dan, und ... Wieso guckst du immer weg? Wärst du lieber woanders?«

»Ich bin wohl müde.«

»Wie kannst du müde sein? Du schläfst doch.«

»Ich weiß, aber ich bin kaputt. Warum machen wir nicht Schluss?«

»Soll das ein Witz sein? Ich meine, Dan, ich bin tot. Das ist vielleicht die letzte Gelegenheit, die wir haben, miteinander zu reden, und du willst dich verdrücken?«

»Gordon, tut mir leid, Alter, aber ich bin echt kaputt.«

»Vergiss es. Meinetwegen, wenn du mir so kommst. Aber beantworte mir wenigstens meine Frage. Die, der du immer ausweichst. Wie willst du dem Wiesel deinen Anteil abknöpfen? Denn wenn du das nicht schaffst, bist du so richtig am Arsch.«

»Mir wird schon etwas einfallen.«

»Nein, wird es nicht. Und du steckst knietief in der Scheiße, Dan. Dir ist doch klar, dass die Bullen bald bei dir vor der Tür stehen werden. Sie werden wissen wollen, warum die Alarmanlage der Bank nicht funktioniert hat.«

»Ich weiß.«

»Und bist du darauf vorbereitet?«

»Ich glaube schon.«

»Und bist du auch darauf vorbereitet, was passieren wird, wenn ihnen klar wird, dass ich einer der Bankräuber war?«

»Das wird nicht passieren.«

»Da bin ich mir nicht so sicher.«

»Im Moment ist die Polizei der Meinung, du wärst ein unschuldiges Opfer. Es gibt keinen Grund, wieso sich das ändern sollte.«

»Es gibt jede Menge Gründe dafür, Dan, und das weißt

du auch genau. Wenn du deinen Anteil hättest, könntest du abhauen. Aber so, wie es jetzt steht, sitzt du in der Tinte. Wenn sie mich mit dem Überfall in Verbindung bringen, bist du der Nächste. Du wirst alles verlieren – Carol, deine Kinder, dein Leben. Für nichts. Denn Joel wird dir keinen Cent geben.«

»Gordon, es reicht.«

»Was soll das heißen, es reicht? Jetzt komm schon, nur eine Sache noch, dann wirst du nie wieder von mir hören, und ...«

»Nein, ich meine es ernst, mir reicht es jetzt.«

Gordon schloss langsam den Mund. Er starrte Dan an, sein Blick leer, fern. Dann schürzte er die Lippen in einem übertriebenen Ausdruck von Selbstmitleid. Mit bitterer Stimme fluchte er: »Ach, fick dich, du Arschloch. Ich bin weg!«

Und mit diesen Worten war Gordon verschwunden.

Dan war erleichtert, spürte aber auch eine große Leere. Einerseits wusste er, dass er nur träumte, aber gleichzeitig verstörte ihn etwas daran. Als hafte dem Ganzen eine innere Logik an, nicht das unkontrollierte Chaos, das seine Träume sonst so beherrschte. Vielleicht war es wirklich Gordon gewesen – seine Seele oder so. Prallvoll mit Selbsthass, Bitterkeit und Wut.

Ob die Polizei ihn mit dem Überfall in Verbindung brachte oder nicht, er wusste, dass er sowieso schon alles verloren hatte. Carol, seine Kinder, seine Zukunft. Zumindest in einer Hinsicht. Was in der Bank geschehen war, war seine Schuld. Selbst wenn es niemand jemals herausbekam, wie könnte alles je wieder so sein wie zuvor?

Er hatte alles, was in seinem Leben einen Wert besaß, für nichts riskiert. Als ihm das klar wurde, breitete sich die Leere in ihm noch weiter aus, bis er sich vollkommen hohl fühlte. Als hätte man seine Brust zerknüllen können wie Alufolie.

Carol weckte ihn. Seine Brust schmerzte, sein Gesicht war klebrig und nass. Ihm wurde klar, dass er geweint hatte.

»Was ist?«, fragte sie.

»Nichts«, sagte er und unterdrückte ein letztes Schluchzen. »Bloß ein schlechter Traum.«

20

Resnick war am nächsten Morgen um sechs auf der Wache. Es gab immer noch keine Hinweise auf die Identität des Toten. Er ging die von Stillwall und Hollings eingeholten Zeugenaussagen durch, dann sah er sich beide Videoaufnahmen noch mal an, die von dem Überfall und die, auf der Raymond Lombardo seine Skimütze abnahm. An beiden Aufnahmen störte ihn etwas. Bei dem Lombardo-Band fiel es ihm auf. Es war eine Augenbewegung von Lombardo, fast als schaue er nach der Überwachungskamera, bevor er stehen bleibt, um seine Mütze abzuziehen. Resnick spielte das Band mehrfach ab. Er war nicht hundertprozentig sicher, aber der Eindruck blieb. Was sollte das? Warum würde er die Mütze ausgerechnet dort abnehmen? Und auch an den Aufnahmen vom Überfall selbst störte ihn etwas, das er aber nicht zu fassen bekam. Als läge einem ein Name auf der Zunge.

Kurz nach acht kam Hadley herein, entdeckte Resnick und plauderte ein paar Minuten mit ihm, mehrfach bemerkte er, wie froh er war, dass es ihnen gelungen war, diese unangenehme Sache so schnell aufzuklären. Resnick war sich da nicht so sicher, behielt das aber für sich. Hadley wirkte, zumindest für seine Verhältnisse, geradezu heiter, seine Augen funkelten beinahe, und Resnick sah keinen Grund, all das nur wegen einer Ahnung zu zerstören. Aber sein Bauchgefühl sagte ihm, dass die Sache anders stand, als es aussah.

Er war überrascht, dass es noch keinerlei Hinweise auf den Toten gab. Das hieß, dass der Kerl entweder aus einem anderen Bundesstaat stammte oder ein Einzelgänger ohne Familie und Freunde war. Er überprüfte die über Nacht eingegangenen Meldungen, stellte fest, dass in Lynn kein verlassener Wagen aufgefunden worden war, und hängte sich ans Telefon, um bei den benachbarten Wachen nachzufragen. Er bat alle diensthabenden Kollegen, sich bei ihm zu melden, sobald sie ein Fahrzeug fanden, das vor kurzem irgendwo stehen gelassen worden war. Mit etwas Glück würden sie den Wagen des Toten finden. Falls er einen Wagen besaß.

Maguire kam kurz nach neun und brachte eine Tüte Donuts und zwei Becher Kaffee mit, von denen er einen Resnick reichte, als sie sich zusammen auf den Weg zum FBI-Gebäude in Boston machten.

»Ich habe gestern nicht gut geschlafen«, gestand Maguire. »Ich weiß auch nicht. Ich wünschte, ich hätte dieses Video nicht gesehen.«

Er sah auch nicht so aus, als hätte er viel geschlafen, er war grau im Gesicht, die Haut unter den Augen geschwollen. Resnick machte sich nicht die Mühe, zu antworten. Was sollte er auch sagen? Dass man sich daran gewöhnt zu sehen, wie junge Mädchen erschossen werden? Tat man aber nicht. Vielleicht härtete man ab, vielleicht kam man an einen Punkt, an dem man trotzdem schlafen konnte, aber wie sollte man sich je an so was gewöhnen?

Nachdem sie die Sicherheitsschleuse im Foyer des FBI-Gebäudes passiert hatten, gingen sie in Kathleen Licianos Büro. Ihre Hand war kühl und trocken. Sie sah entspannter aus als gestern, eher professionell und ernsthaft als streng und unnahbar. Resnick berichtete ihr, dass sie den Toten immer noch nicht hatten identifizieren können, und gab ihr eine Kopie der Videoaufnahme vom Überfall.

»Ich hatte gehofft, Sie könnten uns helfen, ein Profil der Männer zu erstellen«, sagte Resnick. »Größe, Gewicht, weitere körperliche Merkmale, die Ihnen vielleicht auffallen.«

»Wir haben für so etwas eine Computersoftware. Ich kümmere mich nachher darum.« Sie nahm eine Aktenmappe vom Tisch und reichte sie ihm. »Ihre Kopie«, sagte sie. »Die Ballistik hat ergeben, dass bei allen drei Opfern dieselbe Waffe verwendet wurde. Der Tod trat augenblicklich ein, sowohl bei Williams als auch bei dem unidentifizierten Mann ...«

»Sie meinen The Grateful Dead«, warf Maguire grinsend ein.

»... der auf dem Parkplatz gefunden wurde«, fuhr Liciano fort und ignorierte Maguires elenden Scherz, ohne den Blick von Resnick zu lösen. »Was den Mann angeht, er war einsfünfundachtzig groß, wog hundertundein Kilo. Zwischen sechzig und fünfundsechzig Jahre alt. Er hatte eine Narbe am linken Oberschenkel, ich habe dort das Fragment eines Schrapnells gefunden, das aus Vietnam stammen könnte.«

»Er war also ein Vietnamveteran und womöglich mit dem Purple Heart ausgezeichnet«, sagte Resnick.

Liciano nickte. »Das hilft hoffentlich bei der Identifikation«, sagte sie. »Keine weiteren Narben oder auffälligen Muttermale. Keine Hornhaut oder Verletzungen an den Händen. Er übte vermutlich eine Bürotätigkeit aus.«

Maguire betrachtete seine eigenen Hände. »Oder war Polizist«, sagte er.

Liciano ignorierte ihn weiterhin. Zu Resnick sagte sie: »Wenn ich Ihnen darüber hinaus helfen kann oder Sie Fragen zu meinem Bericht haben, rufen Sie mich jederzeit an.«

»Danke, das ist nett von Ihnen.« Sie gaben einander die Hand, ihre war auch diesmal kühl und trocken, und in ihrem Griff lag eine Entschlossenheit, die Resnick gefiel. Maguire schmollte noch immer und streckte nicht die Hand aus. Liciano schien das entweder nicht zu bemerken, oder es war ihr egal.

Als sie das Büro verließen, murmelte Maguire zu Resnick: »Mann, ist die verspannt. Die sollte sich mal locker machen.«

Resnick ignorierte ihn.

»Wie sie dir wohl weiter behilflich sein will?«, fragte Maguire und beantwortete dann seine eigene Frage, indem er mit Daumen und Zeigefinger der einen und dem Mittelfinger der anderen Hand eine obszöne Geste vollführte.

»Das ist nicht besonders nett«, sagte Resnick zu ihm. Erst dachte Maguire, sein Partner mache Witze, aber Resnicks Gesichtsausdruck ließ Maguire schnell begreifen, dass dem nicht so war.

»Tut mir leid«, sagte Maguire. »Ich hab ja schon gesagt, dass ich nicht gut geschlafen habe. Die ganze Nacht musste ich an dieses Mädchen denken, die abgeknallt wurde wie ein Hund ... Ich weiß auch nicht, ich hab wohl schlechte Laune. Außerdem fand ich meinen Grateful-Dead-Witz echt lustig – Grateful Dead ... der dankbare Tote ... du verstehst?«

»Vergiss es.«

»Aber es ist trotzdem ziemlich offensichtlich, dass sie Interesse an dir hat, Mann.«

»Halt einfach die Klappe, okay?«

»Mann, deine erste Frau muss dich wirklich ganz schön zur Minna gemacht haben.«

Resnick blieb stehen. »Woher weißt du, dass ich verheiratet war?«, fragte er kalt.

»Stillwall hat mir erzählt ...«

Resnick deutete mit dem Finger auf seinen Partner. »Pass auf, Walt. Du redest nicht über mein Privatleben, niemals, und ich lasse mir von Ken keinen neuen Partner zuteilen. Abgemacht?«

Maguire war völlig verdutzt wegen Resnicks Ton. »Entschuldige, dass ich Interesse zeige«, sagte er. »Ja, klar, meinetwegen. Dann spiel eben den verdammten Einsiedler, ist mir doch egal.«

»Besten Dank für die Erlaubnis.«

Viertel vor zehn standen sie wieder an der Sicherheitsschleuse. Resnick rief Agent Spitzer auf dem Handy an. Daraufhin erhielten die Sicherheitsbeamten einen Anruf, und man sorgte dafür, dass sie zu einem der Verhörzimmer gebracht wurden. Stillwall und Hollings waren schon da, Stillwall hatte die Augen geschlossen, die Hände im Nacken verschränkt, die Füße auf den Tisch gelegt, und sah aus, als schliefe er. Hollings zeigte ein dünnes, sarkastisches Lächeln und begrüßte seine beiden Kollegen mit einem Zwinkern. Ebenfalls am Tisch saß ein Typ mit breitem Linebacker-Kreuz und kantigem Kiefer, sein Anzug spannte an Brust und Schultern. Man stellte ihn vor als Jim Taylor, einen FBI-Ermittler aus dem Bereich Organisiertes Verbrechen. Er begrüßte sie mit einem kurzen Nicken. Spitzers schmales, missmutiges Gesicht wirkte beinahe fröhlich, als er Resnick und Maguire die Hand schüttelte.

»Das könnte richtig groß werden«, sagte Spitzer. »Wir haben seit über einem Jahr versucht, Raymond Lombardo dranzukriegen. Ich glaube, jetzt haben wir ihn endlich.«

»Lassen Sie mich raten, Sie werden ihn laufen lassen«, sagte Maguire. »Egal, ob wir zwei Tote haben und eine Schwerverletzte.«

Spitzer schaute ihn streng an, seine bisherige gute Laune verschwand schlagartig. »Manchmal muss man das große Ganze im Blick behalten.«

»Die Geschichte hier könnte uns helfen, die Mafia von Boston bis Providence plattzumachen«, sagte Taylor.

»Und wenn er nichts damit zu tun hat?«, fragte Resnick.

»Was?«

»Mit dem Band stimmt etwas nicht.«

Stillwall hatte ein Auge geöffnet. »Erzähl mir mehr, Junge.«

»Bevor er die Skimütze abnimmt, sieht es so aus, als wollte er überprüfen, wo die Überwachungskamera sich befindet.«

Spitzers schmale Lippen verwandelten sich in zwei blasse Linien, während er Resnick anstarrte. »Manchmal, wenn man zu lange sucht, sieht man Dinge, die nicht da sind«, sagte Spitzer mit dünner, angespannter Stimme. »Es besteht keinerlei Zweifel daran, dass der Mann auf dem Video Raymond Lombardo ist.«

»Warum sollte er seine Mütze abziehen?«, fragte Resnick.

Ein leichtes Zucken zeigte sich neben Spitzers rechtem Auge. »Vielleicht ist ihm heiß geworden«, sagte er. »Vielleicht war er sauer wegen der Sache in der Bank. Was weiß ich, und wollen Sie noch was wissen? Wen interessiert's?«

»Vielleicht könnten Sie eine Computeranalyse ...«

»Ist das zu glauben?«, unterbrach ihn Taylor. Er starrte Resnick an, als wäre sein Kopf ein Football, der unbedingt von seinem Körper getrennt werden müsste. »Schlimm genug, dass wir es ab jetzt mit Verteidigern zu tun haben werden, die jeden linken Trick anwenden, und mit Geschworenen, die kein Urteil sprechen, wenn wir ihnen den Täter nicht in flagranti auf Video vorführen, aber diesmal haben wir sogar so ein Video, und diesem Scherzkeks hier ist nicht mal das gut genug.«

Spitzer stoppte Taylor mit einer Handbewegung, dann sah er Resnick mit grimmigem Blick an. »Wir brauchen keine Computeranalyse.« Er deutete mit dem Daumen auf eine Tür am anderen Ende des Raums. »Ich glaube, es wäre besser, wenn Sie und Ihr Partner aus dem Nebenzimmer zusehen. Ich fürchte, zu viele Anwesende würden Lombardo überfordern.«

Maguire wollte widersprechen, hielt aber inne, als Resnick mit den Achseln zuckte und zur Tür ging. Taylor starrte ihm hinterher. Stillwall hatte jetzt beide Augen geöffnet und schaute amüsiert zu. Maguire folgte Resnick zögernd hinaus.

»Der hat Nerven«, sagte Maguire. »Das ist unsere Ermittlung, und er schmeißt uns raus? Arschloch.«

»Ist egal«, sagte Resnick. »Wir können von hier aus genauso gut sehen.«

Er schaltete den Bildschirm vor ihnen an und lehnte sich auf seinem Stuhl zurück. Maguire nahm einen Donut aus der Tüte und bot auch Resnick einen an, der jedoch ablehnte.

»Glaubt du wirklich, es könnte jemand anders als Lombardo sein?«, fragte Maguire.

»Ich weiß es nicht. Es stört mich, dass er anhält, um seine Mütze abzunehmen. Als würde er für die Kamera posieren.«

»Ich glaube, du liest da zu viel rein. Manchmal ist die offensichtliche Erklärung auch die richtige.«

»Und welche wäre das?«

Maguire dachte darüber nach, während er seinen Donut aß. »Lombardo hat's vermasselt. Er ist nicht besonders helle. Er war zu wütend, um klar denken zu können. Such's dir aus.«

»Du könntest Recht haben, Walt«, gab Resnick zu, zuckte jedoch auf eine Art mit den Achseln, die andeutete, dass er das nicht für sehr wahrscheinlich hielt.

Um zwanzig nach zehn führte man Raymond Lombardo ins Verhörzimmer. Er war ein großer, stämmiger Mann mit dickem Bauch. Allerdings fehlten die langen, zotteligen schwarzen Haare, Koteletten und der dichte Schnauzer. Lombardo war glattrasiert, sein Haar war kurzgeschnitten, blond gefärbt und mit Strähnchen durchzogen. Begleitet wurde er von einem bulligen Mann mit rot leuchtendem Gesicht, der wie ein Bulle in den Raum stürmte. Er stellte sich als Russ Korkin vor, Lombardos Anwalt.

»Das ist ungeheuerlich!«, beschwerte sich Korkin, und die Augen quollen ihm fast aus dem Schädel. »Ich habe gehört, irgendeiner Pfadfinderin wurde das Taschengeld geklaut. Wollen Sie das meinem Klienten auch noch zur Last legen?«

»Klar, wenn wir eine Videoaufnahme davon hätten«, sagte Taylor.

Korkin kniff misstrauisch die Augen zusammen. »Was soll das heißen?«

Spitzers Lächeln sah aus, als hätte er Blähungen. »Ein Bild sagt mehr als tausend Worte«, verkündete er. Per Fernbedienung schaltete er einen Fernseher in der ihnen gegenüberliegenden Ecke ein. Als das Videoband Lombardo zeigte, der gerade die Skimütze abnahm, stoppte er.

Lombardo hatte breit und hochnäsig gegrinst, aber während die Aufnahme lief, verschwand sein Grinsen. »Das bin ich nicht«, sagte er zu seinem Anwalt.

»Sie müssen kein Wort sagen«, sagte Korkin, wenn auch etwas kleinlauter als vorher.

»Ich sage Ihnen, das bin ich nicht«, wiederholte Lombardo. »Die wollen mich reinlegen. Sie haben das Band getürkt.«

»Wir haben gar nichts getürkt«, sagte Stillwall. »Diese Aufnahmen stammen von einer der Überwachungskameras der Bank.«

»Das ist Quatsch!« Lombardo zwang sich, tief durchzuatmen. Er schüttelte den Kopf und grinste breit. »Ihr habt es vermasselt«, sagte er. »Ich meine, schaut euch doch mal meine Frisur auf dieser albernen Aufnahme an.«

»Ist mir auch aufgefallen«, sagte Taylor. »Sie waren beim Friseur, oder, Raymond? Was ist passiert, haben Sie sich nach dem Banküberfall entschieden, dass ein neuer Look fällig ist?«

»Der Banküberfall war gestern, oder?«, fragte Lombardo.

»Glauben Sie, wir sind blöd?«, fragte Taylor. »Sie wissen ganz genau, wann der Banküberfall war.«

»Ja, also, da liegt Euer Fehler. Ich habe mir letzten Samstag die Haare schneiden und mich rasieren lassen.«

Taylor zwinkerte mehrfach. »Sie sind ein verlogener Drecksack, Raymond.«

Hollings meldete sich zu Wort. »Und wieso haben Sie sich letzten Samstag die Haare schneiden lassen?«, fragte er.

Lombardo schaute ein wenig verunsichert. »Mir gefiel nicht, wie ich in der Zeitung aussah«, gestand er. »Die Haare und der Schnauzer ließen mich schwerer und älter wirken, als ich bin.« Er wandte sich Taylor zu und zeigte grinsend seine Zähne. »Und was meinen Sie, Sie Arschloch, sehe ich jetzt besser aus?«

»Besser werden Sie erst nach der Todesspritze aussehen«, sagte Taylor. »Glauben Sie ja nicht, dass ich Ihnen diesen Unsinn auch nur eine Sekunde lang abkaufe. Was da in der Bank passiert ist, war brutaler Mord, den neuen Richtlinien nach genau das Richtige für die Todesstrafe. Ich schwöre Ihnen, Raymond, ich werde ganz vorne stehen, wenn Ihnen das Kaliumchlorid in Ihren fetten Körper gespritzt wird.«

Korkin hatte zu seiner ursprünglichen Arroganz zurückgefunden. »Das ist so unglaublich«, verkündete er, und sein rundes Gesicht war wieder leuchtend rot angelaufen. »Sie haben die Frechheit, dieses getürkte Band als Beweis zu verkaufen? Ich werde Sie alle dafür verklagen!«

»Beruhigen Sie sich«, sagte Stillwall. »Das Band ist echt. Ich vermute, Ihr Mandant hat eine Perücke und einen künstlichen Schnauzer bei dem Überfall getragen.«

»Das ist lächerlich.«

»Vielleicht ja, vielleicht nein. Aber wenn Ihr Mandant mit uns zusammenarbeitet und uns verrät, wo er gestern Nachmittag zwischen zwei und drei war, werden wir die Sache aufklären können.«

»Es gibt da nichts aufzuklären«, betonte Korkin. »Was mich betrifft, ist diese Scharade jetzt vorbei. Es sei denn, Sie wollen Anklage gegen meinen Mandanten erheben, in diesem Fall werde ich nur zu gerne ...«

»Russ, das ist nur Zeitverschwendung. Ich habe gestern Golf gespielt. Achtzehn Loch in Swampscott Greens.« Lombardo rieb sich das Kinn und schaute gedankenverloren. »Wenn das Band echt ist, dann haben die Typen das super geplant«, sagte er. »In der Durchführung ziemlich beschissen, aber wer auch immer sich das ausgedacht hat, das war erste Sahne. Wenn Sie den Typen schnappen und er nicht verurteilt wird, sagen Sie ihm, er kann jederzeit einen Job bei mir bekommen. Ich bin nicht nachtragend.«

»Das ist ja reizend von Ihnen, Raymond. Wie wäre es mit den Namen Ihrer Golfkumpel?«

Lombardo rasselte die Namen seiner Vierergruppe herunter.

»Sind wir dann durch?«, fragte Korkin und stemmte sich von seinem Stuhl hoch.

»Ich denke nicht«, sagte Spitzer. »Mir gefällt immer noch die Idee, dass Ihr Mandant sich verkleidet hat. Falls er sich, wie er behauptet, wirklich am Samstag die Haare hat schneiden lassen.«

»Was soll das heißen, wie ich behaupte? Glauben Sie ernsthaft, ich würde bei etwas lügen, das so leicht zu überprüfen ist? Oder einfach so behaupten, ich hätte gestern Golf gespielt?«, unterbrach Lombardo.

Spitzer ignorierte ihn. »Wir werden Ihren Mandanten die nächsten vierundzwanzig Stunden hierbehalten, während wir entscheiden, ob wir Anklage erheben oder nicht«, setzte er hinzu.

Korkin schüttelte gereizt den Kopf. »Ich gehe direkt zum Bundesgericht und lege Widerspruch ein«, warnte er. Dann sagte er zu Lombardo: »Ray, sag kein weiteres Wort zu diesen Leuten.«

»Mach dir keine Sorgen«, sagte Lombardo. »Das ist bloß ein Haufen blöder Kasper.«

Resnick goss sich gerade eine Tasse Kaffee ein, als Spitzer zu ihm trat.

»Ich habe keinerlei Zweifel daran, dass das Lombardo ist auf dem Video«, sagte der FBI-Mann.

»Und was passiert, wenn Sie ein Dutzend Zeugen finden, die gestern mit ihm Golf gespielt haben wollen?«

»Dann hat er die bestochen.« Spitzer machte eine Pause, dann setzte er hinzu: »Sie hatten schon Recht, er scheint wirklich absichtlich vor der Überwachungskamera anzuhalten. Ausgezeichnete Beobachtungsgabe.«

»Sie denken wirklich, das war alles ein ausgebuffter Trick von Lombardo?«, fragte Resnick und hatte Mühe, nicht allzu ungläubig dreinzuschauen.

»Warum nicht? Sie wissen doch, wie Geschworene sind. So kann er behaupten, dass wir ihm hätten etwas unterschieben wollen, dabei aber einen Fehler gemacht hätten, weil wir nicht wussten, dass er sich die Haare hat schneiden und färben lassen.«

»Klingt mir zu kompliziert«, sagte Resnick. »Warum sollte er sich die Mühe machen?«

»Weil er glaubt, er wäre klüger als wir.«

»Ich weiß nicht. Sich filmen zu lassen, nur um später zu behaupten, es doch nicht zu sein, klingt in meinen Ohren nicht sonderlich sinnvoll.«

»Was ist denn Ihre Erklärung?«

»Entweder haben wir es mit sehr gerissenen Bankräubern zu tun, die genau wussten, wo die Überwachungskameras angebracht sind, oder mit jemand sehr Dummem beim FBI, der tatsächlich versucht, Lombardo mit einem gefälschten Band reinzulegen.«

»Niemand beim FBI hat etwas mit diesem Band zu tun!«

Resnick nahm einen Schluck Kaffee. »Dann tippe ich auf sehr gerissene Bankräuber.«

Dan hatte versucht, das Klingeln zu ignorieren, aber Carol schüttelte ihn, bis er die Augen öffnete.

»Craig Brown von der Lynn Capital Bank ist am Telefon«, sagte sie zu ihm. Dan wollte bloß, dass seine Frau verschwand, aber er wusste, das würde nicht passieren. Er stemmte sich hoch, das Sonnenlicht stach in seine Augen und zwang ihn, sie wieder zu schließen. Er schirmte sie mit der Hand ab und betrachtete seine Frau. »Wie spät ist es?«, fragte er, seine Stimme kaum mehr als ein Krächzen. Eigenartig, er fühlte sich, als hätte er einen schlimmen Kater. Obwohl er am Tag zuvor noch nicht mal ein Bier getrunken hatte.

»Schon halb zwölf«, sagte sie und schaute besorgt und alarmiert zugleich. So schlecht es ihm auch ging, der Ausdruck auf ihrem Gesicht sorgte dafür, dass er sich gleich noch schlechter fühlte. Er nahm ihr das Telefon ab, grunzte ein paar Mal zustimmend und legte auf.

»Was wollte er?«, fragte Carol.

»Er will mich engagieren, damit ich rauszufinde, warum ihre Alarmanlage nicht funktioniert hat. Wir treffen uns um halb zwei in der Bank.«

»Wann wollte der andere Mann anrufen?«

»Heute Abend«, sagte er und erinnerte sich an sein angebliches Vorstellungsgespräch. »Nach sieben.«

Als er sich aus dem Bett stemmte, wurde ihm schwindlig, und er musste sich am Bettpfosten festhalten, bis es wieder vorbei war. Gott, ihm war so schlecht, als hätte er eine Lebensmittelvergiftung. Langsam schleppte er sich ins Bad.

Als er in den Spiegel schaute, sah er, dass der Ausschlag verschwunden war. Auf einmal wurde ihm klar, wie erbärmlich seine Lage war. Er begann zu lachen, und vor Lachen tat ihm der Bauch höllisch weh. Aber er konnte nicht aufhören. Wenigstens konnte er nun dankbar für etwas sein, selbst wenn es etwas so Lächerliches war die das Verschwinden eines Ausschlags. Bei dem Gedanken daran musste er noch mehr lachen.

21

Die beiden Männer waren, die Arme über Kopf, an eine Stange gekettet, so dass ihre Zehenspitzen gerade eben noch den Boden berührten. Der Raum, in dem sie sich befanden, war schalldicht, es gab also nicht wirklich Grund, sie zu knebeln, abgesehen vom psychologischen Effekt und weil Petrenko von ihrem Geschrei Kopfschmerzen bekommen hätte. Petrenko legte eine Schlachterschürze an, setzte eine Schutzbrille auf und zog ein Paar Latexhandschuhe über. Dann ballte und streckte er die Finger, um sicher zu gehen, dass sie beweglich genug waren für das, was er nun vorhatte. Als er bereit war, nickte er Yuri zu.

Yuri und die beiden anderen Männer lösten die Fesseln des dicken Arabers und trugen ihn zu einem Tisch, der komplett mit Plastikfolie abgedeckt war. Unter dem Tisch waren ebenfalls großflächig Plastikplanen ausgebreitet. Nachdem der Mann die ganze Nacht angekettet gewesen war, würde er nicht genug Kraft in den Armen haben, um sich wehren zu können. Sie ließen den Araber auf den Tisch klatschen wie einen Sack Mehl und banden ihn an Hand- und Fußgelenken daran fest. Petrenko griff nach einem Skalpell und hielt es ins Licht.

Der andere Araber, Abbas, schrie los, als er das Skalpell erblickte, doch sein Schrei wurde vom Knebel erstickt. Sein Körper wand sich in alle Richtungen. Petrenko schüttelte traurig den Kopf und sprach mit dem Mann wie mit einem Kind.

»Es bringt doch nichts, sich so zu benehmen«, sagte er zu ihm. »Du wirst heute sterben. Nichts, was du tust, wird daran etwas ändern. Ob du schnell stirbst oder nicht, wird davon abhängen, wie lange es dauert, bis ihr mir sagt, wo mein Geld ist. Und ihr werdet es mir sagen. Glaubt mir, ihr werdet darum betteln, es mir sagen zu dürfen.«

Abbas stand kurz vor einem epileptischen Anfall, er wollte etwas sagen.

»Ich verstehe kein Wort«, sagte Petrenko. »Und im Moment ist mir auch egal, was du zu sagen hast. Erst mal siehst du zu, was mit deinem Freund passiert, dann reden wir weiter.«

Er wandte sich von Abbas ab und ging hinüber zu dem dicken Araber auf dem Tisch. Die Augen des Mannes weiteten sich, als er das Skalpell sah. Er geriet in Panik, wollte etwas sagen und musste würgen. Petrenko konnte es sich nicht leisten, dass er so schnell draufging. Also blieb ihm nichts anderes übrig, als den Knebel zu entfernen.

»Bitte«, sagte der Mann und rang nach Luft, während ihm Tränen über das Gesicht liefen. »Ich sage Ihnen alles, was Sie wissen wollen, alles ...«

Petrenko bat Yuri auf Russisch, ihm etwas Watte zu holen. Er wartete geduldig, während er sich anhören musste, wie der Dicke immer weiter daherredete. Als Yuri mit einer Tüte Watte zurückkehrte, riss Petrenko zwei Stückchen ab und stopfte sie sich in die Ohren.

Die Stimme des Dicken war jetzt kaum noch ein leises Flüstern, aber er versuchte immer wieder, Petrenko davon zu überzeugen, dass er ihm alles sagen würde, was er wissen wollte.

Petrenko unterbrach ihn. »Unglücklicherweise«, sagte er, »hast du nichts zu sagen, das ich wissen will.« Dann setzte er die Spitze des Skalpells auf die nackte Brust des Mannes und macht sich an die Arbeit.

Joels Fahrt nach Manhattan hatte fünf Stunden gedauert. Als Erstes kaufte er sich einen Zwiebel-Bagel mit Frischkäse. Er schloss die Augen und genoss jeden Bissen. In Neuengland waren die Bagel beschissen, nicht mehr als gelochte Brötchen. Als er fertig war, kaufte er sich noch einen. Er hätte kein Problem gehabt, ein Dutzend davon zu essen, aber er musste sich mit zwei zufriedengeben. Mehr war nicht gut für seinen Bauchumfang. Selbst für diese beiden würde er mit ein paar hundert Situps bezahlen müssen, wenn er nach Hause kam.

Nach dem Mittagessen fuhr er zu dem Schmuckgeschäft in der Siebenundvierzigsten Straße, wo sein Onkel Hyman arbeitete. Er ging hinein und entdeckte seinen Onkel auf demselben Schemel, auf dem er seit über fünfzig Jahren saß. Er war zweiundachtzig Jahre alt, fünfzehn Zentimeter kleiner als Joel, und auf seinem fast kahlen Kopf waren nur noch ein paar weiße Härchen übrig. Mit seinen großen Ohren und der großen, geröteten Nase sah er aus wie eine knorrige Holzfigur. Der alte Mann schaute erstaunt, als er Joel sah. Er glitt von seinem Hocker und kam überraschend flott auf seinen Neffen zu.

»Was machst du denn hier?«, fragte er und nahm eine von Joels Händen in seine eigenen, die dick und geschwollen waren. »Ich höre drei Jahre nichts von dir, und plötzlich kommst du her, einfach so. Was ist los mit dir, kannst du nicht vorher anrufen?«

»Tut mir leid, Onkel Hymie, aber ich habe mich spontan entschieden, herzufahren. Ich möchte dir etwas zeigen.«

»Ach, das kann warten. Hast du schon Mittag gegessen?«

»Ja, ich hatte zwei Bagel.«

»Bagel? Das nennst du Mittagessen? Komm, wir gehen in einen Deli und holen dir ein schönes Sandwich mit Rinderbrust. Oder vielleicht eine Matzeknödelsuppe?«

»Dafür habe ich jetzt keine Zeit, aber ich werde bei

Carnegie halten und ein paar Pfund Pastrami und Corned Beef mit nach Hause nehmen. Außerdem eine Tüte Kartoffel-Knisches. Kann ich dir jetzt zeigen, was ich mithabe?«

»Immer in Eile.« Der alte Mann schüttelte den Kopf und schnalzte mit der Zunge. »Wir haben uns drei Jahre nicht gesehen, und du hast nicht einmal Zeit, mit mir Mittag zu essen.«

»Schon gut, wenn du jetzt so eine große Sache daraus …«

»Vergiss es, du hast es eilig. Was soll ich mir denn Wichtiges anschauen?«

»Können wir nach hinten gehen?« Joel senkte die Stimme und flüsterte: »Das wäre besser.«

Der alte Mann betrachtete seinen Neffen misstrauisch. »Steckst du in Schwierigkeiten?«, fragte er.

»Nein, natürlich nicht«, murmelte Joel empört, flüsterte aber noch immer. »Ich hätte bloß gern meine Ruhe, das ist alles, ich will nicht, dass alle im Laden sehen können, was ich dir zeigen möchte.«

Es befanden sich bloß ein halbes Dutzend andere Leute im Laden, von denen sich keiner um Joel oder seinen Onkel scherte. Der Alte zuckte mit den Achseln und führte Joel ins Hinterzimmer, einen winzigen Raum, der kaum größer war als ein Einbauschrank.

»Also, worum geht es?«, fragte sein Onkel und schaute mittlerweile durchaus neugierig.

Joel zog ein Seidensäckchen aus der Tasche und schüttelte sich einen Diamanten auf die Hand. Sein Onkel nahm ihm den Edelstein ab, betrachtete ihn, sah dann seinen Neffen an.

»Woher hast du denn einen ungeschliffenen Diamanten?«, fragte er.

»Sagen wir mal, ich habe ihn gefunden.«

»Sag mir die Wahrheit. Hast du ihn gestohlen?«

Joel schnitt eine Grimasse. »Natürlich nicht«, sagte er. »Jetzt komm schon, Onkel Hymie. Sag mir einfach, was er wert ist, okay?«

Der alte Mann steckte sich eine Lupe ins Auge und betrachtete den Stein. »Er hat eine sehr gute Qualität.« Er nahm die Lupe heraus und hielt den Diamanten auf der flachen Hand. »Zweieinviertel Karat.« Er bedachte seinen Neffen mit einem langen, vorsichtigen Blick. »Im Verkauf bringt der zweiundzwanzigtausend, Großhandel vierzehntausend. Wenn du bloß irgendjemand wärst, würde ich dir wahrscheinlich neun dafür zahlen, aber so, wenn ich auf meine Provision verzichte, zwölf. Willst du verkaufen?«

Joel rieb sich über den Kiefer, während er im Kopf nachrechnete und sich darüber klar wurde, dass er über eine Million Dollar in Diamanten besaß. »Im Moment nicht«, sagte er. »Vielleicht später. Was wäre, wenn ich mehr von der gleichen Sorte auftreiben könnte?«

»Wie viel mehr?«

»Fünfzig, hundert, ich weiß noch nicht. Wie viele könntest du mir abkaufen?«

»Joel, was hast du getan?«

»Gar nichts. Es ist alles in Ordnung. Also, sag schon, Onkel Hymie, wie viele solcher Diamanten könntest du mir abnehmen?«

»Es ist also alles derart *in Ordnung*, dass du mir den Diamanten hier hinten zeigen musstest, ja?« Der alte Mann seufzte schwer. »Aber ich fürchte, wenn ich sie dir nicht abkaufe, dann gehst du einfach zu jemand anders.«

»Hör mal, Onkel Hymie, ich brauche keine Lektion. Wie viele kannst du mir abnehmen?«

»Gott im Himmel«, murmelte der alte Mann vor sich hin, dann sagte er mit einem wehmütigen Lächeln zu Joel: »Ungeschliffen, in dieser Qualität, so viele wie du hast.«

Als man Dan in Craig Browns Büro führte, stellte der Filialleiter ihm Alex Resnick vor und erklärte, dass Resnick ein Detective der Lynn Police sei und den Banküberfall untersuchte. Dan schüttelte dem Mann die Hand und setzte sich.

»Ich hoffe, es ist Ihnen recht«, sagte Brown, »aber der Detective wüsste ebenfalls gern, warum unsere Alarmanlage nicht funktioniert hat. Sie haben doch nichts dagegen, ein paar seiner Fragen zu beantworten?«

»Natürlich nicht«, sagte Dan. Während er Brown anlächelte, dachte er: Du verdammter kleiner Wichser versuchst also, mich reinzulegen. Verdammter hinterhältiger kleiner Wichser.

»Haben Sie eine Ahnung, was passiert ist?«, fragte Resnick.

»Spontan hätte ich da mehrere Ideen.« Dan wandte sich an Brown. »Haben Sie seit dem Überfall die Anlage getestet?«

»Natürlich. Wir haben jeden Alarmknopf getestet. Sie haben alle funktioniert.«

»Was ist mit dem Systemstatus?«

»Was sagt einem das?«, fragte Resnick.

Dan lächelte den Detective dünn an. »Wie lange die Anlage störungsfrei gelaufen ist. Ob sie vor dem Überfall ausgeschaltet wurde. Solche Sachen.«

Brown blätterte in einem Stapel Papier. »Ich glaube nicht, dass ich das schon überprüft habe«, sagte er.

»Bis das nicht erledigt ist, verschwenden wir bloß unsere Zeit«, sagte Dan möglichst freundlich, während er überlegte, wie er die ganze Sache angehen sollte. Er hatte damit gerechnet, irgendwann mit den Bullen reden zu müssen, aber dass es so schnell gehen würde, hatte er nicht erwartet.

Verdammter Wichser, dachte er, während er Brown aus

dem Büro folgte. Gottverdammter beschissener kleiner Wichser!

Einen Augenblick lang träumte Dan davon, dass er den Filialleiter mit seiner Pistole hätte niederschlagen sollen, als er die Gelegenheit dazu gehabt hatte. Er hatte sich ganz schön zusammenreißen müssen, ihn bloß zu schubsen. Von Anfang an hatte er den Kerl nicht gemocht, noch vor dessen Entscheidung, die Programmierung nach Indien zu geben, und hatte sich über seine hochnäsigen Kommentare hinterher geärgert.

»Sie brauchen solche Aufträge doch nicht«, hatte Brown zu ihm gesagt. »Haben Sie nicht schon Millionen mit Hightech verdient? Nach dem, was ich gelesen habe, haben das doch alle, die einigermaßen gut sind.«

Und: »Ich verstehe nicht, warum Sie diesen Auftrag wollen – ist das nicht bloß Fleißarbeit? Aber wie auch immer, ich kann es nicht rechtfertigen, Ihnen fünfzig Dollar die Stunde zu zahlen, wenn ich in Indien für dasselbe Geld vier Programmierer kriege.«

Es hatte noch andere Sticheleien gegeben, jede Menge. Jedes Mal mit einem arroganten kleinen Grinsen garniert.

Als sie vor der Alarmanlage standen, schob Dan Brown beiseite, ging in die Hocke und gab einen Befehl ein. Er zeigte Resnick das Ergebnis seiner Anfrage, das darin bestand, dass die Anlage seit über vierunddreißig Tagen kontinuierlich lief.

»Schade«, sagte Dan. »Es wäre viel einfacher gewesen, wenn jemand die Anlage einfach vor dem Überfall ausgeschaltet hätte.«

»Könnte jemand sich eingehackt haben?«, fragte Resnick.

»Nicht, wenn das System so programmiert wurde, wie ich es entworfen habe.«

»Es wurde exakt nach Ihren Vorgaben programmiert«, warf Brown ein, klang aber defensiv.

»Wenn das stimmt, dann erlaubt das System nur ausgehende Verbindungen. Niemand kann sich einwählen.«

»Ich bin nicht sicher, dass ich verstehe, was Sie damit meinen. Was soll das heißen: Wenn das System so programmiert wurde, wie Sie es entworfen haben?«, fragte Resnick.

»Ich habe nichts mit der Implementierung zu tun, nur mit dem Design.« Dan schnitt eine Grimasse, während er sich aufrichtete. »Ich werde zu alt für so was«, sagte er. »Meine Knie halten das nicht mehr aus. Können wir zurück in Craigs Büro gehen?«

Resnick runzelte die Stirn. »Können Sie sonst noch etwas sehen?«

»Nein. Wenn die Anlage nicht ausgeschaltet war, dann bleiben nur noch zwei Möglichkeiten. Nummer eins: Niemand hat während des Überfalls einen Alarmknopf gedrückt ...«

»Das ist doch lächerlich«, unterbrach Brown ihn halbherzig empört. Er wusste, dass der FBI-Agent dasselbe vermutete, und der Vorwurf lastete schwer auf seinen Schultern. Sosehr er es auch versuchte, es gelang ihm nicht, echte Empörung aufkommen zu lassen.

»Dann ist die einzige andere Erklärung, die mir einfällt, dass eine Hintertür in die Software eingebaut wurde.«

»Was meinen Sie mit Hintertür?«, fragte Resnick.

»Einer oder mehrere der Programmierer haben eine Möglichkeit eingebaut, wie man das System ausschalten ...«

»Das ist absurd!«

Dan wandte sich Brown zu und sein bislang freundliches Lächeln verhärtete sich. »Nein, ist es nicht. Absurd ist, dass Sie eine Firma am anderen Ende der Welt wichtige Sicherheitssoftware für sich schreiben lassen, nur weil es die billigste war, die Sie finden konnten.«

»Wir haben nicht Falsches gemacht«, erklärte Brown. Er räusperte sich. »Könnten Sie das Programm untersuchen und herausfinden, warum es nicht funktioniert hat?«

»Sicher kann ich das. Zweihundert Dollar die Stunde. Hundertsechzig Stunden Garantie. Vorauszahlung.«

Browns Kopf zuckte hoch, als hätte ihm jemand in den Bauch geboxt. »Das ist l…lächerlich«, stotterte er. »Wir haben Ihnen bloß fünfzig Dollar die Stunde gezahlt, um das System zu entwerfen!«

»Wenn Ihnen mein Preis nicht passt, dann können Sie den Auftrag ja auch an den niedrigsten Bieter vergeben. Vielleicht dieselbe Firma in Indien, die das Programm geschrieben hat. Ich bin sicher, für zweihundert Dollar die Stunde kriegen Sie da zwanzig Leute.«

Dan starrte den Filialleiter an. Brown blinzelte mehrfach, dann sah er weg. »Ich denke, wir müssen mit anderen Firmen sprechen«, sagte er muffig.

»Das ist Ihre Entscheidung, obwohl ich davon ausgehen würde, dass Sie die Sache so schnell wie möglich geklärt haben wollen. Außerdem würde ich annehmen, Sie wollen, dass derjenige, der das System entwickelt hat, das Programm überprüft. Aber wenn Ihnen der PR-Aspekt der Sache egal ist, ist das ja Ihr Bier.« Dann zu Resnick: »Haben Sie noch Fragen, Detective? Ansonsten würde ich jetzt gehen.«

»Im Moment nicht. Aber ich brauche eine Nummer, unter der ich Sie erreichen kann.«

Dan gab Resnick eine Visitenkarte. »Das sind meine Privat- und meine Handynummer.« Als er gehen wollte, hielt Brown ihn auf.

»Ich stelle Ihnen einen Scheck aus.« Brown sah Dan kurz in die Augen, dann senkte er den Blick. »Wie schnell können Sie mit der Arbeit beginnen?«, fragte er.

»Sofort. Nach Zahlungserhalt.«

Brown nickte. »Einen Augenblick«, sagte er. Nachdem er die Alarmanlage abgeschlossen hatte, machte er sich auf den Weg in sein Büro. Dan wollte ihm folgen, aber Resnick hielt ihn zurück. »Wenn es Ihnen recht ist, würde ich gern noch kurz mit Ihnen sprechen«, sagte er.

»Natürlich.« Dan lächelte weiter freundlich. Er war erstaunt darüber, wie ruhig er blieb. In Wirklichkeit war es eher Taubheit, fast als wäre er auf Autopilot, er reagierte ohne nachzudenken oder zu planen. Aber immerhin: Kein Schweiß, kein Herzrasen, bloß Gleichmut.

Brown zögerte, als wollte er dem Gespräch lauschen. Dann ging er aber doch. Nachdem er verschwunden war, fragte Resnick: »Könnte Brown hinter der Sache stecken?«

»Ich glaube nicht. Ich kann mir nicht vorstellen, dass er den Mumm für so etwas hätte. Aber es ist eine hübsche Vorstellung.«

»Sie mögen ihn nicht sonderlich, oder?«

»Nein, nicht wirklich. Ich habe ihn vor den Gefahren gewarnt, eine solche Programmierarbeit irgendwo machen zu lassen, wo sie nicht beaufsichtigt werden kann, und er hat nicht auf mich gehört. Ich habe ihm sogar angeboten, für weniger zu arbeiten.« Dan schwieg einen Moment und sein freundliches Lächeln verblasste. »Ich will nicht herzlos erscheinen«, setzte er hinzu. »Ich weiß, dass Menschen bei diesem Überfall umgekommen sind, aber diese Sache ist auch mein Problem. Ich verdiene mein Geld damit, Sicherheits-Software zu entwerfen. Wer will mich denn jetzt noch engagieren? Und alles nur, weil ein inkompetenter Filialleiter nicht auf meinen Rat hören wollte.«

»Wird denn jemand erfahren, dass Sie das System entworfen haben?«

»Na ja, es ist eine kleine Branche, so etwas spricht sich

herum. Und ich habe im Moment ein Dutzend Lebensläufe im Umlauf, auf denen dieser letzte Job erwähnt ist.«

Dan unterbrach sich und lächelte nun gar nicht mehr. »Sie haben eben gefragt, ob Brown dahinterstecken könnte – da gibt es tatsächlich etwas, was mir komisch vorkam. Bei meinem ursprünglichen Entwurf gab es eine zweite Leitung, die direkt mit den Alarmknöpfen verbunden sein sollte und das Sicherheitssystem umgangen hätte. Auf diese Weise wäre, wenn das System, aus welchem Grund auch immer, nicht funktionierte, die Polizei dennoch verständigt worden. Brown hat das gestrichen. Es hätte vielleicht dreihundert Dollar im Monat gekostet. Ich bin damals davon ausgegangen, dass es einfach nur eine kurzsichtige Entscheidung ist, aber wer weiß?«

Dan sah den Filialleiter zurückkommen. Brown reichte ihm den Scheck und machte einen lahmen Witz, dass die Bank nun schon zum zweiten Mal innerhalb von zwei Tagen ausgeraubt würde. Dan fiel auf, dass Resnick Brown jetzt anders ansah, aufmerksamer, und Brown schien das ebenfalls zu bemerken, denn sein arrogantes kleines Grinsen wirkte nun recht angespannt. Dan sagte dem Filialleiter, er würde ihn anrufen, sobald er etwas gefunden hätte, und dann schüttelte er Resnick die Hand, der sich bei ihm bedankte.

Als Dan durch die Banklobby ging, brach eine Flut von Bildern über ihn ein: das tote Mädchen, die Frau, die sich auf dem Boden windet, das ganze Blut. Er kniff die Augen zu, versuchte, die Bilder zu verdrängen. Draußen war die Taubheit verschwunden. Eine Faust schien sein Herz zu zerquetschen. Seine Knie zitterten.

Verdammt, du kannst jetzt nicht ohnmächtig werden. Was zum Teufel soll der Bulle denken?

Irgendwie gelang es ihm, auf den Beinen zu bleiben. Er taumelte zurück zu seinem Wagen, erstaunt darüber, wie leicht es ihm gefallen war, mit dem Bullen zu reden. Aber er hatte es ja schon bei Carol bemerkt: Das Lügen wurde immer einfacher.

Petrenko zog die Latexhandschuhe ab und warf sie in eine Mülltüte. Er schnitt eine Grimasse, umklammerte seine Finger und rieb sie heftig. Es waren entsetzliche vier Stunden gewesen.

»Er wusste nichts«, sagte Petrenko.

»Nein, das glaube ich auch«, stimmte Yuri zu.

»Kaum zu fassen, was wir verloren haben«, bemerkte Petrenko verbittert. »Nicht nur, was uns gestern gestohlen wurde, sondern auch die Millionen, die wir künftig mit den Diamanten hätten machen können.« Er rieb sich die Augen. »Wir werden sie finden. Früher oder später kriege ich sie, und dann werden sie noch schlimmer leiden als diese Araber.«

Petrenko starrte in die Ferne und sein Ausdruck verdüsterte sich. Langsam sah er wieder zurück zu Yuri. »Wir setzen eine Belohnung aus«, sagte er schließlich. »Wenn irgendein Diamantenhändler ungeschliffene Diamanten angeboten bekommt, will ich davon erfahren. Kümmere dich darum.«

Yuri nickte und verließ den Raum.

Petrenko starrte seine beiden Handlanger an. »Was steht ihr denn so rum?«, fragte er und deutete auf die Überreste des toten Arabers. »Macht diese Sauerei weg!«

22

Nachdem Dan Wilson gegangen war, blieb Resnick noch, um abzuklären, ob Brown etwas mit dem Überfall zu tun haben konnte. Jemand von der Bank musste in der Sache mit drinstecken. Jemand musste den Dieben Petrenkos Safenummern genannt haben, und jemand musste dafür gesorgt haben, dass diese ausländischen Programmierer eine Hintertür in die Software eingebaut haben. Das konnte Brown gewesen sein, ebenso wie jeder andere auch. Was aber ganz und gar nicht in Resnicks Bild passte, war der Ausdruck auf Browns Gesicht, als er nach dem Überfall feststellte, dass die Anlage noch lief. Für Resnick sah es so aus, als wäre Brown davon ausgegangen, das System sei ausgefallen. Natürlich hätte das nur gespielt sein können – der Filialleiter wusste, wo die Überwachungskameras waren, also wusste er auch, dass er für die Ewigkeit festgehalten wurde –, aber dann war es eine verdammt gute Leistung, echt Oscar-reif.

Resnicks Frage, warum Brown sich dafür entschieden hatte, die Alarmanlage nicht mit einer Sicherheitsleitung ausstatten zu lassen, machte den Filialleiter erst nervös und brachte ihn dann auf. Er bestand darauf, dass er verantwortlich dafür sei, überflüssige Ausgaben zu vermeiden, und die Anlage bereits genug unnötige Extras erhalten hatte. Resnick versuchte, ihn in die Enge zu treiben, kam aber nicht weiter. Danach ging er mit Brown die Zahlungen an die indische Programmierfirma durch, in der Hoffnung, dass er eine Zusatzzahlung oder irgendeine Unregelmäßigkeit entdecken würde. Wenn Brown Bankgelder benutzt hatte, um einen der ausländischen Programmierer zu bestechen, dann hatte er es sehr geschickt angestellt. Resnick entschied, einen Wirtschaftsprüfer hinzuzuziehen, und war sicher, dass Hadley darüber nicht glücklich sein würde.

Als er zurück aufs Revier kam, stellte er überrascht fest, dass Maguire noch nicht da war. Sie hatten sich getrennt, damit sein Partner beim FBI bleiben und mitverfolgen konnte, wie die Lombardo-Ermittlungen sich entwickelten, aber inzwischen hätte er zurück sein sollen.

Resnick hörte seinen Anrufbeantworter ab. Ein Kollege aus Revere hatte angerufen, weil sie ein verlassenes Fahrzeug vor dem Einkaufszentrum der Stadt gefunden hatten. Resnick lächelte, als er den Führerschein des Besitzers in der Datenbank der Meldebehörde aufrief. Er druckte eine Kopie aus und ging damit in Hadleys Büro.

»Da sind Sie ja wieder«, sagte Hadley steif. »Ich wollte mit Ihnen reden.«

»Sehen Sie sich erst mal das hier an.«

Resnick zeigte ihm den Ausdruck von Gordon Carmichaels Führerschein. Hadley starrte das Blatt einen Augenblick verständnislos an, bevor ihm klar wurde, wer das war.

»Wie haben Sie ihn gefunden?«, fragte er.

»Ich habe mich nach verlassenen Fahrzeugen erkundigt. Der Wagen dieses Typen stand vor dem Einkaufszentrum von Revere.«

»Raymond Lombardos Gegend«, bemerkte Hadley.

»Ja, es sieht ganz danach aus, als wollte jemand den Verdacht sehr deutlich auf Lombardo lenken«, sagte Resnick. »Ich fahre mal rüber zum Einkaufszentrum, vielleicht haben die Überwachungskameras auf dem Parkplatz ...«

»Moment.«

Resnick schaute Hadley entgeistert an. »Was ist, Ken?«

»Ich habe lange mit Agent Spitzer gesprochen, und wir

sind beide zu dem Schluss gekommen, dass Raymond Lombardo hinter dem Banküberfall steckt.« Hadley holte tief Luft. Als er sie wieder ausgestoßen hatte, sah sein rundes Gesicht aus wie ein platter Autoreifen. »Was mich betrifft, ist der Fall abgeschlossen.«

»Hat schon irgendwer versucht, Lombardos Geschichte zu verifizieren?«

»Und was würde das beweisen? Ich bin sicher, sein Friseur wird sagen, was immer Lombardo von ihm hören will. Und dasselbe gilt für seine Golffreunde.«

»Wir haben so viele Spuren, denen wir noch nicht nachgegangen sind«, sagte Resnick und schüttelte ärgerlich den Kopf. »Jemand von der Bank muss mit ihnen unter einer Decke stecken. Wenn wir die Sache jetzt abbrechen, werden wir nie erfahren, was wirklich geschehen ist.«

»Wir wissen, was geschehen ist. Es ist vorbei, Alex. Wir haben den Mann, der dahintersteckt, auf Video. Das reicht mir, und es sollte auch dir reichen. Soll das FBI die Sache zu Ende bringen.«

»Ken, das stinkt. Das FBI wird Lombardo einen Deal aufzwingen, und die ganze Sache verschwindet einfach vom Tisch, während wir dabei einfach nur zusehen?«

»Manchmal läuft es so.«

»Und es zählt überhaupt nicht, wie viele Menschen zu Schaden gekommen sind?«

»Natürlich zählt das.« Hadley seufzte schwer, sein Blick war leer, als er seinen Detective ansah. »Aber unglücklicherweise nicht dieses Mal.«

Lange konnte Resnick bloß zurückstarren. Mit tiefer, gepresster Stimme sagte er: »Und wenn Lombardo ein Dutzend Zeugen anschleppt, die bestätigen, dass er zur Zeit des Überfalls Golf gespielt hat? Die Sache könnte Euch um die Ohren fliegen, Ken.«

»Ich glaube nicht, dass das passieren wird. Aber wie ich schon sagte, es ist vorbei. Heute um sechs wird es eine Pressekonferenz geben. Und was Sie angeht, möchte ich nicht, dass Sie noch mehr Zeit mit der Sache zubringen. Genau genommen gebe ich Ihnen, worum Sie mich schon vorher gebeten hatten. Bis auf Weiteres kümmern Sie sich um Viktor Petrenko. Behalten Sie ihn vierundzwanzig Stunden am Tag im Auge, wenn es geht.«

»Was ist mit Walt?«

»Er ist für Craig Brown zuständig; soweit ich mich erinnere, war das ebenfalls ein Vorschlag von Ihnen.«

»Und das war's, ja? Wie lange wird das so laufen? Bis das FBI seinen Deal mit Lombardo abgeschlossen hat?«

Hadley lächelte verkrampft, aber seine Augen blieben blass und leblos wie Glas. »Kann schon sein«, sagte er.

23

Später am Nachmittag war Dan immer noch überrascht, dass er es geschafft hatte, den Bullen derart an der Nase herumzuführen. Es war, als ducke man sich im Krieg unter einer Kugel weg, während das Adrenalin im Blut dafür sorgt, dass einem gar nicht klar wird, wie groß die Gefahr ist, wie dicht man vor dem Abgrund steht. Erst hinterher merkt man das. Ach was, von wegen Kugel, er hatte sich unter einer ganzen Maschinengewehrsalve weggeduckt. Seine Hände zitterten immer noch, als er Browns Scheck einlöste. Zweiunddreißig Riesen. Er hatte immer noch mehr als viertausend Dollar von Gordon. Mit dem Geld hätte er sich eigentlich besser fühlen müssen. Stattdessen war er bloß unruhig.

Es war halb fünf. Ihm war überhaupt nicht danach, nach Hause zu Carol und den Kindern zu fahren. Würde ihm je wieder danach sein? Vielleicht. Mit der Zeit könnte der Überfall zu einer leeren Erinnerung werden. Irgendetwas, das irgendwann einmal vielleicht geschehen war, oder eben auch nicht. Erinnerungen dieser Art waren ihm vertraut. Menschen, die man einmal gekannt hatte, von denen aber kaum noch etwas da war als ein blasses Bild. Selbst das erste Mädchen, mit dem er geschlafen hatte. Sie waren beide sechzehn gewesen und hatten sich eines Nachts mit einer Decke auf einen Golfplatz geschlichen. Einerseits wusste er, dass es so gewesen war, andererseits erschien es ihm völlig unmöglich. Er konnte sich kaum daran erinnern. Nicht einmal an das Mädchen. Natürlich, das hier war etwas anderes. Aber vielleicht würde mit der Zeit auch daraus so eine ferne, unscharfe Erinnerung werden. Vielleicht würde ihm Jahre später auch das hier völlig unmöglich erscheinen.

Aber jetzt dachte er immer weiter an das tote Mädchen. Und an die andere Frau. Als er zu dem Treffen mit Brown gefahren war, wurde im Radio durchgegeben, die andere Frau schwebe immer noch in Lebensgefahr. Er hoffte, dass sie am Leben blieb. Aber wie würde dieses Leben jetzt aussehen, nachdem eine Kugel ihren Bauch durchschlagen hatte? Würde so etwas jemals wirklich heilen?

Er schwitzte bei dem Gedanken daran. Großer Gott, er zitterte sogar. Wenn jemand ihn sähe, würde er das Zittern womöglich für eine neurologische Störung halten. Er musste unbedingt seine Nerven beruhigen. Ein Drink würde helfen.

Er hielt an der nächstbesten Bar. Der Barkeeper schaute ihn seltsam an, als er ein Guinness und einen Jameson's bestellte.

»Alles in Ordnung, Kumpel?«, fragte er.

»Wird mir besser gehen, wenn ich mein Bier und meinen Kurzen habe.«

»Du weißt, ich darf keinen Alkohol an jemanden ausschenken, der schon besoffen ist.«

»Ich habe noch keinen einzigen Tropfen getrunken. Ehrlich. Was soll ich machen, das Alphabet rückwärts aufsagen?« Dan tat es einfach.

Der Barkeeper hob ergeben die Hände. »Okay, okay«, sagte er. »Schon gut.« Aber während er das Bier zapfte, zog er eine Augenbraue hoch und betrachtete Dan zweifelnd.

Gott, er wünschte, er könnte vergessen, dass der Überfall je stattgefunden hatte. Sollte Joel doch das Geld behalten. Das war ihm inzwischen egal. Er wollte das alles einfach nur so schnell wie möglich vergessen. Aber er wusste, dass das nicht ging. Shrini würde es nicht zulassen. Morgen würden sie beide zu Joel fahren, und ihm war klar, dass Shrini nicht aufgeben würde, bis er seinen Anteil hatte. Und insgeheim wusste er auch, dass Joel nicht nachgeben würde. Die ganze verdammte Sache drohte eindeutig noch weiter außer Kontrolle zu geraten. Dieser verdammte Joel.

Der Barkeeper brachte ihm seine Drinks. Dan kippte den Schnaps und nippte dann am Guinness, er wollte lieber nicht zu schnell trinken. Die zweiunddreißig Riesen würden ihm etwas Zeit verschaffen, vielleicht genug, um einen Job zu finden, bei dem er gegen Berufsunfähigkeit versichert wäre. Er streckte den Arm mit dem Bierglas von sich weg. Im hellen Licht konnte er immer noch alles erkennen, er konnte sogar Text auf einem Computerbildschirm lesen, aber im Dämmerlicht der Bar wurden die Buchstaben auf dem Glas unscharf, und er konnte nichts davon entziffern. Er fragte sich, wie viel Zeit ihm noch blieb, bevor er gar nichts mehr würde sehen können. Ein Jahr, vielleicht weniger.

Irgendwann nächste Woche würde er sich bei Brown melden und ihm erklären, warum die Software versagt hatte. Es gab keinen Grund, etwas zu verbergen. Sie sollten ruhig davon ausgehen, dass er eine ehrliche Haut war. Dann wäre die nächstliegende Schlussfolgerung, dass einer der indischen Programmierer absichtlich eine Hintertür in das Programm eingebaut hatte. Sollten sie doch versuchen, das Gegenteil zu beweisen. Dan lachte zornig, er stellte sich vor, wie die Zeitungen sich auf die Geschichte stürzten. Vielleicht würde es am Ende anderen Firmen einen Riesenschreck einjagen, die ebenfalls sensible Programmierarbeiten herausgegeben hatten. Vielleicht würde er dadurch sogar ein paar Aufträge bekommen.

Das war ein interessanter Gedanke. Er konnte dafür sorgen, dass diese Firmen mehr als nur einen Riesenschreck bekamen. Mit ein bisschen Glück konnte er eine

Panik heraufbeschwören. Als Erstes würde er ein paar Artikel darüber schreiben, was bei der Lynn Capital Bank vorgefallen war. Scheiße, vielleicht konnte er sogar mit diesem Fall als Beispiel ein Buch über die Risiken in der Finanzindustrie schreiben.

Zum ersten Mal seit langem war Dan ganz aufgeregt, sein Kopf war voller Ideen. All diese Banken und Investmentfirmen würden durchdrehen, wenn sie erfuhren, was der Lynn Capital zugestoßen war. Sie alle müssten jedes Programm daraufhin überprüfen, ob jemand eine Hintertür eingebaut hatte. Und Dan könnte morgen eine Firma gründen, die auf diese Untersuchungen spezialisiert war, und mit seinen Artikeln und seinem Buch das Geschäft ankurbeln. Während die Ideen durch seinen Kopf wirbelten, merkte er, dass sein Mund ganz trocken war. Er sah auf, der Barkeeper betrachtete ihn.

»Ich muss zugeben«, sagte er, »die Drinks haben Ihnen gutgetan. Als Sie reinkamen, haben Sie richtig scheiße ausgesehen. Jetzt hat Ihre Haut wieder Farbe. Sie sehen aus wie ein neuer Mann.«

»Die Heilkraft eines Guinness ist eben erstaunlich«, sagte Dan und zwinkerte. »Wie wär's mit noch einer Runde? Mal sehen, ob ich noch ein bisschen gesünder werden kann.«

»Kein Problem.«

Dan schaute zu, wie der Mann das Bier zapfte. Dann wanderte sein Blick zum Fernseher. Die Sox hatten in letzter Zeit gut gespielt und die letzten sieben Spiele gewonnen. Der Zusammenschnitt mit den Höhepunkten aus diesen Spielen wurde von einer Eilmeldung unterbrochen. Der Ton war ausgestellt, aber er wusste sofort, worum es ging. Hell wie der Tag erschien Gordons Führerscheinfoto auf dem Schirm. Dan spürte, wie sich sein Magen zusammenzog. Er hatte gewusst, dass Gordon irgendwann identifiziert werden würde, aber dass es schon längst passiert war, ließ ihn wieder unsicher werden.

Der Barkeeper brachte ihm seine Getränke. Dan schmeckte sie nicht einmal. Er hätte genauso gut Wasser trinken können, oder Schlamm. Nichts erreichte ihn mehr. Er spürte bloß eine fast unerträgliche Unsicherheit und den Drang, sich zu bewegen. Er stand auf und warf zwanzig Dollar auf die Theke.

Je schneller er sich Carol stellte, desto besser. Wenn er zu lange wartete, würde er es nicht schaffen. Auf dem Weg nach Hause entschied er sich, so nah an der Wahrheit zu bleiben wie möglich. Und natürlich wartete Carol in der Tür auf ihn, sie wirkte ängstlich und aufgeregt zugleich.

»Es war doch Gordon, der erschossen wurde«, sagte sie atemlos zu ihm. »Ich wusste es!«

Dan zwang sich, ihr in die Augen zu sehen. »Ich weiß. Ich war in einer Bar und habe es im Fernsehen gesehen.«

»Das ist wirklich unglaublich.« Sie schaute ihn fragend an. Dan wusste, wonach sie suchte. Nach einem Anzeichen dafür, dass er ebenfalls überrascht war. Und so stark die Versuchung war, wegzuschauen, er zwang sich, den Blickkontakt aufrechtzuerhalten.

»Was wollte er denn bei der Bank?«, fragte sie.

»Keine Ahnung. Vielleicht war er auf der Suche nach Arbeit.«

Jetzt schaute sie beinahe verzweifelt. »Aber sie boten doch überhaupt keine Jobs an, oder?«

Dan schüttelte den Kopf.

»Warum hätte er dann hingehen sollen?«

»Keine Ahnung. Er wusste, dass ich für sie gearbeitet hatte. Vielleicht hat er aus irgendeinem Grund gedacht, es wäre sinnvoll, sich vorzustellen. Vielleicht hat er deswegen neulich angerufen.« Er schüttelte den Kopf und sah weg. »Ich habe gute Neuigkeiten«, sagte er dann. »Auch wenn das jetzt natürlich blöd ist. Die Bank hat mich engagiert, um die Arbeit der Inder zu überprüfen. Sie wollen, dass ich rausfinde, warum die Alarmanlage nicht funktioniert hat. Was glaubst du, wie viel sie mir bezahlen?«

Carol schüttelte den Kopf.

»Zweiunddreißigtausend Dollar. Vorab. Das Geld ist schon auf unserem Konto.«

Dan ging an ihr vorbei. »Ich weiß, das klingt komisch nach der Sache mit Gordon«, sagte er. »Aber wir sollten das feiern, vielleicht essen gehen.«

»Zweiunddreißigtausend Dollar«, wiederholte sie leise. »Gott sei Dank. Ich war sicher, wir würden das Haus verlieren. Aber wir können nicht ausgehen. Du hast um sieben dein Bewerbungsgespräch.«

Dan schnitt eine Grimasse, als hätte er das ganz vergessen. »Na ja, das könnte ich einfach ausfallen lassen. Ich habe doch jetzt einen Auftrag.«

»Es kann doch nicht schaden, noch einen Job in der Pipeline zu haben.«

Sie schaute ihn immer noch durchdringend an.

»Ja, da hast du wohl Recht«, gab er zu. »Aber lass uns wenigstens etwas trinken.«

Der einzige Alkohol, der noch im Schrank stand, war eine Flasche Kahlua, die sie vor Jahren aus Mexiko mitgebracht hatten. Dan öffnete sie, füllte zwei Gläser zur Hälfte, gab etwas Eis und Milch hinzu. Während Carol an ihrem Drink nippte, kehrte die altbekannte Anspannung zurück.

»Du glaubst nicht, dass Gordon mit dem Banküberfall zu tun gehabt haben könnte?«, fragte sie.

Dan verschluckte sich beinahe an seinem Drink. Verdammt, weibliche Intuition! Er wusste, dass sie mehr fragen wollte als das.

»Machst du Witze?«, fragte er. »Wir reden über Gordon. Was um Himmels willen sollte er mit einem Banküberfall zu tun haben? Komm schon, denk doch mal nach.«

Sie sah ihn mit ihren sanften blauen Augen reglos an. Schließlich schaute sie weg. »Ich weiß auch nicht«, sagte sie. »War nur so ein Gedanke.«

»Mh-hm.« Dan trank aus. Ohne Carol anzusehen, sagte er, dass er sich besser auf sein Gespräch vorbereiten sollte. Er konnte ihren Blick spüren, als er den Raum verließ. In seinem Arbeitszimmer fühlte er sich zitteriger denn je. Wenn sie vermutete, dass Gordon mit dem Überfall zu tun hatte, was vermutete sie noch? Er kannte die Antwort darauf bereits. Er hatte es in ihrem Blick sehen können. Ein Schauer durchfuhr ihn. Er konnte sich vorstellen, was sie dachte – über seine Anrufe, seine Treffen mit Joel und Shrini, den Ausschlag neulich –, und dass sie versuchte, das Ganze irgendwie zu deuten. Zu verstehen, in welcher Beziehung es zu Gordons Tod und dem Überfall auf eine Bank stehen konnte.

Er war erschöpft und nervös. Als könnte er keinen Muskel mehr rühren, aber gleichzeitig nicht still sitzen. Er ging im Geiste seine Telefonate durch und war gerade damit beschäftigt herauszufinden, ob sie dabei etwas Belastendes gehört haben könnte, als Carol die Tür öffnete. Sie schaute erleichtert.

»Sie haben den Drahtzieher hinter dem Überfall gefasst«, sagte sie. »Es kam gerade in den Nachrichten.«

»Wer war es denn?«, fragte Dan. Sein Herz raste.

»Ich habe seinen Namen vergessen«, sagte Carol und ein Strahlen breitete sich auf ihrem Gesicht aus. »Jemand von der Mafia. Ich glaube, aus Revere.«

Dan schaute seine Frau an und konnte sehen, dass all ihre Zweifel verschwunden waren. Sie strahlte heller als jeder Weihnachtsbaum.

Gott sei Dank, dachte er, Gott verdammt noch mal sei Dank.

Petrenko hatte drei seiner Männer losgeschickt, um Craig Brown einzusacken, und ging ungeduldig auf und ab, während er auf ihre Rückkehr wartete. So oder so würde er herausbekommen, was geschehen war. Und wenn er dafür noch jemanden bei lebendigem Leib häuten musste.

Im Hintergrund lief der Fernseher. Petrenko hörte nur mit halbem Ohr zu, als von Lombardos Verhaftung berichtet wurde. Langsam stellte er die Verbindung her zwischen dem, was der Reporter erzählte, und dem, was es für ihn bedeutete. Gut zwanzig Minuten stand er einfach nur ganz still da, seine Augen waren matt und leblos wie Sand, aber in seinem Kopf drehten sich die Rädchen. Er ging die möglichen nächsten Schritte durch, zum Beispiel könnte er jemanden aus Lombardos Familie entführen lassen oder der Mafia in Boston den Krieg erklären. Nur glaubte Petrenko nicht, dass ihn etwas Derartiges weiterbringen würde. Geld und Diamanten waren verloren, stellte er leidenschaftslos fest. Das Beste, was er jetzt noch tun konnte, war, die Dokumente zu einem guten Preis freizukaufen.

Es klopfte an der Tür. Er schaute auf und sah Yuri Tolkov hereinkommen.

»Hast du ihn?«, fragte Petrenko.

Yuri schüttelte mit ausdruckslosem Gesicht den Kopf. Auf Russisch sagte er: »Ein Polizist hat ihn beschattet.«

»Welcher, der *zhid*?«

»Nein, der andere, sein Partner, der so blöd guckt. Um an den Banker ranzukommen, muss man zuerst den Bullen umlegen. Soll ich das machen?«

Petrenko dachte nach und runzelte die Stirn. »Das sparen wir uns für später auf. Im Moment haben wir Wichtigeres zu tun.«

Yuri nickte ungerührt. »Ich habe es im Radio gehört.«

»Wir werden mit den Italienern einen Deal aushandeln müssen«, sagte Petrenko.

»Sind Sie sicher? Es gibt auch andere Möglichkeiten, die Sache zu klären.«

»Keine davon würde uns weiterhelfen.«

»Ich weiß nicht, wir könnten versuchen, zu ...«

»Das bringt nichts«, unterbrach Petrenko mit leiser Stimme. »Wir werden jetzt tun, wozu wir gezwungen sind, aber später werden sie es uns zurückzahlen müssen. Mach dir darüber keine Sorgen.«

Die Kinder waren seit über einer Stunde zu Hause. Carol hatte Thunfischauflauf zum Abendessen gemacht, den keiner von ihnen wirklich mochte. Aber die Stimmung war wesentlich besser als in den letzten Tagen, obwohl Carol immer wieder einen Kommentar zu Gordon einschob. Susie musste ein paarmal über Dans platte, harmlose Witze lächeln, und Gary erzählte von der Glückssträhne der Sox. Irgendwann während des Essens war Dan aufgefallen, dass er seine Kinder ansehen konnte, ohne von Schuldgefühlen übermannt zu werden.

Nach dem Essen gingen die Kinder nach oben, Susie, um Musik zu hören, und Gary, um sich das Sox-Spiel anzuschauen. Dan saß auf dem Sofa im Wohnzimmer und machte sich Notizen für sein Buchexposé. Carol war an ihn gelehnt und las Zeitung. Als Dan aufschaute und auf die Uhr sah, war es Viertel vor acht.

»Der Typ ruft nicht an«, sagte er. »Vermutlich hat er jemand Billigeren gefunden.«

»So was passiert«, sagte Carol.

»Aber der Wichser hätte wenigstens Bescheid geben können«, beschwerte er sich.

Carol wirkte ein wenig enttäuscht, aber nicht zu sehr,

wahrscheinlich war sie einfach glücklich, dass er den anderen Auftrag hatte. Und wohl auch erleichtert darüber, dass sie wegen des Banküberfalls umsonst misstrauisch gewesen war.

»Wieso gönnen wir uns nicht mal was und gehen mit den Kindern Eis essen?«, fragte Dan.

Carol drehte sich um. Sie packte sein Gesicht mit beiden Händen und küsste ihn auf den Mund. »Was für eine wunderbare Idee«, sagte sie. »Wenn wir die Kinder dazu überreden können.«

Susie tat wie immer desinteressiert, aber allerhöchstens halbherzig, und gesellte sich ohne allzu viel Widerworte zu ihnen. Gary war ein bisschen genervt davon, das Sox-Spiel nicht weitersehen zu können, erklärte sich aber einverstanden, solange er den Sportbericht im Radio hören konnte. Es war das erste Mal in diesem Sommer, dass sie Eis essen gingen. Seit Dan arbeitslos war, taten sie so etwas nicht mehr.

Den Kindern tat der Ausflug gut. Susie blieb die ganze Zeit in Dans Nähe, stieß ihn manchmal sogar an. Gary war gut drauf wie immer, besser sogar, weil es so aussah, als würden die Sox das achte Spiel in Folge gewinnen. Während sie alle ihr Eis aßen, schob sich Carol neben Dan und nahm seine Hand.

Als sie nach Hause zurückkehrten, warteten zwei Nachrichten auf ihn. Eine von Shrini, die andere von Peyton Hanes.

»Kannst du die nicht morgen zurückrufen?«, fragte Carol.

Dan graute es vor beiden Gesprächen. »Es geht wahrscheinlich um Gordon«, sagte er. »Ich rufe sie schnell an, dann habe ich es hinter mir.«

»Wenn es sein muss. Mach nicht so lange.«

Dan nickte. Er ging in sein Arbeitszimmer und starrte

das Telefon minutenlang an, bevor der Peyton anrief. Eins von Peytons Kindern ging ran und legte den Hörer beiseite. Nach einer Weile kam Peyton.

»Hey, hallo, Dan«, sagte Peyton. »Mann, ist lange her. Hast du das von Gordon gehört?«

»Kaum zu glauben«, sagte Dan.

»Scheiße, ja. Ich habe gestern die Zeichnung in den Nachrichten gesehen und bin nicht einmal darauf gekommen, dass er es sein könnte.«

»Es ist schrecklich«, sagte Dan.

»Ja, Mann, das ist es. Hast du eine Ahnung, was er in Lynn wollte?«

»Wer weiß das bei Gordon schon?«

»Das Ganze ist wirklich höchst merkwürdig. Hör mal, ich habe mit Gordons Eltern gesprochen. Die Beerdigung ist diesen Samstag. Du kommst doch, oder?«

»Ich würde schon gern, aber ich weiß nicht, ob ich ...«

»Scheiße, Dan, du musst einfach kommen. Gordons Eltern sind über achtzig. Es ist schlimm genug, dass sie ihren Sohn zu Grabe tragen müssen, aber langsam sieht es danach aus, dass außer mir keiner kommt. Du musst einfach, okay?«

»Mal sehen.«

»Mann, du musst.«

Peyton beschrieb ihm den Weg zum Friedhof und legte auf. Dan starrte immer noch das Telefon an, als es plötzlich klingelte. Shrinis Nummer erschien auf dem Display. Zögernd griff er nach dem Hörer.

»Hey, Alter«, sagte Shrini ärgerlich. »Du solltest mich zurückrufen.«

»Tut mir leid, Shrini, ich bin gerade erst nach Hause gekommen.«

»Hast du Nachrichten gehört?«

»Ja.«

»Okay, Alter, wir treffen uns morgen wie vereinbart, ja?«

»Ich finde, wir sollten noch ein paar Tage ...«

»Quatsch! Du hast mir dein Wort gegeben. Und glaub mir, ob alleine oder mit dir, ich fahre hoch zu diesem kleinen Pfau ...«

»Okay, okay«, unterbrach Dan, der befürchtete, dass Carol oder eines der Kinder abnehmen und Shrini wüten hören würden. »Ich komme morgen früh um neun.«

»Schon besser, Alter.«

Nachdem Shrini aufgelegt hatte, überlegte Dan, was er seiner Frau sagen sollte. Irgendwann mussten die Lügen mal aufhören. Wie viele davon konnte man aufeinanderstapeln?

Nachdem er sich eine passende Geschichte überlegt hatte, wartete er, bis er den Mumm beisammen hatte, sich zu erheben und Carol weitere Lügen zu erzählen.

24

Gleich morgens um sieben hielt Resnick vor Petrenkos Haus. Er goss sich schwarzen Kaffee aus der Thermoskanne ein und überflog die Zeitungsberichte über Lombardo und Gordon Carmichael. Danach las er Carmichaels Nachruf.

Wie vermutet war er ein Einzelgänger ohne Frau und Kinder. Die einzigen Familienmitglieder, die erwähnt wurden, waren seine Eltern, die in Greenwich, Connecticut lebten. Im Nachruf stand mehr über Carmichaels Vater, einen ehemaligen Industriellen, als über den Toten – erwähnt wurde lediglich, dass Carmichael Junior in Vietnam gedient hatte, zwei Purple Hearts trug und nach seinem Wehrdienst und einem Studium in Yale als Programmierer für etliche Firmen arbeitete, von denen Resnick noch nie gehört hatte.

Kurz nach zehn fuhr ein silberner Mercedes in Petrenkos Auffahrt. Ein kräftig gebauter Mann, etwa einssiebzig, stieg aus. Er war Ende dreißig, hatte kurz geschnittene blonde Haare und eine Nase, die fast quer zu seinem Gesicht zu stehen schien. Resnick erkannte ihn, er hatte ihn schon häufiger mit Petrenko zusammen gesehen, unter anderem in dem russischen Restaurant. Der Mann starrte zu Resnick hinüber, bevor er zur Haustür ging. Es waren über fünfundzwanzig Grad im Schatten, und er trug eine Lederjacke, woraus Resnick schloss, dass der Russe wahrscheinlich eine Waffe bei sich hatte. Er überlegte, ob er ihn deswegen verhaften sollte, entschied sich aber, sitzen zu bleiben und abzuwarten, was der Tag noch so brachte.

Zehn Minuten später verließ Petrenko in Begleitung des Mannes das Haus. Auch er schaute Resnick ungerührt an, bevor er sich abwandte. Der Mercedes setzte zurück, und Resnick gab sich keine Mühe zu verbergen, dass er ihm folgte.

Sie fuhren nach Boston. Am Government Center bog der Mercedes Richtung North End ab. In der Hanover Street blieb er stehen. Petrenko stieg aus, ging zügig in die Richtung, aus der sie gekommen waren, und nickte Resnick im Vorbeigehen zu.

Resnick saß fest. Die Straße war zu eng, als dass er den Wagen abstellen könnte, ohne den gesamten Verkehr zu blockieren. Er konnte jetzt zocken, die Hanover Street zurückfahren und darauf hoffen, dass Petrenko zurückkäme. Aber danach sah es nicht aus. Stattdessen blieb er an dem Mercedes dran. Er wusste, der Fahrer war Petrenkos Bodyguard, und bezweifelte, dass Petrenko ohne ihn Geschäfte machen würde.

An der nächsten Ecke hielt der Mercedes abrupt an und Resnick musste voll auf die Bremse treten, um ihm nicht hinten reinzufahren. Die Fahrertür wurde geöffnet, der Dicke stieg aus, und ein Mann, der auf dem Bürgersteig gewartet hatte, setzte sich ans Steuer. Resnick hatte immer noch keinen Platz, um zu halten. Im Vorbeijoggen warf der Russe ihm einen Blick zu. Resnick blieb nichts anderes übrig, als dem Mercedes zu folgen, obwohl ihm klar war, dass er Petrenko, wenn überhaupt, dann erst nach getaner Tat wieder aufsammeln würde. Missmutig bewunderte er das Manöver, mit dem Petrenko ihn ausgetrickst hatte. Er nahm sich vor, den Mann nie wieder zu unterschätzen.

Joel war überrascht, als er ans Telefon ging und sein Onkel Hymie zu erfahren forderte, in was für einen Mist er denn da geraten war.

»Beruhige dich, Onkel Hymie.«

»Komm mir nicht so!« Es folgte ein Schweigen, dann flüsterte der alte Mann: »Es ist eine Belohnung ausgesetzt für Informationen über ungeschliffene Diamanten. Und willst du wissen, wer diese Belohnung anbietet?«

Joel machte sich nicht die Mühe, zu antworten. Er wartete ab, bis sein Onkel ihm sagte, dass es Viktor Petrenko war.

»Ich habe mich nach ihm erkundigt«, fuhr sein Onkel fort. »Er ist ein Gangster, ein gefährlicher Mann. In Russland hat er für den KGB Leute verhört. Weißt du, was das heißt, Joel? Hast du irgendeine Vorstellung davon, wen du bestohlen hast?«

»Ich weiß nicht, was du da redest. Ich habe nichts gestohlen.«

»Du lügst mich an? Glaubst du, ich bin so *meschugge*, dass ich dir diesen Unsinn abkaufe? Was ist mit dir los, meinst du, du könntest dich mit einem Tier wie Petrenko anlegen? Hast du überhaupt noch ein letztes bisschen Verstand?«

»Komm mir jetzt nicht so. Ich habe mich von Pop nicht belehren lassen und lasse es mir auch von dir nicht gefallen!«

Joel schaute zum Fenster hinaus und sah Dan und seinen indischen Kumpel die Auffahrt entlangkommen. Müssen jetzt auch noch diese beiden Schwachköpfe hier auftauchen?

»Du kleiner *pischer*«, kam es über die Leitung. »So redest du mit deinem Onkel?« Dann: »Hallo, hallo? Joel, bist du noch da?«

»Ja, ich bin noch dran«, sagte Joel. Er ging zu seinem Schreibtisch, schloss die Schublade auf, nahm eine zweiundzwanziger Halbautomatik heraus und sah nach, ob sie geladen war. Er hätte gern mehr Durchschlagskraft gehabt, aber das musste reichen. Es klopfte an der Haustür.

Er schaute zum Fenster hinaus und konnte die beiden sehen. »Onkel, hör mal, tut mir leid, was ich gesagt habe. Ich habe die Geduld verloren. Aber ich habe keine Diamanten gestohlen.« Leiser setzte er hinzu: »Erzähl einfach keinem davon, okay?«

»Glaubst du wirklich, ich bin *meschugge*?« Nach einer Pause setzte sein Onkel hinzu: »Joel, werde diese Diamanten los. Schmeiß sie notfalls weg. Tu nichts Dummes. Das nächste Begräbnis, an dem ich teilnehme, soll mein eigenes sein, verstanden?«

»Mach dir keine Sorgen, Onkel Hymie.«

»Ich bin nicht derjenige, der Grund hat, sich Sorgen zu machen. Sprich nie wieder mit mir über diese Steine«, sagte sein Onkel, bevor er auflegte.

Joel starrte das Telefon an, dann feuerte er es quer durchs Zimmer. Es zerschellte an der Wand und regnete in kleinen Stücken zu Boden.

Dieser verdammte KGB-Wichser!

Wenn er die Disketten und Videos ans FBI schickte, könnte er Petrenko ordentlich eins auswischen. Sobald die das Zeug in die Hände bekamen, würden sie den Russen für immer wegsperren. Joel hatte genug davon gesehen, um zu wissen, woran er war. Es handelte sich um Aufzeichnungen über Geldtransfers und Bestechungen, und da das diesem KGB-Wichser noch lange nicht reichte, auch noch ekelhafte Sex-Aufnahmen. Tja, damit wendete sich das Blatt. Joel wusste, er würde diese Diamanten nicht loswerden, solange Petrenko frei herumlief, aber wenn ihm eine Möglichkeit einfiele, ein Päckchen an das FBI zu schicken, ohne sich Sorgen machen zu müssen, dass sie es zu ihm zurückverfolgten ...

Wieder klopfte es an der Tür. Und Joel erinnerte sich wieder daran, dass Dan und sein Freund dort draußen standen. Er hielt die Pistole auf Hüfthöhe und öffnete die Tür.

»Seid ihr eigentlich bescheuert?«, fragte Joel und zeigte ein gekünsteltes Grinsen. »Ich habe euch doch gesagt, was passiert, wenn ich einen von euch je wiedersehe.«

Dan trat einen Schritt zurück, als er die Pistole erblickte. Shrini hingegen trat vor und seine Muskeln verspannten sich.

»Einen Schritt zurück, Gunga, sonst bist du tot.«

Shrinis Blick wanderte von der Pistole zu Joels Gesicht. Langsam trat auch er einen Schritt zurück.

»So funktioniert das nicht«, sagte Dan. »Du musst uns unseren Anteil geben.«

»Was mich betrifft, funktioniert es prima. Die Idee mit diesem Mafiosi ist perfekt aufgegangen, und ich hab das ganze Geld. Ich kann nicht nachvollziehen, warum ich euch irgendetwas abgeben sollte.«

»Joel, du weißt, das ist nicht fair und ...«

»Fick dich. Ich habe dir gesagt, was passiert, wenn dein irrer Freund die Sache in die Scheiße reitet.« Joel schnitt eine Grimasse und rieb sich geistesabwesend den Kiefer. »Wegen Gordon habe ich den Rest meines Lebens den Tod dieses Mädchens auf dem Gewissen.«

»Das geht uns allen so.«

»Aber mir sollte es nicht so gehen.« Joel schüttelte den Kopf und verdrängte den Gedanken daran, was Eric – und damit letztlich er selbst – zu den Geschehnissen beigetragen hatte. »Tut mir leid, Dan«, sagte er. »Du kriegst keinen Cent.«

»Joel, wir haben gesehen, wie viel Geld wir aus diesen Safes geholt haben. Das reicht doch für uns alle.«

»Vergiss es. Du hast versprochen, dass Gordon sich zusammenreißt. Das Ganze ist deine Schuld, nicht meine.«

»Okay, sagen wir, es ist meine Schuld. Aber gib zumindest Shrini seinen Anteil.«

»Mache ich nicht.« Joel schaute Shrini an. »Folge

meinem Rat, Gunga, sei einfach dankbar, dass du noch am Leben bist.«

Shrini kochte. Das war zu viel für ihn. »Ist das zu glauben, was für ein Pfau?«, beschwerte er sich. »Wir planen den Überfall, laden ihn dazu ein, und jetzt stolziert er herum und glaubt, dass ihm und seinem Schweinefreund das ganze Geld zusteht!«

»Ich bin ein Pfau, ja?« Joels Lippen verzogen sich zu einem humorlosen Grinsen. »Na ja, ich hab schon Schlimmeres gehört. Und weißt du was? Es ist ganz egal, ob ich glaube, dass mir das ganze Geld zusteht. Wichtig ist, dass ich das ganze Geld *habe*.«

»Was soll das heißen, du hast das *ganze* Geld?«, fragte Dan. Er trat noch einen weiteren kleinen Schritt zurück. »Was ist mit deinem Kumpel?«

»Eric ist nicht mehr da.«

»Du machst Witze, oder?«

Joel machte sich nicht die Mühe, ihm zu antworten.

»Verdammt, Joel! Du wirst uns allen die Polizei auf den Hals hetzen!«

»Jetzt reg dich nicht auf. Den vermisst keiner.«

Sie standen alle drei da und starrten einander an, dann kochte Shrini über vor Wut.

»Du bist ein Feigling«, sagte er zu Joel. »Ein Pfau mit einem großen gelben Schwanz. Glaub mir, wenn du keine Knarre hättest, würde ich dich und deine Schwanzfedern auseinandernehmen.«

»Langsam habe ich es satt«, sagte Joel und grinste jetzt nicht mehr. Sein Blick wurde glasig. Er sah Dan an. »Nenn mir einen guten Grund, warum ich euch beide nicht jetzt sofort kaltmachen sollte?«

»Carol weiß, dass ich bei dir bin«, begann Dan. Seine Stimme war brüchig. Er musste schlucken, bevor er weitersprechen konnte. »Wenn ich nicht nach Hause komme, wird sie die Polizei verständigen.«

»Und? Was glaubst du, wird die finden? Ich kenne eine Menge Ecken in New Hampshire, wo ich zwei Leichen loswerden kann.« Er zielte mit der Pistole auf Shrinis Brust, dann fiel ihm Eric wieder ein. Die Bullen würden wahrscheinlich mit Spürhunden auflaufen. Die Hunde würden Eric finden. Und selbst ohne Hunde würden die Bullen das Grab problemlos ausmachen. Wenn er die beiden jetzt umlegte, würde er Erics Leiche ausgraben und sie zusammen mit ihren entsorgen müssen. Und er würde den Bullen erklären müssen, wieso da ganz offensichtlich ein frisch ausgehobenes Grab auf dem Grundstück war. Bereits die Vorstellung davon ermüdete ihn ungemein. Er ließ die Pistole sinken und sagte den beiden, sie sollten sich verziehen. »Wenn ich einen von euch je wiedersehe, seid ihr tot«, sagte er.

»Ich gehe nicht ohne mein Geld«, erklärte Shrini.

Joel schaute ihn noch einmal müde an, dann schoss er ihm in den Fuß.

Shrini jaulte los und hopste auf und ab. Entsetzt wandte er sich an Dan. »Der Pfau hat auf mich geschossen«, sagte er, als könnte er es selbst noch nicht glauben.

»Der nächste Schuss geht ins Herz«, warnte Joel. »Verschwindet, alle beide.«

»Joel, was zum Teufel ist los mit dir?«, wollte Dan wissen. Er deutete mit der Hand auf Shrinis verletzten Fuß. »Wie sollen wir denn das erklären?«

»Du bist ein kluges Kerlchen. Dir wird schon was einfallen.«

»Du verdammtes Arschloch ...«

Joel stoppte ihn mit einem einzigen Blick. »Was ich eben gesagt habe, war ernst gemeint. Wir sind durch, Dan. Ich mag Carol, aber wenn ich dich noch einmal sehen muss, wird sie Witwe. Und jetzt hast du zehn Sekunden, um zu verschwinden! Zehn ... neun ... acht ...«

»Joel, denk doch einmal nach!«

»Sieben … sechs …«

»Mein Gott, wir kennen uns seit zwanzig Jahren!«

»Vier … drei …«

An Joels glasigem Blick konnte Dan erkennen, dass es egal war, was er sagte. Er konnte nicht mehr zu ihm durchdringen.

Er legte den Arm um Shrinis Schulter und half ihm die Auffahrt entlang. Er wusste, wenn er auch nur zurückschaute, würde Joel ihn abknallen.

Petrenko saß im Hinterzimmer eines kleinen italienischen Restaurants in der Prince Street. Yuri stand rechts von ihm. Ihm gegenüber saß »Onkel Pete« Stellini. Stellini, knapp hundertfünfzig Kilo und fast so breit wie groß, war in den Sechzigern, hatte ein Mondgesicht und sein graues Haar schwarz gefärbt. Drei seiner Männer standen hinter ihm und grinsten Petrenko an. Sie waren alle drei ordentlich aus den Fugen geraten, jeder von ihnen hatte mindestens fünfundzwanzig Kilo Übergewicht. Obwohl sie Yuri die Pistole abgenommen hatten, zweifelte Petrenko keinen Augenblick daran, dass sie diese Italiener, wenn es sein musste, jederzeit plattmachen konnten.

»Was kann ich euch anbieten?«, fragte Stellini und ein warmes Lächeln breitete sich auf seinem Gesicht aus. »Cappuccino, Espresso? Ich kann Sie hier nicht einfach so ohne alles sitzen sehen.«

»Espresso. Einen doppelten.«

Stellini befahl einem seiner Männer, Petrenko das gewünschte Getränk zu holen. »Und einen Teller Biscotti«, sagte Stellini und zwinkerte seinen Gästen zu.

»Also, ich muss sagen, ich weiß es zu schätzen, dass Sie zu mir gekommen sind, um mit uns zu reden«, sagte Stellini. »Sie hätten auch losziehen und etwas Dummes tun können. Und Viktor, das wäre für niemanden von Vorteil gewesen. Die Sache ist die: Vergessen Sie, was die im Fernsehen erzählen. Ray hatte nichts mit diesem Banküberfall zu tun.«

Das war genau das, was Petrenko zu hören erwartet hatte. »Ach was?«, fragte er.

»Ja, allerdings.«

Stellini betrachtete Petrenko weiterhin gelöst und freundlich. Gedankenverloren schob er sich ein paar Süßigkeiten in den Mund. Als er es bemerkte, streckte er das Papiertütchen auch Petrenko hin. »Malzschokoladen-Bällchen«, sagte er. »Wollen Sie eins?«

Petrenko schüttelte den Kopf.

»Ich weiß nicht, ich bin süchtig nach den Dingern«, sagte Stellini. »Unter all den Dingen, die ich essen könnte, muss ich mir ausgerechnet diesen Mist aussuchen. Aber was will man machen?«

Einer der Mafiosi kehrte mit dem Espresso und Biscotti zurück. Petrenko nippte langsam am Kaffee, sein Blick war kälter als der einer Klapperschlange, als er Stellini anstarrte.

»Also, wie gesagt«, fuhr Stellini fort und benahm sich, als spräche er mit einem langjährigen Bekannten. »Ray hatte nichts mit dieser Banksache zu tun. Diese Bilder sind gefälscht. Das ist bloß eine Falle.«

»Sie sehen echt aus«, sagte Petrenko.

»Das muss man dem FBI lassen. Die versuchen schon seit einem Jahr, Ray dranzukriegen, sie wollen, dass er auspackt. Aber das wird nicht geschehen. Dann findet dieser Überfall statt, und denen kommt die geniale Idee, diese Videoaufnahme zu fabrizieren. Haben sie nicht schlecht hinbekommen. Wenn ich es nicht besser wüsste, würde ich selbst schwören, dass es Ray ist.«

»Ich auch.«

Stellinis ausladendes Gesicht nahm einen Ausdruck an, als sei er verletzt. »Glauben Sie, ich lüge Sie an?«

Petrenko nahm einen letzten Schluck Espresso, bevor er die Tasse abstellte. Als er wieder Stellini anschaute, lag in seinem Blick nichts Menschliches mehr. »Ich weiß, dass mein Geld verloren ist«, sagte er. »Aber alles andere brauche ich zurück.«

»Das Arschloch hat vielleicht Nerven«, sagte einer der Mafiosi. »Kommt hierher und nennt Sie einen Lügner.«

Stellini hob eine Hand, um seinen Mann zum Schweigen zu bringen. »Ich glaube nicht, dass er es so gemeint hat. Er ist frustriert, und wisst ihr was: Das ist verständlich.« Dann zu Petrenko: »Ich kann nichts versprechen, aber wenn Sie möchten, höre ich mich um, vielleicht erfahre ich etwas. Wie klingt das?«

Mit versteinertem Gesicht fragte Petrenko, was ihn das kosten würde.

»Zwanzig Riesen«, sagte Stellini. »Ich muss ein bisschen Geld unter die Leute bringen, und es wäre schon großes Glück, wenn am Ende auch noch etwas für mich dabei rausspringt, wenn Sie verstehen, was ich meine. Aber ich will es gern versuchen, weil ich froh bin, dass Sie zuerst zu mir gekommen sind, vor allem unter den gegebenen Umständen.«

Petrenko zuckte mit den Achseln. »Zwanzigtausend, okay.«

»Aber wie gesagt, ich kann nichts versprechen. Ich werde tun, was möglich ist.«

Petrenko lehnte sich auf seinem Stuhl zurück, er blinzelte nicht, während er Stellini anstarrte. »Ich brauche diese Sachen«, sagte er.

»Ja, ich weiß. Ich habe Sie verstanden. Aber erwarten Sie keine Wunder.«

»Wenn ich sie auf diesem Weg nicht bekomme, werde ich es anders versuchen müssen.«

»Ich hoffe, das ist keine Drohung«, sagte Stellini. Er runzelte die Stirn und schob sich noch ein paar Schokokugeln in den Mund. »Bislang haben wir Sie in Ruhe gelassen, und ich muss Ihnen sagen, ich habe Freunde, die darüber nicht allzu glücklich sind. Wir wissen, dass Sie da eine einträgliche Geschichte am Laufen haben, aber was mich betrifft, ist die Welt groß genug für uns alle, oder? Also waren wir nett und haben uns aus Ihren Geschäften rausgehalten. Und jetzt kümmere ich mich auch noch darum, Ihnen zu helfen. Also, wie wäre es mit ein bisschen Respekt, *capisce*?«

Petrenko sagte ihm barsch, dass er seine Hilfe zu schätzen wisse.

»Mehr wollte ich gar nicht hören. Ich werde mein Bestes geben, um herauszufinden, wer die Bank überfallen hat. Und sobald ich es weiß, wissen Sie es auch. Und vergessen Sie Ray. Das FBI, die sind nicht so schlau, wie sie glauben. Die Sache wird ihnen um die Ohren fliegen. Höchstens noch ein paar Tage, dann müssen sie Ray freilassen.«

Petrenko hoffte, dass er Recht behielt. Denn im Moment würde er alles dafür geben, Raymond Lombardo in die Finger zu bekommen.

Dan musste zwanzig Minuten durch die hinterste Provinz von New Hampshire kurven, bevor sie eine Drogerie fanden. Dort kaufte er Aspirin, Desinfektionsmittel, Mullbinden und einen Verband. Als er zurück zum Wagen kam, hatte Shrini seinen Turnschuh bereits ausgezogen, blass und verschwitzt war er gerade dabei, die blutige Socke abzurollen. Er hielt kurz inne und nahm eine Handvoll Aspirin, dann zog er die Socke behutsam zu Ende ab.

Die gute Nachricht: Die Kugel hatte seinen Fuß durchschlagen und rollte in seinem Turnschuh umher. Die schlechte Nachricht: Sein Fuß war ziemlich hinüber.

Shrini schrie und jammerte, während Dan die Wunde mit Desinfektionsmittel säuberte. Die Kugel hatte Shrini unterhalb des Knöchels getroffen und die Wunde blutete immer noch. Da Dan nicht wusste, was er sonst machen sollte, drückte er ein bisschen Mull auf die Wunde und wickelte den Verband eng darum. Als er den Druck erhöhte, biss Shrini die Zähne so fest zusammen, dass Dan sie knirschen hörte.

»Ich bring deinen Freund um«, quetschte Shrini hervor, während ihm Tränen über das Gesicht liefen.

»Jetzt komm schon, sag das nicht.«

»Du machst Witze, oder?«

»Wir sind keine Mörder.«

»Nach dem, was er mir angetan hat, wird es mir eine Freude sein, ihn umzulegen.«

Shrini kniff die Augen zu. »Ich glaube, die Kugel hat ein paar Knochen zerschmettert.« Dan starrte ihn an. Er hatte keine Ahnung, was er tun sollte. Schließlich ließ er den Wagen an. »Wir müssen hier weg«, sagte er.

Die nächste halbe Stunde fuhren sie, ohne ein Wort zu sprechen, nur Shrini stöhnte alle paar Minuten.

»Ich kann dich nicht ins Krankenhaus fahren«, sagte Dan schließlich. »Ich stehe schon wegen des Sicherheitssystems mit der Bank in Verbindung. Wenn ich jetzt auch noch mit dieser Sache zu tun kriege, könnte uns alles um die Ohren fliegen. Glaubst du, du kannst warten, bis wir zu Hause sind, und dann selber hinfahren?«

Shrini nickte mit zusammengebissenen Zähnen.

»Wie willst du es erklären?«

Mit bitterem Grinsen sagte er: »Ich werde der Polizei sagen, dass dein Freund auf mich geschossen hat.«

»Was?«

»Ich werde ihnen nicht seinen Namen nennen, aber ich werde ihn beschreiben und mich an sein Nummernschild erinnern. Ich werde ihnen sagen, er hätte auf der Straße Streit mit mir angefangen und dann auf mich geschossen.«

»Das kannst du nicht machen.«

»Warum nicht? Die Polizei wird ihn verhaften. Und dann können wir bei ihm einbrechen und unser Geld holen.« Shrini unterbrach sich einen Augenblick, er atmete gepresst und stoßweise. Dann setzte er hinzu: »Wir werden deinem Pfauen-Freund eine Lektion erteilen, die er nie vergisst.«

»Shrini, dieser paranoide Hurensohn hat das Geld wahrscheinlich so gut versteckt, dass wir es nie finden werden.«

»Das Risiko gehe ich ein.«

Dan dachte darüber nach, dann schüttelte er den Kopf. »Er würde uns mit reinreißen.«

»Jetzt wirst du paranoid.«

»Nein, ich kenne Joel. Der zerrt uns alle in die Todeszelle, nur um es uns zu zeigen.«

»Das glaube ich nicht.«

»Du kannst ihm nicht die Polizei auf den Hals jagen«, sagte Dan. Während er darüber nachdachte, was geschehen würde, wenn Shrini das täte, verkrampfte sich sein unterer Rücken und der Schmerz nahm ihm den Atem. Als der Krampf abnahm, bemerkte er, dass seine Knöchel am Lenkrad weiß angelaufen waren.

»Mann«, sagte Shrini und lachte erschöpft. »Du schwitzt ja mehr als ich.«

Dan hielt am Straßenrand. Er nahm ein paar Aspirin und zerkaute sie langsam, bis er glaubte, weiterfahren zu können.

»Wir hätten diese Bank nie überfallen sollen«, sagte Dan.

»Glaub mir, unser Fehler war nicht, die Bank zu überfallen. Sondern Gordon und diesen Pfau mitzunehmen.«

Dan schüttelte den Kopf. »Wir hätten es einfach nicht machen sollen, Shrini. Es ist schiefgegangen. Das Beste, was wir jetzt tun können, ist, die Bank zu vergessen und so gut es geht weiterzumachen. Ich habe dir von meiner Geschäftsidee erzählt. Lass uns das einfach umsetzen und Geld verdienen.« Zögernd setzte er hinzu: »Ich gebe dir die Hälfte der zweiunddreißigtausend, die ich gekriegt habe.«

»Vergiss es, Alter. Wir haben die Bank überfallen und ich will meinen Anteil.« Shrini durchfuhr ein stechender Schmerz, und er schnitt eine Grimasse. Mit angespannter Stimme setzte er hinzu: »Ich lasse deinen Pfauen-Freund damit nicht davonkommen.«

»Meine Güte, Shrini, siehst du nicht, wie sinnlos das ist? Zwei Menschen sind tot ...«

»Drei Menschen. Du hast vergessen, dass er auch seinen Schweinekopf-Freund umgebracht hat.«

»Verdammt noch mal, er hat dir in den Fuß geschossen. Reicht dir das nicht? Wann ist denn endlich Schluss?«

»Frag deinen Freund.«

»Jetzt komm schon, Mann, wenn wir meine Geschäftsidee umsetzen, verdienen wir vielleicht mehr Geld, als wir bei dem Überfall kassiert haben.«

»Das ist nicht das Geld, das ich will. Glaub mir, ich kriege meinen Anteil, mit oder ohne deine Hilfe.«

Dan drehte sich um, Shrini waren Entschlossenheit und Wut ins Gesicht geschrieben. Es brachte nichts, vernünftig mit ihm zu reden, zumindest nicht jetzt.

Als sie ein paar Kilometer von Shrinis Wohnung entfernt waren, bat Dan ihn um eine Woche Zeit. »Hetz Joel nicht die Bullen auf den Hals, okay? Gib mir einfach die Gelegenheit, mir was zu überlegen.«

Shrini schüttelte den Kopf.

»Bitte, nur eine Woche. Das ist alles, was ich brauche. Danach kannst du tun, was du willst.«

Zögernd erklärte Shrini sich einverstanden. »Eine Woche«, sagte er. »Danach erledige ich die Sache auf meine Art.«

Dan hielt auf den Parkplatz der Wohnanlage neben Shrinis Civic und half seinem Freund, den Wagen zu wechseln. Nachdem der losgefahren war, bemerkte Dan die Blutflecken auf dem Beifahrersitz und der Fußmatte. Die Lederausstattung war imprägniert, also sollte er das Blut vom Sitz abbekommen, aber er würde eine neue Fußmatte kaufen und hoffen müssen, dass es Carol nicht auffiel. Wenn doch, würde das unausweichlich weitere Fragen und weitere Lügen aufwerfen. Aber das war momentan sein geringstes Problem.

Dan hatte einfach keine Ahnung, wie er die Sache mit Joel und Shrini hinbekommen sollte – ob er nun eine Woche oder ein Jahr Zeit dafür hatte.

Er hielt vor einem Einkaufszentrum, besorgte Reinigungsmittel und säuberte das Auto, so gut es ging. Ein paar rote Schmierflecken bekam er nicht vom Leder ab, egal wie sehr er schrubbte. Nach einer Weile gab er auf und schmiss die Fußmatte und die restlichen Reinigungsmittel in einen Müllcontainer. Morgen würde er eine neue Fußmatte kaufen und den Innenraum reinigen lassen. Im Moment war er zu müde, er wollte bloß nach Hause.

Als Carol ihn sah, fragte sie, was mit ihm los sei.

»Nichts. Ich bin bloß müde. Warum?«

»Du hast Blut auf dem Hemd.«

Er sah an sich herunter, sie hatte Recht. »Ich hatte Nasenbluten. Nicht schlimm.«

»Das hattest du noch nie.«

»Was soll ich sagen. Heute hatte ich's. So was passiert, okay?«

»Okay«, sagte sie verletzt. »Du musst mir ja nicht gleich den Kopf abreißen.«

»Tut mir leid, ich bin bloß müde. Das Nasenbluten hat mich irgendwie durcheinandergebracht. Ich gehe hoch und leg mich ein paar Minuten hin.« Als er an ihr vorbeiwollte, sagt sie, Peyton hätte angerufen. »Er holt uns morgen um zwölf ab.«

Verwirrt fragte Dan, wieso.

Ihre Augen verengten sich, als sie ihn ansah. »Gordons Beerdigung. Er hat gesagt, er hätte schon mit dir darüber gesprochen. Du wolltest doch hingehen, oder?«

So, wie sie ihn ansah, wusste er, dass ihm keine Wahl blieb. Es sei denn, er wollte ihren Verdacht von gestern wieder aufflammen lassen. »Das habe ich wohl einfach nur vergessen«, sagte er.

25

»Schlafen Sie da drin? In dieser Stadt gibt es Gesetze gegen das Herumlungern in der Öffentlichkeit.«

Maguire öffnete die Augen, machte sich aber nicht die Mühe, den Sprecher anzuschauen. Es war einer dieser heißen, schwülen Sommertage. Noch nicht mal zehn Uhr und schon über dreißig Grad. Maguire wirkte unglücklich, sein Kragen war vollgesogen mit dem Schweiß, der ihm über Gesicht und Hals lief. Er sagte: »Ich habe dich gesehen, als du hinter Petrenko herkamst.«

Resnick stand neben Maguires Ford Mustang, einen Dunkin'-Donuts-Becher mit Kaffee in der Hand. »Ich nehme an, Brown ist da drin?«

Maguire nickte. »Seit die Bank aufgemacht hat.« Er verdrehte die Augen und setzte hinzu: »Ich hatte noch gar keine Gelegenheit, mich bei dir für diesen wundervollen Auftrag zu bedanken. Mir macht im Sommer wirklich nichts mehr Vergnügen, als stundenlang in einem heißen, stickigen Wagen zu sitzen. Ein echter Bringer.«

Resnick nahm einen Schluck Kaffee und verbrannte sich die Zunge. »Nicht meine Schuld. Ich habe vorgeschlagen, jemand sollte Brown im Auge behalten. Dass du das machst, war Hadleys Idee. Er will uns beschäftigen, bis das FBI den Deal mit Lombardo gemacht hat.«

»Und du hast Petrenko?«

»Ja.« Resnick pustete in seinen Kaffee, bevor er einen weiteren Schluck nahm. »Viktor hatte gestern etwas im North End zu erledigen, wahrscheinlich hat er sich mit einem von Lombardos Bossen getroffen.«

»Wahrscheinlich?«

»Ich habe ihn für eine Stunde verloren.«

»Schade. Wäre nett zu wissen, mit wem er sich getroffen hat.«

»Was ist mit dir, wie läuft's mit Brown?«

»Na ja.« Maguire wischte sich mit einer Hand über die Stirn, der Schweiß ließ sein Haar aufrecht stehen. »Donnerstagabend hat ein Lieferwagen kurz vor seinem Haus gehalten, ist dann aber gleich weggefahren. Die Fenster waren verdunkelt, also konnte ich nicht reingucken, aber ich vermute, sie sind nur weitergefahren, weil sie mich gesehen haben.«

»Kennzeichen?«

»Ja. Der Wagen gehört einer Reinigung in der Forrest Street. Der russische Besitzer sah verängstigt aus, als ich mit ihm gesprochen habe. Er behauptet, der Wagen sei gestohlen worden.«

Resnick schüttelte den Kopf. »Sie wollten Brown entführen.«

»Wahrscheinlich, aber wir können es nicht beweisen.« Maguire zog eine Augenbraue hoch. »Petrenko ist schon über zehn Minuten da drin. Meinst du, einer von uns sollte reingehen und nach ihm sehen?«

»Petrenko wird schon nichts anstellen. Er weiß, dass wir beide hier draußen sind.« Resnick schaute nachdenklich, während er einen weiteren Schluck Kaffee nahm. »Es sei denn, er verliert die Geduld.«

Maguire guckte nervös. Er wischte sich wieder mit der Hand über die Stirn, dann durch die Haare. »Ich werde richtig Ärger kriegen, wenn Brown etwas zustößt. Ich gehe besser rein.«

»Entspann dich. Petrenko ist ein Kunde der Bank. Er hat das Recht, da drin zu sein. Und wer weiß, vielleicht haben wir Glück und können ihm eine Tätlichkeit vorwerfen. Geben wir ihm noch zehn Minuten.«

Maguire lehnte sich wieder zurück. »Wie du meinst. Du bist der Senior Detective.«

Resnick trank den Kaffee aus, zerquetschte den Styroporbecher und schob ihn in seine Hosentasche. »Weißt du, wie lange man nach Greenwich, Connecticut, braucht?«, fragte er.

»Über drei Stunden. Warum?«

»Ich überlege, auf eine Beerdigung zu gehen.«

Shrinis Fuß tat sauweh. Er nahm eine weitere Codein-Tablette – die vierte, seit er aufgewacht war, wobei er nicht wirklich schlief, vielmehr ließen ihn die Tabletten ohnmächtig werden.

Wie vermutet, hatte die Kugel seinen Knöchel und drei weitere Knochen gebrochen. In der Notaufnahme hatte er erzählt, dass er sich während einer Jagd in New Hampshire versehentlich selbst in den Fuß geschossen hatte. Der Arzt wirkte skeptisch, fragte aber nicht weiter nach und verständigte auch nicht die Polizei. Er wollte nicht einmal wissen, warum er zurück nach Massachusetts gefahren war, bevor er zum Arzt ging. Nachdem er die Wunde gesäubert und einen Gips vom Schienbein bis zum Zeh angelegt hatte, entließ er ihn und gab ihm den Namen eines Spezialisten, an den er sich wenden sollte. Wenn die Knochen nicht richtig zusammenwuchsen, würde er operiert werden müssen. Außerdem bestand das Risiko, dass er Arthritis bekam und den Rest seines Lebens hinken würde.

Er hatte Durst und wollte eine Cola, aber dafür hätte er zum Kühlschrank humpeln müssen. Er hatte sein Bein auf dem Sofa hochgelegt, und während er dasaß und den Fiberglasgips um seinen Fuß herum anstarrte, überlegte er, wie er sich an diesem arroganten Pfau rächen konnte. Eine Idee gefiel ihm ganz besonders. So mies er sich auch fühlte, so sehr der dumpfe Schmerz aus seinem Fuß seinen ganzen Körper zu durchdringen schien, er lächelte jedes Mal, wenn er an diese spezielle Idee dachte.

Craig Brown legte ein Bein über das andere und lächelte arrogant, während er umständlich erklärte, warum die Bank Petrenkos Verlust nicht ersetzen konnte. Petrenko hatte sich bereits eine blödsinnige Erklärung nach der anderen anhören müssen, warum die Alarmanlage nicht ordentlich funktioniert hatte, und jetzt das. Als er das Büro des Filialleiters betreten hatte, war ein Anflug von Angst im Blick des Mannes auszumachen gewesen. Aber da Brown Petrenkos scheinbar geduldiges, beinahe passives Verhalten als Billigung missverstand, nahm seine Angst ab und wurde ersetzt durch Hochnäsigkeit. Je länger er redete, desto frecher wurde er, er glaubte offenbar, Petrenko würde sich an die Regeln halten. Dieser Wurm von Mann glaubte tatsächlich, die Oberhand zu haben.

»In dem Vertrag, den Sie unterschrieben haben, steht eindeutig, dass wir für keinerlei Gegenstände, die aus den Schließfächern entwendet wurden, haftbar gemacht werden können«, erklärte Brown. Er unterbrach sich, suchte aus einem Papierstapel eine Kopie des Vertrags heraus und hielt sie Petrenko hin, der sie ignorierte.

»In dem Vertrag steht eindeutig, dass es in Ihrer Verantwortung liegt, den Inhalt Ihrer Schließfächer gegen Diebstahl zu versichern«, setzte er hinzu.

»Meine Schließfächer waren die einzigen, die aufgebrochen wurden, korrekt?«

»Ich kann schon verstehen, dass das ...«

»Woher wussten die, welche der Fächer von mir waren?«, fragte Petrenko.

»Ich weiß es nicht.«

Petrenko lächelte dünn. »An Ihrer Stelle würde ich mir mehr Mühe geben, es zu wissen.«

Brown runzelte die Stirn und räusperte sich. »Soll ich das als Drohung ...«

»Nein, bitte missverstehen Sie das nicht als Drohung. Irgendwoher wussten diese Kriminellen, welche Schließfächer mir gehörten. Ich will wissen, wie das möglich ist.«

»Vielleicht haben sie diese Informationen von Ihnen erhalten«, entgegnete Brown abweisend.

»Das ist unmöglich. Wer in der Bank hat Zugriff auf meine Schließfachnummern?«

Brown wurde blass, als ihm klar wurde, dass diese Information sich in einer Datenbank befand, auf die praktisch jeder der Angestellten Zugriff hatte. »Ich weiß es nicht«, sagte er.

Petrenko nickte vor sich hin. In der Tasche hatte er eine Spritze mit genug Digoxin, um einen tödlichen Herzinfarkt auszulösen. Wenn man es jemandem ins Zahnfleisch spritzte, war es für den Leichenbeschauer praktisch unmöglich, die Einstichstelle zu finden und von etwas anderem auszugehen als einem normalen Herzinfarkt. Er hatte Digoxin schon früher in der Sowjetunion bei Häftlingen angewendet, er wusste, wie das Opfer reagierte, wie viel Lärm entstehen würde und wie lange es dauerte, bis der Tod eintrat. Natürlich würden die beiden Bullen da draußen den Tod des Mannes verdächtig finden, aber erst mussten sie ihm etwas nachweisen. Petrenko starrte Brown an und musste sich entscheiden, ob er dieses Spiel weiterspielen oder doch lieber Gewalt anwenden sollte, um den Mann zum Reden zu bringen. Wenn er die gewünschten Informationen hatte, käme das Digoxin zum Einsatz.

»Ich verstehe Ihre Beschwerde auch gar nicht«, setzte Brown hinzu und seine Lippen verzogen sich zu einem hochmütigen Lächeln. »Ihrer Aussage bei der Polzei zufolge waren Ihre Schließfächer zum Zeitpunkt des Überfalls leer.«

Diesmal nickte Petrenko erkennbar. Er schob die Hand

in die Tasche und tastete nach der Spritze. In einer Sekunde konnte er neben dem Filialleiter stehen, eine Hand am Hals des Mannes. Er würde Brown wissen lassen, was geschähe, wenn er nicht auspackte. Danach würde er den Druck auf den Hals erhöhen, bis Brown zu schreien anfing. Und sobald sein Mund weit genug geöffnet war, würde er zustechen. Petrenko hegte nur wenig Zweifel daran, dass dieser Mann mit Raymond Lombardo zusammengearbeitet hatte, er hatte Lombardo die Schließfachnummern gegeben und dafür gesorgt, dass die Alarmanlage versagte. Er wusste zwar, dass Brown ihm nicht helfen konnte, seine Sachen zurückzubekommen, aber er musste wissen, ob noch jemand anders aus der Bank damit zu tun hatte, denn auf die eine oder andere Art sollten sie alle dafür bezahlen.

»Das ist alles nur Zeitverschwendung«, bemerkte Petrenko. Er stand auf, ging Richtung Tür, blieb stehen. »Ich will eine Kopie meines Vertrags.«

Die Zeit, die Brown brauchte, um sich zum Kopierer umzudrehen, würde Petrenko reichen. Er wartete geduldig, machte sich bereit, betastete die Spritze. In demselben Moment, in dem Brown sich erhob, klopfte es an der Tür, und der *zhid*-Bulle kam herein.

»Craig, tut mir leid, Sie zu stören, aber ich habe noch ein paar Fragen«, sagte Resnick, während er Petrenko ausdruckslos ansah.

»Das ist kein Problem, Detective. Ich glaube, Sie kennen Viktor Petrenko. Er wollte gerade gehen, ich muss ihm nur noch einige Unterlagen kopieren.«

Während Brown die Kopie machte, sah Resnick, wie Petrenko eine Hand aus der Hosentasche zog, die Finger zur Faust ballte und wieder spreizte. Petrenko nahm dem Filialleiter die Papiere ab, und als er sich zum Gehen wandte, nickte Resnick ihm zu.

»Wir sehen uns, Viktor.«

Petrenko nickte zurück, die Augen matt wie Stein.

Dan saß mit Peyton vorn, Carol hinten bei Wendy. Sie waren einmal enge Freunde gewesen, aber seit Peyton reich geworden war, sahen sie sich seltener. Dan wusste, dass es vor allem an seinem eigenen Neid lag. Er hatte jahrelang genauso hart gearbeitet wie Peyton, und es ärgerte ihn, dass der es geschafft hatte und er nicht. Über die letzten eineinhalb Jahre, in denen er arbeitslos gewesen war, hatte er Peytons Anrufe ignoriert, bis sie schließlich ausgeblieben waren. Es war also das erste Mal seit über zwei Jahren, dass Dan ihn wiedersah, aber sie nahmen den Faden schnell wieder auf. Keine Spur von dem komischen Gefühl, das man nach all der Zeit hätte erwarten können. Während sie in Peytons neuem Lexus-Geländewagen nach Connecticut fuhren, erzählte Dan von dem Buch und den Artikeln, die er schreiben wollte, und von seinem Plan, eine Firma zu gründen, die outgesourcte Programmierarbeiten auf Hintertüren überprüfte.

»Das ist eine verdammt geniale Idee«, sagte Peyton.

»Was mir daran gefällt, ist, dass man mit ganz wenig Kapital anfangen kann«, sagte Dan. »Hunderttausend, und ich kriege das ins Laufen.«

»Vielleicht kann ich ja einsteigen. Lass uns später darüber reden, okay, Mann? Ruf mich nächste Woche an.«

»Klar.« Dan schwieg, dann setzte er hinzu: »Solange du mich nicht hinhältst wie Gordon mit dem Texas-Grill-Restaurant.«

Dan hatte den Kommentar als Scherz gemeint, aber kaum hatte er ihn ausgesprochen, wusste er, dass der Neid wieder sein hässliches Haupt erhob. Er wollte sich am liebsten selbst vors Schienbein treten. Peyton zeigte ihm ein schmerzliches, beinahe entschuldigendes Lächeln.

»Na ja, das habe ich wohl verdient.« Er senkte seine Stimme zu einem verschwörerischen Flüstern und setzte hinzu: »Ich erklär's dir später, okay, Mann?«

»Vergiss es. Musst du nicht. Ich persönlich hätte mit Gordon auch nicht gerne Geschäfte gemacht, glaub ich.«

»Daran liegt es nicht.« Peyton schaute in den Rückspiegel und sah, dass Carol und Wendy sich angeregt unterhielten. Immer noch mit leiser Stimme sagte er: »Ich hätte Gordon das Geld geschenkt, aber Wendy wollte das nicht. Sie fürchtete, Gordon würde ständig bei uns abhängen, wenn wir ein gemeinsames Geschäft hätten. Sie wollte, dass ich weniger mit ihm zu tun habe. Scheiße, Mann, ich wollte ihm wirklich helfen, aber ich konnte nichts für ihn tun, ohne meine Frau zu verärgern.«

»Ich habe es vor allem als Scherz gemeint.«

Peyton machte sich nicht die Mühe, »Quatsch« zu sagen, aber der Blick, den er Dan zuwarf, verriet, dass er es dachte. »Hast du eine Ahnung, was Gordon in Lynn wollte?«, fragte er dann.

»Nicht die geringste. Er wusste wohl, dass ich einen Auftrag von der Bank erhalten hatte. Vielleicht ist er auf die Idee gekommen, sie würden auch ihn engagieren.«

»Das ist doch Blödsinn.«

»Ja, ich weiß, aber wir reden über Gordon.«

Eine Weile später merkte Peyton an, wie eigenartig es ohne Gordon sein würde. Immerhin habe er ihn sein halbes Leben lang gekannt. In Peytons Stimme lag ein Hauch von Reue. Einmal schien er fast zu weinen. Dan dagegen spürte nichts, spielte aber mit und tat so, als würde ihn Gordons Dahinscheiden ebenso mitnehmen.

Wie um alles in der Welt konnte man von ihm erwarten, etwas zu fühlen?

Nach dem, was Gordon diesen beiden Frauen angetan hatte?

So wie Gordon ihn in die Scheiße geritten hatte?

Und er hatte ihn in die Scheiße geritten. Alles, was er von dem Kerl verlangt hatte, war, zehn verdammte Minuten die Fresse zu halten. Tu lausige zehn Minuten lang nichts Verrücktes! Aber nicht mal das hatte er geschafft. Er musste den ganzen Überfall kaputt machen.

So sehr er es auch wollte, Dan konnte Joel dafür, wie er sich verhielt, keinen Vorwurf machen. Und auch Shrini nicht. Shrinis Anteil von Joel einzufordern war sinnlos, ebenso wie es sinnlos war, Shrini die Sache auszureden. Am Ende würde einer von beiden draufgehen. Alles, worauf er jetzt noch hoffen konnte, war, dass er, wenn der Staub sich gelegt hatte, irgendwie davonkommen würde. Doch schon daran zu denken, machte ihn müde. Er schloss die Augen, lehnte sich zurück und hörte Peyton zu, der von den guten Zeiten mit Gordon erzählte.

Die Trauerfeier sollte am Grab stattfinden. Als sie es erreichten, standen dort bloß eine Handvoll Leute. Abgesehen von dem Pfarrer und den Mitarbeitern des Bestattungsunternehmens waren es sechs Trauergäste, alles ältere Leute. Obwohl Dan Gordons Eltern nie kennen gelernt hatte, hatte er doch genug Geschichten über sie gehört, um sie gleich zu erkennen. Gordons Vater war ein groß gewachsener Mann in den Achtzigern, seine Mutter war klein und dick, und sie wirkte fröhlich und traurig zugleich. Obwohl Gordon ihr einziges Kind war, hatte der Vater ihn vor Jahren enterbt, einfach aus dem Gefühl heraus, dass sein Sohn es nicht verdient hatte. Gordon hatte Dan erzählt, wenn sein alter Herr zuerst stürbe, würde seine Mutter ihn sicher wieder ins Testament aufnehmen, aber er ging nicht wirklich davon aus, dass es tatsächlich so käme. Im Grunde war Gordon überzeugt, sein Vater würde ihn überleben. Und obwohl er nie darüber sprach, wusste Dan, dass er sich nur für Vietnam gemeldet hatte, um seinen Vater zu beeindrucken, denn Carmichael der Ältere war im Zweiten Weltkrieg ein dekorierter Kriegsheld gewesen. Und aus demselben Grund ging er später nach Yale. Aber nichts half. Sein Vater war der Ansicht, Yale sei nicht dasselbe wie Harvard, und der Vietnamkrieg eine nationale Schande.

Als sie sich dem Grab näherten, starrte Gordons Vater sie missmutig an, bevor er verächtlich den Blick von ihnen abwandte. Peyton stellte sich vor. Gordons Vater stand bloß stumm da und schaute noch mürrischer drein.

»Herzliches Beileid«, sagte Peyton.

Carmichael Senior nickte grimmig. Ohne eine Träne zu vergießen, bemerkte er, dass er nie hatte verstehen können, wie ein erwachsener Mann sein Leben dafür hergeben konnte, etwas so Frivoles zu tun wie mit Computern zu spielen. Gordons Mutter berührte Dans Arm, die Augen tränenfeucht. Sie bedankte sich bei ihm, dass er hier war.

Die Feier war kurz. Der Pfarrer hatte nicht viel über Gordon zu sagen, vor allem sprach er darüber, was sein Tod wohl für die Eltern bedeutete. Gegen Ende spürte Dan, dass jemand ihn anstarrte. Er wandte sich um und bemerkte einen neuen Buick, in dem ein Mann saß. Ganz eindeutig starrte der Kerl ihn an, und er wurde das Gefühl nicht los, dass er diesen Mann schon einmal irgendwo gesehen hatte. Schließlich fiel ihm ein, wo.

Irgendwie gelang es ihm, sich zusammenzureißen, und er nickte dem Detective zu, der sein Nicken erwiderte. Dann zwang er sich, nach vorne zu schauen. Die Worte des Pfarrers verschwammen zu einem monotonen Brummen. Wenn er schluckte, meinte Dan, etwas Pelziges in seinem Hals zu spüren, und sein Kopf wurde von Kälte erfüllt. Ein Schatten fiel über seine Augen und die Welt driftete zur Seite weg.

Ich werde gleich ohnmächtig, dachte Dan. Mein Gott, scheiß drauf, sollen sie doch denken, dass ich die Trauer nicht ertragen kann.

Aber er wusste, dass der Bulle das nicht denken würde.

Das Gefühl verging. Er klammerte sich mit beiden Händen an seinem Stuhl fest, um aufrecht sitzen zu bleiben. Sein Herz schlug schnell, aber er würde nicht ohnmächtig werden. Er musste nachdenken. Es ergab natürlich einen Sinn, dass der Bulle hier war. Wie hätte er etwas anderes erwarten können? Und dass der Bulle ihn jetzt mit Gordon in Verbindung brachte, na und? Egal! Sie hatten den Überfall Raymond Lombardo zugeschrieben. Er musste jetzt also bloß ruhig bleiben ...

»Alles in Ordnung?«

Er drehte sich zu Carol. »Ich weiß auch nicht, ich habe gerade an Gordon gedacht«, sagte er. »Wird schon wieder.«

Carol nahm seine Hand und drückte sie.

Die Trauerfeier endete. Er wollte nicht an dem Bullen vorbei zu Peytons Geländewagen zurückgehen. Stattdessen schlenderte er also zum Pfarrer und verwickelte ihn in ein Gespräch. Er wollte sich dafür stählen, was ihm bevorstand, als ihm jemand auf die Schulter tippte.

»Dan Wilson?«

Dan wandte sich um und brachte ein verwirrtes Lächeln zustande, als er den Blick des Bullen erwiderte. »Ich dachte mir doch, dass ich Sie schon einmal gesehen habe, Detective ...?«

»Alex Resnick.«

»Genau.«

Carol stand neben ihnen. Dan stellte sie Resnick vor und erklärte dann, dass er Resnick neulich in der Bank kennen gelernt hatte und dass der Detective den Überfall untersuchte. »Kann ich Ihnen helfen?«, fragte er.

»Das ist wirklich ein erstaunlicher Zufall«, sagte Resnick. »Ich habe nicht erwartet, Sie hier zu sehen.«

»Kleine Welt, was? Gordon und ich waren gute Freunde. Wir haben zwanzig Jahre lang immer mal wieder zusammengearbeitet.«

»Ich habe in seinem Nachruf gelesen, dass er Computerspezialist war. Er war also Programmierer wie Sie?«

»Softwareentwickler, genau.«

Resnick sah sich um. »Sieht nicht so aus, als hätte er viele Freunde gehabt.«

»Connecticut ist ganz schön weit von Boston entfernt.«

»Hätte die Beerdigung in der Nähe stattgefunden, wären bestimmt einige Leute aus seiner Theatergruppe gekommen«, meldete sich Peytons Frau Wendy zu Wort.

Resnick zog eine Augenbraue hoch und sah sie an. »Theatergruppe? War Gordon Schauspieler?«

»Nein, überhaupt nicht. Aber so eine Art Make-up-Guru.«

»Ach was?«

»Er hat jahrelang bei einer Theatergruppe mitgemacht.«

»Ich habe in den Nachrichten gehört, dass Sie den Drahtzieher des Überfalls gefasst haben«, sagte Dan.

»Sieht so aus.«

»Das ist gut. Wenigstens wird er dafür bezahlen, was er getan hat.« Dan machte eine Pause. »Hat er Ihnen schon gesagt, wie er die Alarmanlage überlistet hat?«

Resnick schüttelte den Kopf.

»Ich bin immer noch mit der Software beschäftigt und glaube, ich bin kurz davor, es rauszufinden«, sagte Dan. »Wie ich mir schon gedacht hatte, wurde eine Hintertür eingebaut. Eine ziemlich gerissene, muss ich sagen. Ich brauche noch ein bisschen mehr Zeit, um alles klar zu sehen. Vielleicht noch einen Tag. Mit ein wenig Glück kann ich Brown am Montag mehr sagen.«

Resnick lächelte schmallippig. »Das ging ja schnell.«

»Nicht wirklich. Ich bin ganz gut in meinem Job.«

Peyton legte eine Hand auf Dans Schulter. »Der Mann ist bescheiden. Er gehört zu den Besten.«

Resnick schaute an ihnen vorbei zu Gordons Eltern. »Ich möchte Sie nicht aufhalten«, sagte er. Dann warf er Carol einen Blick zu und fragte sie, ob er sie unter derselben Nummer wie Dan erreichen konnte.

»Das möchte ich hoffen, schließlich lebe mit meinem Mann zusammen.« Carol trat näher zu Dan und packte ihn fest am Arm.

Resnick zog Notizblock und Stift aus seiner Innentasche, reichte beides Peyton und bat ihn, seinen und den Namen seiner Frau zu notieren und dazu eine Telefonnummer und Adresse, falls er sie einmal erreichen müsste. Nachdem Peyton ihm den Notizblock zurückgegeben hatte, entschuldigte sich Resnick und sagte ihnen, er wolle noch ein paar Worte mit Gordons Eltern wechseln.

Auf dem Weg zurück zum Geländewagen gaben Peyton und Wendy ein paar Kommentare darüber ab, dass die Polizei zur Trauerfeier gekommen war. Dan achtete nicht darauf, was sie sagten. Er dachte bloß an das Aufblitzen in Resnicks Augen, als Wendy von der Theatergruppe erzählt hatte. Und so wie Carol ihn am Arm gepackt hatte, fürchtete er, dass sie es ebenfalls bemerkt hatte.

26

Resnick glaubte nicht an Zufälle. An Schicksal, ja, und er hatte keinen Zweifel daran, dass das Schicksal ihn auf Carmichaels Beerdigung geführt hatte. Kaum hatte er Dan Wilson entdeckt, wusste er, dass der Kerl irgendwie in der Sache drinsteckte, und als er von Carmichaels Theaterarbeit erfuhr, hatte er auch schon eine Vorstellung davon, wie.

Resnick schüttelte den Kopf, als ihm einfiel, dass Wilson die Bank dazu gebracht hatte, ihm zweiunddreißig Riesen dafür zu bezahlen, eine Hintertür zu finden, die er selbst angelegt hatte. Kein Wunder, dass sie so schnell gefunden war.

Auf der Fahrt zurück nach Massachusetts wurde Resnick klar, was ihn an der Aufnahme vom Überfall derart gestört hatte. Im Geiste spielte er die Stelle ab, an der das zweite Opfer ins Spiel kam. Mary O'Donnell wurde mit einem Fuß auf den Rücken gedreht. Er konzentrierte sich, ließ den Film langsamer laufen, Bild für Bild. Als hätte jemand den Pause-Knopf gedrückt, zeigte die Aufnahme den Moment, in dem der Schütze den Fuß hob. Zoom auf den Turnschuh, den der Schütze trug. Dann auf das Logo.

Scheiße …

Vor seinem geistigen Auge konnte Resnick das Logo ganz deutlich sehen. Der Stern von Converse. Und er hatte den Bericht über Carmichael im Kopf.

Das Opfer trug zum Zeitpunkt des Todes ein Grateful-Dead-T-Shirt, khakifarbene Shorts, weiße Basketballschuhe der Marke Converse …

Resnick steuerte den Buick auf den Standstreifen und rief im Lynn Memorial Hospital an. Er hatte sich dort regelmäßig gemeldet und nach Mary O'Donnell erkundigt, und er wusste, dass man inzwischen davon ausging, dass sie gesund werden würde. Er verbrachte etliche Minuten in der Warteschleife, dann verband man ihn mit einem Dr. Carl Warner. O'Donnell war wach und vernehmungsfähig, aber da Resnick noch eine dreistündige Fahrt nach Lynn vor sich hatte, würde er sie erst am nächsten Tag sehen können. Und auch dann wollte Dr. Warner nicht, dass Resnick mehr als fünf Minuten bei ihr verbrachte. Resnick erklärte sich mit den Bedingungen einverstanden und vereinbarte einen Termin.

Er machte sich wieder auf den Weg. Weitere Bilder vom Überfall kamen ihm in den Sinn. Er sah vor sich, wie derjenige, der sich als Raymond Lombardo verkleidet hatte, nach dem Überfall kurz anhielt, um seine Skimütze abzuziehen. Ganz offensichtlich hatte diese Person für die Kameras posiert, und wo sich diese befanden, hat Dan Wilson mit Sicherheit gewusst. Er war ungefähr so groß wie Lombardo und hatte einen ähnlichen Körperbau, er war vielleicht fünfzehn Kilo leichter, aber das konnte man mit Polstern ausgleichen. Die Maske war erstklassig, vor allem Nase und Kinn. Aber es gab keinen Grund, wieso das nicht Dan Wilson hätte sein können.

Also hatte Wilson das Programm so angelegt, dass es ausfiel. Wenn er das hinbekommen hatte, dann hatte er sich auch in die Datenbanken der Bank einhacken und herausfinden können, wem die Schließfächer gehörten. Er hatte seine Hausaufgaben gemacht, herausgefunden, wer Petrenko war, und einen Plan entwickelt. Petrenkos Schließfächer knacken und die Sache Raymond Lombardo in die Schuhe schieben. Gar nicht dumm. Wilson musste davon ausgegangen sein, dass Petrenko nicht würde melden können, was ihm gestohlen worden war; umgekehrt würden das FBI und die Polizei Lombardo nicht wieder hergeben, es sei denn, sie wären dazu gezwungen.

Resnick konnte nicht anders als den Plan zu bewundern. Keiner von diesen Leuten war ein Profi, wahrscheinlich waren sie alle Programmierer. Und sie hatten es hinbekommen. Zumindest beinahe. Wilson konnte die Ereignisse nicht vorhergesehen haben, die zu den Schüssen führten. Wenn all das nicht passiert wäre – wenn sie einfach nur Petrenko ausgenommen und Lombardo die Sache in die Schuhe geschoben hätten –, wäre Resnick beinahe bereit gewesen, Wilson die Hand zu schütteln und ihn zu beglückwünschen. Beinahe. Aber so war es nicht gekommen. Margaret Williams war brutal ermordet worden, Mary O'Donnell schwer verletzt. Dafür musste jemand den Preis zahlen, und zwar nicht nur Gordon Carmichael, sondern auch Dan Wilson und die anderen, selbst wenn sie nicht gewusst hatten, dass Carmichael so durchdrehen würde. Und was den anging – er hatte im Grunde bekommen, was er verdiente ...

Resnick überlegte, was hinter der Bank wohl geschehen war. Carmichael musste sich durch die Büsche gequetscht haben, bevor sie ihn dazu zwangen, seinen Overall auszuziehen, deswegen wurden auch keine Pflanzenreste an seiner Leiche gefunden. Nachdem sie ihm Skimütze und Waffe abgenommen hatten, erschossen sie ihn mit derselben Waffe, die er in der Bank verwendet hatte. Sie hatten ihn auf alle Fälle erst die Skimütze abnehmen lassen, sonst hätte man Gewebereste von der Mütze in der Schusswunde gefunden.

Da fiel Resnick etwas ein. Was, wenn sie ihn erst erschossen und dann seinen Overall ausgezogen hatten? Dann hätten sie es vermasselt. Keine Blutspuren auf Körper oder Klamotten wäre Beweis genug, dass der Tote, als er erschossen worden war, etwas anderes getragen hatte.

Das, zusammen mit den Converse-Turnschuhen, könnte Indiz genug sein, um Carmichael mit dem Überfall und den Schüssen in Verbindung zu bringen.

Resnick zog Kathleen Licianos Visitenkarte aus der Brieftasche und wählte ihre Handynummer. Sie ging ran und klang überrascht, ihn zu hören.

»Tut mir leid, Sie zu stören«, sagte Resnick, »aber wissen Sie noch, ob Blut auf Gordon Carmichaels Körper oder Kleidung gefunden wurde?«

»Überhaupt keines. Bloß in seinem Gesicht und am Hals.« Sie machte eine Pause. »Ich wäre eher davon ausgegangen, dass er etwas abbekommen hat, vor allem aufgrund der Blutspritzer, die ich in der Nähe der Leiche auf dem Asphalt festgestellt habe. Warum fragen Sie?«

»Ich habe da so eine Idee. Können wir uns vielleicht in drei Stunden bei Ihnen im Büro treffen?«

»Um acht Uhr abends an einem Samstag?«

»Ich weiß, tut mir leid. Sie hätten was gut bei mir.«

»Ich mache Ihnen einen Vorschlag«, sagte sie mit weicherer Stimme. »Sie können mich danach auf ein paar Drinks einladen.«

Resnick war überrascht, zögerte eine Sekunde und erklärte sich dann einverstanden.

Sie waren fast zwei Stunden lang in Kathleen Licianos Büro Videoaufnahmen, Fotos und andere Beweise durchgegangen, jetzt saßen sie in einer Martini-Bar in der Nähe der Newbury Street. Liciano trug eine enge schwarze Caprihose und ein passendes kurzärmeliges Polohemd. Resnick denselben zerknitterten grauen Anzug, den er den ganzen Tag über getragen hatte. Ihre Drinks kamen. Resnick hatte einen Scotch mit Soda bestellt, Liciano einen Wodka-Martini.

Resnick nippte an seinem Drink. Es war eigenartig,

Liciano anzuschauen. Als er sie vor Tagen kennen gelernt hatte, war ihr Haar hochgesteckt und ihr Ausdruck streng und geschäftsmäßig gewesen. Jetzt, wo sie ihm gegenübersaß, reichte ihr braunes Haar bis über die Schultern, und sie lächelte ein wenig verspielt. Derart entspannt, die mandelförmigen Augen halb geschlossen, war sie bildhübsch. Außerdem wurde ihm klar, dass sie mindestens zehn Jahre jünger war als er. Er nahm noch einen Schluck von seinem Drink und schaute weg.

Er fragte: »Können wir irgendwie beweisen, dass die Turnschuhe des Schützen auf dem Videoband dieselben sind, die Carmichael anhatte?«

Liciano fischte eine Olive aus ihrem Martini und steckte sie in den Mund. Während sie kaute, schaute sie nachdenklich. »Wenn das Profil der Sohle auf dem Band zu sehen wäre, dann vielleicht«, sagte sie. »Ansonsten, fürchte ich, können wir höchstens beweisen, dass es sich um dieselbe Marke handelt.«

»Trotzdem sollte ich genug Indizienbeweise gegen Carmichael zusammenhaben«, sagte Resnick. »Wir haben dieselbe Turnschuhmarke, eine unerklärliche Abwesenheit von Blut auf seinem Körper und seiner Kleidung und Ihre Computeranalyse, die zeigt, dass der Schütze dieselbe Größe und dasselbe Gewicht hat wie der Tote. Jetzt muss ich nur noch das Gericht davon überzeugen, mir Zugriff auf seine Telefondaten zu gewähren.«

»Und dann?«

»Wenn ich rausfinde, dass er Dan Wilson angerufen hat, kann ich damit anfangen, Beweise gegen den zusammenzustellen. Im Moment habe ich keine harten Fakten, die Wilson mit irgendetwas in Verbindung bringen. Aber wenn das Gericht mir erlaubt, seine Telefonanrufe und seine Kontobewegungen durchzusehen, werde ich etwas finden.«

Resnick konnte sehen, dass seine Verlegenheit sie erheiterte. Er spürte die Hitze in seinen Wangen und wusste, dass er errötete, was ihm nur noch peinlicher war. Den Blick fest auf sein Glas gerichtet, murmelte er: »Ich bin absolut überzeugt davon, dass Wilson hinter diesem Banküberfall steckt. Ich muss das jetzt nur noch beweisen.«

»Alex, warum guckst du mich nicht an?«

Langsam, unsicher, sah er zu ihr hinüber. In ihrem Blick lag eine schwelende Hitze. Ihre Lippen öffneten sich zu einem amüsierten Lächeln.

»Bist du Frauen gegenüber immer so schüchtern?«, fragte sie.

»Kathleen ...«

»Kat.«

»Kat«, sagte er. Der Name brachte ihn zum Lächeln. Er passte wirklich ausgezeichnet, wegen der Augen und des grazilen katzenhaften Körperbaus. »Ich finde dich unglaublich hübsch«, gestand er. »Ich bin wirklich gern hier bei dir, aber ich sollte es nicht sein.«

Ein Schleier legte sich über ihren Blick. »Du bist verheiratet«, sagte sie.

»Geschieden. Ich habe da noch ein paar Probleme, die ich klären muss, bevor ich wieder mit jemandem ausgehen kann.«

Ihre Züge entspannten sich. Sie nippte an ihrem Wodka-Martini und leckte sich über die Lippen. Es waren wundervolle Lippen. Resnick konnte seinen Blick gar nicht von ihnen lösen.

»Sofern du also wirklich geschieden bist, sollten wir uns doch auch gemeinsam mit deinen Problemen beschäftigen können«, sagte sie.

»Es ist kompliziert.«

»Liebst du deine Ex immer noch?«

»Nicht wirklich. Sie bedeutet mir etwas, das wird wahrscheinlich auch immer so bleiben. Aber ich sehe sie nicht und spreche nicht mit ihr.« Sei Blick ging wieder Richtung Glas. »Außerdem hat sie vor Jahren wieder geheiratet.«

»Vor Jahren?«

Resnick nickte.

»Alex, wie lange ist deine Scheidung her?«

Er musste sich zurücklehnen und nachdenken, bevor ihm klar wurde, dass es acht Jahre waren. Als er Liciano das sagte, klang es selbst in seinen Ohren merkwürdig.

»Und in der ganzen Zeit bist du mit niemandem ausgegangen?«

Langsam schüttelte er den Kopf, es war peinlich und demütigend. Erst in diesem Moment war ihm klar geworden, dass es schon so lange her war. Acht Jahre, in denen er einfach nur einen Tag nach dem anderen überstand, aber nicht wirklich lebte.

»Alex, erzähl mir, was mit dir los ist.«

Er hob den Blick, sah sie an und spürte, wie ihre Augen ihn förmlich aufsaugten. Sie zeigten immer noch dieselbe Intensität wie zuvor, aber jetzt lag auch Trauer in ihrem Blick, Mitgefühl. Gott, er wollte es ihr erzählen, aber wie sollte er? Wie konnte er ihr von seinem Jungen berichten? Wie konnte er über Brian sprechen und damit eingestehen, dass sein Junge tatsächlich nicht mehr da war?

Resnick schüttelte den Kopf. »Es ist zu kompliziert, um jetzt darüber zu reden«, sagte er.

Sie saßen da und starrten einander an, und Resnicks bemühtes Lächeln verschwand in Düsternis. Die Musik und die Gespräche an den anderen Tischen verschwanden im Hintergrund, während er ihr in die Augen starrte. In diesem Moment war sie der einzige andere Mensch im ganzen Universum. Er wollte sich ihr öffnen, aber wie?

Sie schien seine Hilflosigkeit zu spüren. »Alex«, sagte sie. »Ich spreche normalerweise keine Männer an. Ehrlich gesagt, du bist der erste.« Sie nahm einen Schluck, und als sie das Glas hinstellte, lag eher Wärme in ihrem Blick als Hitze. »Lass uns heute Abend einfach Freunde sein. Wir können über die Red Sox oder Filme oder was weiß ich reden. Aber wenn die Lage weniger kompliziert ist und du mir erzählen kannst, was mit dir los ist, ruf mich an, okay?«

Resnick nickte. Er trank sein Glas leer und bedeutete der Kellnerin, dass er noch einen Drink wollte. »Ich brauche bloß etwas mehr Zeit«, sagte er, aber die Worte klangen falsch. Er atmete tief durch, dann lehnte er sich zurück und versuchte, sich zu entspannen und einfach nur zu bewundern, wie gut Kat Liciano aussah. »Was hältst du denn von den Red Sox?«, sagte Resnick und lächelte wieder.

Einer der Mafiosi klopfte Petrenko ab, während ein anderer von Stellinis Männern sich Yuri Tolkov in den Weg stellte und sagte, er könne hier warten. Yuri zog eine Augenbraue hoch. Petrenko nickte ihm zu, er solle sich keine Sorgen machen. Dann führten sie Petrenko in dasselbe Zimmer wie neulich. Stellini hatte die Lippen zusammengepresst, als hätte er schlimme Blähungen. Er grunzte, stemmte sich vor und streckte Petrenko eine große, fleischige Hand hin.

»Viktor, setzen Sie sich, ich will Ihnen etwas zeigen.«

Petrenko setzte sich, schlug die Beine übereinander und griff nach dem Foto, das Stellini ihm hingeschoben hatte. Das Bild zeigte Raymond Lombardo auf einem Golfplatz, er grinste breit, während er mit seinen Freunden Witze riss. Außerdem war er glattrasiert und sein Haar blond gefärbt.

Petrenko schaute von dem Bild auf. »Und?«, fragte er.

»Das hat so ein Nachrichtenwichser gemacht, der hinter Ray her war«, sagte Stellini. »Er schwört, dass er das Bild genau zu der Zeit gemacht hat, in der die Bank überfallen wurde.« Stellini griff nach einem Stapel Papier und wedelte damit in Petrenkos Richtung. »Das sind eidesstattliche Erklärungen. Über zwanzig. Alle von Leuten, die Ray auf dem Golfplatz gesehen haben. Eine davon stammt von einem Richter. Alle sind echt, keiner dieser Leute wurde bezahlt oder erpresst.«

Petrenko blinzelte mehrfach, während er Stellini anstarrte. »Was hat das damit zu tun, dass ich wiederhaben möchte, was mir gehört?«, fragte er.

»Ich sage Ihnen: Ray hatte mit dem Überfall nichts zu tun. Das FBI ist die Sache falsch angegangen. All das wird morgen in der Zeitung stehen, und die werden dastehen wie verdammte Vollidioten.«

»Und mein Eigentum?«

»Meine Güte, sind Sie ein sturer Bock.« Stellini steckte die Hand in die Hosentasche, zog ein Bündel Scheine heraus und warf sie Petrenko hin. »Viertausendzweihundert sind noch übrig von den zwanzig Riesen«, sagte Stellini. »Den Rest haben wir verteilt, um zu erfahren, wer das in der Bank war. Ich nehme keinen Cent davon. Und wissen Sie, was ich rausgefunden habe? Null. Nada. Niemand weiß etwas.«

Petrenko schaute nachdenklich, während er das Geld anstarrte. Dann sah er zu Stellini auf, seine Augen kalt und leblos wie Eisstückchen. »Ich habe Ihnen gesagt, dass ich diese Sachen zurückbrauche«, sagte er.

»Haben Sie eigentlich Wachs in den Ohren? Ich habe Ihnen doch schon erklärt, dass ich nichts über die Banksache weiß. Niemand weiß was, okay?« Mit gerötetem Gesicht deutete Stellini mit einem großen Wurstfinger auf Petrenko. »Ich weiß, Sie sind ein harter Kerl. Aber Sie haben, was, ein Dutzend Leute? Wenn Sie jetzt Ärger machen, dann begraben wir euch alle bis morgen früh, und niemand wird es merken. Und jetzt verpissen Sie sich!«

Zwei von Stellinis Schlägern kamen auf Petrenko zu. Er hätte sie umlegen können, wenn er dazu gezwungen würde, aber langsam hegte selbst er Zweifel an Raymond Lombardos Schuld. Vielleicht war das Video mit Lombardo vor der Bank wirklich vom FBI fabriziert worden. Vielleicht steckten die sogar hinter dem Banküberfall. Petrenko wusste, dass es einige hochrangige Regierungsmitarbeiter gab, die alles tun würden, um die Computerdisketten und Videobänder in die Hände zu bekommen. Wenn sie von diesen Schließfächern erfahren hatten, dann ...

Die beiden Mafiosi blieben stehen, als Petrenko sie anstarrte, und ihr hartes Grinsen verdorrte. Petrenko nickte Stellini abrupt zu, erhob sich und ging. Als er Yuri erreichte, sagte er auf Russisch, dass es nicht gut stand. »Ich fürchte, wir müssen vielleicht nach Europa umziehen.«

Auf der Fahrt zurück nach Lynn überlegte Petrenko sich seine nächsten Schritte. Er hatte immer noch Verbindungen in seine Heimatstadt Wolgograd und könnte sich dort niederlassen. Was das Geld anging, hatte er vielleicht hundertsechzigtausend flüssig. Das konnte er mitnehmen. Er hätte keine andere Wahl, als Yuri zurückzulassen und ihm den Verkauf seines restlichen Besitzes anzuvertrauen.

Zu Hause fand er eine Nachricht auf seinem Anrufbeantworter vor. Das überraschte ihn, denn seine Nummer war nicht eingetragen, und seine Mitarbeiter riefen ihn normalerweise nur auf dem Handy an.

Die Nachricht lautete, dass Petrenko für hunderttausend Dollar erfahren würde, wie er seine gestohlenen Habseligkeiten zurückbekommen könnte. Der Anrufer setzte hinzu, er würde sich Sonntag um zehn Uhr vormittags erneut melden. Petrenko rieb sich die Fingerknöchel, während er die Nachricht noch einmal abhörte. Beim zweiten Mal war er sicher, dass der Anrufer indischer Herkunft war.

27

Dans Gedanken rasten, als er noch einmal die Ereignisse auf dem Friedhof durchging. Er trat auf die Bremse, versuchte, sich darauf zu konzentrieren, was gesagt worden war, wie der Bulle ihn angeschaut hatte, ob etwas in seinem Tonfall gelegen hatte. Immer wieder zuckte er zusammen, wenn er daran dachte, wie Wendy dem Bullen von Gordons Theatergruppe erzählt hatte. Ausgerechnet da hatte Wendy ihre große Klappe aufreißen müssen …

Die Klimaanlage lief, aber Dans Boxershorts und das Unterhemd waren trotzdem durchgeschwitzt. Er stemmte sich im Bett hoch und warf einen Blick auf den Wecker. Viertel nach vier in der Nacht. Mindestens noch zwei Stunden, bis er eine Entschuldigung hätte aufzustehen. Und er würde ganz sicher keinen Schlaf mehr bekommen.

Carol lag auf der Seite, den Rücken ihm zugewandt. Den Großteil der Nacht hatte sie ruhig geschlafen. Er wusste, dass die Begegnung mit dem Bullen auch sie mitgenommen hatte. Gott sei Dank war Lombardo verhaftet worden! Aber trotzdem schien sie noch ihre Zweifel zu haben. Nicht groß genug, um etwas zu sagen, aber sie waren da. Auf der Rückfahrt hatte er gespürt, wie sie ihn musterte. Ein paarmal sah er im Rückspiegel, wie sie sich auf die Lippe biss und wie blass ihre Haut geworden war. Er wusste, dass sie die Aufnahme von Raymond Lombardo vor der Bank merkwürdig fand. Sie waren seit siebzehn Jahren verheiratet und kannten einander seit zwanzig. Vielleicht hatte sie auf diesem Bild etwas gesehen, das sie bisher ausgeblendet hatte, zumindest bis sie dem Bullen begegnet waren. Zu Hause hatte er sich in seinem Büro versteckt, mit der Begründung, er müsse an dem Auftrag für die Bank arbeiten.

Er ließ alles, was geschehen war, jedes Gespräch, das er geführt hatte, noch einmal Revue passieren. Selbst wenn der Bulle einen Verdacht hatte, gab es keine Beweise gegen ihn. Man konnte ihn weder mit den Änderungen in der Sicherheitssoftware der Bank in Verbindung bringen, noch konnte man ihm nachweisen, auf die Datenbank zugegriffen zu haben, und auch sonst nichts, was für den Überfall von Bedeutung war. Er hatte darauf geachtet, dass es keine Unterlagen über die Bohrer gab, noch über die Schließfächer, an denen Shrini und er geübt hatten, und auch nicht über die Overalls und Skimützen. All das hatte er in einem Labyrinth nicht nachverfolgbarer Internettransaktionen begraben. Der Bulle würde nichts finden können.

Natürlich konnte man ihn mit Joel in Verbindung bringen, und wenn Joel blöd genug gewesen war, die Waffen zu behalten oder das Geld nicht gut zu verstecken ...

Scheiß drauf. Er las da zu viel rein. Was konnte der Bulle schon wissen? Dass Gordon und er Freunde waren? Was bewies denn das? Dass Gordon die Maske für seine Theatergruppe gemacht hat? Das Wissen darüber war immer noch weit entfernt von der Vermutung, dass Dan zu Raymond Lombardo geschminkt worden wäre. Und selbst wenn der Bulle es doch vermutete, was konnte er schon beweisen? Dans Gedanken rasten, während er sich fragte, ob es beim FBI irgendwelche neuen Computerprogramme gab, die ihn auf dem Überwachungsband identifizieren könnten. Er musste das unbedingt in Erfahrung bringen, aber er bezweifelte, dass die Überwachungskameras genug Auflösung boten, um so etwas zu ermöglichen. Und trotzdem ...

Schluss jetzt! Er zerbrach sich schon seit Stunden den Kopf darüber. Vergiss es. Ende. Nichts brachte ihn mit dem Überfall in Verbindung. Teufel, noch nicht einmal

Gordon. Sie hatten bloß Gordons Leiche hinter der Bank gefunden und … niemand wusste, was er da wollte. Aber deswegen war er noch lange nicht in der Bank gewesen. Sie hatten nichts, und wichtiger noch, es gab auch nichts, was sie finden könnten.

Dan holte tief Luft und stieß den Atem langsam wieder durch die Nase aus. Lustig, wie das Hirn funktionierte. Nach dem Überfall hatte er nur an die Opfer denken können und welchen Schaden sie erlitten hatten, und nun konnte er nur noch daran denken, sich selbst zu retten. Aber das war wohl normal. Das machte ihn nicht zu einem schlechten Menschen. Er hätte den Überfall nie durchgezogen, wenn er gewusst hätte, dass Menschen dabei zu Schaden kämen. Wie hätte er damit rechnen können, dass Gordon tun würde, was er getan hatte?

Wie hätte irgendein vernünftiger Mensch damit rechnen können?

Aber das gehörte alles der Vergangenheit an. Er konnte jetzt nichts anderes tun als vorwärtszublicken, er musste an sich und seine Familie denken. Er musste sich irgendwie vergeben, aber im Augenblick musste er vor allem seine Gedanken unter Kontrolle bekommen und sich entspannen, bevor der Druck seinen Kopf explodieren ließ.

Er schaute hinüber zu Carol und betrachtete ihren Umriss unter den Laken. Sie war so schlank, ihre Taille schmal genug, dass er sie mit beiden Händen umfassen konnte. Mit vierundvierzig hatte sie einen besseren Körper als die meisten Dreißigjährigen – ach was, die meisten Zwanzigjährigen. Er berührte leicht ihre Hüfte. Er wollte sie nicht wecken, er wollte nur eine körperliche Verbindung zu ihr herstellen, um irgendwie zu fühlen, dass es noch Grund zur Hoffnung gab.

Vorsichtig legte er die ganze Hand auf ihre Hüfte. Sie gab im Schlaf ein Grunzen von sich und schob sie ärgerlich beiseite. Er lag einen Augenblick wie gelähmt da und fühlte sich leer wie nie. Dann begann er zu lachen. Er konnte nicht anders.

Geschieht mir recht, dachte er.

Später, als er das Aufschlagen der Sonntagszeitung in der Einfahrt hörte, befand er, dass er lange genug im Bett gelegen hatte. Carol wälzte sich unruhig hin und her, schlief aber im Grunde noch. Leise stieg er aus dem Bett, zog einen Bademantel über und holte die Zeitung. Als er die Titelseite sah, erstarrte er, weil er nicht wusste, was er als Nächstes tun sollte. Dann kehrte er resigniert zurück ins Haus.

Petrenko ließ das Telefon sechsmal klingeln, bevor er sich meldete. Er legte die Hand über das Mundstück und schwieg.

»Hallo, hallo?«

Es war die Stimme vom Anrufbeantworter. Petrenko machte sich nicht die Mühe, etwas zu sagen.

Die Stimme des Anrufers wurde höher vor Verwirrung, als er es noch einmal versuchte. »Hallo, ist da jemand?«

Petrenko antwortete leise: »Sie haben etwas, das mir gehört, ja?«

»Ich habe es nicht.« Ein Zögern, dann: »Aber ich weiß, wer es hat.«

»Und warum sollte ich Ihnen glauben?«

Der Anrufer nannte ihm die Nummern seiner Schließfächer. »Sie hatten vor allem Hundertdollarscheine darin, die mit Gummibändern zusammengehalten wurden. Außerdem Videos und Computerdisketten. Zahlen Sie mir hunderttausend Dollar, oder lege ich auf?«

»Natürlich zahle ich. Wann?«

»Morgen ...«

»Das ist ungünstig für mich. Warum nicht heute?«

»Weil ich morgen sage. Kommen Sie um halb zwölf ins Middlesex Diner in Burlington. Wenn Sie nicht pünktlich sind, werde ich einfach gehen, und glauben Sie mir, Sie werden nie wieder von mir hören. Warten Sie an der Kasse und bringen Sie das Geld mit.«

»Wie erkenne ich Sie?«

»Gar nicht. Aber ich erkenne Sie, und nur darum geht es.«

Der Anrufer legte auf. Petrenko, der entspannter war als seit Tagen, tat es ihm nach. Lange rieb er mit dem Daumen über die harte Hornhaut, die sich auf seinen Knöcheln gebildet hatte.

Wenn der Anrufer nicht die Schließfachnummern gekannt hätte, hätte Petrenko ihm das Geld durchaus zahlen, oder ihn – wenn er ihm schon kein Geld gab – wenigstens am Leben lassen können. Aber jetzt war das unmöglich. Da der Anrufer sowohl die Nummern der Schließfächer als auch ihren Inhalt kannte, musste er an dem Überfall beteiligt gewesen sein. Was wiederum bedeutete, dass er dafür nicht auch noch belohnt werden durfte.

Petrenko musste lächeln. Er vermutete, dass der Anrufer nach dem Überfall reingelegt worden war. Und wenn er einmal reingelegt worden war, konnte man ihn auch noch einmal reinlegen.

Resnick stellte überrascht fest, dass es schon nach zehn war. Es war der erste Morgen, seit man ihm gesagt hatte, dass Brian eine neue Herzklappe brauchte, an dem er länger als bis sechs hatte im Bett bleiben können. Das war über zehn Jahre her. Und jetzt lag er hier rum und dachte über den Bankraub nach und was er wegen Dan Wilson unternehmen sollte und tagträumte gleichzeitig von Kathleen Liciano. Der Abend in der Bar, der Ausdruck ihrer mandelförmigen Augen, die Art, wie ihr Haar über ihre Schultern fiel, ihre weichen Lippen, die sich leicht öffneten, wenn sie lächelte. An sie zu denken ließ den Wunsch in ihm erwachen, sie wiederzusehen. Doch dann biss er die Zähne fest aufeinander, bis sein Kiefer schmerzte, und traf eine Entscheidung. Sie war zu jung, um all sein emotionales Gepäck mitzutragen. Er würde sie später anrufen und ihr sagen, dass er fürchtete, bei ihm würde es nie weniger kompliziert werden.

Er stemmte sich aus dem Bett, zog seine Jogginghose und ein T-Shirt an, machte seine Stretchingübungen und brach zu einem Siebenkilometerkauf auf, um den Kopf klar zu bekommen. Als er wieder zurück war, duschte er schnell und machte sich Rührei mit Salami zum Mittagessen. Es war fast zwölf, als er ins Krankenhaus fuhr. Unterwegs kaufte er eine Zeitung. Als er die Überschrift – *»Reingelegt?«* – sah, brauchte er einen Augenblick, um zu begreifen, worum es ging. Er betrachtete die Titelseite und sah zwei Bilder nebeneinander: Raymond Lombardo ohne Skimütze vor der Bank – und glattrasiert, mit kurzem, blond gefärbtem Haar auf einem Golfplatz.

In dem dazugehörigen Artikel schwor der Fotograf, der das Bild auf dem Golfplatz geschossen hatte, dass es genau zu der Zeit entstanden war, in der die Bank überfallen wurde. Es stand außerdem darin, dass über zwei Dutzend Zeugen die Behauptung des Fotografen stützten, sie hatten allesamt eidesstattliche Erklärungen darüber abgegeben, Lombardo auf dem Golfplatz gesehen zu haben, eine dieser eidesstattlichen Erklärungen stammte sogar von einem Richter des Massachusetts Superior Court. Letztlich ging es in dem Artikel darum, dass die Videoaufnahme offenbar gefälscht worden sei, um Lombardo reinzulegen, vermutlich vom FBI.

Resnick legte die Zeitung weg und versuchte zuerst,

Hadley zu Hause zu erreichen, erwischte ihn dann aber auf der Wache.

»Was wollen Sie?«, fragte Hadley barsch.

»Eigentlich nichts. Ich dachte, vielleicht soll ich reinkommen?«

»Habe ich Sie nicht angewiesen, Viktor Petrenko im Auge zu behalten?«

»Ja, haben Sie, aber nach dem Artikel heute ...«

»Hören Sie, ich sitze hier gerade mit dem Bundesstaatsanwalt. Wenn Sie unbedingt Überstunden machen wollen, dann beobachten Sie weiter Petrenko.«

Hadley legte auf. Resnick starrte sein Handy an und fragte sich, was da wohl los war. Kopfschüttelnd steckte er das Telefon zurück in seine Tasche, bezahlte die Zeitung und fuhr weiter ins Krankenhaus.

Als Mary O'Donnells Augen sich schlossen, dachte Resnick tatsächlich, sie sei gestorben. Als er ihre Hand hielt und die Kälte spürte, war es das Erste, was ihm durch den Kopf ging, obwohl er im Grunde wusste, dass es die Wirkung des Morphiums war. Sie erinnerte ihn an seine Mutter während ihrer letzten paar Stunden. Seine Mutter war gerade mal zweiundfünfzig gewesen, als sie starb. Nach ihrem Schlaganfall hatte sie noch im Krankenhaus gelegen, ihr Gesicht war ebenso eingefallen, ihre Augenlider ebenso schwer gewesen, und sie hatte genauso zerbrechlich gewirkt.

»Mrs. O'Donnell«, sagte Resnick. »Sind Sie wach?«

Mary O'Donnells Augen flatterten auf. »Ich bin so müde«, zwang sie heraus, die Stimme kaum ein Flüstern. Die gesamte Mitte ihres Körpers war dick verbunden. Resnick wusste, dass sie trotz des Morphiums starke Schmerzen hatte.

»Ich weiß«, sagte er. »Ich möchte Ihnen nur ein paar

Fragen stellen. Können Sie sich an den Mann erinnern, der auf Sie geschossen hat?«

»Er hat über Brasilien geredet.«

»Was hat er gesagt?«

»Er hat irgendwas über Brasilien erzählt. Ich konnte ihn nicht verstehen. Und über die Küste von New Jersey.« Sie unterbrach sich einen Augenblick und rang nach Atem. »Von einem der Strände dort.«

»Welchem Strand?«

»Asb...« Sie hustete schwach. Das erschöpfte sie vollständig. Als sie wieder konnte, flüsterte sie: »Asbury Park.«

»Haben Sie etwas gesehen, das uns helfen könnte, ihn zu identifizieren?«

Sie schloss wieder die Augen. Resnick dachte, sie wäre eingeschlafen. Er wollte gerade gehen, als sie etwas so leise flüsterte, dass er es nicht verstehen konnte.

»Wie war das?«, fragte er. Er kam wieder näher.

»Seine Turnschuhe ...«

»Ja, er trug Turnschuhe von Converse.«

»Nicht das. Grüne Farbe an der Sohle.«

Das schien all ihre Kraft aufgebraucht zu haben. Resnick ließ ihre Hand sinken und legte sie sanft neben ihren Körper.

»Sie waren eine große Hilfe«, sagte er. Er wollte noch mehr sagen, aber dann wurde ihm klar, dass sie jetzt wirklich eingeschlafen war, ihr Atem ging flacher.

»Machen Sie sich keine Sorgen«, sagte er, wenn auch mehr zu sich selbst als zu ihr. »Die werden damit nicht davonkommen.«

Als er über den Parkplatz zu seinem Wagen ging, klingelte sein Handy. Hadley.

»Alex«, sagte er, und seine Stimme klang so müde, dass Resnick seinen erschöpften blauäugigen Blick förmlich sehen konnte. »Warum kommen Sie nicht doch mal rein?«

Dan würde nicht vermeiden können, dass Carol die Zeitung zu Gesicht bekam und von der Sache mit Raymond Lombardo erfuhr. Und wenn sie es nicht aus der Zeitung erfuhr, würde sie es später in den Nachrichten sehen. Alles, was Dan tun konnte, war, auf das Unausweichliche vorbereitet zu sein und so ahnungslos wie möglich zu tun, wenn sie ihn ausfragte.

Aus dem Augenwinkel sah er, wie sie nach dem Nachrichtenteil der Zeitung griff. Er saß am Küchentisch, trank Kaffee und tat so, als würde er den Sportteil lesen. Carol stand am Kühlschrank, die Zeitung in der einen Hand, und schenkte mit der anderen ein Glas Orangensaft ein. Plötzlich verspannte sich ihr ganzer Körper. Während sie die Titelgeschichte las, verengten sich ihre Augen zu schmalen Schlitzen, und ihr Mund formte einen kleinen engen Kreis. Sie wirkte erschöpft, fast als sei sie gerade um zwanzig Jahre gealtert.

Mit einer merkwürdigen, kaum erkennbaren Stimme fragte sie: »Hast du das gelesen?«

Er schaute auf die Zeitung und schützte mäßiges Interesse an der Sache vor. »Ja, ganz schön verrückt, oder?«, sagte er. »Klingt reichlich weit hergeholt für mich.«

»Weit hergeholt? Was meinst du damit: weit hergeholt?«

»Dass er nicht derjenige sein soll, der die Bank überfallen hat.«

»Wie kommst du darauf? Wo doch all diese Leute aussagen, sie hätten ihn auf dem Golfplatz gesehen? Und das Bild?«

»Der Kerl ist von der Mafia. Ich bin sicher, der weiß, wie man Zeugen kauft.«

»Einen Richter?«

»Warum nicht? Die kann man kaufen wie jeden anderen auch.«

»Und was ist mit dem Bild?«

»Du machst Witze, oder?« Geduldig, als spräche er mit einem Kind, erklärte er ihr, dass man Digitalaufnahmen mit Leichtigkeit fälschen konnte. »Warum interessiert dich das so?«

Dans Frage kam derart naiv daher, dass es Carol den Atem verschlug. Mit offenem Mund trat sie einen Schritt zurück, so als hätte sie eine Ohrfeige bekommen.

»G-Glaubst du, Gordon hatte damit zu tun?«, fragte sie.

»Womit?«

»Was in der Bank passiert ist?«

»*Gordon?* Ach komm.«

»Warum sonst sollte er dort gewesen sein?« Sie schaute weg, als fürchtete sie, er würde antworten. Schlimmer noch, als könnte sie die Antwort von seinem Gesicht ablesen. Sie sagte: »Vielleicht hat er jemanden geschminkt, damit der wie dieser Mafiosi aussah.«

Warum um Gottes willen musste sie einen derart guten Riecher haben.

Er verdrehte die Augen, um zu zeigen, wie unsinnig er ihre Bemerkung fand. Er musste sich ungeheuer zusammenreißen, um sitzen zu bleiben und so zu tun, als wäre das alles in Wirklichkeit nur ein Witz. Als wollte sie ihn bloß an der Nase herumführen. Innerlich starb er tausend Tode.

Ja, du hast da Recht, Schatz, Gordon hätte das Make-up im Schubert machen sollen, und ich sollte auf seiner Bühne stehen und Hamlet aufführen, so wie ich jetzt Theater spiele. Meine Güte, kauft sie es mir ab?

»Wenn Gordon so gut gewesen wäre, hätte er am

Broadway gearbeitet«, sagte er und hoffte inständig, dass er so unbeeindruckt klang, wie er klingen wollte.

»Dan, wenn es etwas gibt, das du ...«

Sie brachte die Frage nicht zu Ende. Ihr Mund bewegte sich stumm, als kaute sie Kaugummi, aber sie sprach die Frage nicht aus. Sosehr sie auch wollte, sie konnte ihn nicht fragen, ob er etwas damit zu tun hatte. Oh Gott, war er dankbar dafür. Er selbst fühlte sich, als würde sein Inneres aus Eisschlamm bestehen. Aber er saß da und tat so, als hätte er keine Ahnung, was sie eigentlich von ihm wissen wollte, während er die ganze Zeit über fürchtete durchzudrehen, wenn er auch nur eine Minute so weitermachen müsste.

Susie kam in die Küche. Sie schien zu spüren, dass etwas nicht stimmte. Sie sah von Carol zu Dan, und ihre Züge verspannten sich.

»Hallo, Prinzessin«, sagte Dan.

»Was ist los?«, fragte sie mit monotoner Stimme.

»Nichts, Prinzessin. Deine Mutter hat etwas in der Zeitung entdeckt, was sie interessant fand, das ist alles.«

Carol warf ihm einen bösen Blick zu, sagte aber nichts. Sie ging zu Susie und küsste sie auf die Stirn.

»Süße, was möchtest du zum Frühstück? French Toast? Pfannkuchen? Rührei?«, fragte sie, während sie den Blick hinter ihrer Tochter verbarg. Ihm war es ein Rätsel, wie er es schaffte, einfach dazusitzen, zu lächeln und so zu tun, als wäre nichts los. Irgendwie schaffte er es, aber Gott allein wusste, wie.

»Ich will bloß Frühstücksflocken«, sagte Susie und warf ihrem Vater einen misstrauischen Blick zu.

»Ich gehe besser mal wieder an die Arbeit«, sagte Dan und entschuldigte sich. In seinem Büro sackte er in seinem Stuhl zusammen. Seine Hände zitterten, sein Herz hämmerte, als würde es gleich auseinanderbrechen. Er sah all die Lügen vor sich, die er Carol erzählt hatte, eine türmte sich auf die andere, jede größer als die zuvor, und so wurde der Turm immer wackeliger, war kurz davor umzufallen. Wenn er noch mehr Lügen hinzufügte, würden sie alle auf ihn niederkrachen. Irgendwie musste er aus dem Schatten dieses Turms herausgelangen. Er musste aufhören zu lügen.

Aber wie?

In ein paar Tagen wäre das alles vorüber. Carol würde ihr Misstrauen begraben und es irgendwann auch vergessen. Die Bullen hatten keinen ernst zu nehmenden Grund, ihn zu verdächtigen. Oder Gordon. Und wieso sollte sich daran etwas ändern? Er musste bloß ruhig bleiben. Sich auf seine Artikel, sein Buchexposé und sein Geschäftsvorhaben konzentrieren ...

Aber wie sollte er diese nächsten paar Tage überstehen?

Ihm wurde die Ausweglosigkeit seiner Situation klar, und er senkte den Kopf in die Hände und weinte wie ein Baby.

Kenneth Hadley saß aufrecht hinter seinem Schreibtisch, die teigigen Hände vor sich zusammengelegt, und schaute missmutig aus seinen blassblauen Augen. Agent Donald Spitzer saß neben ihm, und diesmal wirkte sein schmales Gesicht eher grimmig als säuerlich. Resnick zog einen Stuhl heran.

»Der Staatsanwalt will, dass wir alle Vorwürfe gegen Raymond Lombardo zurücknehmen und ihn freilassen«, sagte Hadley.

»Das war zu erwarten ...«

»Dieser Hurensohn hat diese Zeugen gekauft, unterbrach Spitzer mit zusammengebissenen Zähnen. »Und das Bild auch.«

»Das glaube ich nicht«, sagte Resnick.

»Das glauben Sie nicht? Was ist denn das für ein Quatsch? Natürlich hat er das!«

»Alex, wir gehen weiterhin davon aus, dass Lombardo hinter dem Banküberfall steckt«, sagte Hadley. »Der Zeitungsartikel hat daran nichts geändert. Agent Spitzer wird, zusammen mit Stillwall und Hollings, Lombardos Zeugen und den Fotografen überprüfen und versuchen herauszufinden, in welcher Verbindung sie zu ihm stehen. Wenn wir ein Gericht auf unsere Seite kriegen, werden wir auch ihre Konten überprüfen, um zu sehen, ob wir irgendwelche unerklärlichen Geldeingänge feststellen können.«

»Und weswegen sollte ich kommen?«

Hadleys rundes Gesicht schien in sich zusammenzufallen, als er seinen Detective anstarrte. Mit einem Seufzen sagte er: »Ich habe mich gefragt, ob Sie irgendwelche anderen Theorien haben?«

»Eine möglicherweise.«

Hadleys Gesicht lief rosa an. »Wollen Sie uns davon in Kenntnis setzen?«, fragte er und konnte seinen Missmut gerade noch im Zaum halten.

»Nicht ohne die Aussicht darauf, ihr auch genauer nachgehen zu dürfen.«

»Haben Sie irgendetwas in der Hand, das mehr daraus macht als eine Theorie?«

»Nicht im Augenblick.«

»Hat es etwas gebracht, Viktor Petrenko zu folgen?«

»Nicht wirklich.«

»Warum gehen Sie dann nicht die nächsten paar Tage Ihrer Theorie nach?«

»Völlige Zeitverschwendung«, merkte Spitzer gereizt an.

»Was ist mit Walt?«, fragte Resnick, wobei er den FBI-Agenten ignorierte.

»Ich wollte gerade vorschlagen, dass er Ihnen dabei hilft.«

Resnick nickte, sagte Hadley, er würde ihn informieren, wenn aus seiner Theorie etwas Substantielleres geworden sei, und ging. Hadley hatte es nicht ausgesprochen, und doch war klar geworden, dass der Staatsanwalt ihn drängte, alternative Erklärungsmodelle für den Banküberfall zu untersuchen.

Wäre Spitzer nicht da gewesen, hätte Resnick vielleicht gesagt, dass er Carmichael für den Schützen hielt. Bevor er zu Hadley gegangen war, hatte er im Beweismittellager Carmichaels Turnschuhe unter die Lupe genommen. Und tatsächlich waren grüne Farbflecken an den Sohlen. Wenn er Carmichaels Wohnung in Augenschein nahm, würde er vermutlich feststellen, dass eines der Zimmer in genau demselben Grünton gestrichen war.

Aber er traute Spitzer nicht. Er hatte keinen Zweifel daran, dass der Kerl die Sache mit Dan Wilson vermasseln würde. Und abgesehen davon, hatte Resnick nicht einmal den Hauch eines Indizes gegen Wilson. Überhaupt keine vernünftigen Beweise. Er musste erst etwas Handfestes finden, womit er Wilson unter Druck setzen konnte, die gestohlenen Gegenstände auszuhändigen. Vorher durfte Wilsons Name nicht an die Öffentlichkeit gelangen. Resnick wusste ganz genau, was Petrenko dessen Familie sonst antun würde. Er erinnerte sich an Wilsons Frau auf dem Friedhof. Sie schien etwas zu ahnen, mehr nicht, und auf keinen Fall hing sie mit drin. Und, zum Teufel, sie hatten wahrscheinlich Kinder. Petrenko würde keinen von ihnen verschonen. Nein, er musste erst Petrenko einlochen.

Er überlegte, wie er vorgehen sollte. Doch alles, was ihm dazu einfiel, war, dass morgen ein Höllentag werden würde.

28

Craig Brown rief um Viertel nach neun an, um zu fragen, ob Dan weitergekommen war.

»Es sind ja erst ein paar Tage, aber ja, ich hätte Sie später noch angerufen. Ich habe herausbekommen, wie ...«

»Können Sie um halb elf in der Bank sein?«

»Klar.«

Brown legte auf. Dan war sprachlos über die Schroffheit des Filialleiters. Einen Augenblick lang versuchte er noch, dessen Verhalten zu deuten, war aber einfach noch zu benommen.

Die letzte Nacht hatte er wieder nicht geschlafen. Das waren jetzt zwei Nächte in Folge. Er fühlte sich beschissen, als wäre sein Kopf voller Sägespäne. Selbst nach vier Tassen Kaffee konnte er sich kaum auf irgendetwas konzentrieren.

Carol lag noch im Bett. Gestern hatte er bis drei Uhr morgens gewartet, bevor er sich zu ihr legte, denn er wusste, sie wäre dann zu müde, um noch über irgendetwas reden zu wollen.

Von drei bis halb sieben hatte er wach gelegen. Die ganze Zeit rasten Bilder durch sein Hirn, einige ergaben durchaus Sinn, andere waren völlig verrückt.

Gott, irgendwie musste er da durch. Noch ein paar Tage, dann wäre Schluss mit diesem Mist. Er konnte so tun, als hätte es den Überfall nie gegeben, und sich darauf konzentrieren, neu anzufangen. Nur ein paar Tage ...

Er sammelte seine Unterlagen zusammen und fuhr zur Bank. Es war wenig los, selbst für die Sommerzeit. Eine Strecke, für die er normalerweise eine Stunde gebraucht hätte, legte er in vierzig Minuten zurück. Trotzdem fiel es ihm schwer, die Augen offen zu halten, nicht nur, weil er hundemüde war, sondern auch wegen der Morgensonne. Als er in Lynn ankam, war er völlig fertig. Die gewonnenen zwanzig Minuten verbrachte er damit, zwei Donuts zu essen und eine fünfte Tasse Kaffee zu trinken. Wegen der ganzen Flüssigkeit, die er intus hatte, kam es ihm vor, als würde sein Bauch bei jedem Schritt hin und her schwappen, aber der Zucker und das Koffein halfen ihm beim Denken. Er hatte sogar schon beisammen, was er Brown sagen wollte.

Craig Brown traf ihn in der Lobby und führte ihn zügig nach hinten in sein Büro. So wie der Filialleiter sich benahm, wusste Dan, dass etwas im Busch war, und es überraschte ihn nicht, dass der Detective von gestern im Büro wartete. Neben ihm saß noch ein Bulle, zumindest vermutete Dan das wegen des billigen Anzugs, den der Kerl trug, und wegen seines beinahe militärischen Kurzhaarschnitts. Er war jünger als Resnick, größer, aber nicht gut in Form. Ganz schön pummelig. Dan nickte Resnick zu und streckte dann dem anderen Bullen die Hand hin.

»Ich glaube, wir kennen uns noch nicht«, sagte Dan.

Das schien den Bullen zu überraschen. Er warf Resnick einen Blick zu, der mit versteinertem Gesicht dasaß. »Detective Maguire, Lynn Police«, murmelte er.

Nachdem Dan Maguire die Hand geschüttelt hatte, breitete er seine Unterlagen auf Browns Schreibtisch aus und erklärte, weswegen die Sicherheitssoftware versagt hatte. Während er sprach, zog Resnick ein Blatt Papier aus einer Mappe, die er bei sich trug, und hielt es so, dass er Dan und das Blatt gleichzeitig sehen konnte. Er sagte nichts, sondern schaute nur immer wieder zwischen beiden hin und her. Maguire erhob sich und trat hinter Resnick, um dasselbe zu tun. Dan fand das zwar lästig, war aber zu müde, um sich weiter etwas dabei zu denken.

»Du hast Recht«, sagte Maguire zu seinem Partner und unterbrach damit Dans Ausführungen.

»Ja, genau so, wie ich es mir gedacht habe«, sagte Resnick. »Craig, kommen Sie doch einmal her. Ich würde gern Ihre Meinung hören. Mr. Wilson, könnten Sie bitte den Kopf ein bisschen nach rechts drehen.«

Dan verharrte in seiner Position, während der Filialleiter aufstand und zu den beiden Bullen hinüberging. »Was meinen Sie?«, fragte Resnick. »Ist das Mr. Wilson – oder nicht?«

Brown bedachte Dan mit einem eisigen Blick. »Ich glaube schon«, sagte er.

Resnick nickte. »Mr. Wilson, ich will Ihnen einmal zeigen, was wir uns gerade angesehen haben.«

Er drehte das Blatt herum und Dan sah das Foto aus der Zeitung, von dem man annehmen sollte, dass es Raymond Lombardo zeigt, nachdem er seine Skimütze abgenommen hat.

»Das sind Sie unter all den Haaren und dem Make-up«, sagte Resnick.

»Sie machen Witze, oder? Soll das ein Scherz sein?«

Resnick ignorierte ihn, wandte sich an den Filialleiter und bat darum, dass er sie allein ließe.

»Craig, das ist doch Unsinn. Das bin ich nicht«, sagte Dan.

Brown bedachte Dan mit einem letzten eisigen Blick, bevor er wegschaute und das Büro verließ.

Resnick starrte Dan ungerührt an. »Bevor Sie weiterreden: Wir wissen, dass Ihr Freund Gordon Carmichael bei dem Banküberfall dabei war. Wir haben handfeste Beweise, die ihn als den Mann identifizieren, der Margaret Williams erschossen und Mary O'Donnell schwer verletzt hat.«

»Gordon hat was? Meine Güte, ich kann nicht glauben …«

»Ihre Show wird bei mir nicht funktionieren«, sagte Resnick. »Sie können das genauso gut lassen und einfach anhören, was ich zu sagen habe.«

»Dann legen Sie mal los, denn ich habe keine Ahnung, was Sie da eigentlich reden.«

Resnick wandte sich an Maguire und schüttelte traurig den Kopf. »Er hört nicht zu, oder?« Dann zu Wilson: »Wenn Sie darauf bestehen, das Spielchen weiterzuspielen, bitte sehr. Das ändert gar nichts. Wir wissen ohnehin beide, was passiert ist. Sie haben eine Möglichkeit gefunden, die Sicherheitssoftware der Bank zu sabotieren.«

»Wie hätte ich denn das machen sollen? Ich hatte niemals Zugriff auf das Programm ...«

Resnick wandte sich erneut an Maguire. »Schon wieder. Er glaubt wirklich, er könnte uns davon überzeugen, dass wir falschliegen.«

»Lächerlich«, sagte Maguire.

Dies war genau der Moment, vor dem sich Dan all die Monate gefürchtet hatte. Die Angst, dass es einmal so weit käme, hatte an ihm genagt, seit er die Idee mit dem Banküberfall gehabt hatte. All der Stress und die Sorgen, die er sich gemacht hatte, und jetzt war es so weit, und er verspürte nicht den erwarteten Anflug von Panik, sondern nur eine tiefe Ruhe. Seine Gedanken waren von einer Klarheit, wie er es seit langem nicht mehr erlebt hatte. Jede Spur von Nervosität war wie weggeblasen. Vielleicht war es die Erschöpfung, vielleicht war ihm einfach alles egal. Warum auch immer, nichts, was die Bullen sagten, berührte ihn im Geringsten.

»Also gut. Dann halte ich eben den Mund«, sagte er.

»Keine schlechte Idee«, stimmte Maguire zu.

»Eines muss ich Ihnen lassen«, sagte Resnick. »Der Überfall war gut geplant. Sie sind offensichtlich ein kluger Kerl. Sie haben rausgefunden, wie Sie dieses Programm manipulieren können, und dann haben Sie sich Zugang zu den Unterlagen der Bank verschafft und herausbekommen, wer welche Schließfächer gemietet hatte. Irgendwie haben Sie erfahren, wer Petrenko war. Es war wirklich genial, ihn zu beklauen und es Raymond Lombardo in die Schuhe zu schieben. Aber es war ein Fehler, Carmichael zu erschießen und seine Leiche liegen zu lassen. Hätten Sie das nicht getan, wäre ich Ihnen nie auf die Schliche gekommen.«

»Keine Frage, Sie wären davongekommen«, setzte Maguire hinzu.

»Ich schätze, *Sie* haben ihn auch gar nicht erschossen«, sagte Resnick. »Einer ihrer Kumpel hatte ihn ja schon mit seinem Sturmgewehr bedroht, bevor der auf diese beiden Frauen geschossen hat. Ich gehe davon aus, er war auch derjenige, der Ihren Freund auf dem Gewissen hat. Haben Sie etwas dazu zu sagen?«

Dan schüttelte den Kopf.

»Sie wollen vielleicht gern wissen, was Carmichael tatsächlich geritten hat«, fuhr Resnick fort. »Soweit ich es rekonstruieren kann, hat er mit Margaret Williams harmlosen Unsinn geredet. Irgendwas über Brasilien und den Strand von Asbury Park in New Jersey. Aber einer Ihrer Kumpel hat ihr, wenige Minuten bevor Carmichael zu ihr kam, an den Hintern gegrapscht.«

»Der Dicke«, sagte Maguire. »Der kleine Dicke im Jogginganzug.«

»Sie wissen, von wem wir reden, oder?«, fragte Resnick. Er wartete geduldig darauf, dass Dan antwortete. Als er es nicht tat, fuhr Resnick fort: »Ms. Williams hat vermutlich gedacht, Carmichael sei derjenige gewesen, der ihr unter den Rock gegriffen hat. Das Ganze war einfach Pech. Haben Sie noch immer nichts zu sagen?«

Dan schüttelte den Kopf und zuckte mit den Achseln.

Resnick atmete einmal tief durch.

Er hatte nicht damit gerechnet, dass Wilson die Nerven hätte, einfach ruhig dazusitzen. Er hatte darauf gewettet, dass sie ihn knacken würden, und fragte sich langsam, wie sehr er diesen Mann unterschätzte.

»Die Sache ist die«, sagte Resnick. »Ich glaube nicht, dass Sie ein schlechter Kerl sind. Ich habe gesehen, wie Sie nach den Schüssen reagiert haben.«

Maguire setzte hinzu: »Wir haben's ja auf Video, Mann. Wir können es Ihnen mal zeigen, wenn Sie wollen.«

Resnick wartete, bekam aber keine Reaktion. Er fuhr fort: »Auf mich wirken Sie in dem Moment, als Sie in die Lobby gelaufen kommen und die beiden Frauen sehen, vollkommen entsetzt. Ich vermute, Sie haben nie ernsthaft damit gerechnet, dass jemand verletzt wird. Sie dachten, Sie würden einen Gauner beklauen und es einem anderen ankreiden. Aber es sind eben doch Menschen zu Schaden gekommen. Und deswegen kann ich Sie nicht einfach davonkommen lassen.«

Resnick zog zwei Fotos aus seiner Mappe und klatschte sie vor Dan auf den Tisch. Es waren beides Tatortfotos. Eines zeigte Margaret Williams tot in einer Blutlache liegen. Das andere Mary O'Donnell mit einem Bauchschuss, man konnte ihre Innereien deutlich erkennen. Dan sah die beiden Bilder an und schaute dann hoch zu Resnick.

»Warum bringen wir es nicht hinter uns?«, sagte Resnick. »Danach werden Sie sich besser fühlen.«

»Es gibt nichts, was wir hinter uns bringen könnten«, sagte Dan tonlos. »Erst versuchen Sie, jemanden mit einem gefälschten Videoband reinzulegen, und weil das nicht funktioniert, probieren Sie das hier.«

Maguire zeigte ein breites Grinsen. »Kaum zu glauben, was der Kerl für Mumm in den Knochen hat«, sagte er zu Resnick.

»Wenn Sie wollen, dann verhaften Sie mich doch«, schlug Dan vor. »Sie können nichts davon beweisen, weil nichts davon wirklich stattgefunden hat.«

Maguire erhob sich und griff nach seinen Handschellen. »Was meinst du, sollen wir ihn einbuchten?«

Dan streckte beide Hände aus, um sich die Handschellen anlegen zu lassen. »Ich sage kein weiteres Wort mehr ohne Anwalt.«

Resnick stoppte seinen Partner. »Geben wir ihm eine Chance«, sagte er. »Sie haben nichts zu verbergen, oder?«

»Gar nichts.«

»Dann wird es Ihnen auch nichts ausmachen, wenn wir Ihr Haus durchsuchen?«

»Tun Sie, was Sie nicht lassen können«, sagte Dan.

29

Shrini erreichte das Middlesex Diner kurz vor elf. Er fuhr einen Kreis auf dem Parkplatz, um nach Petrenko Ausschau zu halten, und als er zufrieden feststellte, dass der Russe ihm nicht auflauerte, parkte er und humpelte zum Eingang des Restaurants. Er hatte sich immer noch nicht an die Krücken gewöhnt. Es ging langsam, und als er den Eingang erreicht hatte, war er völlig fertig. Er wusste, dass das zum Teil am Adrenalin lag, das durch seine Adern jagte. Er riskierte gerade viel, aber wenn man im Leben Erfolg haben wollte, musste man eben etwas riskieren. Dan konnte sich ja feige verstecken, wenn er wollte, aber *er* würde das sicher nicht tun!

Eine der Kellnerinnen führte ihn an einen Tisch und er bestellte Kaffee und ein Eiweißomelette. Er sah auf die Uhr. Es war sieben nach elf. Die Ziffern sieben und elf gefielen ihm. Das war ein gutes Zeichen. Der arrogante Pfau würde draufgehen, nicht er.

Die Aufregung nahm ihn ganz schön mit. Er bekam sein Essen und nahm ein paar Bissen, aber andauernd streckte er den Hals und schaute zum Fenster hinaus. Er sah auf die Uhr. Elfachtundzwanzig. Er hatte Petrenko gesagt, was passieren würde, wenn er nicht pünktlich käme, und er hatte es ernst gemeint! Er trommelte mit den Fingern auf den Tisch. Jetzt war es elfzweiunddreißig. Er wollte schon aufstehen, konnte sich aber nicht recht dazu durchringen. Er verschränkte die Arme. Er würde Petrenko noch zehn Minuten geben.

Als die zehn Minuten um waren, stand er auf und zahlte. Er tat einen Schritt in Richtung Ausgang und erstarrte. Er konnte jetzt nicht gehen. Es war nicht nur das Geld. Er musste dafür sorgen, dass der Pfau zahlte. Er errötete und erklärte der Kellnerin, dass er sich gerne doch wieder hinsetzen und noch einen Kaffee trinken würde.

Um halb eins gab er auf. Petrenko würde nicht kommen. Aus irgendeinem Grund musste er davon ausgehen, dass Shrinis Anruf ein Scherz gewesen war. Enttäuscht griff er nach seinen Krücken und humpelte zum Ausgang. Die Stufen draußen waren nicht einfach. Er musste die Krücken mit einer Hand halten und sich mit der anderen auf dem Geländer abstützen, dann hüpfte er auf einem Fuß nach unten.

Als er wieder festen Boden unter den Füßen hatte, packte er die Krücken mit beiden Händen. Er tat mehrere Schritte in Richtung Bürgersteig und blieb dann stehen, um eine der Krücken in seiner Armbeuge zurechtzurücken. Unmittelbar bevor der Schlag in die Nieren ihn traf, nahm er zwei Männer hinter sich wahr, aber ihm blieb keine Zeit zu reagieren. Der Schlag lähmte ihn. Mehrere Sekunden lang konnte er nicht atmen. Seine Knie knickten ein, heiße Tränen stiegen ihm in die Augen.

Sie packten ihn von beiden Seiten. Ein Wagen fuhr vor, der Deckel vom Kofferraum sprang auf und er wurde hineingeworfen. All das passierte innerhalb von fünf Sekunden. Er wehrte sich und schlug um sich, bis ihn etwas heftig am Kopf traf. Dann wurde es dunkel um ihn.

Der Schmerz ließ ihn wieder halb zu Bewusstsein kommen. Er pochte in jedem Teil seines Körpers, und Shrini hatte das Gefühl, jemand hätte Nägel in seinen gebrochenen Knöchel geschlagen. Alle paar Sekunden hörte er ein dumpfes Geräusch, dann folgte stechender Schmerz. Ein heftiger Schlag brachte ihn vollends zu Bewusstsein. Er riss die Augen auf und sah Petrenko mit einem Golfschläger in der Hand. Er schrie, als Petrenko den Schläger auf seinen ungeschützten Knöchel niederfahren ließ. Der

Schmerz explodierte in ihm. Er wusste, dass seine Augen offen standen, aber das Bild begann zu flackern wie eine Glühbirne, die kurz davor steht durchzubrennen. Gerade noch so blieb er bei Bewusstsein.

»Unser Gast ist wach geworden«, verkündete Petrenko.

Hinter Petrenko standen drei weitere Russen, die alle leicht amüsiert zusahen. Shrinis Arme waren über seinen Kopf gestreckt, seine Füße hingen herunter und berührten gerade eben den Boden. Etwas Kaltes, Hartes grub sich in seine Handgelenke, und ihm wurde klar, dass er mit Handschellen an etwas gefesselt war, wahrscheinlich ein Rohr. Er schaute nach unten und sah, dass sein verletzter Knöchel auf die Größe einer Aubergine angeschwollen war und auch dieselbe violett-blaue Färbung angenommen hatte. Von dem Anblick wurde ihm schwindelig. Seine Augen verdrehten sich nach oben, doch Petrenko packte ihn bei an den Haaren, riss seinen Kopf hoch und ohrfeigte ihn.

»Oh nein«, sagte er. »Jetzt bleibst du wach.«

Als er wieder scharf sehen konnte, sah Shrini, wie Petrenko die Mundwinkel zu einem schmierigen Grinsen verzog, sein Blick aber ausdruckslos blieb. Dann ballte der Russe eine Faust und schlug Shrini blitzartig und sehr kraftvoll in die Rippen.

Die Zeit schien stillzustehen, während er nach Luft rang. Einen langen Augenblick fürchtete er zu ersticken, so wie seine Bauchmuskeln sich verkrampften. Aber dann begann er doch wieder zu atmen. Schwerfällig, aber immerhin.

»Nicht noch mal«, sagte Shrini.

Petrenko schlug ihn ein zweites Mal, diesmal gegen die Brust. Ein stechender, scharfer Schmerz schoss durch ihn hindurch.

»Bitte«, zwang Shrini heraus und Tränen liefen ihm über das Gesicht. »Nicht noch einmal schlagen.«

»Nein?«, fragte Petrenko. »Und warum nicht?«

»Glauben Sie mir, ich sage Ihnen alles. Aber nicht noch einmal schlagen.«

»Du sagst mir alles, ja?« Dann mit tiefer, drohender Stimme: »Wo sind die Sachen, die du mir gestohlen hast?«

»New Hampshire.« Shrini gab ihm Joels Namen und Adresse, die Worte purzelten geradezu aus ihm heraus.

»Alle meine Sachen sind dort?«

Shrini nickte.

»Warum?«

»Er hat uns alles weggenommen. Wir konnten nichts tun.«

»Wer war noch dabei?«

Shrini schüttelte den Kopf. »Dieser Pfau hat alle Ihre Sachen. Reicht das nicht?«

Petrenko griff nach dem Golfschläger, nahm die Abschlagshaltung ein und holte langsam mit dem Schläger aus.

»Vorsicht Ball!«, rief er gutmütig. Einer der Russen hinter ihm kicherte.

Atemlos brach es aus Shrini heraus, und er erzählte von Dan.

»Das macht drei«, sagte Petrenko. »Was ist mit den anderen drei?«

»Es gab nur noch zwei weitere.«

Petrenko musterte ihn misstrauisch. »In den Zeitungen stand, dass ihr sechs ward.«

»Das ist falsch. Wir waren nur fünf. Die anderen beiden sind tot.«

Petrenko zog ungläubig eine Augenbraue hoch. »Ach wirklich?«

»Kasner hat sie beide umgebracht.« Shrini unterbrach

sich, der Schmerz pulste durch seinen zerschmetterten Knöchel und nahm ihm die Luft zum Reden. Als er wieder sprechen konnte, setzte er hinzu: »Die Leiche hinter der Bank, das war einer von uns.«

»Wer von den Bankleuten hat euch geholfen?«

Shrini schaute Petrenko verwirrt an.

»Stell dich nicht dumm. Jemand aus der Bank hat euch geholfen.«

Shrini schüttelte den Kopf.

»Nein? Woher wusstet ihr dann, welche Schließfächer von mir waren?«

»Mein Freund hat sich in ...«

Petrenko tippte ihm mit dem Golfschläger gegen den Knöchel. »Namen!«, forderte er.

»Dan Wilson hat sich in die Datenbank der Bank eingehackt«, sagte Shrini und schnitt mit Tränen in den Augen eine Grimasse.

»Und die Alarmanlage?«

»Er hat die Software so verändert, dass sie während des Überfalls nicht funktionierte.«

»Und der Filialleiter, Craig Brown, hatte nichts damit zu tun?«, fragte Petrenko einigermaßen enttäuscht.

»Nein.«

Der Russe strich sich über das Kinn und dachte nach. Er musste die Planung des Überfalles bewundern. Dieser Dan Wilson könnte nützlich sein, und einen Augenblick überlegte Petrenko tatsächlich, ob er Wilson zwingen sollte, für ihn zu arbeiten, entschied sich dann aber dagegen. Der Mann hatte versucht, ihn zu bestehlen, man konnte ihm nicht trauen. Wichtiger noch: Er musste eine Botschaft senden. Wilson und seine Familie mussten dran glauben, und es musste blutig enden. Aber vorher würde er sich sein Eigentum zurückholen und sich um diesen *zhid* oben in New Hampshire kümmern. Danach hatte er Zeit für Wilson und seine Familie.

Er verkündete Shrini, dass er sie begleiten würde. »Wenn du einen Laut von dir gibst oder mich irgendwie verärgerst, verstreue ich deine Überreste am Rande des Highways.«

Shrini nickte schwach.

Sie nahmen ihm die Handschellen ab und warfen Shrini auf den Boden, dann banden sie ihm Hände und Füße zusammen. Yuri Tolkov wollte ihm einen dreckigen Lappen in den Mund stopfen, aber Petrenko hielt ihn auf. Auf Russisch sagte er, er wolle nicht riskieren, dass Shrini auf der Fahrt erstickte. »Vielleicht brauchen wir ihn noch. Später werden wir uns seiner entledigen.«

Zwei der Russen schleppten Shrini zu einem blauen BMW, den sie vor einigen Stunden gestohlen hatte, und schmissen ihn in den Kofferraum.

30

Die beiden Detectives waren in seinem Keller zugange. Resnick hatte bereits mehrere Deckenplatten abgenommen, um dahinterzuschauen. Jetzt spazierte er in dem Raum umher und klopfte gegen die Holzverkleidung. Der jüngere Detective schwitzte stark, während er die Kisten durchsuchte, die in einer Ecke gestapelt waren.

Dan erklärte Resnick, dass es keine Geheimverstecke gab. »Falls Sie danach suchen«, setzte er hinzu.

Resnick achtete gar nicht auf ihn und klopfte einfach weiter.

Dan sah auf die Uhr. Es war zwei Uhr fünfunddreißig. Sie durchsuchten das Haus seit fast drei Stunden und hatten die Garage und den Schuppen noch vor sich. Bislang hatte er Glück gehabt – sowohl Carol als auch die Kinder waren weg –, aber wie viel länger würde dieses Glück anhalten?

Genau in diesem Moment fuhr ein Wagen in die Auffahrt. Er wusste, dass es Carol war. Wortlos ging er die Kellertreppe hoch und erreichte die Haustür zeitgleich mit seiner Frau.

»Hast du Besuch?«, fragte sie.

»Lass uns draußen reden.«

Als er sie nach draußen führte, wurde ihr Gesicht ganz fahl. Sie sah nicht ihn an, sondern Resnicks Buick, der Dans Wagen eingekeilt hatte.

»Die Polizei ist hier, oder?«, fragte sie.

»Du musst dir keine Sorgen machen wegen ...«

»Sie glauben, du steckst hinter dem Banküberfall.« Der Blick, mit dem sie ihn bedachte, tat mehr weh als eine Ohrfeige. »Sie durchsuchen das Haus.«

»Das bedeutet gar nichts ...«

»Was soll das heißen, es bedeutet gar nichts? Sie haben meine Unterwäsche durchwühlt, alles, was mir gehört! Ich muss alle meine Sachen waschen.«

Sie hielt inne. Ihre Züge verkrampften sich, als würde sie gleich zu weinen anfangen. »Waren unsere Kinder zu Hause?«, fragte sie.

Dan schüttelte den Kopf.

»Und wenn sie es gewesen wären?«

»Waren sie aber nicht, okay? Jetzt hör mal, das ist bald vorbei.« Er versuchte, ihr in die Augen zu sehen, musste aber den Blick senken. »Sie tun das nur, weil ich an dem Sicherheitsprogramm mitgearbeitet habe.«

»Du musst mir die Wahrheit sagen«, sagte sie mit fast unhörbarer Stimme. »Sieh mich an.«

Er zwang sich, ihr in die Augen zu schauen.

»Hatten Gordon und du mit dem Banküberfall zu tun?«

»Das ist doch lächerlich. Wie kannst du mich so etwas überhaupt fragen?«

»Unseren Kindern zuliebe musst du mir die Wahrheit sagen. Dan, bitte, sag mir die Wahrheit!«

»Ich habe dir bereits die Wahrheit gesagt. Wie oft muss ich es denn noch tun? Großer Gott. Ich bin Programmierer, kein Krimineller. Das ist doch alles Wahnsinn.«

Sie bewegte den Mund, aber sie schluckte herunter, was sie hatte sagen wollen. Sie nickte ein wenig, sah dann weg und ging ins Haus.

»Wo sind sie jetzt?«, fragte sie.

Er deutete zur Kellertreppe. Wie bestellt drangen Geräusche von dort herauf. Sie tat ein paar Schritte in die Richtung und blieb stehen. Ihr Körper schien in sich zusammenzufallen. Sie sah so zerbrechlich und müde aus, dass sich Dan der Hals zuschnürte. Sie bewegte sich langsam wieder, fast so, als würde sie im Sumpf feststecken. Dan folgte ihr die Treppe hinunter.

Resnick nickte kurz, als er sie erblickte. Der andere Detective bemühte sich, etwas Unverfängliches zu sagen und wandte sich ab, als er sah, wie Carol ihn anschaute. Sie stand schweigend da, die Arme eng vor der Brust verschränkt. Dan stand neben ihr und sah zu.

Als sie mit dem Keller fertig waren, nahmen sie sich Dans Arbeitszimmer vor, dann die Garage, schließlich den Schuppen. Danach schritt Resnick den Garten ab und suchte nach möglichen Verstecken.

»Sind Sie jetzt zufrieden?«, fragte Dan.

»Nein, noch nicht«, sagte Resnick. »Haben Sie Lagerraum angemietet?«

Carols Reaktion verriet die Antwort. »Sag's ruhig«, sagte Dan zu ihr. »Es macht nichts. Erzähl ihnen von unserem Lager.«

Sie biss sich auf die Unterlippe und sah Resnick an. »Vor zwei Jahren haben wir Lagerraum in Andover gemietet«, sagte sie.

»Warum?«

»Für ein paar Möbel. Damals haben wir überlegt, ein größeres Haus zu kaufen.«

»Und warum haben Sie das nicht getan?«

»Weil die Firma, in der ich gearbeitet habe, pleitegegangen ist«, sagte Dan. »Wir dachten, wir verdienen Millionen, haben wir aber nicht.«

Resnick starrte Dan an. »Ich möchte das Lager sehen.«

»Kein Problem, ich fahr Sie hin.«

Dan streckte den Arm aus, um Carols Hand zu drücken. Sie zog sie weg und wandte den Kopf ab, um ihn nicht ansehen zu müssen.

Maguire trat neben Dan. »Man kann es ihr nicht verübeln«, sagte er.

Als sie vor den Autos standen, schlug Resnick Dan vor, bei ihnen mitzufahren. »Falls wir etwas finden, muss Ihre

Frau nicht dafür bezahlen, dass ihr Wagen zurückgebracht wird.«

»Wie reizend von Ihnen«, sagte Dan. »Aber ich glaube, dieses Risiko gehe ich ein.«

Dan stieg in seinen Wagen und wartete, bis Resnick mit seinem Buick zurückgesetzt hatte.

Ein blauer BMW glitt an Joel Kasners Haus vorbei. Er fuhr noch etwa hundertfünfzig Meter weiter, bevor er am Straßenrand hielt. Petrenko erhob sich vom Beifahrersitz, reckte sich, sah sich um und war zufrieden mit der Lage. Hier würde niemand die Schüsse hören. Trotzdem mussten sie schnell machen – zehn Minuten höchstens. Egal, wie abgelegen die Bude zu sein schien, er wollte nicht riskieren, dass ein Bulle aus der Gegend über sie stolperte, denn sonst müssten sie den Bullen auch noch umlegen, und er würde die Sache lieber so sauber wie möglich hinter sich bringen.

Er entnahm das Magazin seiner 9mm Beretta, überprüfte, ob es vollgeladen war, und schob es wieder zurück. Yuri stieg auf der Fahrerseite aus, zwei weitere Russen hinten. Yuri griff an ihnen vorbei und nahm eine Repetierbüchse vom Rücksitz. Die anderen beiden Russen hatten stupsnasige Subkompakt-Pistolen bei sich.

Yuri und einer der anderen holten Shrini aus dem Kofferraum und lösten seine Fesseln. Dann gaben sie ihm eine Minute, um sich die verkrampften Beine und Arme zu reiben, bevor sie ihn in die Vertikale zerrten.

»Du wirst genau das tun, was ich dir sage«, sagte Petrenko und stellte sich direkt vor Shrini. Er zeigte ihm seine Beretta. »Wenn nicht, schieße ich dir eine Kugel in den Kopf.«

»Ich brauche Wasser«, sagte Shrini heiser, es war kaum ein Krächzen.

»Nachher.«

»Nein, ich war über zwei Stunden in dem heißen Kofferraum.«

Petrenko drückte Shrini den Lauf der Pistole ins Ohr. »Ich habe gesagt: nachher.«

»Schieß doch. Ohne Wasser sterbe ich sowieso.«

Petrenko bellte genervt einen Befehl auf Russisch. Einer der Männer langte auf den Rücksitz und zog eine Flasche Wasser hervor. Shrini trank sie innerhalb von Sekunden leer, seine Hände zitterten dabei. Die Hälfte des Wassers landete auf seinem Hemd.

»Das war das letzte Mal, dass du mir nicht gehorcht hast«, sagte Petrenko, dem es schwerfiel, die Ruhe zu bewahren. »Jetzt werden wir zur Tür deines Freundes gehen ...«

»Er ist nicht mein Freund.«

Petrenko hob eine Hand vors Gesicht und schüttelte den Kopf. Langsam, während er den Drang niederkämpfte, Shrini das Hirn rauszublasen, fuhr er fort: »Du gehst zur Tür und rufst nach ihm.«

»Wie soll ich denn gehen? Ich habe meine Krücken nicht dabei, und sehen Sie, was Sie mit meinem Fuß gemacht haben.«

»Das kriegst du schon hin.«

Shrini hopste ein paar Mal und sackte dann zu Boden. »Das kann ich nicht«, jaulte er.

»Dann kriech.« Petrenko zielte mit der Pistole auf Shrinis Kopf. »Mir reicht es jetzt mit dir.«

Shrini traf eine Entscheidung. Wenn er schon sterben musste, wollte er wenigstens den Pfau zuerst sterben sehen. Also kroch er zur Eingangstür und zog sich dort wieder auf die Beine. Einer der Russen positionierte sich neben dem Fenster. Petrenko und Yuri stellten sich auf die eine Seite der Tür, der andere Russe auf die andere.

»Jetzt«, befahl Petrenko.

Shrini hämmerte gegen die Tür. »Hey, Pfau, mach auf!«

Sie hörten ein Geräusch aus dem Inneren des Hauses. Für Shrini klang es, als liefe jemand eine Treppe rauf und runter. Der Russe, der neben dem Fenster stand, nickte Petrenko zu, dann zielte er und schoss. Die Kugel prallte von der Fensterscheibe ab und riss ihm die Nasenspitze ab. Dann zerfetzte ein Schuss aus dem Inneren des Hauses den Rest seines Gesichts.

Petrenko starrte den Toten entgeistert an, bevor ihm klar wurde, was geschehen war – das Fenster bestand aus in eine Richtung schusssicherem Glas. Sein Gesichtsausdruck wandelte sich langsam in etwas nicht mehr Menschliches, dann stieß er Shrini beiseite und wollte die Tür eintreten. Die stahlverstärkte Tür hielt, sein Knie nicht. Er umklammerte sein verletztes Bein und bellte Yuri und dem anderen Mann Befehle zu: Sie sollten den Wagen holen. Die beiden Männer wandten sich um und liefen zur Straße, sie duckten sich tief, um kein allzu leichtes Ziel abzugeben. Petrenko sah sie hinter ein paar Büschen verschwinden. Als er sich wieder aufrichten wollte, packte Shrini ihn von hinten und drückte seinen Unterarm kräftig gegen Petrenkos Hals.

Alles, was Petrenko in dieser Lage tun konnte, war, hilflos zu zappeln. Die Kraft dieses Kerls überraschte ihn. Als die Welt um ihn herum sich zu verdunkeln begann, kippte er auf ein Knie, dann auf das zweite, schließlich fiel er auf den Bauch. Als sein Kopf zur Seite weggedreht wurde, sah er Shrinis ausgestreckte Beine und begriff, dass Shrini der Länge nach auf ihm lag, vermutlich um eine bessere Hebelwirkung zu erlangen.

Petrenko hatte immer noch seine Pistole. Er hob den Arm ein wenig und zielte dorthin, wo er Shrinis verletzten Knöchel vermutete, dann schoss er so lange, bis er hörte, wie eine Kugel auf Knochen traf. Es folgte ein gedämpfter Schrei. Der Druck auf Petrenkos Hals ließ nach, und er konnte sich befreien. Er rang nach Luft, hob den Arm und schoss Shrini zweimal ins Auge.

Yuri kam mit dem BMW. Petrenko stemmte sich auf die Beine. Hustend, das Gesicht lila angelaufen, befahl er Yuri auszusteigen. »Du«, befahl er dem anderen Mann, »fahr durch die Wand!«

Der Mann sah das Haus an, dann schaute er in den Gewehrlauf, den Yuri auf ihn gerichtet hatte. Er rutschte auf die Fahrerseite, ließ den Motor aufjaulen und trat aufs Gas, er zielte mit dem BMW auf eine Stelle links der Eingangstür.

Der Wagen schaffte es zur Hälfte ins Haus, die beiden Vorderreifen platzten bei dem Aufprall. Den Russen auf dem Fahrersitz, eingequetscht hinter dem Airbag, erledigte Joel mühelos mit einem einzelnen Schuss aus seiner AK-47.

Das Auto hatte ein großes Loch in die Mauer gerissen. Yuri stürzte hindurch und schoss. Joel traf ihn einmal in die Schulter und dann in die Brust, aber bevor Yuri zu Boden ging, schaffte er es, Joel in die Hand zu schießen. Die Kugel riss ihm zwei Finger ab, und er ließ seine AK-47 fallen.

»Gottverfluchter Scheißwichser«, fluchte Joel und starrte die blutigen Stümpfe an, die von seinen Fingern übriggeblieben waren. Als er aufschaute, konnte er durch das Loch Petrenko sehen. Der Russe schoss Joel in den Oberschenkel, so dass er auf den Rücken fiel.

»Du verdammter *zhid*«, fluchte Petrenko. »Du wolltest mich bestehlen?«

Er quetschte sich durch das Loch in der Mauer, bekam aber einen Krampf in seinem verletzten Knie. Als der sich wieder gelöst hatte, sah er, dass Joel, der immer noch auf dem Rücken lag, mit einer Fünfundvierziger auf ihn zielte.

»Ich hatte zwei Knarren, Arschloch.«

Es folgten drei Schüsse, schnell hintereinander weg. Petrenko schaute einigermaßen überrascht auf die drei roten Punkte, die sich auf seiner Brust bildeten. Dann fiel er tot zu Boden.

Joel sah nach unten und bemerkte, dass er schlimm aus dem Schenkel blutete. Die verdammte Russensau hatte eine Schlagader getroffen. Er zog sein Hemd aus und riss einen Stoffstreifen ab. Er wickelte ihn um die Wunde und zog ihn so fest er konnte, ein behelfsmäßiger Druckverband. Er saß einen Augenblick da und sammelte Kraft, um aufzustehen. Er schaffte es halbwegs, dann wurde ihm schwarz vor Augen.

Die beiden Detectives fanden nichts in Dans Lager. Resnick bat seinen Partner, beim Wagen auf ihn zu warten. Als er weg war, zog er Dan beiseite.

»Ich kann Sie nicht damit durchkommen lassen«, sagte Resnick.

Dan sagte nichts. Als Resnick ihn ansah, verkrampften sich die Muskeln an seinem Kiefer, bis sein Gesicht aussah, als wäre es aus Stein gemeißelt.

»Ich werde weitersuchen, bis ich etwas finde. Selbst wenn ich keine konkreten Beweise zusammenbekommen sollte, werden Sie irgendwie dafür zahlen müssen. Ich kann Sie nicht einfach laufen lassen, mit einer Toten und einer Schwerverletzten.« Resnick machte eine Pause und sog Luft ein. »Haben Sie eine Vorstellung davon, was für ein Tier Petrenko ist?«

»Ich habe noch nie von diesem Petrenko gehört ...«

»Dann erzähle ich Ihnen mal was über ihn«, sagte Resnick und bedachte Dan mit einem kalten Blick. »Er hat

Menschen für den KGB gefoltert. Wir haben immer wieder Leichen im Meer gefunden, die von Kopf bis Fuß gehäutet waren. Ich habe keinerlei Zweifel daran, dass Petrenko das höchstpersönlich war, aber er ist gerissen, und bislang konnten wir ihm nichts nachweisen. Wenn ich Sie verhafte und Ihr Name in der Zeitung steht, wird er sich auf Ihre Familie stürzen. Selbst wenn wir ihnen Polizeischutz gewähren, wird er sie kriegen. Dieser Kerl ist ebenso ausdauernd wie sadistisch.«

Dans Gesichtsfarbe verblasste um ein paar Nuancen. »Solche Drohungen gefallen mir gar nicht, Detective.«

»Es ist keine Drohung. Ich sage Ihnen einfach, was geschehen wird.« Resnick schaute weg und rieb sich den Kiefer. »Ich weiß, dass er neben dem Geld noch andere Sachen in diesen Schließfächern hatte. Dazu kenne ich ihn gut genug. Ich schätze, diese Sachen würden ausreichen, um ihn den Rest seines gottverfluchten Lebens in den Knast zu befördern.«

Er hob den Blick und sah Dan in die Augen, dann setzte er hinzu: »Wenn ich Sie wäre und mir meine Familie etwas bedeuten würde, würde ich dafür sorgen, dass die Polizei diese Sachen erhält.«

Resnick nickte Dan kurz angebunden zu und ging.

Zurück im Wagen saß Dan lange wie gelähmt da. Dann zog er sein Handy heraus und rief bei Joel an. Es ließ es klingeln, bis der Anrufbeantworter ranging. Dann legte er auf und versuchte es noch einmal. Diesmal nahm nach dem fünften Klingeln jemand ab.

»Joel, bist du's?«

»Ja, du hast mich geweckt. Wer ist da?«

»Dan. Wir müssen uns sehen.«

»Ja, okay.« Es folgte eine lange Pause. »Wenn du jetzt gleich kommst, werde ich alles mit dir teilen.«

Dann war die Leitung tot. Dan hatte keine Ahnung, was

zu Joels Meinungsumschwung geführt haben könnte, und fragte sich, ob es eine Falle war. Schließlich hatte er aber keine andere Wahl. Er steckte sein Handy weg und fuhr nach New Hampshire.

31

Dan erreichte Joels Anwesen kurz nach sieben. Vor dem Haus sah es aus wie in einem Kriegsgebiet. Ein Eindruck, der von der einsetzenden Dämmerung noch verstärkt wurde. Dan konnte nicht ganz begreifen, wieso ein Wagen aus Joels Haus ragte, bis er die zwei Leichen entdeckte.

Langsam ging er den Weg zur Haustür entlang, dann sah er, dass eine der Leichen Shrini war. Er spürte nichts, als er seinen Freund tot daliegen sah, ein großes Loch, wo sein Auge hätte sein sollen. Er klingelte und stand da, bis er Joel leise durch das Loch in der Mauer nach ihm rufen hörte.

Er ging an einer weiteren Leiche vorbei und um das Heck des BMW herum, dann quetschte er sich durch das Loch zwischen Auto und Wand. Drinnen sah er noch zwei Tote, dann entdeckte er Joel, der sich in eine sitzende Position hochgestemmt hatte. Joel war weiß wie ein Laken, eine große Blutlache hatte sich unter ihm gebildet. Soweit Dan es sehen konnte, sickerte das Blut aus seinem Bein.

Während Dan durch das Zimmer ging, starrte er entgeistert einen der Toten an. Ihm wurde klar, dass es Viktor Petrenko war.

»Hey, Kumpel.« Joel lächelte matt. »So sieht's aus. Ich geb dir die Hälfte von allem, was ich habe. Erst begräbst du die Leichen, dann machst du hier ein bisschen Ordnung, dann bringst du mich ins Krankenhaus.«

»Geht nicht, Joel. Tut mir leid, aber ich trau dir nicht mehr.«

Joels halbherziges Lächeln verschwand. Er hob seine Waffe und zielte auf Dan. »Traust du mir denn zu, dass ich dir die Birne wegblase, wenn du nicht tust, was ich sage?«

»Tu, was du nicht lassen kannst, Joel.«

Joels Augen wurden einen Augenblick lang glasig, dann wieder menschlicher. »Verdammter Wichser«, fluchte er. »Na gut, ich kann dir keinen Vorwurf machen. Was wird es kosten?«

»Ich will zuerst mein Geld haben.«

»Du gibst mir dein Wort, dass du mir danach helfen wirst?«

»Du hast mein Wort.«

Joel traf seine Entscheidung und nickte langsam. »Wenn du versuchst, mich zu verarschen, dann bist du tot, verstanden?«

»Wie du meinst, Joel.«

»Am Ende meines Schießstands schaufelst du dreißig Zentimeter Erde weg. Da ist ein Tresor. Die Kombination ist zwei, zwölf, zwei. Du nimmst bloß die Hälfte, ja?«

»Klar.«

»Dann beeil dich. Es wird eine Weile dauern, die Leichen zu verscharren.«

Dan ging in den Keller, fand eine Schaufel und grub genug Dreck weg, um den Tresor freizulegen. Er öffnete ihn, nahm die Tasche heraus, die sie beim Überfall benutzt hatten, und wischte mögliche Fingerabdrücke ab.

Als er nach oben kam, fragte Joel ihn, was er mit der Tasche wollte. »Ich dachte, du nimmst bloß die Hälfte«, motzte er.

Dan ignorierte ihn und ging weiter.

»Wichser! Wir hatten einen Deal!«

Eine Kugel zischte an Dans Ohr vorbei. Als er sich umdrehte, konnte er an Joels Gesichtsausdruck ablesen, dass der Schuss nicht als Warnschuss gedacht gewesen war. Er hatte ihn verfehlt, weil sein Blick vernebelt war und er nicht mehr geradeaus gucken konnte.

»Du hast mir dein Wort gegeben«, sagte Joel. Er

schwankte vor und zurück. Er würde nicht länger aufrecht sitzen können.

»Joel, du verblutest. Ganz egal, was ich mache, du wirst bald tot sein.«

Als Dan sich durch das Loch in der Mauer drückte, hörte er noch einen Schuss, aber er hatte das Gefühl, dass dieser noch weiter danebengegangen war.

Auf dem Weg zum Wagen hörte er noch ein letztes Mal »Wichser«, Joels Stimme war jetzt schwach, kaum hörbar.

Auf der Fahrt nach Hause überlegte er, was seine nächsten Schritte sein würden. Um Petrenko musste er sich keine Sorgen mehr machen. Irgendwann würden die Bullen rausfinden, was bei Joel vorgefallen war, aber was bewies das schon? Selbst wenn sie jetzt Shrini und Joel mit dem Überfall in Verbindung bringen konnten, hatten sie nichts, was ihn in die Sache reinzog ... bis auf seinen Anruf bei Joel. Na und? Sie hatten immer noch keine Beweise. Vielleicht würden sie ihn anklagen, aber das würde er schon durchstehen.

Er kam nach neun nach Hause. Im Haus war es vollkommen still. Zu still. Er fand Carol allein in der Küche vor, sie sah erschöpft aus, die Augen rot und geschwollen, als hätte sie geweint.

»Wo sind die Kinder?«, fragte Dan.

»Schlafen bei Freunden.« Sie sah ihn an. »Dieser Ausschlag, den du hattest. Das war am Tag des Überfalls. Den hattest du vom Make-up.«

»Ich habe dir doch gesagt, dass ich ...«

»Hör auf, mich anzulügen, Dan. Du hast mich monatelang angelogen. All diese Treffen mit Shrini und Gordon, da habt ihr den Überfall geplant. Und Joel war auch dabei, nicht wahr? Ich erinnere mich noch an diesen Anruf, bei dem du solche Angst hattest, dass ich mithöre.«

»Carol, bitte ...«

»Hör auf, mich anzulügen, Dan. Das ertrage ich nicht.«

Dan setzte sich ihr gegenüber. Er konnte es nicht ertragen, den Schmerz in ihren Augen zu sehen. Er konnte bloß sein Gesicht in den Händen vergraben. »Wir hätten das Haus verloren. Wir hätten alles verloren, was wir hatten.«

»Also hast du eine Bank überfallen. Du hast ein Mädchen umgebracht. Dan, sie war erst zwanzig!«

»Dreiundzwanzig«, korrigierte Dan.

Carol starrte ihn mit offenem Mund an.

»Niemand sollte zu Schaden kommen«, beeilte Dan sich zu sagen. »Gordon ist durchgedreht. Ich konnte nichts machen.«

Sie saßen schweigend da. Dan fiel nichts mehr ein. Er konnte bloß warten, bis Carol etwas sagte.

Schließlich tat sie das. »Verschwinde. Ich will dich nie wieder in meiner Nähe sehen, oder in der Nähe der Kinder.«

»Carol, ich liebe dich.«

»Ich liebe dich vielleicht auch noch, Dan. Da bin ich mir nicht sicher. Aber ich kann dich nicht in der Nähe meiner Kinder ertragen.«

»Bitte, ich musste es tun.« Er zwang sich, sie anzusehen. »Ich werde blind.«

»Was?«

»Ich habe Retinitis pigmentosa. Noch ein Jahr, und ich werde blind sein.«

»Mein Gott! Warum hast du mir das nicht früher gesagt?«

»Du hattest schon genug Sorgen. Wenn ich Arbeit gehabt hätte, hätte ich eine Berufsunfähigkeitsversicherung gehabt, um dich und die Kinder zu versorgen. Aber was sollte ich ohne machen? Sollten wir alle auf der Straße enden?«

»Wir hätten es schon geschafft.«

»Wie? Mit Sozialhilfe? Irgendwo in einem Wohnblock?«

»Wir hätten es geschafft«, wiederholte sie stur. »Dan, jetzt ist es zu spät, das in Ordnung zu bringen. Du kannst nichts tun, außer zu gehen.« Sie machte eine Pause. »Ich werde der Polizei nicht sagen, was ich weiß, aber du musst gehen.«

Dan starrte sie hilflos an. Er wollte es sich nicht eingestehen, aber er wusste, es würde nichts bringen, mit ihr zu streiten.

»Lass mich dir wenigstens das Geld geben«, sagte er.

»Wag das ja nicht.«

»Mein Gott, Carol ...«

»Geh einfach, bitte.«

»Was willst du den Kindern sagen?«

»Ich lasse mir etwas einfallen.«

Dan dachte darüber nach, wie er sie umstimmen konnte, wusste aber letztlich, dass ihm nichts einfallen würde. Er stand auf, ging langsam davon, schaute noch einmal zurück zu seiner Frau, dann verließ er das Haus.

Resnick gefiel es nicht, wie die Dinge standen. Er hatte keine konkreten Beweise gegen Wilson und er würde es nicht riskieren, die Frau und die Kinder des Kerls massakrieren zu lassen, nur um ihn reinzulegen. Er steckte in der Klemme, und das konnte er nicht leiden.

Er bedeutete dem Barkeeper, dass er noch einen Bourbon wollte. Nachdem er den gekippt hatte, traf er eine Entscheidung. Er stieg von seinem Hocker, legte zwanzig Dollar auf die Theke und verließ die Bar.

Er hatte keinen richtigen Plan, als er sich auf den Weg zu Wilson machte, aber irgendwie würde er schon zu dem Kerl durchdringen. Und wenn er ihn an Mary O'Donnells

Krankenbett zerren musste, er würde es ihm begreifbar machen.

Als er Wilsons Haus erreichte, öffnete dessen Frau die Tür. Sie sagte ihm, ihr Mann sei nicht zu Hause, und sie würde ihn in der nächsten Zeit auch nicht zurückerwarten.

»Warum das?«, fragte er.

»Eine persönliche Angelegenheit zwischen uns beiden. Nichts, worüber ich reden möchte.«

Resnick zögerte, dann fragte er, ob er hereinkommen könne.

»Ich habe Ihnen nichts zu sagen.«

»Bitte, geben Sie mir bloß ein paar Minuten.«

»In Ordnung, ein paar Minuten.«

Sie versuchte zu lächeln, als er hereinkam. Vielleicht versuchte sie aber auch nur nicht zu weinen. Resnick konnte es nicht sagen.

Er stand im Wohnzimmer und wartete, bis sie auf dem Ecksofa Platz genommen hatte, dann setzte er sich ihr schräg gegenüber.

»Das Haus scheint nicht gerade billig gewesen zu sein. Und die Wohngegend ist es wohl auch nicht.«

Carol antwortete nicht. Sie hatte die Hände fest zusammengepresst und mühte sich, Haltung zu bewahren.

»Als Ihr Mann seine Arbeit verloren hat, muss Sie das finanziell schwer getroffen haben«, sagte er.

Sie nickte und biss sich auf die Lippen. »Ich habe mir Arbeit gesucht. Dan hatte einzelne Aufträge. Es war in Ordnung.«

»Haben seine Aufträge so viel eingebracht, wie er vorher verdient hatte?«

Sie schüttelte den Kopf.

Resnick holte tief Luft und stieß den Atem langsam aus. Er hasste sich für das, was er tun würde, aber er hatte keine Wahl. Er reichte ihr dieselben Tatortfotos von Mary O'Donnell und Margaret Williams, die er bereits Dan gezeigt hatte. Ihr Gesicht wurde weiß, als sie die Bilder ansah.

Resnick sagte: »Ich weiß, dass Ihr Mann den Überfall geplant hat. Er ist dafür verantwortlich, was diesen beiden Frauen zugestoßen ist.«

»Ich habe Ihnen nichts zu sagen«, sagte sie mit abgehackter Stimme.

»Mrs. Wilson, ich weiß, dass Sie nichts damit zu tun hatten, aber ich brauche Ihre Hilfe.«

Sie begann zu schluchzen, ihr Gesicht war eine Maske aus Schmerz und Hoffnungslosigkeit. Sie stand auf, ihre Schultern hoben und senkten sich im Takt ihres Schluchzens. Dann streckte sie die Arme aus.

Ungelenk erhob Resnick sich. Er wusste, dass es nicht in Ordnung war. Schließlich wollte er ihren Mann in den Knast stecken, verdammt. Aber was sollte er machen, sie einfach heulend da stehen lassen?

Sie ließ sich gegen ihn fallen, presste ihren Kopf fest an seine Brust und weinte.

Verdammt, das ist nicht richtig, dachte er. Er legte einen Arm um sie und tätschelte ihren Rücken.

Er verstand voll und ganz, was sie durchmachte. Sie hatte gerade ihren Mann verloren, den Vater ihrer Kinder – im Grunde ihr ganzes Leben. Während er sie hielt, merkte er, wie klein ihr Körper war. Ihre Tränen durchweichten sein Hemd und er dachte an die Verluste, die er selbst erlitten hatte. Seine schöne Frau Carrie und ihr bezauberndes Lächeln. Und all diese Jahre, die er in selbstauferlegter Isolation verbracht hatte. Und Brian …

Zum ersten Mal erlaubte er sich, daran zu denken, dass er Brian verloren hatte, sich selbst gegenüber einzugestehen, dass er seinen Jungen nie wiedersehen würde – und der Gedanke überwältigte ihn.

Brian war weg.

Es gab keine Möglichkeit, ihn jemals zurückzuholen.

Sein Junge war für immer weg ...

Der Schmerz war so unerträglich, dass er glaubte, nicht weiterleben zu können. Als würde sein Herz explodieren. Der Schmerz brach über ihn ein wie eine Flutwelle, riss ihn mit sich, wirbelte ihn herum. Gott, wie sollte er das überstehen?

Resnick wurde klar, dass er ebenfalls weinte und dass er sich noch fester an Carol klammerte, als sie an ihn.

Dan fuhr, bis seine Augen brannten und er nicht mehr scharf sehen konnte, dann hielt er vor dem nächstbesten Motel. Wo war er, Ohio? Indiana? Er wusste es nicht. Er wusste bloß, dass er todmüde war.

Der Mann am Empfang fragte ihn, ob er Gepäck hatte. Dan musste lachen, als er sagte, er hätte nur eine Tasche. Der Mann schaute ihn an, als wäre er verrückt. Sollte er doch.

Auf seinem Zimmer kippte er den Inhalt der Tasche aufs Bett. Bündel von Hundertdollarscheinen lagen auf der Bettdecke, manche purzelten auf den Boden. Er schätzte sie auf über eine Million Dollar. Zwischen den Scheinen lagen ein paar Seidensäckchen. Er schüttelte Dutzende von Diamanten heraus.

Das ganze Geld lag vor ihm. Die Diamanten glitzerten im Dämmerlicht einer Vierzigwattbirne.

Er überlegte, was er mit dem ganzen Geld machen sollte. Letztendlich kam er zu dem Schluss, dass er nicht den leisesten Schimmer hatte.

Nicht den leisesten gottverdammten Schimmer.

Don Winslow
Pacific Private
Kriminalroman
Aus dem Amerikanischen von
Conny Lösch
Deutsche Erstausgabe
st 4096. 395 Seiten

Boone Daniels lebt, um zu surfen. Nebenbei übernimmt er als Privatdetektiv ein paar Jobs, doch nie so viel, um nicht rechtzeitig bei Tagesanbruch am Strand zu sein. Doch gerade als Riesenbrecher auf Pacific Beach, Kalifornien zurollen, wie sie nur alle paar Jahre vorkommen, wird er von einer attraktiven Anwältin in einen Fall verwickelt, der auch ein dunkles Kapitel seiner Vergangenheit betrifft.
Während die einen auf die perfekte Welle warten, floriert im südkalifornischen Surferparadies der Kinderhandel – der Beginn einer Serie um den surfenden Privatdetektiv Boone Daniels.

»Der vielleicht beste Sommerkrimi aller Zeiten.«
San Francisco Chronicle

»*Pacific Private* ist wie eine Monsterwelle, die kommt und alles mit sich reißt. Nichts wird mehr so sein wie vorher.«
3sat Kulturzeit

»Tragisch, komisch und auch noch brillant geschrieben: ein Kracher!« *TV Movie*

NF 908/1/7.10

Kathryn Miller Haines
Miss Winters Hang zum Risiko
Rosie Winters erster Fall
Kriminalroman
Aus dem Amerikanischen von
Kirsten Riesselmann
Deutsche Erstausgabe
st 4090. 484 Seiten

Um die Miete bezahlen zu können, bräuchte Rosie Winter – großes Talent und große Klappe – dringend mal wieder ein Engagement. Aber im Kriegsjahr 1943 sind die guten Rollen am Broadway schwer zu kriegen, und für die schlechten hat Rosie leider viel zu viel Temperament. So hält sie sich mit einem Job im Detektivbüro von Jim McCain über Wasser. Bis ihr eines Nachmittags die Leiche ihres Bosses in die Arme fällt.

»Schauplatz New York City: Haines erweckt in ihrem stilsicheren Debüt die Zeit des Zweiten Weltkriegs zum Leben. Hochamüsant und witzig mit einer unerwarteten und bösen Wendung im letzten Akt.« *Publisher's Weekly*

»Keck und schwungvoll.« *Kirkus Review*

Kathryn Miller Haines
Ein Schlachtplan für Miss Winter
Rosie Winters zweiter Fall
Kriminalroman
Aus dem Amerikanischen von
Kirsten Riesselmann
Deutsche Erstausgabe
st 4166. 487 Seiten

Keine Feldpost vom Exfreund, dafür Fleischrationierung und zwei linke Füße beim Vortanzen: Die Laune von Rosie Winter, Broadway-Schauspielerin ohne Engagement, ist in diesem Frühjahr 1943 nicht die beste. Und dann wird auch noch Al verhaftet, Rosies treuer Kumpel aus der New Yorker Unterwelt.
Broadway-Starlet Paulette Monroe wurde erschlagen. Al, ein Muskelprotz im Dienst der Mafia, gesteht die Tat. Klar, dass ihm jeder glaubt. Doch Rosie Winter kennt Al und weiß, dass er kein Mörder ist. Als für die Show, in der Paulette die Hauptrolle hätte spielen sollen, noch Tänzer gesucht werden, sieht Rosie ihre Chance. Zusammen mit ihrer Freundin Jayne macht sie sich daran, Als Unschuld zu beweisen. Mit Witz, Verstand und dem Herz auf der Zunge ermittelt Rosie Winter wieder in der kriegsgeplagten New Yorker Theaterwelt der 40er Jahre.

NF 1006/1/11.10

Maurizio de Giovanni
Der Winter des
Commissario Ricciardi
Kriminalroman
Aus dem Italienischen von
Marianne Schneider
Deutsche Erstausgabe
st 4102. 246 Seiten

Neapel, Anfang der dreißiger Jahre. Commissario Ricciardi, ein intelligenter, melancholischer Einzelgänger aus reichem Elternhaus, besitzt eine Gabe, die sein Schicksal bestimmt: Er hört die letzten Gedanken von Ermordeten, sieht sie im Augenblick ihres Todes. So auch, als Arnaldo Vezzi, der Star der Opernszene, der Lieblingstenor des Duce, ermordet aufgefunden wird ... Ein geheimnisvoller und abgründiger Kriminalroman – der erste Teil der vier Jahreszeiten des charismatischen, melancholischen Commissario Ricciardi.

»Schluss. Vier Stunden, die wie im Flug vergangen sind, und man schämt sich der aufsteigenden Tränen, die einem den Hals zudrücken, während eine bestürzende Zärtlichkeit im Herzen um sich greift. Aber es ist doch nur ein Roman, sagt man sich und kann sich nicht erklären, warum *Der Winter des Commissario Ricciardi* einen dermaßen mitgenommen hat. Nur ein Kriminalroman ...« *Roma*

»Wie Simenon und der ›persönlichere‹ Chandler.«
La Repubblica

NF 976/1/8.10

Maurizio de Giovanni
Der Frühling des
Commissario Ricciardi
Kriminalroman
Aus dem Italienischen von
Doris Nobilia
Deutsche Erstausgabe
st 4174. 343 Seiten

Es wird Frühling in Neapel. Der Südwind trägt einen Hauch von Blütenduft in die vom Faschismus beherrschte Stadt. Carmela Calise aber wird diesen Frühling nicht mehr erleben. Die Wahrsagerin und Geldverleiherin wird tot in ihrer Wohnung aufgefunden. Die Liste derer, die sich von ihr die Karten legen ließen und ihr Einblick in ihr Innerstes gewährten, ist lang. Und sie führt Commissario Ricciardi bis in die höchsten Kreise der Stadt. Als klar zu sein scheint, dass die Calise von einem ihrer Schuldner umgebracht wurde, ist Ricciardi der einzige, der daran zweifelt. Die letzten Worte der Toten im Ohr, ermittelt er weiter.

NF 1002/1/11.10

Rosa Ribas
Falsche Freundin
Kriminalroman
Aus dem Spanischen von
Peter Schwaar
Deutsche Erstausgabe
st 4302. Etwa 300 Seiten

Ein tragischer Todesfall am Frankfurter Flughafen kommt Cornelia Weber-Tejedor gerade recht. Inkognito mischt sich die Kommissarin unter das Reinigungspersonal des Flughafens und flieht so aus ihrem verzwickten Privatleben. Mit Hilfe ihrer neuen Kollegin Elin, in der Cornelia eine Freundin gefunden hat, stößt sie schon bald auf den Chef eines Drogenhändlerrings. Als Elin plötzlich bedroht wird, begeht Cornelia einen fatalen Fehler …
Mit *Falsche Freundin* legt die spanische Krimipreisträgerin Rosa Ribas einen rasanten, atmosphärisch dichten Kriminalroman vor, in dem die deutsch-spanische Kommissarin Cornelia Weber-Tejedor in die Tiefen des Frankfurter Flughafens eintaucht und dabei in die gefährlichen Machenschaften eines Drogennetzwerks gerät.

»Frankfurt hat mit der Kommissarin Weber-Tejedor nun einen Platz auf der europäischen Krimilandkarte.«

Qué leer, Barcelona

NF 1012/1/7.11

Ingrid Hedström
Die toten Mädchen von Villette
Kriminalroman
Aus dem Schwedischen von
Angelika Gundlach
Deutsche Erstausgabe
st 4128. 402 Seiten

Villette, Belgien, 24. Juni 1994: Drei junge Mädchen stöckeln nachts von der Johannisprozession durch den Wald in ihr Heimatdorf zurück. Kurze Zeit später werden die jungen Frauen tot aufgefunden. Ein junger Mann aus der Gegend hatte die Teenager in seinem Wagen mitgenommen. Was nach einem einfachen Fall für die junge Ermittlungsrichterin Martine Poirot aussieht, entwickelt sich bald zur gefährlichen Suche nach einem Serienmörder, die zurückführt in die Zeit der Kollaboration, zu der dunklen Geschichte zweier junger Widerstandskämpferinnen, Renée und Simone. Und Poirot wird mit einem dunklen Kapitel ihrer eigenen Familiengeschichte konfrontiert ...
Auftakt zu einer Krimiserie um die herrlich normale und im Beruf so toughe Ermittlungsrichterin Martine Poirot.

»Selten sind die schwedischen Krimis so einfallsreich und dabei sorgfältig geschrieben.« *Dagens Nyheter*

»Hedström vereint gekonnt spannende Intrigen, schmutzige Geheimnisse mit ihrer Kenntnis von Belgiens Politik und Kultur.« *Svenska Dagbladet*

NF 1011/1/7.11

Ken Bruen
London Boulevard
Kriminalroman
Aus dem Englischen von
Conny Lösch
st 4208. 261 Seiten

Kaum zehn Minuten aus dem Knast, bricht Mitchell auch schon einem Punk den Arm. Als Geldeintreiber ist man nicht gerade zimperlich. Doch Mitchell will sein Leben ändern: legale Geldquelle, nette Frau, Kinder vielleicht. Als ihm die Diva Lillian Palmer einen Job auf ihrem Anwesen in Notting Hill anbietet, sieht er seine Chance gekommen – und Lillian könnte glatt die richtige Frau sein. Alles prima, wären da nicht Lillians zwielichtiger Butler Jordan und Tommy Logan, ein Geldhai, der seine eigenen Pläne für Mitchell hat …
Gnadenlos, schnell und, wenn es sein muss außerordentlich brutal – ein Typ wie Mitchell scheint wie geboren für ein Dasein zwischen Drogendealern und Geldeintreibern. Als sich ihm die Chance bietet, ein neues Leben anzufangen, holt seine Vergangenheit ihn ein. Und Mitchell muss zurückschlagen.

»Es gibt wohl kaum einen zeitgenössischen Krimi-Autor, der so punktgenau schreibt wie Bruen. Schlanke Dialoge, die wie Pistolenschüsse durch die unwirtlichen Seelenlandschaften seiner Romane peitschen.« *Matthias Matussek, Der Spiegel*

NF 1001/1/11.10